D0562660

Eveneens van Jane Fallon:

Krijg je wel

JANE FALLON

Op de man af

Deze uitgave bevat tevens de eerste vijftien pagina's van *Krijg je wel*, de tweede roman van Jane Fallon.

Elfde druk, negende in deze uitvoering, juli 2010

Oorspronkelijke titel: *Getting Rid of Matthew*
First published by Penguin Books, Londen, 2007

Uitgeverij De Kern, De Fontein bv, Postbus 1, 3740 AA Baarn
Vertaling: Anna Livestro
Fotografie omslag: Six_Seven Photographic/Sean McMenomy
Typografie omslag: Hans Gordijn, Baarn
Auteursportret omslag: Julian Hayr
Opmaak binnenwerk: Het vlakke land, Rotterdam
ISBN 978 90 325 1156 2
NUR 302

www.dekern.nl

1

OP EEN FEL STREEPJE LICHT na dat zich langs het rolgordijn naar binnen wurmde, was het donker in de slaapkamer. Helen zag de klok verspringen naar kwart over acht. Ze wist dat ze Matthew eigenlijk wakker moest maken, maar ze wist ook dat hij dan woedend zou zijn, omdat ze de wekker niet had gezet. Hoe langer ze het uitstelde, des te chagrijniger hij zou zijn. Er zat niks anders op. Ze prikte voorzichtig met haar vinger tussen zijn ribben, en nog eens, want hij gaf geen sjoege. Toen draaide hij zich geïrriteerd om en graaide zijn horloge van het lage tafeltje, dat dienst deed als nachtkastje.

'Godver, ik ben te laat.'

Helen keek slaperig toe hoe hij uit bed schoot, zijn donkergrijze haar gladstreek bij de slapen, en zijn kleren begon aan te trekken – het gebruikelijke uniform: zijn donkere, smaakvolle maatpak, zijn keurige overhemd en de zachte, zwarte kalfslederen schoenen. De douche sloeg hij dit keer over. Hij boog zich voorover om haar nog even snel ten afscheid te kussen en trok de slaapkamerdeur achter zich dicht. Helen bleef liggen. Het kussen rook vaag naar de Armani Black Code die ze hem had gegeven toen ze vier jaar bij elkaar waren. Ze staarde naar een scheur in het plafond. Die was absoluut groter dan eerst en ze vroeg zich af of ze het er met haar bovenburen over moest hebben. Niet dat ze die kende. In de twee jaar dat ze hier woonde, had ze hen hooguit een keer of drie, vier gezien. Het was een stelletje van in de dertig: hij was een beetje pierig om te zien, een bleke Betje, alsof hij nooit buiten de deur kwam. Zij droeg altijd een fleecetrui en had een nietszeggend bobkapsel. Je zou zo op het oog nooit vermoeden dat ze een woest seksleven hadden, maar Helen was er zo'n vijf keer per week getuige van. 's Avonds, en soms ook 's middags. Er werd een hoop bij geschreeuwd en het klonk bepaald hartstochtelijk allemaal. De *O-schatjes* en de *Ja-daar-o-ja's* waren niet van de lucht, en er werd flink bij op de bedrand getimmerd. Het was ook weleens voorgekomen dat ze het deden op een moment dat zij en Matthew ook bezig waren. Toen was het op een kreunwedstrijdje uitgedraaid.

Ze hoorde de voordeur dichtvallen, gevolgd door Matthews zware voetstappen die de trap op liepen van het souterrain naar de straat en ze dacht erover om op te staan. Toch maar niet. Ze trok de dekens over haar hoofd, stak een arm de koude kamer in en rommelde wat tot ze de afstandsbediening van de tv vond. Wat voor zin had het om uit bed te gaan als ze er over een paar uur toch weer in zou duiken? Matthew was niet te laat voor zijn werk. En het was ook geen kwart over acht 's ochtends, maar kwart over acht 's avonds. Hij was te laat voor het eten, thuis, bij zijn vrouw. En zijn twee bloedjes van kinderen, niet te vergeten.

Matthew was namelijk getrouwd, niet met Helen maar met een vrouw die Sophie heette. De afgelopen vier jaar had Helen alle maandagavonden op deze manier doorgebracht. De meeste woensdag- en donderdagavonden trouwens ook.

En elke maandag en elke woensdag en elke donderdag als Matthew om acht uur naar huis ging, bleef Helen alleen achter met een spannende keuze: in haar eentje tv kijken in bed of opstaan en tv kijken in de zitkamer, ook in haar eentje.

Ze lag in het holletje van haar dekbed en luisterde naar een scène uit een soaphuwelijk dat niet zo soepel liep. Iemands echtgenoot die zijn vrouw ervan beschuldigde dat ze vreemdging. Een hoop geschreeuw kwam er aan te pas, alles gooiden ze er uit. Ze zouden uit elkaar gaan of bij elkaar blijven. Zo ging dat immers in soaps, maar Helen wist maar al te goed dat de werkelijkheid veel gecompliceerder was. De werkelijkheid was volstrekt oninteressant voor de tv, want er kwam nooit een oplossing. De werkelijkheid was dat er drie keer in de week een man bij haar over de vloer kwam, die een paar uurtjes bleef en die dan weer naar zijn vrouw ging alsof er niets aan de hand was. Week in, week uit. Jaar in, jaar uit.

Helen had nooit gedacht dat ze ooit nog eens iemands maîtresse zou worden. Er waren eigenlijk maar drie dingen die ze wilde bereiken in het leven: een dik betaalde baan in de pr, een eigen appartement en een man die ook helemaal van haarzelf zou zijn. Op de een of andere manier was ze geëindigd als iemands *personal assistant*. In gewone mensentaal is dat een secretaresse. Ze verdiende niet genoeg om iets te kunnen kopen, en dus huurde ze een tweekamerappartementje vlak bij Camden High Street, met aan de achterkant een klein donker binnenplaatsje, een scheur in het plafond en een grote vochtplek op de muur van de badkamer. En wat de man betrof, ach nou ja, ze geloofde heus wel in ware liefde en in trouw tot de dood ons scheidt, maar het was haar gewoon nooit overkomen.

Als kind was ze getuige geweest van de hondstrouwe toewijding van haar ouders aan elkaar, hun 'wij tegen de rest van de wereld'-verbond waarbinnen vaak zelfs geen plaats was voor haar, hun enige kind. Zelf was ze sindsdien altijd op zoek geweest naar die ene perfecte zielsverwant, zodat ze haar eigen Bende van Twee zou kunnen vormen. Dat die perfecte zielsverwant al de man van iemand anders zou kunnen zijn, was nooit bij haar opgekomen.

Ooit, in een vorig leven, was Helen verloofd met een andere man, de laatste in een reeks van langdurige relaties. Achteraf kon ze zich niet meer precies herinneren wat ze ooit in Simon had gezien. Nou ja, hij was natuurlijk jong en hij zag er lekker uit en hij had een redelijke baan en hij was precies ambitieus genoeg, maar toch, ze kon zich niet meer voor de geest halen hoe ze het in godsnaam vijf jaar met hem had kunnen uithouden. Behalve dan dat zij nu eenmaal zo in elkaar zat. Ze kon de erfenis waar haar ouders haar op relatiegebied mee hadden opgescheept met geen mogelijkheid van zich afschudden. Als ze eenmaal had besloten dat een relatie de moeite waard was, dan beet ze zich erin vast, al rinkelden er nog zoveel alarmbellen. En dus zag ze nooit onder ogen dat zij de enige was die plannen voor de toekomst smeedde, en was ze blind voor het waas van afwezigheid die over zijn ogen trok als zij het had over sparen voor een aanbetaling op hun toekomstige appartement. Ze had jaren van haar leven in die vent geïnvesteerd, dus die handdoek ging niet zomaar de ring in. Ze ging door, tot het bittere einde dat Simon voor hen in petto had. Dat moment kwam toen ze samen gezellig stonden te koken, zoals ze dat elke avond deden. In Helens beleving was dat een onomstotelijk bewijs voor het feit dat zij een volwassen en serieuze relatie hadden.

'Ik word overgeplaatst,' mompelde Simon terwijl hij de aardappelen die hij aan het schillen was in een vergiet gooide.

Helen sloeg haar armen om hem heen. 'Heb je die promotie gekregen, dan? Regiomanager. Wauw! Dus dat wordt verhuizen naar Manchester.'

Hij schilde door, met gebogen hoofd, kennelijk verdiept in een aardappel met een wel heel venijnig oogje. 'Eh... niet echt, nee.'

'Waar gaan we dan heen?' Ze werd zenuwachtig van hem, zoals hij daar stijfjes bleef staan, terwijl zij hem probeerde te omhelzen. Hij legde de dunschiller neer en keek haar plotseling aan, haalde diep adem als een derderangsacteur die zijn grote moment zou beleven met een zinnetje in een treurige soap.

'*Ik* ga naar Manchester. Alleen.'

Daarna zei hij dat het uiteraard niets met Helen te maken had. Het lag helemaal aan hem, hij had bindingsangst, hij wilde zich niet nu al vastpinnen op een vrouw. Foute timing was het. Als hij Helen een paar jaar later tegen het lijf zou zijn gelopen, dan was hij waarschijnlijk wel klaar geweest voor de grote stap...

'Ik hou ontzettend veel van je, het ligt echt niet aan jou. Ik ben gewoon een ontzettende klootzak. Maar ik weet dat ik het zo moet doen, omdat het anders aan me zou blijven knagen,' jengelde hij door. Hij ging er helemaal in op. Er was echt geen andere vrouw in het spel, bezwoer hij haar, en Helen geloofde hem; ze had zelfs nog medelijden met hem gehad, want hij leek echt te lijden onder deze keuze.

Twee maanden later hoorde ze via via dat hij met iemand anders ging trouwen.

Helen was toen vijfendertig. Ze was gebutst en gebroken door het einde van de relatie en niet zozeer doordat ze Simon kwijt was. Ze trok het heel slecht, allemaal. Ze hield zichzelf voor dat ze nu de beest uit mocht hangen, dat ze er gewoon lekker even op los mocht leven zonder steeds stil te staan bij de mogelijkheid van een relatie. En alsof hij het rook, was daar ineens Matthew – die haar baas was, hoe kan het ook anders, en twintig jaar ouder dan zij. Clichés zijn immers niet voor niets clichés geworden. Hij was aantrekkelijk zoals mannen van in de vijftig aantrekkelijk kunnen zijn ondanks (of misschien wel dankzij) hun grijze haar en hun buikje. Hij was groot en blaakte van het zelfvertrouwen; hij had duidelijk plezier in zijn eigen hanigheid. Zijn haar werd bovenop al dunner, maar hij droeg het nog steeds wat langer, en dan achterovergekamd, dus zijn kaalheid viel nauwelijks op. Als het moment zou aanbreken waarop het er allemaal afgeschoren moest worden, dan zou hij even fier door het leven gaan met een kale kop, want hij kwam overal mee weg, altijd. Hij stond in het leven op een manier zoals je dat vaak ziet bij mannen die op een dure kostschool hebben gezeten. Met een air van volkomen geloof in zichzelf, alsof ze de wereld willen uitdagen vanaf hun hoge plek op de sociale ladder. Toch kon hij je ook het gevoel geven dat jij de allerbelangrijkste medemens was. Fysiek gesproken was zijn meest in het oog springende, tevens zijn enige sterke punt, zijn bleekblauwe ogen. Verder was zijn gezicht nogal doorsnee. Toch stapte hij door het leven alsof hij een absolute adonis was, en het was moeilijk om daar niet in te trappen. Het feit dat hij op het werk zo succesvol was, had ook een sterk erotiserend effect op sommige vrouwen. Helen was een klassiek geval wat dat betreft. Maar hij was vooral leuk omdat je met hem kon lachen, omdat hij ontzettend leuk kon vertellen, en verschrikkelijk goed kon luisteren. En hij was trouw. Behalve aan zijn vrouw, natuurlijk.

Helen was bij Global PR begonnen toen ze vierendertig was; ze was er een beetje laat bij, omdat ze het grootste deel van haar eerdere volwassen leven had doorgebracht met reizen en feesten en geen gehoor had gegeven aan dat irritante stemmetje in haar hoofd dat haar de carrièreladder op wilde jagen voor het echt te laat zou zijn. Sinds ze terug was van haar wereldreis had ze het ene baantje na het andere versleten: secretaresse op een accountantskantoor, bedrijfsleidster in een winkel, dat soort dingen. Af en toe schreef ze op advertenties waarin werd gevraagd om een accountmanager voor een van de grotere, flitsender pr-bureaus, maar ze werd altijd keurig afgewezen. Uiteindelijk besloot ze dat ze waarschijnlijk beter onderaan kon beginnen, en dus had ze een baan geaccepteerd als de *personal assistant* van Matthew Shallcross, algemeen directeur van Global PR, een middelgroot, doch bloeiend pr-bureau.

Global was een enigszins overtrokken naam voor een bedrijf dat alleen maar Britse klanten had, maar ze hadden leuke klanten: allemaal aanstormende lievelingen van de roddelbladen. Het bedrijf was niet groot genoeg om te mogen werken voor de echt grote namen, maar door de jaren heen had het geleerd om direct toe te slaan als iemand door dreigde te breken, om vervolgens bij te dragen aan die doorbraak met doordachte stunts. Het was ook wel zo gemakkelijk om klanten te hebben die voor alles in waren, zolang hun naam maar in de bladen kwam. Eens in de zoveel tijd was er eentje bij die er een puinhoop van maakte: dronken achter het stuur, iemand zwanger maken die niet zijn vrouw was, een bezoekje aan een ontwenningskliniek. De accountmanagers van Global blusten dan de brandjes en harkten zo flink wat omzet binnen. Als je het handig aanpakte, droeg dit soort 'ongelukjes' juist bij aan het imago van de cliënt, en dat kon erg lucratief zijn. Het was natuurlijk wel een beetje fout om jonge, niet zo heel erg slimme mensen aan te moedigen om hun hele leven in handen van de pr-manager te leggen zodat het publiek ermee aan de haal kon, maar Helen beschouwde dit aspect als een van de scherpe, maar heerlijke kantjes van het vak. Na een poosje was ze het beu om haar vriendinnen te moeten corrigeren als ze haar weer eens uitmaakten voor secretaresse...

'Ik ben zijn *personal assistant*, hoor.'

'Maar wat doe je dan precies voor hem?'

'Nou gewoon, ik zorg voor hem... ik maak zijn afspraken, regel zijn vergaderingen en zo.'

'En je behandelt zijn post?'

'Ja, ook.'

'En je typt zijn brieven?'

'Nou en?'

'Dan doe je dus precies hetzelfde wat ik doe: typen, postbehandeling, agendabeheer. Dan ben je dus een secretaresse. Het wordt tijd dat je dat eens onder ogen ziet.'

Ze genoot echter van de geleende macht die ze had als assistente van de baas. Zij was degene die ja of nee kon zeggen op vergaderingen of telefoontjes en, toen ze er een poosje werkte, op verzoeken om persverklaringen. Toen hij haar eenmaal vertrouwde, liet Matthew haar alle persberichten lezen, en later zelfs opstellen, althans alle berichten over zijn minder belangrijke klanten. Hij stimuleerde haar in haar ambitie om ook haar eigen klanten te krijgen, en hoe meer hij haar daarin aanmoedigde, hoe sterker die drive werd.

Volgens Helen was een aantal dames op kantoor jaloers op haar hechte band met de machtigste man binnen het bedrijf, maar zij hield haar aandacht volledig bij haar werk, tot de dag van die fatale lunch. Als je haar voor die tijd zou hebben gevraagd wat ze vond van vrouwen die affaires begonnen met getrouwde mannen, dan had ze gezegd dat dat hele zielige types waren, en bovendien harteloze krengen. Dan had ze gezegd dat ze aan weinig dingen een grotere hekel had dan aan dat soort wezens. Wezens waar ze op neerkeek, wezens die men zelfs met de nek diende aan te kijken.

Helen had zich heus in de tijd dat ze voor hem werkte wel afgevraagd of ze Matthew eigenlijk aantrekkelijk vond, natuurlijk wel, en ze was toen tot de conclusie gekomen dat hij inderdaad best leuk was, voor een ouwe man, maar meer niet. Dus toen ze samen in een restaurant zaten en hij plotseling haar hand vastpakte, was ze zelf nogal verrast dat ze dat liet gebeuren.

'Dit heb ik al zo lang willen doen,' zei hij en Helen voelde hoe haar hart opsprong tot in haar keel. Ze had geen idee hoe ze hier op moest reageren, en dus deed ze niets, en liet ze hem al het werk doen.

Matthew ging door: 'Weet je wat het is, ik vind je zo mooi. Ik probeer al maanden om niet aan mijn gevoelens toe te geven, maar het lukt me niet.'

Helen bloosde. Geen mooi, bescheiden blosje, zoals bij de heldinnen uit negentiende-eeuwse romans, maar een forse rodebietenblos, inclusief zweetdruppels.

'Je weet natuurlijk dat ik getrouwd ben.'

Ze perste er moeizaam een bevestiging uit.

'We hebben nog jonge kinderen. Als die er niet waren, dan... Nou ja, ik zal je maar niet vermoeien met flauwe smoesjes, je kent ze wel, zo van "mijn vrouw begrijpt me niet", maar... nou ja, we zijn wel behoorlijk uit elkaar gegroeid. Het enige wat we in feite nog delen is de zorg voor onze kinderen. Meer niet.' Hij lachte. 'Heb je al een beetje door wat ik probeer te zeggen?'

Helen kon nog steeds geen woord uitbrengen. Haar vrije hand speelde wat met de steel van haar wijnglas.

'Maar laten we het kalm aan doen. Ik zou het vervelend vinden als jij denkt dat ik er een probleem van zou maken als je niet wilt, op het werk, bedoel ik. Denk er maar gewoon eens over na, en als je dan weet wat je wilt, en je wilt ook verder, nou ja, dan weet je me te vinden. Dat is eigenlijk alles wat ik wilde zeggen.'

En precies op dat moment wist ze dat ze met hem naar bed wilde. Het had iets te maken met zijn zelfverzekerde manier van doen, en met de manier waarop zijn vingers over haar hand streelden terwijl hij tegen haar sprak, en met de manier waarop hij zijn ogen strak op haar gezicht gericht hield terwijl zij begon te stamelen en te zweten. In een waas was ze weer teruggegaan naar kantoor en de rest van de middag had ze hem nauwelijks aan durven kijken.

Die avond had ze het er tot vervelens toe over met haar vriendin Rachel, in de kroeg.

'Wat vind je, moet ik het doen?'

'Nee,' zei Rachel.

'Maar misschien...'

'Nee,' zei Rachel.

'Maar als hij nou...'

'Hoor je nou wat ik zeg of hoe zit dat?' viel Rachel uiteindelijk uit. 'Hij is getrouwd. Niet doen, dus. Niet zo'n vrouw worden die wij haten.'

'De vrouwen die wij haten' droegen in belangrijke mate bij aan de band tussen Rachel en Helen. Al vrij snel nadat ze elkaar hadden leren kennen, tijdens het backpacken in India, waren ze begonnen met het aanleggen van een lijstje, en toen ze eenmaal terug waren in Londen, en Helen tijdelijk bij Rachel inwoonde toen ze op zoek was naar een eigen appartement, hadden ze de lijst ook daadwerkelijk uitgeschreven. Ze bewaarden allebei een kopietje en als ze bij elkaar op bezoek waren en te veel hadden gedronken, pakten ze het lijstje erbij voor wat nieuwe aanvullingen. Het punt 'vrouwen die de mannen van andere vrouwen afpakken' prijkte vanaf het begin op de lijst, maar in Helens beleving was zij helemaal niet zo'n soort vrouw. Om te beginnen had zij Matthew nooit aangemoedigd. Hij was degene die de jacht geopend had.

'Je hebt gelijk. Maar... ik denk dat hij me echt heel leuk vindt.'

'Godallejezus, mens. Natuurlijk vindt hij je echt leuk. Je bent goddomme twintig jaar jonger dan hij, en hij hoeft het maar te vragen of je rolt zo zijn bed in. En daarbij doe je zijn typewerk en zet je koffie voor hem. Je bent de droom van elke bijna-bejaarde vent. Dus waarom zou hij je niet leuk vinden?'

'Ik had het je ook niet moeten vertellen,' zei Helen mokkend. 'Ik wist wel dat je het niet zou begrijpen.'

De volgende ochtend wachtte ze tot Matthew alleen in zijn kantoor was. Ze ging naar binnen en deed de deur achter zich op slot.

'Oké dan,' zei ze.

'Wat bedoel je, oké dan?' Hij keek glimlachend op van zijn bureau. Ze bloosde.

'Als jij nog wilt... je weet wel... dan vind ik dat oké, dan kunnen we... je weet wel... als jij nog wilt, tenminste. Want ik wil wel.'

Matthew moest lachen. 'Kan ik misschien de sleutel krijgen van deze codetaal?'

Hij deed net alsof hij het kantoor rond gluurde. 'Denk je dat we worden afgeluisterd?'

Helen zag paars. 'Je weet best waar ik het over heb.'

'Ja, dat weet ik inderdaad heel goed. En ik ben heel blij. Heb je woensdagavond iets te doen?'

Helen slikte hoorbaar.

'Nee.'

Voor ze het wist, lag hij bij haar in bed en al haar gezonde verstand en al haar ambities en al haar principes gingen de ijskast in. En zowel Helen als haar vriendinnen bleven maar zeggen: 'Hou er nu mee op, dit loopt nooit goed af', maar ze luisterde niet, omdat ze uiteraard na een paar weken had besloten dat ze echt van hem hield en omdat hij uiteindelijk had opgebiecht dat hij ook van haar hield. En uiteraard had Matthew na een paar maanden gezegd dat hij heel graag weg zou willen bij Sophie, zijn vrouw, en dat hij dat ook zou doen, als de tijd daar rijp voor was. En, alweer uiteraard, dat was nu vier jaar geleden en hij was in al die tijd nog niet eens een weekend bij zijn vrouw weg geweest.

Het was wel een fantastische tijd, die eerste paar maanden met Matthew. Ze was nog nooit met een man van die leeftijd geweest, en hij was totaal anders dan jongens van haar eigen leeftijd. Hij zorgde er altijd voor dat je je heel bijzonder voelde. Ondanks het feit dat ze bijna nooit uitgingen, uit angst te worden betrapt, had hij haar wel met allerlei dingen laten kennismaken die voor haar volkomen nieuw waren, zoals eten en muziek en wijnen waar ze nog nooit van gehoord had. En aangezien haar verliefdheid nog kersvers was, en ze hem graag voortdurend een plezier wilde doen, deed ze net alsof ze alles even prachtig vond. Ook die dingen waarvan ze toen al wist dat ze die later zou verafschuwen, als de relatie wat meer gesetteld was. Dingen als Miles Davis en ganzenlever en mierzoete Château d'Yquem.

Op hun vierde 'afspraakje' had hij een vertaling van Beaudelaires *Les fleurs du mal* voor haar meegenomen, met de mededeling dat ze zoiets vast nog nooit gelezen had. Helen had hem niet verteld dat ze nogal goed was in Frans, maar ze bedankte hem uitbundig, want ze wilde niet ondankbaar overkomen. Bovendien had ze nog nooit een poëziebundel van een man gekregen. Later die avond, toen ze postcoïtaal lagen na te gloeien in haar bed, vroeg hij haar naar haar levensgeschiedenis.

'Bij het begin beginnen,' zei hij, en hij leek oprecht geïnteresseerd in zelfs de kleinste details uit haar verleden. Toen ze begon te vertellen over de tijd dat ze uit huis ging en naar Londen verhuisde, raffelde ze het verhaal over haar studie een beetje af, maar daar nam hij geen genoegen mee.

'Wat heb je gestudeerd dan?'

Helen voelde dat ze een kleur kreeg. 'Nou, eh... Frans,' mompelde ze.

Matthew kwam op zijn ellebogen overeind en keek haar aan. 'Frans?'

'Frans, ja.'

Hij begon te glimlachen. 'Ook literatuur, dus?'

'Ja, zoiets.'

'Zoiets?'

'Ik bedoel: ja, ook literatuur.' Ze bloosde nu verschrikkelijk. Waarom had ze dat eerder die avond niet gewoon verteld, toen hij met die bundel op de proppen kwam?

'Dus... Beaudelaire...?'

'Daar ben ik op afgestudeerd.'

Matthew kwam niet meer bij van het lachen. 'Waarom zei je dat dan niet?'

'Omdat ik het niet voor je wilde verpesten, met je cadeautje.'

Hij kuste haar op haar voorhoofd. 'In dat geval mag jij die gedichten mooi eens aan mij uitleggen, want ik snap er geen bal van. Ik vond het omslag gewoon mooi.'

Ze wist best dat hij haar als een klein kind behandelde, hoewel ze niet begreep waarom ze dat niet erg vond. Het kwam waarschijnlijk omdat er nog nooit iemand zoveel interesse in haar had getoond. En het was ook wel lekker om niet degene te zijn die altijd maar zijn best moest doen voor de ander. Het was een hele bevrijding om eens niet voortdurend de verstandigste te hoeven zijn.

Matthew had natuurlijk ook een heel leven achter de rug. Niet alleen omdat hij getrouwd was en kinderen had, maar hij liep nu eenmaal twintig jaar langer dan zij rond op deze aarde. Ze had geen idee waarom dat zo'n indruk op haar maakte – al dat gezever van de vorige generatie over die geweldige jaren zestig boeide haar voor geen meter – maar toch had het iets: het feit dat hij dat allemaal had meegemaakt.

In het begin van hun relatie zorgde Helen er altijd voor dat ze haar mooiste ondergoed droeg op Matthewdagen. Dan stormde ze uit kantoor naar huis, zodat ze nog tien minuten had om onder de douche te gaan en andere kleren aan te kunnen trekken. Hun avonden draaiden altijd om de seks, en hun opwinding werd alleen maar groter doordat ze maar zo beperkt toegang tot elkaar hadden, en door het verlengde voorspel van een dag op kantoor waarin ze elkaar zuiver zakelijk moesten benaderen. Na een poosje vielen ze ook bij elkaar in slaap. Helen vond dat daaruit bleek dat hun relatie een andere fase in was gegaan, dat ze nu ook op een dieper niveau een verbond waren aangegaan. Dat bleek toch wel uit het feit dat ze echt konden ontspannen in elkaars gezelschap. Ze maakte zich er niet meer druk om of ze nu dure setjes droeg of goedkope onderbroeken, en ze ging ook niet meer steeds haar make-up bijwerken zodra hij maar even de kamer uit was. Ze keek met vertedering terug op die schitterende tijd, dat perfecte stadium waarin fysiek verlangen gepaard ging met kameraadschap en diep wederzijds respect. Maar die fase duurde niet lang. Tegenwoordig had de slaap de overhand gekregen, aangezien Matthew vooral erg uitgeput was van zijn veeleisende werkzaamheden. En Helen merkte steeds vaker dat ze dat eigenlijk helemaal niet zo erg vond. Het had ook wel iets stellerigs, iets echters dan al die overdreven passie van vroeger. Dan maar minder opwinding, dat was toch helemaal geen probleem? Je kunt elkaar niet eeuwig om de tafel achternazitten.

Na een paar maanden begon Matthew het vervelend te vinden om Helen een dictaat op te geven of om haar te vragen voor hem langs de stomerij te gaan, en dus had hij haar laten overplaatsen. Personeelszaken vatte dit uiteraard op als 'die Helen, daar valt niet mee te werken' of 'die Helen, die bakt er niks van', of allebei, en dus kwam er van de eerder op handen zijnde promotie nooit meer iets terecht. Ze had natuurlijk ook gewoon een andere werkgever kunnen zoeken en elders haar geluk kunnen beproeven, maar daar was het op de een of andere manier nooit van gekomen, en dus was ze nu officieel een secretaresse, meer niet. Het probleem was, als ze weg zou gaan, zou ze ook die gestolen momenten moeten missen die ze gedurende de dag met Matthew had, en diep vanbinnen wist ze best dat hij iemand anders zou uitzoeken als zij niet meer in de buurt was.

En dus werkte Helen nu voor Laura, een van de andere directieleden, negenendertig jaar jong, die ook als *personal assistant* was begonnen maar die wel was opgestoten in de vaart der volkeren. Laura was goed in haar werk en was bovendien een aardige baas, die Helen stimuleerde en steunde. Ze gaf haar altijd de eer die haar toekwam (en dat gebeurde vaak, want Helen was heel slim, hoewel ze dat zelf leek te zijn vergeten, en ze had heel veel goede ideeën waar Laura haar zeer om waardeerde) en maakte geen probleem van haar mood swings. Het zou niet bij haar opkomen om Helen te vragen voor haar naar de stomerij te gaan. Helen haatte Laura.

Toen zij en Matthew pas bij elkaar waren, had Helen haar schuldgevoel weten te onderdrukken door nooit aan zijn vrouw te denken. Ze deed net alsof de affaire maar kort zou duren, gewoon om haar even over Simon heen te helpen en om haar weer wat zelfvertrouwen te geven. Het deugde niet, maar het zou verder zo'n vaart niet lopen, en dan zou niemand er verder nog last van hebben. Na een poosje, toen het tot haar doordrong dat het allemaal net ietsje gecompliceerder lag, was het schuldgevoel toch gekomen. Eerst met kleine speldenprikjes, en later met grote golven, waardoor ze zichzelf nauwelijks nog in de spiegel durfde aan te kijken. Hoe zou zij zich voelen als ze 's ochtends haar man gedag zou zoenen zonder te weten wat voor dubbelleven hij er op na hield? Het viel toch niet te ontkennen dat als alle vrouwen met hun handen van alle getrouwde mannen af zouden blijven, er nooit meer een echtgenote zou zijn die de vernedering van het vreemdgaan van haar man hoefde te ondergaan. Die ene vrouw die zich niet aan die regel wenste te houden, bracht alle andere vrouwen in gevaar. En zij was die ene vrouw.

Ze wist dus maar al te goed dat ze nu een einde zou moeten maken aan haar relatie met Matthew, voordat er echt ellende van kwam, maar opeens leek het allemaal helemaal niet meer zo eenvoudig. Ze had gevoelens voor hem. Ze zou hem missen. Waarom ben ik degene die hem moet opgeven? dacht ze op een dag. Hij houdt toch zeker van mij? Toen kwam ook de jaloezie, telkens als Matthew de naam van zijn vrouw noemde. En zomaar ineens wilde ze het gevecht om deze man aangaan, en om dat gevecht aan te kunnen gaan moest Sophie gedemoniseerd worden en tot vijand worden verheven. Je kunt nu eenmaal niet vechten tegen een vrouw met wie je medelijden hebt. Die slag verlies je altijd.

2

SOPHIE SHALLCROSS ZAT IN HAAR ruime woonkeuken op de eerste etage van haar schitterende, halfvrijstaande stadsvilla met vijf slaapkamers in een populaire buurt in Kentish Town te kijken hoe Matthew zijn *pasta alla putanesca* naar binnen werkte en ze luisterde geduldig naar alle details over zijn stressvolle dag en die over het potje squash dat hij klaarblijkelijk zojuist van zijn collega Alan had gewonnen. Ze vond het leuk om te weten wat hij overdag deed. En ze hoorde hem graag vertellen over de mensen op kantoor en de laatste roddels en kantoorperikelen waar ze zelf nooit van kon genieten omdat zij haar hele werkdag moest afwerken tussen negen en drie om op tijd thuis te kunnen zijn voor de kinderen die dan luidruchtig en druk uit school kwamen. Ze leunde met haar kin op haar hand, elleboog op tafel, en lachte toen hij vertelde hoe Alan was uitgegleden en tegen de muur was gedenderd, en hoe hij vervolgens zijn racket door de zaal had gesmeten, alsof dat er iets aan kon doen. Als de kinderen in bed lagen – halftien en geen minuut later, nooit, behalve dan op verjaardagen en met kerst, en die doodenkele keer dat ze naar het theater gingen – zouden ze gezellig samen op de bank ploffen met een glaasje wijn. Het was haar meest gekoesterde moment van de dag.

Matthew kon zijn leven met Sophie en de kinderen – Suzanne was twaalf en Claudia was tien – uitstekend gescheiden houden van zijn affaire met Helen. Hij had totaal geen last van schuldgevoelens. Sterker nog, als hij thuis was dacht hij eigenlijk nooit aan Helen, en daarom vond hij zichzelf een hele goede vader en echtgenoot. Matthew kon überhaupt niet aan twee dingen tegelijk denken, zoals de meeste mannen trouwens, en dus dacht hij alleen aan degene met wie hij op dat moment geconfronteerd werd. Was het Sophie, dan dacht hij aan Sophie, was het Helen dan dacht hij aan Helen, was het een broodje eiersalade, enzovoort. Helen kon zich nog als de dag van gisteren herinneren dat ze hem tussen neus en lippen door had verteld dat ze zwanger van hem was. Ze zette hem op dat moment net een bord kip uit de wok voor. Het leek wel alsof zijn hersenen in tweeën gesplitst waren, want ze zag hoe hij zijn best moest doen om zijn aandacht erbij te houden (O lekker, noedels / O God, mijn hele leven is naar de verdommenis), net een schizofreen hondje. Ze had het laten weghalen, uiteraard. Zij was immers de maîtresse.

'Waarom kom je eigenlijk altijd zo laat thuis?' wilde Suzanne weten. Hè, wat onhandig nu weer. 'Je bent er nooit om mama te helpen met het eten, en zij werkt ook de hele dag, hoor.'

Suzanne had bij geschiedenis geleerd over de opkomst van het feminisme, en ze nam haar schoolwerk altijd zeer serieus.

'Wat een bullshit,' zei de goddank niet zo geëmancipeerde Claudia, die gedegen had leren vloeken op het schoolplein en die graag elke gelegenheid te baat nam om daarin te oefenen. 'Moeders zijn er om te koken.'

'Ik wil niet dat je "bullshit" zegt, Claudia,' zei Matthew.

Sophie viel hem onmiddellijk bij: 'Je weet best dat ik al om halfvier thuis ben en papa altijd pas na achten. Hij moet nu eenmaal veel harder werken dan ik.'

'Ja, dat zeg ik dus,' zei Suzanne triomfantelijk.

Het was een standaardtafelgesprek in huize Shallcross. Zoals in de meeste gezinnen, speelde iedereen zijn rol op de automatische piloot.

Hoewel Sophie de traditionele rol van huismoeder op zich had genomen, was ze allesbehalve een doorsnee-huisvrouw. Ten eerste was ze cum laude afgestudeerd aan de universiteit van Durham. In wiskunde nog wel. Ze had een baan in de City waar ze iets totaal onbegrijpelijks deed dat onwaarschijnlijk veel geld opleverde – ze verdiende meer dan Matthew – en waar ze zo onmisbaar was, dat ze zelf haar eigen tijd mocht indelen. Maar eerlijk gezegd had ze er geen enkel probleem mee om eerder naar huis te gaan. Hoe hard ze ook werkte, en hoe succesvol ze ook mocht zijn in haar werk, voor Sophie kwam het gezin hoe dan ook op de eerste plaats. Het deerde haar niet dat ze om zes uur al op moest om te zorgen dat Suzanne en Claudia alles bij zich hadden voor school, om hun lunches klaar te maken en om hen naar school te brengen. Het deerde haar ook niet dat ze eigenlijk nooit tijd had om zelf te lunchen, en dat ze, eenmaal thuis, de meisjes altijd met hun huiswerk moest helpen. Met liefde kookte ze elke avond een verse maaltijd (kant-en-klare troep kwam er bij haar niet in), en ruimde ze daarna de afwasmachine in, om vervolgens voor iedereen kleren klaar te leggen voor de volgende dag. En daarna deed ze haar best om zo lang wakker te blijven dat ze nog een volwassen gesprek kon hebben met Matthew en hem een luisterend oor kon bieden als hij gedoe had op het werk. In de afgelopen twaalf jaar was er nauwelijks tot geen tijd geweest voor iets anders, en dus ging ze nooit meer naar de sportschool of borrelen met haar vriendinnen. En ze was ook overgeslagen voor een promotie omdat ze nu eenmaal nooit op kantoor was als in Amerika de werkdag begon. Maar ze had een rotsvast vertrouwen in de liefde en stabiliteit van haar gezin, en dat was voor Sophie wel wat opofferingen waard. O jee.

Deze avond verliep als alle andere avonden. Het was twee weken voor kerst, en Matthew en Sophie moesten beslissen wat ze de meiden wilden geven. In elk geval niet wat ze zelf wilden hebben, want dat waren dingen als make-up, schoenen met hoge hakken, hondjes en minirokjes. En dan was daar nog het probleem wie wanneer zou langskomen en waar iedereen dan zou slapen. Met de kerstdagen was het in huize Shallcross altijd een drukte van belang, want de hele familie kwam langs: Matthews moeder en zijn zussen met hun echtgenoten en kinderen. Iedereen dus.

'Een woestijnratje voor Claudia?' vroeg Sophie, hoewel ze al wist wat er zou komen.

'Nee.'

'Een hamster, dan? Of een cavia? Een rat?'

'Geen sprake van. Geen huisdieren, dat hadden we toch afgesproken?'

'Nou goed dan. Maar ik kan niks anders bedenken. O ja, en de kerstversieringen moeten nu echt eens naar beneden gehaald worden.'

'Dat doe ik dit weekend wel.'

'En we moeten nog een boom.'

'In het weekend.'

'En we moeten de kalkoen nog bestellen.'

Rond halfelf, en na een fles Sancerre, voelde Matthew ineens een ongebruikelijk verlangen naar Helen en naar het ongecompliceerde leven dat hij met haar had. Geen familie en geen verplichtingen. Hij sloop naar de studeerkamer, die in de kerstvakantie altijd dienst deed als kinderkamer, en draaide haar nummer. Helen, die eigenlijk al in bed lag, deed net alsof ze van alles aan haar hoofd had, maar een telefoontje van hem op de late avond was eigenlijk iets heel bijzonders. Matthew beloofde dat hij dinsdag al langs zou komen in plaats van donderdag, want dan had Claudia haar kerstvoorstelling op school. Helen had zogenaamd al iets in haar agenda staan, maar was uiteindelijk de beroerdste niet. Het hele gesprek duurde nog geen drie minuten en ze hingen blij en tevreden op.

In de smaakvolle, bordeauxrode zitkamer met zijn originele gipsen plafond en verdere authentieke details, begon Sophie geeuwend de lijstjes die ze net had zitten maken, op te bergen. Ze sloeg haar armen om Matthews brede torso en kuste hem in zijn nek, waar ze hem het liefst kuste, en waar de korte grijze haartjes opkrulden als babyhaar.

'Amanda en Edwin hebben ons uitgenodigd voor een kerstborrel, morgen. Lukt dat jou?' Amanda was de oudste en irritantste van Matthews twee jongere zusjes.

'Als het echt moet,' zei Matthew. Hij draaide zich om en gaf haar een zoen op haar rug.

'Ik heb gezegd dat wij er rond zeven uur zouden zijn. Kun je wel zo vroeg weg van kantoor?'

'Geen probleem,' zei hij, want hij was de belofte die hij zojuist aan Helen had gedaan alweer totaal vergeten. 'Dan kom ik wel eerst naar huis om je op te pikken.'

3

HELEN LAG IN BED EN herkauwde het telefoongesprek dat ze net hadden gevoerd, om na te gaan wat er tussen de regels door was gezegd. De afgelopen jaren was het maar zelden voorgekomen dat Matthew haar buiten de vaste tijden had willen zien. Ze vroeg zich af waarom hij dat nu ineens wel wilde. Misschien had hij ruzie met Sophie, dacht ze hoopvol. Ze probeerde zich voor te stellen hoe hij thuis was gekomen na een dag hard werken, met zijn koffertje in zijn hand. Hij had zijn kinderen gekust, zijn vrouw was chagrijnig, het eten was verpieterd, en de beschuldigingen over en weer waren ontaard in een schreeuwpartij. Maar ja, Helen was ook niet gek. Ze had Sophie weliswaar nog nooit ontmoet, maar ze wist best dat Matthews vrouw niet zo'n onaantrekkelijke, muizige, aftandse feeks was als zij zich graag inbeeldde op de eenzame maandag-, woensdag- en donderdagavonden als Matthew weer naar huis was. Anders was hij natuurlijk nooit met haar getrouwd. En anders zou hij ook nooit meteen na hun samenzijn weer zo snel naar huis willen, omdat Sophie er niet achter mocht komen dat hij helemaal niet op kantoor of op de squashbaan was. Als hij echt liever met haar wilde zijn, zoals hij altijd beweerde, waarom bleef hij dan nooit slapen? Wat kon het hem dan ene fuck schelen wat Sophie ervan vond? Tenzij...

Stop! Helen sleurde zichzelf uit de zinloze gedachtetrein waar ze zo vaak in ging zitten en hees zich uit bed in een poging ergens anders over na te denken. Ze trok een hobbezakkerige pyjamabroek aan met een T-shirt, liep naar de zitkamer en pakte de telefoon om Rachel te bellen voor de gebruikelijke debriefing. Rachel hielp haar altijd weer om de zaken in het juiste perspectief te zien. Zelfs als ze in de kroeg zat of een date had, Rachel liet alles vallen om Helens geweeklaag aan te horen. Daar ben je vriendinnen voor, toch? Wat Rachel niet wist, was dat hun vriendschap Helen in meer dan alleen dit opzicht een goed gevoel gaf. Rachel had meer succes in haar carrière dan Helen, ze was mooier, had meer geld maar, let op, hier zat hem de kneep, ze was nog steeds single. Er was geen man in haar leven, zelfs geen parttimer zoals die van Helen. Helen was niet trots op het gevoel dat haar dit gaf, en ze zou het ook zeker nooit hardop zeggen, maar ze vond toch dat Rachel hierdoor lager stond in de vrouwelijke pikorde. En elke vrouw heeft nu eenmaal een vriendin nodig aan wie ze zich superieur kan voelen.

Hun gesprekken verliepen doorgaans als volgt:

'Denk je dat hij het nog steeds doet met haar?'

'Nee, natuurlijk niet.'

'Hoe weet je dat dan zo zeker?'

'Hij voelt zich al jaren niet meer tot haar aangetrokken, dat heeft hij je toch al honderd keer verteld, of niet soms?'

'Ja, dat is wel zo, maar denk je dat hij dat ook echt zo voelt? Waarom is hij dan nog steeds bij haar?'

En dan ratelde Rachel haar hele standaardrepertoire af.

'Misschien heeft ze wel gedreigd dat ze zichzelf van kant maakt als hij bij haar weggaat. Of misschien heeft ze wel een levensbedreigende ziekte en wil hij die gewoon uitzitten. Of misschien heeft zij wel bakken geld en kan hij pas weg als hij financieel onafhankelijk van haar is. Maar het kan ook zijn dat ze psychisch niet in orde is, en dat hij bang is voor haar reactie als ze achter de affaire komt.'

Tot een definitieve conclusie kwamen ze nooit. Wat ook nooit gebeurde, was dat Rachel zei wat ze eigenlijk dacht, namelijk: 'Wat denk je zelf! Natuurlijk houdt die man nog gewoon van zijn vrouw – hou toch op met deze ongein!' En dus hing Helen na zo'n gesprek altijd op met het gevoel dat Matthew gevangenzat in een liefdeloos huwelijk, en dat hij alleen nog maar het goede moment afwachtte om daar een einde aan te maken zodat hij bij haar kon komen wonen.

Helen fantaseerde er vaak over hoe ze Sophie zou laten weten wat haar man eigenlijk deed op hun avonden. Het liefst fantaseerde ze daar dan een gekrenkte (en foeilelijke) Sophie bij die Matthew het huis uitsmeet en die van een verzoening niet wilde weten. In die fantasie was Matthew daar absoluut niet van over zijn toeren. Integendeel, hij was juist ontzettend opgelucht dat hij eindelijk het leven kon gaan leiden waar hij al die jaren zo naar had verlangd. Verder bestond de fantasie uit een prachtig groot huis dat hij voor hen zou kopen, ergens op het platteland, waar hij Helen hielp om haar eigen pottenbakstudio op te zetten. (In haar fantasie was Helen namelijk altijd enorm getalenteerd op de meest uiteenlopende gebieden.) En wat vooral zo handig was: Matthew spendeerde nooit meer een gedachte aan zijn reeds bestaande nakomelingen.

Helen had altijd aangenomen dat Sophie ergens begin vijftig was. Ten onrechte, zoals zou blijken. Ze wist dat ze werkte en dat zij, net als Helen zelf, een baan had en geen carrière. Het zou wel iets heel gezelligs zijn, zoals vrijwilligerswerk bij een Leger des Heilswinkeltje, of zo. Leuk, tussen andermans ouwe broeken.

In werkelijkheid was Sophie pas vijfenveertig. Ze had donker haar en donkere ogen, en eigenlijk leek ze nogal op Helen. Ze beging echter die ene doodzonde: ze werd een dagje ouder. Als dat ene akkefietje niet tussen hen in stond, hadden ze gemakkelijk vriendinnen kunnen worden...

Door de jaren heen waren Helens echte vriendinnen een voor een afgehaakt. Zij hadden avondjes in de kroeg vervangen door een gezellig avondje thuis, en de glazen wodka door flessen Pinot Grigio. Helen gaf één keer per jaar een etentje voor zo'n vier tot zes van die vriendinnen (enfin, voor twee tot drie vriendinnen en hun partners, want of zij het nu leuk vond of niet, haar vriendinnen opereerden tegenwoordig alleen nog als setje). Dan hoorde ze hun gesprekken aan over de kinderen en over de valkuilen bij het aanschaffen van keukenapparatuur, en dan deed ze maar net alsof ze dat allemaal reuze interessant vond. ('Dus hij kan al helemaal alleen een plas doen. Waanzinnig! En 's nachts blijft hij ook droog? Wauw!) In werkelijkheid stierf ze langzaam van verveling. Ze probeerde de vragen over Matthew en Sophie af te weren, net als de vraag die haar telkens weer gesteld werd: Is het niet verstandig om de eer aan jezelf te houden? De laatste tijd kreeg ze steeds vaker het gevoel dat haar vriendinnen haar veroordeelden en dat ze naar hun (merendeels monsterlijk onaantrekkelijke) echtgenoten keken en zich afvroegen of die er soms ook een Helen op na hielden.

Zelf werd ze nauwelijks nog uitgenodigd; in tegenstelling tot een alleenstaande man was een alleenstaande vrouw nu eenmaal een tikje gênant, zelfs onder vrienden. Want wat nu als die vrouw van dat stel dat je net op wintersport hebt ontmoet, overstuur raakt omdat haar man de hele tijd zit te ouwehoeren met die alleenstaande vrouw? Stel nou dat zij er achter komt dat die vrouw in feite de maîtresse is van iemands echtgenoot, nou, dan is meteen je hele gezellige etentje naar de knoppen. Dus als Helen tegenwoordig nog weleens uitging, dan ging ze met Rachel zuipen en dansen en mannen afzeiken. Net zoals tien jaar geleden. Alleen, ze liepen nu allebei tegen de veertig en het begon allemaal zo langzamerhand een beetje zielig te worden.

Helen ging zitten met een glaasje wijn. Ze had er echt zin in om het heuglijke nieuws met Rachel te delen. Ze drukte op voorkeuzetoets 3 van haar draadloze telefoon. (Nummer 1 was Matthews mobieltje; nummer 2: haar vader en moeder; nummer 3: Rachel; nummer 4: Rachels mobieltje; nummer 5: haar moeders mobieltje. Jezus, wat een kansloze muts was ze eigenlijk.) Rachels telefoon ging over, en bleef maar overgaan. Net toen Helen dan maar weer op wilde hangen, nam Rachel op. Ze klonk afgeleid.

'Hoi.'

'Rach, met mij. Je raadt het nooit...'

'Helen, hoi. Het komt eigenlijk... eh... kan ik je morgen terugbellen? Het komt eigenlijk niet zo goed uit, nu. Neil is er.'

Oké. Neil was de man die Rachel een paar weken geleden in een disco had ontmoet. Best een leuke vent. Deed iets in de IT. Zag er goed uit. Helen wist dat ze nog een paar keer hadden afgesproken, want ze had de meeste details wel te horen gekregen. Ze waren een keer uit eten gegaan. Bij de derde afspraak waren ze in bed beland. Bij de vierde afspraak was hij ook echt blijven slapen. Dat was nu eenmaal Rachels vaste patroon. Over een week zou ze hem zat zijn. En nog een week later zou ze hem dumpen.

Op deze manier had Rachel al een hele reeks Neils afgewerkt. Terwijl Helen hopeloos bleef vasthouden aan respectievelijk Simon en Matthew, duurden Rachels relaties zelden langer dan een paar weken. De afgelopen maanden alleen al had ze Martin de brandweerman (te onbehouwen), Ian de eigenaar van een boekwinkel (saai) en Nick de drieëntwintigjarige kapper afgewerkt. De laatste had háár trouwens gedumpt. Voor een negentienjarige jongen. Helen had geen enkele reden om aan te nemen dat het met Neil anders zou gaan.

Ze drong aan. 'Hij vindt het toch niet erg als wij even kletsen?'

'Nee, het kan nu echt niet. Ik bel je morgen, goed?'

'Maar Matthew heeft me net gebeld. Om halftien 's avonds. Hij komt dinsdag. Zeg gewoon tegen Neil dat hij even thee gaat zetten, of dat hij een cocktail voor je moet maken, of zo. Ik moet weten wat jij denkt dat er bij Matthew thuis is gebeurd, dat hij dit opeens wil.'

'Ik zeg toch, ik kan nu echt niet praten. Luister, het is echt heel gezellig, en ik wil de stemming niet verpesten, snap je? Als het nu een zaak van leven of dood was, dan was het wat anders. Dit kan best wachten tot morgen. Doei!'

Rachel had al opgehangen. Helen bleef verbijsterd zitten, met de telefoon in haar ene hand en een glas wijn in de andere. In de tien jaar dat ze nu vriendinnen waren, was het nog nooit voorgekomen dat Rachel geen tijd voor haar had. Er was nog nooit een man geweest die voorrang kreeg boven Helen en de traumatische dingen die ze zoal meemaakte. Dat kon maar één ding betekenen: Neil was anders dan al die andere mannen. Neil was de man die Rachel zou redden van het stigma van de alleenstaande vrouw. Helen zou geen medelijden meer kunnen hebben met haar vriendin om haar kansloze relaties. Weg was dat ene gebied waarop zij superieur was aan Rachel. Rachel was mooier, succesvoller en verdiende meer dan Helen, en nu had ze ook nog een man, helemaal voor zichzelf, want zover Helen wist had Neil niet nog ergens een vrouw en een stel kinderen. Rachel had dus gewonnen.

Dit was het einde van een tijdperk. Dat begreep Helen maar al te goed.

Ze keek op de klok en besloot om maar weer naar bed te gaan. Het was ook al kwart voor elf, er was geen moer op tv en morgen moest ze weer aantreden op kantoor.

Toen Helen en Matthew elkaar de volgende dag op het werk even kort zagen, stroomde ze over van warmte en welwillendheid omdat hij zijn plannen had omgegooid om haar te kunnen zien. Híj stroomde eveneens over van liefdevolle gevoelens, omdat hij dat van die botsende agenda's allang weer was vergeten en omdat zij zo ontzettend lief voor hem was. Zomaar, zonder enige aanleiding, fantastisch gewoon. En dus gingen ze allebei blij en gelukkig het weekend in.

Het lukte Helen die zaterdagmiddag zowaar om Rachel even bij Neil weg te lokken en samen nog wat te gaan shoppen. Ondanks het feit dat ze de ene na de andere slag moest incasseren wat betreft de opbloeiende ware liefde tussen haar vriendin en Neil, konden ze toch nog samen lachen en was er nog voldoende gelegenheid om het over haar eigen relatie hebben. Het was dus toch niet helemaal voor niets. Zaterdagavond en de hele zondag bracht ze noodgedwongen in haar eentje door, maar ze doodde de tijd door nog wat meer te gaan shoppen, ditmaal op het internet, op zoek naar het perfecte kerstcadeau voor de man die alles al had, inclusief een vrouw die zich zou afvragen waar hij die nieuwe kasjmieren trui vandaan had. Het vergde een speciaal talent om iets te vinden wat hij ook voor zichzelf kon hebben gekocht, maar waarvan je toch vrij zeker was dat hij dat tussen nu en kerst niet meer zou doen. Je begrijpt wel wat ik bedoel. Ze ging dan ook voor een koffertje van Paul Smith.

Op maandag zat Matthew de hele dag in vergadering, net als Laura, en dus had Helen het lekker naar haar zin. Ze typte af en toe een briefje, bladerde wat in tijdschriften en luisterde gezellig naar de radio. Ze overwoog Rachel te bellen om nog wat te beppen, maar deed dat toch maar niet.

Om exact halfzeven werd er bij haar aangebeld, en daar stond Matthew, zoals gewoonlijk. Met een fles wijn en een bak ijs in zijn handen. Ze werkten hun gebruikelijke rondje af: even snel bijkletsen over de zaak, slokje wijn, naar bed, wat halfzacht gefrunnik, en indommelen maar.

Om vijf voor acht keek Matthew op zijn horloge dat naast het bed lag, en maakte aanstalten om op te staan.

'Ik zie je morgenochtend,' zei ze, en ze zette de wekker uit voor hij af kon gaan.

Hij leunde voorover om haar een zoen te geven, en zij sloeg haar armen om zijn hals, zodat hij niet weer omhoog kon komen.

'Kun je anders morgen niet wat eerder komen? Dan kan ik voor je koken. Of moet je weer thuis eten?'

Matthew keek alsof hij geen idee had waar ze het over had en zei: 'Morgen?' Toen begon het hem te dagen.

'Hadden we morgen afgesproken dan?' vroeg hij in een poging tijd te winnen. 'Ik kan morgen namelijk niet. Er is iets tussen gekomen.'

En dat was het moment waarop de hel losbrak.

'Hoe bedoel je: er is iets tussen gekomen?'

'Nou gewoon... gedoe met de familie, je weet wel.'

'Je was je afspraak met mij gewoon vergeten, dus, geef het maar toe! Je was mij gewoon totaal vergeten en dus heb je goddomme gewoon weer met die muts van een vrouw van je afgesproken!'

'Nou, nou, een beetje minder kan ook,' zei hij zakkerig.

'Wat nou: een beetje minder? Je hebt er geen seconde aan gedacht dat ik hier avond aan avond in mijn eentje zit te koekeloeren!'

'Ja, maar je kunt toch wel uitgaan? Ik hou je niet tegen.'

'Nee, dat kan dus niet, want er is niemand meer die nog met me uit wil. Mensen willen niet bevriend zijn met iemand die het doet met een getrouwde man.'

'O ja, en je wou zeker beweren dat dat mijn schuld is? Ik ben anders degene die alles bij elkaar moet liegen om bij jou te kunnen zijn. Heb jij enig idee hoe moeilijk dat is?'

'Ik vraag jou niet om voor mij te liegen.'

'Dat doe je wel. Je doet niet anders, zelfs. Ik moet hier komen, en je wilt met me lunchen. En je hebt me ik weet niet hoe vaak proberen over te halen om tegen Sophie te zeggen dat ik naar een congres moest zodat wij een weekendje weg konden.'

'Maar dat heb je nog nooit gedaan, of wel soms?'

'Omdat ik geen zin heb om betrapt te worden. De afspraak was toch dat...'

'Rot toch een eind op met je afspraak. Ik heb er meer dan genoeg van dat ik altijd op de tweede plaats kom, dat ik altijd degene ben die door jou in de steek wordt gelaten...'

'Het spijt me echt van morgen. Ik meen het. Maar je hebt toch altijd al geweten dat het niet anders kan dan op deze manier?'

'Het moet anders,' zei Helen uitdagend. 'Echt.'

'Wat bedoel je: dat ik maar gewoon aan mijn vrouw en kinderen moet vertellen dat ik bijna nooit thuis ben omdat ik er een vriendinnetje op na houd?'

'Ja, bijvoorbeeld.'

'Ben jij wel helemaal lekker in je hoofd?'

'Ja, ik ben helemaal lekker in mijn hoofd. Ik zie niet in wat er zo verschrikkelijk moeilijk aan is om na al die jaren eens de waarheid te vertellen aan die perfecte tuttebel van je.'

Stilte.

Dit was een onderwerp dat Helen en Matthew altijd hadden gemeden, behalve als ze flink ruzie hadden: Waarom ga je niet gewoon bij je vrouw weg voor mij? Maar nu was het uitgesproken en dat kon niet meer worden teruggedraaid.

'Laat Sophie hier buiten. Dit heeft geen donder met haar te maken.'

'Waarom zit je haar altijd zo te verdedigen, man?'

'Omdat zij mijn vrouw is, en dit is allemaal haar schuld niet. En jij wist dondersgoed dat ik getrouwd was toen je aan deze relatie begon.' Matthew trok zijn jas aan. 'Ik ben al te laat. Ik moet nu gaan, anders vraagt ze zich af waar ik uithang.'

Helen wist echter niet meer van ophouden. 'Dan vertel je haar maar gewoon waar je uithangt. Ik heb er genoeg van, goddomme. Je vertelt Sophie gewoon dat je een vriendin hebt, en anders hoef ik je niet meer te zien. Ik meen het dit keer echt. Dan is het echt voorbij.'

'Prima.'

Matthew trok de voordeur achter zich dicht.

4

Sophie zou het nooit toegeven, maar ze zag altijd verschrikkelijk op tegen de kerstdagen.

Ze kon zich niet meer precies herinneren hoe het er in was geslopen dat iedereen altijd bij hen kwam logeren en dat zij dagen achter elkaar liep te sloven. Er stond haar nog vaag iets bij van een gesprek waarin ze hadden afgesproken dat de kerst dat jaar bij haar en Matthew zou worden gevierd, en dat daarna zijn zusters aan de beurt zouden zijn, zodat de lasten gelijkelijk zouden worden verdeeld.

Sophie en Matthew hadden gul aangeboden dat iedereen die eerste kerst bij hen mocht komen en ze hadden zich enorm uitgesloofd op het eten, de drank en de kerstversieringen, en ze hadden spelletjes bedacht en quizzen. Suzanne en Claudia waren toen acht en zes, dus kerst was nog een groot feest voor ze. Matthews zusjes, Amanda en Louisa, zaten vals te zuchten dat het zo ontzettend gezellig was en hoe geweldig Sophie dat allemaal had geregeld. Matthews zwagers, Edwin en Jason, kirden over haar jus en zelfgemaakte pasteitjes, met Grand Marnier door de vulling en sinaasappelrasp door de korst, en klaagden over de tekortkomingen van hun eigen vrouwen in de keuken. En Amanda's kinderen, Jocasta en Benji, waren door het dolle heen en maakten een enorme bende omdat ze wisten dat toch niemand hen terecht zou wijzen, aangezien hun vader en moeder zich overduidelijk een paar dagen niets van hun ouderlijke plichten aantrokken. Sophie en Matthew liepen af en aan met drankjes en hapjes en doekjes om de troep op te vegen. Ze gingen er zelf haast aan onderdoor, maar ze troostten zich met de gedachte dat dit maar eens in de drie jaar hun lot zou zijn.

Ja, op je bolle ogen.

Het jaar daarop kondigde Amanda, wier beurt het zou zijn, in oktober aan dat ze zwanger was en dat ze het niet zag zitten, kerst bij haar thuis. Louisa's huis werd net verbouwd, dus daar was het zo'n troep dat zij er ook geen heil in zag, en toen werd het even heel stil, totdat Sophie zei dat Matthew en zij graag iedereen weer wilden ontvangen. Ook Matthews moeder, Sheila, die inmiddels weduwe was geworden, was van harte welkom. Sophies ouders, Bill en Alice, kwamen ook op eerste kerstdag. Gelukkig was haar oudere en enige broer zo verstandig om de kerst elk jaar in Spanje door te brengen bij zijn eigen kinderen en bij de kleinkinderen die hij sinds kort had. Het zou niet bij hem opkomen om Sophie en Matthew uit te nodigen om met hem mee te gaan. Sophie zou waarschijnlijk ook niet zijn gegaan als hij dat wel zou doen, want de relatie met haar broer werd steeds afstandelijker. Die kerst werd de feestvreugde getemperd door het feit dat Amanda de hele tijd moest overgeven, gek genoeg vooral op het moment dat er net aardappels moesten worden geschild of iets dergelijks.

Het jaar daarna kwamen de excuses in de vorm van Amanda's jonge kind en Louisa's zwangerschap. De verwachtingen waren hoger gespannen en de lontjes waren korter.

Vorig jaar hadden ze niet eens meer smoesjes bedacht. Ze vroegen gewoon hoe laat ze verwacht werden en claimden meteen maar de kamers. (Amanda, die weer zwanger was, wilde beneden, Louisa wilde de slaapkamer boven naast de badkamer, want dat was zo handig met een klein kind.) Eenmaal binnen stonden ze al meteen klaar met hun bestellingen: thee graag, en boterhammen. Vervolgens barstte er een ruzie los over de afstandsbediening en Suzanne verklaarde dat dit de allerstomste kerst ooit was. En dus zat ze nu met vijf volwassenen en vier kinderen naast de twee volwassenen en twee kinderen die al in het huis woonden, plus de twee extra gasten op eerste kerstdag. Een van de gasten was veganist, twee waren er vegetariër, eentje was allergisch voor zuivel en eentje voor gluten, en dan had je nog een alcoholist en een familielid die net van de drank af was. Met zijn vijftienen waren ze, in totaal.

Nee, wacht: Amanda had natuurlijk ook nog een baby van een halfjaar, dus waren ze met zestien mensen. Hoewel, de kans was groot dat het huwelijk van Louisa en Jason het niet zou redden tot de kerst, dus wellicht zou het toch bij vijftien blijven.

'Als we ze nou eens zeggen dat wij er deze kerst niet zijn?' had Matthew een paar dagen eerder gezegd omdat de onvermijdelijkheid van de ruzies, de dronkenschap en de tranen hem ook enorm benauwde. 'Laten we eens iets geks doen, voor de verandering. Laten we naar een hotel gaan, dan zoeken zij het allemaal zelf maar uit.'

Sophie lachte, want zij had precies dezelfde wens. 'Dat kan niet, en dat weet jij ook best,' had ze geantwoord.

Na hun ruzie hadden Helen en Matthew elkaar ontweken, behalve dan als ze elkaar toevallig tegenkwamen op het werk. De dag na hun ruzie, de bewuste dinsdag, was Matthew naar de borrel bij Amanda en Edwin gegaan, waar hij een nogal moeizaam gesprek had over het jachtverbod. (Edwin was voor, Matthew, Sophie en Amanda waren tegen.) Edwin dronk te veel, zoals gewoonlijk, en zocht ruzie met Amanda over het feit dat die een handtasje van Prada wilde kopen voor Jocasta – het schaap was negen jaar. India, van drie, maakte met viltstift een abstracte tekening op Matthews nieuwe, nogal prijzige jas, en werd naar haar kamer gestuurd, en Molly, de baby, smeet een glas rode wijn over de witte bank. In de tussentijd zat Helen thuis, in de volste overtuiging dat Matthew elk moment berouwvol aan kon bellen, met een bos bloemen in zijn hand. Maar dat gebeurde natuurlijk niet.

Op woensdag was Matthew de hele dag op bezoek bij een belangrijke klant, en hij had zijn telefoon uit staan. Helen ging zoals gebruikelijk thuis op hem zitten wachten, en zag hoe het zeven uur werd, en toen acht uur, en toen veegde ze de make-up van haar gezicht, trok haar pyjama aan en huilde zichzelf in slaap.

Op donderdagavond was Claudia's kerstspel. Helen dacht erover om Matthew een e-mailtje te sturen om te vragen of hij misschien van gedachten was veranderd en toch langs wilde komen, zoals gewoonlijk, maar ze wist dat die trut van een assistente van hem, Jenny van zesentwintig, altijd al zijn e-mails las. Jenny nam trouwens ook altijd zijn telefoon op, en Helen en Matthew hadden al lang geleden afgesproken dat ze elkaar alleen in geval van nood op kantoor zouden bellen. Ze hing wat rond in de buurt van de vergaderkamer waar hij zijn wekelijkse strategiesessie had, maar er waren te veel andere mensen bij, en ze kon dus niets anders doen dan hem een flauwe glimlach toewerpen. Die avond zat ze weer eindeloos te wachten. De kaarsen brandden op tot stompjes en de fles witte wijn bleef onaangebroken, want hij kwam niet. Ze kwam tot de conclusie dat hij dit allemaal alleen maar deed om het haar betaald te zetten.

Claudia was een van de Wijzen uit het Oosten, compleet met baard en een lange gestreepte mantel met daaronder sandalen. Toen zij haar mirre aan de Maagd Maria overhandigde, stootte ze haar teen aan de kribbe en riep heel hard: 'Kut!'

Vrijdag was de laatste werkdag voordat het kantoor twee weken dicht zou gaan. Helen had zichzelf wijsgemaakt dat Matthew wel heel tevreden zou zijn met het feit dat hij haar een lesje had geleerd, en dat hij zo dadelijk haar kantoor nog wel even zou binnenlopen met een smoesje, zodat ze het weer goed konden maken. Ze had hem het koffertje eigenlijk gisteravond willen geven, maar omdat hij toen niet was gekomen, lag het nu in zilverkleurig papier, met een mooi lint erom, op haar bureau. Ze wist wel dat ze het risico niet kon lopen om het hem op kantoor te geven, maar ze had geen keus.

Ze ging naar de jaarlijkse kerstlunch van alle secretaresses en werd een beetje dronken en huilerig. Heel even dacht ze erover om Jamie te versieren, de enige mannelijke secretaresse binnen het bedrijf. Maar ja, die was krap zevenentwintig, en niet eens een lekker ding of zo, dus dat deed ze toch maar liever niet. Ze probeerde het gesprek zo veel mogelijk op Matthew te brengen zonder dat het opviel, maar het enige waar ze achter kwam, was dat hij voor Sophie een paar oorbellen had gekocht bij Tiffany, dat hij Jenny een keer had gevraagd om nieuwe onderbroeken voor hem te kopen omdat hij naar een congres moest en vergeten was om ondergoed in zijn koffer te doen (Calvin Klein, zwart, maat large) en dat Laura hem heel vaak belde om hem uit te nodigen voor de lunch, en dat hij daar soms op inging. Allemaal informatie waar Helen niet echt blij van werd.

Rond een uur of vier besloot ze dat er een noodgeval was, en belde ze hem op: 'Matthew Shallcross is momenteel wegens het kerstreces niet bereikbaar. Ons kantoor is op 4 januari weer geopend.' Ze probeerde het op zijn mobieltje. Dat stond uit.

Die avond gingen Helen, Rachel en Neil samen naar de kroeg en Helen moest toegeven dat Neil inderdaad hartstikke leuk en grappig was en dat hij overduidelijk stapelgek was op Rachel. Hij maakte ook geen foute grappen, en toen Rachel hem vertelde dat ze vroeger gek was op breakdancing zei hij ook niet: 'In de jaren tachtig had ik net mijn eerste kind en een hypotheek om me zorgen over te maken, dus toen ging ik al nooit meer uit.' (Overigens, Sophie was Matthews tweede vrouw, en met zijn eerste vrouw, Hannah, had hij al een zoon, Leo, die nu achtendertig was. Het verwarrende was dat Leo oud genoeg was om de vader van Suzanne en Claudia te kunnen zijn. Trouwens, Matthew had Helens vader kunnen zijn, hoewel ze zo liever niet naar hun relatie wilde kijken, omdat het een beeld opriep van haar eigen ouwe, trouwe en volkomen seksloze vader, die maar vijf jaar ouder was dan Matthew.)

Daarbij eindigde Rachels avond niet abrupt om acht uur omdat haar vriendje dan weer naar zijn vrouw moest.

Helen bleef veel te lang in de kroeg en dronk veel te veel, en daarna ging ze naar huis, waar ze heel lang huilde. Vervolgens kwam ze dat huis twee dagen niet meer uit.

De afgelopen jaren was Helen steeds alleen thuis gebleven met kerst. Ze had natuurlijk best naar haar ouders kunnen gaan, maar ze schaamde zich omdat ze ondanks het feit dat ze al bijna veertig was, nog steeds single was. Dus maakte ze haar ouders wijs dat ze eerste kerstdag met haar vriendje zou doorbrengen – niet Matthew, uiteraard, want haar ouders zouden haar waarschijnlijk onterven als ze wisten dat zij het deed met de man van iemand anders – maar met Carlo, Helens denkbeeldige vriend, die ze al jaren had. Het was natuurlijk best riskant, maar ze had liever dat haar moeder beledigd was omdat Carlo haar nog nooit met een bezoek had vereerd dan dat ze haar medelijden en teleurstelling moest ondergaan omdat haar enige dochter een ouwe vrijster was. Eén keer zag ze zo op tegen een dag slechte televisie en slecht eten dat ze toch naar huis was gegaan. Toen had ze beweerd dat Carlo voor de verandering toch had besloten om de kerst bij zijn ouders in Spanje door te brengen. Ze kon zich niet meer herinneren wanneer en waarom hij opeens een Spanjaard bleek te zijn, maar door de jaren heen was ze er van alles bij gaan verzinnen om de stiltes te vullen. Momenteel was hij niet alleen een Spanjaard, maar ook nog eens steenrijk. Helen meende dat ze zelfs een keer had laten vallen dat hij in zijn eigen land een beroemdheid was, maar waar hij die roem aan te danken had, dat was ze alweer vergeten. Toen ze aan de lunch zaten was haar moeder licht verbolgen over het feit dat Carlo nog altijd niet had gebeld om Helen een fijne kerst te wensen. Aan het einde van de middag vroeg ze: 'Hebben jullie soms ruzie?' En dus zag Helen zich aan het begin van de avond gedwongen om binnen gehoorsafstand van haar ouders een eenzijdig telefoongesprek te voeren op haar mobieltje, waarbij ze giechelde om niet-bestaande grappen en waarbij ze de liefde verklaarde aan een pieptoon. Ze had besloten dat ze zichzelf dat nooit meer aan zou doen.

Kerst was voor Helen al zo lang als ze zich kon herinneren iets traumatisch geweest. Ze vond de voorpret geweldig – de mooie etalages en de lichtjes en de sentimentele films op televisie – maar de kerst zelf was altijd weer een teleurstelling. Aangezien ze geen broertjes of zusjes had, was het altijd een nogal tamme bedoening. Bij haar thuis werd nooit veel gelachen en was het nooit zo'n drukke toestand als bij haar vriendinnen thuis, als je de verhalen mocht geloven. Er leek nooit een einde aan de dag te komen, en dan die lange saaie lunch, en het feit dat de tv pas aan mocht na het middagslaapje van haar ouders. Dan gingen ze met een boterham met restjes kalkoen naar een of andere show zitten kijken. Naarmate ze ouder werd, wierp die loodzware dag zijn schaduw reeds ver vooruit, zodat ook alle voorpret werd bedorven. De feestdagen waren een nachtmerrie voor Helen.

Tegenwoordig sloeg ze zich erdoorheen door het op kerstavond op een zuipen te zetten met Rachel, waarna ze de volgende dag haar roes uit kon slapen. Dit jaar kon ze het niet aan om het geluk van Rachel en Neil te moeten aanschouwen, en beweerde ze dat ze met weer een ander stel denkbeeldige vrienden op stap zou gaan. Ze kroop echter in bed met een fles wodka.

Tot Sophies ergernis verliep kerstavond met de familie Shallcross volgens het aloude patroon. Amanda en Edwin kwamen met hun kinderen en Matthews moeder Sheila, en leverden kritiek op alles wat maar te bekritiseren viel, van het wijnjaar van de wijn die ze kregen aangeboden tot het merk van de glazen waar die wijn in werd geschonken. Louisa en Jason kwamen laat, waarschijnlijk omdat ze ruzie hadden. Louisa zou dadelijk een glas wodka nemen en dat treiterig opdrinken, recht in het gezicht van Jason, die net van de drank af was. Als ze hem tegenwoordig echt wilde pakken, liet ze nog weten dat er momenteel geen lol meer aan was nu hij niet meer zoop. En voor iemand die ooit eens wakker werd in een politiecel omdat hij zijn vrouw in een dronken bui had geslagen, was dat vast niet leuk om te horen.

'Weet je nog die keer dat Louisa haar eerste vriendje, die jongen van Wilson, mee naar huis nam voor het eten, en dat hij godbetert een fles Cava meenam, van die Spaanse nepchampagne?' vroeg Sheila aan Amanda, die daar smakelijk om moest lachen, al begreep Sophie niet waarom.

'Ja, en toen zei hij nog dat het vast goed spul moest zijn, omdat het hem wel zes pond had gekost.' Amanda gierde het uit en bette hulpeloos haar ogen.

Sophie realiseerde zich meteen dat ze die zes flessen Cava, die ze nog even snel had gekocht om genoeg bubbels in huis te hebben, maar beter snel achter het krat Laurent Perrier kon schuiven. In al die jaren dat ze nu met Matthew was, was het haar nooit gelukt om bij te houden waar zijn moeder en zuster allemaal precies op neerkeken.

Ze koesterde geen enkele illusie. Ze wist best dat zowel Amanda als zijn moeder vond dat Matthew zichzelf tekort deed toen hij met haar trouwde. Haar sociale klasse kwam niet in de buurt van die van hen. Amanda mocht graag denken dat ze als twee druppels water leek op prinses Michael van Kent, immers het sekssymbool van de *upperclass* – wat trouwens ook zo was – en ze sprak alsof ze een kilo hete aardappelen in haar keel had zitten. Sheila, die griezelig veel weg had van Margaret Thatcher, droeg witte handschoentjes als ze des zondags naar de kerk ging en ze had een abonnement op het tijdschrift *Hond en Paard*, ook al haatte ze alles wat op vier poten rondliep. Nette mensen hoorden nu eenmaal van dieren te houden. Het was een belachelijk stelletje bij elkaar, en Sophie had vaak medelijden met hen ondanks hun vaak openlijke minachting voor haar. Louisa was trouwens ook al nooit overmatig dol op Sophie geweest, maar in haar geval kwam dat doordat er nooit een vrouw goed genoeg zou zijn voor haar oudere broer. Sophie vroeg zich vaak af hoe iemand die zo charmant en zo relaxed en zo *leuk* was als Matthew familie kon zijn van drie zulke onaangename mensen.

Tegen negen uur kwamen Louisa en Jason binnenzeilen en was het stel compleet. Sophie was al uitgeput van het rondlopen met drankjes, pasteitjes en saucijzenbroodjes, en van het glazen wassen. Louisa en Jason spraken niet met elkaar en maakten daar een enorme show van. Louisa deed haar best om zowel Jason als Amanda de gordijnen in te jagen door met Edwin te flirten, die dolblij was met zoveel aandacht, en die inmiddels innig kennis had gemaakt met Matthews vijfentwintig jaar oude malt whisky. Sheila had Sophie al gemeld dat ze vond dat ze was aangekomen, en stond inmiddels bij haar in de bijkeuken uit te leggen dat je maar beter geen Filippijnse keukenmeid kon nemen omdat die volstrekt onbetrouwbaar zijn. Suzanne zat te chagrijnen in haar kamer omdat ze geen tv mocht kijken. Benji en India vochten om een Gameboy. De baby huilde, maar niemand nam de moeite om even te controleren waarom. Claudia gooide cola over Jocasta's T-shirt van Juicy Couture. Ze had daartoe al een paar mislukte pogingen gedaan, dus nu het eindelijk gelukt was, was zij in elk geval tevreden. Matthew verlangde intens naar de kalme orde van Helens appartement. Heel even overwoog hij om haar te bellen, maar in plaats daarvan schonk hij nog maar een borrel in en schudde de gedachte aan haar van zich af.

Tegen elven zat Louisa op de bank naast Edwin, waar zij aan zijn lippen hing en 'per ongeluk' met haar hand over zijn been streek telkens als Jason hun kant op keek. Edwin, die een halve fles whisky achter zijn kiezen had, sprak inmiddels niet zo helder meer. Het zou een komisch tafereel zijn als het hele gebeuren niet zo afschuwelijk was. Edwin legde zijn hand op Louisa's knie en gaf daar klopjes op alsof ze een brave labrador was. Ze giebelde als een puber en keek of haar echtgenoot het wel zag.

'Edwin, wat doe je nou,' fluisterde ze theatraal, maar ze deed niets om een eind te maken aan het geflirt. 'Zo meteen wordt Jason nog jaloers.' De waarheid was dat haar been nogal beurs werd van al dat gemep. Ze voelde dat ze er een flinke rode plek van kreeg onder haar grijze wollen broek. Was hij maar een beetje... nou ja... speelser. Ze besloot om de zaak dan maar te forceren.

'Edwin, wat ben jij een vreselijke flirt, zeg, dat had ik nou nooit achter je gezocht,' kirde ze, en ze legde haar hand over de zijne en liet hem daar liggen.

'We moesten allemaal maar eens lekker vroeg naar bed,' kwam Matthew tussenbeide, want iets anders kon hij niet bedenken om deze situatie te redden. Hij stond op. 'Wat zou je er van zeggen, Jason?'

Jasons ogen waren strak op zijn vrouw en zijn zwager gericht. Matthew ging maar weer zitten, want hij wist niet wat hij er verder nog aan moest doen. Edwin, die alweer aan een volgende fles drank was begonnen, leek zich totaal niet bewust van de aanzwellende spanning om hem heen.

'Oké, kinderen, het is bedtijd!' Matthew zwaaide met zijn armen in een poging om de meisjes de trap op te jagen. De jongere kinderen waren al eerder naar boven gestuurd, maar Claudia, die Suzanne uit haar kamer had gelokt met verhalen over de misdragingen van de grote mensen, probeerde het nieuwe woord uit dat ze pas had geleerd – het klonk als 'hutwijf' – en hoopte dat Jason het nog een keer zou zeggen, zodat ze precies wist hoe je het uit moest spreken en in welke context je het moest gebruiken. Jocasta was heel stilletjes en veegde af en toe haar ogen af met de mouw van haar Paul Frankpyjama. Niemand verroerde een vin.

Louisa controleerde of ze nog steeds Jasons aandacht had, en fluisterde hard in Edwins oor: 'Ik weet best dat je altijd al een oogje op me hebt gehad.'

Jason, die alles tot nu toe manmoedig had uitgezeten, schonk zichzelf nu een flink glas Merlot in.

Matthew had er schoon genoeg van. Hij pakte de telefoon en sloot zichzelf op in zijn slaapkamer, ingericht in Franse renaissancestijl, en toetste Helens nummer in. De telefoon ging drie keer over en sprong toen op het antwoordapparaat met Helens vrolijke stem. Hij hing op zonder een boodschap achter te laten. Toen ineens voelde hij een steek: waar hing ze uit? Ondanks het feit dat Matthew een vrouw had waar hij nog steeds af en toe seks mee had, werd hij gek van jaloezie bij de gedachte dat een andere man te dicht bij Helen in de buurt zou komen. Hij had daarbij een paar kwellende scenario's in gedachten, waarin vreemd uitziende jonge kerels een rol speelden. Die kerels zaten gezellig met haar in de kroeg en gaven haar op straat zomaar een dronken zoen, waarna ze met haar in bed belandden. Wat ongelofelijk stom van hem om het niet goed te maken met haar voor de kerstvakantie. God mag weten wat ze – nu, op dit moment – allemaal deed om het hem betaald te zetten! God wist het, en wij natuurlijk ook: ze lag namelijk half in coma van de drank met open mond en luid snurkend haar roes uit te slapen. In Matthews verbeelding had ze echter inmiddels al iemand anders ontmoet, versierd en gehuwd.

Hij probeerde het op haar gsm, en wilde net weer ophangen toen hij haar voicemail hoorde. Ze had hem dus uit staan. Matthew ging op het bed zitten en staarde naar het dekbed. Shit! Zo trof Sophie hem aan toen ze de slaapkamer binnenkwam op zoek naar ruzie. Dezelfde ruzie die Matthew en Sophie de vorige kerst ook al hadden gehad, en de kerst daarvoor ook. Hij ging ongeveer zo:

'Die klotefamilie van jou weet zich weer eens niet te gedragen.'

'Ik ben anders niet degene die ze heeft uitgenodigd.'

'Ik zeker wel? Ze komen onuitgenodigd en wat moet ik dan doen, zeggen dat ze niet welkom zijn en dat de rest van mijn leven aanhoren?'

'Nee! Ik heb inderdaad veel liever dat je zegt: "Gezellig, jullie zijn van harte welkom." Dan voelen zij zich geroepen om hier onze kerstdagen te komen vergallen. Zoals altijd.'

Op de een of andere manier lukte het Matthew altijd weer om deze ruzie naar zijn hand te zetten, ondanks het feit dat het wel degelijk zijn familie was, die zich beneden aan het misdragen was.

Matthew en Sophie gingen naar bed, keerden elkaar de rug toe en probeerden te slapen. Het perfecte einde van een geslaagde dag. Vrolijk kerstfeest.

Op eerste kerstdag doodde Helen de tijd met het opstellen van een lijstje van alle dingen die ze haatte aan Matthew.

Het feit dat hij zich niet aan haar wilde binden
Zijn gebrek aan ruggengraat
De manier waarop hij altijd echt 'hatsjie' zei als hij moest niezen
Zijn neushaar
Het rimpelige vel op zijn buik
De ringtone op zijn mobieltje
De teddybeer die ze ooit eens van hem op haar verjaardag had gekregen
De films die hij mooi vond
De muziek die hij mooi vond
Zijn smaak in het algemeen

Zijn assistente: Jenny
Zijn oren (waar eigenlijk niet echt iets mis mee was, maar ze was zo lekker bezig)
Zijn Pradaschoenen, waarvan ze zeker wist dat zijn vrouw die voor hem gekocht had (en dat was ook zo)
Zijn Tag Heuerhorloge, waarvan ze zeker wist dat zijn vrouw die voor hem gekocht had (en dat was niet zo)
Zijn vrouw

Toen ze klaar was had ze twee bladzijden vol gepend. Indrukwekkend. Ze belde haar ouders om hen een vrolijk kerstfeest toe te wensen en ging toen op de bank liggen om tv te kijken en te wachten tot haar kater over zou gaan.

Het sissende geluid van de Alka-Seltzer klonk ook in het huis van Matthew en Sophie, waar de zaken gigantisch uit de hand liepen. De kinderen hadden hun cadeautjes al opengemaakt, en nu die pret achter de rug was, hoefden de grote mensen de schijn van gezelligheid niet langer op te houden. Sophie en Matthew waren in snijdende stilte bezig met het voorbereiden van de lunch, waarbij ze de hulp die Bill en Alice aanboden afsloegen. Bill en Alice probeerden intussen om de stemming erin te krijgen door met verhalen te komen van het kaliber 'toen Sophie een klein meisje was'. Hun toehoorders waren echter volkomen ongeïnteresseerd. Edwin meed alle oogcontact met Louisa, die op haar beurt Amanda niet aan durfde te kijken.

Halverwege de eerste gang, een garnalencocktail, verontschuldigde Matthew zich en ging van tafel. Hij liep de achtertuin in en belde Helens mobiele nummer, in de overtuiging dat ze bij haar ouders was, omdat ze nooit had verteld over haar treurige eenpersoonskerstdiners.

Helen zag zijn nummer in haar schermpje verschijnen en nam op met een nonchalance waar ze lang op had geoefend.

'Ik belde alleen om je een fijne kerst te wensen.'

'Hm-hm.'

'En om je te zeggen dat het me spijt dat ik me zo lullig heb gedragen. Ik weet ook wel dat het allemaal heel moeilijk is voor jou en ik wil echt... Nou ja, het spijt me.'

'Oké.' (Ze was helemaal blij met zichzelf – dit spelletje speelde ze briljant.)

'Kun je het me vergeven, Helly?'

'Ja, hoor.' (Bij Matthew was inmiddels het klamme zweet uitgebroken. Zo had hij zich hun roerende verzoening helemaal niet voorgesteld.)

'Gaat het goed met je?'

'Yep.'

'Heb je het leuk?'

'Super.'

Stilte. En toen de vraag: 'Waar was je gisteravond?'

Zij had gewonnen.

'Matthew, ik ga ophangen want ik moet mijn moeder even helpen. Doeg!'

Ze had al opgehangen toen Matthew halverwege zijn 'ik hou van jou' was.

Normaal gesproken zou Helen nu helemaal door het dolle heen zijn. Niet alleen omdat ze zo goed was geweest aan de telefoon, maar ook omdat hij haar überhaupt had gebeld, maar het kon haar deze keer eigenlijk verrassend weinig schelen. Ze ging op zoek naar haar lijstje en krabbelde onderaan: Dat hij me Helly noemt.

Matthew hing zelf ook op, en zijn hart ging ernstig tekeer. Er was iets loos. Als hij haar belde met kerst zat ze meestal boven op de telefoon, en nam ze al na één keer overgaan op, alsof ze op zijn belletje had zitten wachten. Wat natuurlijk ook zo was. Hij was altijd degene die een eind aan het gesprek maakte, omdat zijn dochters hem riepen, of omdat ze aan tafel moesten, of omdat hij mee moest doen met een spelletje Hints. Dan was ze huilerig en plakkerig en wilde ze weten wanneer hij weer zou bellen, en dan vertelde ze dat ze zo ongelukkig was, en dat ze hem zo miste. Maar dit keer wist ze kennelijk niet hoe snel ze hem op moest hangen. Voor de eerste keer in zijn leven had hij het gevoel dat hij niet degene was die de touwtjes in handen had.

Die avond was iedereen op Bartholomew Road rond een uur of tien al afgetaaid naar bed. Het was een gespannen avond geweest, waarbij ze braaf de quiz hadden afgewerkt die Sophie had voorbereid. Matthew en Sophie waren alleen en konden zich eindelijk uitleven in de ruzie waar Matthew de hele dag naar had uitgekeken. Al sinds zijn gesprekje met Helen was hij onwaarschijnlijk kwaad op Sophie omdat ze... Nou ja, hij had eigenlijk geen idee waarom.

Ze gaf hem de voorzet waar hij op had zitten wachten: 'Wat was er met jou aan de hand, tijdens de lunch?'

Om een voor Sophie raadselachtige reden leidde die vraag tot de vreselijkste schreeuwpartij die ze sinds jaren hadden gehad. Sophie moest haar best doen om alle beschuldigingen die Matthew naar haar hoofd slingerde bij te kunnen houden. Die beschuldigingen besloegen een breed spectrum: zij had geen oog voor de druk waar hij mee te maken had op zijn werk, ze hadden totaal geen sociaal leven en zijn moeder had hem gevraagd hoe hij het volhield om zulke lange dagen te draaien op de zaak. 'Wat denkt ze wel niet?' raasde hij. 'Hoe durft ze te impliceren dat ik mijn best niet doe hier thuis, en dat ik niet genoeg tijd besteed aan de kinderen.'

'Dat zei ze helemaal niet,' schreeuwde Sophie terug. 'Ze wilde gewoon een praatje maken, maar ze heeft nu eenmaal niet zo'n sprankelende conversatie.'

Hij gooide ook nog ergens tussendoor dat hun seksleven zo langzamerhand op zijn dooie gat lag, en dat er voortdurend druk op hem werd uitgeoefend om toch vooral veel succes te hebben op zijn werk. En bizar genoeg begon hij toen ook nog over de kleding die ze altijd droeg als ze naar kantoor ging. 'Zo ongelofelijk truttig!' schreeuwde hij.

'Alsof het jou ene moer kan schelen wat ik aan heb op kantoor!' gilde ze terug. 'En, trouwens, jij ziet er ook niet uit alsof je van de cover van de *GQ* bent gestapt.'

Sophie had hem nog maar één keer eerder zo meegemaakt, en dat was toen ze hem vertelde dat ze zwanger was van Suzanne, dertien jaar geleden. Hij was toen kennelijk voor het gemak vergeten dat hij daar evengoed verantwoordelijk voor was, en hij was enorm tekeergegaan en had geroepen dat hij nooit meer vader had willen worden. Dat hij dat al een keer eerder had meegemaakt, en dat hij er toen ook al een puinzooi van had gemaakt. Hoe haalde ze het in haar hoofd om zwanger te worden zonder dat eerst met hem te overleggen? Die vraag had zij gepareerd door hem te vragen hoe hij het in zijn hoofd had gehaald om haar zwanger te maken zonder dat eerst met háár te overleggen. Hij had gezegd dat het hem benauwde en verstikte, zeker nu zijn andere relatie pas net voorbij was en hij zich daarin precies zo had gevoeld. Hij zei dat hij niet gebonden wilde zijn aan kinderen en verplichtingen en luiers en ouderavonden. Het hoogtepunt kwam toen hij haar toebeet dat hij ook geen zin had om nog eens te moeten toezien hoe de vrouw waar hij van hield zou uitdijen als een luchtballon, en onder de spataderen en zwangerschapsstriemen zou komen te zitten. Hij hield van haar lichaam, en hij wilde niet hoeven toezien hoe dat naar de knoppen werd geholpen; alsof ze blij moest worden van zo'n mededeling.

'Waarom ben je dan eigenlijk met me getrouwd?' wilde Sophie weleens weten.

'Omdat ik van jou hou,' zei hij, op zo'n pathetische, egocentrische manier, dat Sophie hem op dat moment intens haatte. Ze had de nacht na die ruzie wakker gelegen en had overwogen bij hem weg te gaan en de baby in haar eentje groot te brengen. Tegen het ochtendgloren had ze een tot het kleinste detail uitgewerkt plan met crèches en verhuizingen en parttimebanen, maar toen bood Matthew zijn excuses aan – dat deed hij altijd als hij eerst eens lekker zijn hart had gelucht – en dus had ze hem nog een kans gegeven. De waarheid was dat ze doodmoe was, en hormonaal in de war, en bang, en ze durfde de volgende acht maanden niet in haar eentje aan. Een paar weken daarna had hij zich zomaar opeens vol overgave op de zwangerschap gestort. (Een beetje overdreven, eerlijk gezegd, en soms werkte hij haar daarmee enorm op haar zenuwen, vooral als hij aan de hele wereld vertelde wat er in haar buik gebeurde.) Hij had allerlei ideeën aangedragen voor de bevalling. ('Nee, Matthew, ik wil niet samen met jou en de vroedvrouw spiernaakt in een badje, ik wil gewoon flink onder verdoving in een ziekenhuisbed bevallen.') En tijdens de gebeurtenis zelf had hij haar hand vastgehouden, meegeademd en haar weeën geklokt en om eerlijk te zijn: hij had haar erdoorheen weten te slepen. Twee jaar later, toen ze hem vertelde dat ze weer in verwachting was, schreeuwde hij het weer uit, maar dit keer van blijdschap, en hij had haar opgetild en met haar door de keuken gedanst.

Maar de ochtend na hun ruzie op eerste kerstdag waren er geen kopjes thee en huilerige excuses. Er was alleen een stilzwijgen dat aanhield ondanks het feit dat Sophie er best een einde aan wilde maken.

En dan was er nog die vreemde, schuldbewuste blik waarmee hij naar haar keek als hij dacht dat ze het niet zag.

Helen nam de dagen daarna de telefoon niet op. (Matthew had acht keer gebeld en drie keer een boodschap ingesproken.) Ze maakte nog meer lijstjes: het lijstje getiteld *Redenen om bij Matthew weg te gaan* besloeg ruim drie A-viertjes. Het lijstje met *Redenen om bij Matthew te blijven* was daarentegen zielig kort. Het bevatte slechts drie punten:

Hij beweert dat hij van me houdt
Hij is soms best grappig
Wie wil me anders hebben?

Toen ze die laatste reden had opgeschreven barstte ze in tranen uit, want dit was toch echt wel het treurigste dat ze ooit had gezien.

Ze ging nog een keer stappen met Rachel en Neil en tot haar eigen verbazing had ze het reuze naar haar zin. Neils vriend James zat ontzettend met haar te flirten en zij flirtte terug, ook al vond ze hem totaal niet aantrekkelijk. Ze was gevleid en ze hadden ontzettend gelachen samen. Hij was een alleenstaande man, van haar leeftijd, en hij had niet eens een horrelvoet of een enge huidziekte, en dat feit alleen al was voor haar een openbaring. De avond ging veel te snel voorbij en ze dacht niet één keer aan Matthew. Op haar antwoordapparaat stonden twee berichten. Ze had geen zin om ze af te luisteren.

De volgende avond, toen een andere vriend van Neil, Chris (pas gescheiden, drie kinderen), haar vroeg of ze alleen was, zei ze ja. Hij vroeg haar ook of ze zin had om een keer een borrel te gaan drinken, met hem alleen, en hoewel ze daar nee op zei – je kon van een kilometer afstand ruiken dat hij nog midden in de ellende van zijn scheiding zat – zette het haar wel aan het denken. Ze ging weer naar huis. Twee berichten. Ze luisterde ze af. Het was Matthew. 'Ik word zo ongelukkig als ik je stem niet kan horen, bel me.' Maar ze belde niet.

Ze dook haar bed in en werd wakker van de luidruchtige seks van haar bovenburen. De vrouw (Helen wist niet eens hoe ze heette, zo ging dat immers in Londen) zette dit keer wel een heel bijzonder optreden neer. Er vielen niet veel woorden, maar er was wel een heleboel gekreun en gesteun, als van een stel kinderen dat naar een poppenkastvoorstelling zit te kijken. 'Pas op, achter je!' wilde Helen roepen. Ze bleef even liggen om na te gaan of je kon horen of dit nu allemaal echt was of fake. Het laatste, besloot ze. Ze hees zichzelf uit bed, en besloot om even de deur uit te gaan om een krantje te scoren.

Camden was 's ochtends vroeg altijd weer een schok voor je systeem: veel te schreeuwerig en ordinair en belachelijk wakker. Maar dat was ook de reden waarom ze zo hield van deze buurt, het feit dat niemand de moed opgaf en altijd door bleef gaan. Ze wurmde zich door de mensenmenigte rond de markt op Inverness Street en scharrelde wat in een buurtwinkeltje, daarbij alle oogcontact met de winkelende medemens mijdend. Ze wilde net haar voordeur opendoen, wat niet meeviel gezien de boodschappen die ze bij zich had, toen de deur boven haar opengіng. Daar stonden ze, het stel van boven. Ze glimlachten even flauwtjes naar haar, en de vrouw zei zelfs 'Hallo' met haar vlakke piepstemmetje. Ze droeg haar gebruikelijke vormeloze fleecetrui en een wijde broek. Helen bekeek ze even snel om te beoordelen of je kon zien dat ze nog geen kwartier geleden verwikkeld waren geweest in allerlei vleselijke aangelegenheden, maar nee hoor, het enige dat ze uitstraalden was een troosteloze, levenloze tamheid. Dit was het soort mensen dat de sfeer op elk feestje kon laten omslaan zodra ze de kamer binnenkwamen, maar als ze alleen waren, lagen de zaken kennelijk anders.

'Vrolijk kerstfeest,' zei de morsige bovenbuurman toen ze voorbijliepen.

'Dank je,' antwoordde Helen, terwijl ze snel de deur openduwde. Ze wilde niet het risico lopen dat ze ook nog een praatje met het stel aan moest knopen. 'Jullie ook.' Ze begreep niet helemaal waarom ze zo akelig werd van hun dubbelleven, maar het was nu eenmaal een feit. Ze had het gevoel dat zij een geheim deelden waar Helen zelf nooit achter zou komen.

De volgende avond bleef Helen thuis, dronk een flinke bel wijn en dacht na over de situatie waar ze zich in bevond. Ze had nog nooit zo'n lange tijd niet met Matthew gesproken, en nu er wat afstand was, zag ze best in dat de hele toestand nogal een farce was. Jarenlang hadden ze zich aan zijn strakke schema moeten houden. Zij had zich altijd naar hem geschikt en hij kon zomaar afzeggen, waarin zij dan maar weer berustte. En als hij weer eens in paniek raakte, was zij weer degene die niets van hem eiste.

Toen ze aan haar tweede glas toe was, dacht ze aan James en Chris en aan het feit dat die mannen, ook al was ze in geen van beiden geïnteresseerd, toch het levende bewijs waren dat er best nog redelijk uitziende ongetrouwde mannen waren van haar eigen leeftijd. Daarbij kon ze niet ontkennen dat het nogal leuk was om met een man te zijn die niet al volwassen was toen de Beatles al over hun hoogtepunt heen waren. Ze probeerde zich te herinneren waarom ze altijd zo'n medelijden had met Rachel, toen die nog single was, maar ze kon even niets bedenken.

Bij glas nummer drie vroeg ze zich af wat de afgelopen vier jaren haar in godsnaam hadden opgeleverd. Vier jaar geleden was zij vijfendertig – best jong nog, vond ze nu – en toen had ze best nog iemand kunnen ontmoeten waar ze mee had kunnen trouwen en twee kinderen van had kunnen krijgen als ze zichzelf niet uit de running had genomen. (Niet dat ze zo nodig kinderen wilde, maar die hoorden nu eenmaal wel bij het perfecte plaatje uit haar gedroomde leven met Matthew. Eerder als een middel om haar te verzekeren van zijn volledige aandacht en toewijding dan dat ze zelf zo dol was op kinderen. In die fantasie was er namelijk ook een fulltime kindermeisje – een lelijk oud spook, en dus absoluut geen bedreiging.) Maar het enige wat ze aan de jaren met Matthew had overgehouden waren een paar grijze haren die ze om de zes weken moest bijwerken en wat lijntjes rond haar mond. En ze was natuurlijk haar carrière kwijtgeraakt en haar gevoel voor eigenwaarde. Nou, hij kan voortaan mooi de pot op, dacht ze. Die eikel.

Toen ging de deurbel.

Helen zag zichzelf in de spiegel van de hal toen ze open ging doen. Geen make-up, ongewassen haar, in pyjama. Ze deed de deur open en daar stond Matthew. Het duurde even voor ze ook de twee enorme koffers zag die naast hem op de stoep stonden, want ze werd afgeleid door zijn ogen, die rood waren en gezwollen, alsof hij had gehuild.

'Hoi,' zei ze.

Hij spreidde zijn armen uit. 'Ik heb het gedaan. Ik ben weg bij Sophie. Ik heb haar alles verteld en ik heb mijn spullen gepakt. Niet alles, maar wel wat ik nodig heb. Ik heb nog wat in de auto liggen, maar ik moet nog wel terug voor de rest, als ze tenminste een beetje gekalmeerd is. Sorry, ik ratel maar door. Wat ik eigenlijk probeer te zeggen, is dat ik bij jou kom wonen.'

5

TERWIJL MATTHEW HELEN IN TRANEN vertelde dat hij de hele vorige dag en nacht aan haar had gedacht en dat hij had proberen te beslissen wat hij nu eigenlijk echt wilde, merkte ze dat zij zelf zat te denken aan de diepvrieslasagne die in de oven stond, en waar ze ontzettend veel trek in had. Dat was geen goed teken. Ze was zich ervan bewust dat ze maar met een half oor luisterde naar zijn monoloog. Ze ving alleen wat flarden op.

'... Toen ze allemaal weg waren, vroeg ze me om te gaan zitten en precies te vertellen wat er aan de hand was... vroeg me recht in mijn gezicht of er soms iemand anders was... vertelde dat ik van jou hou... bla bla en dan nog wat...'

Pardon?

'Wat zei je nou net?' Ze dwong haar brein om zich te concentreren.

'Ik zei dat ze er absoluut nooit iets van had gemerkt. Dat ze er nog niet het flauwste vermoeden van had.'

'O.'

Kom op nou, dacht ze, concentreer je, dit is een serieuze zaak. Maar ze zag hoe Matthew zat te snikken op haar bank, en het drong slechts met veel moeite tot haar door dat deze huilerige grijsaard, die bijna recht had op een 65+-pas, dezelfde man was als degene naar wie ze de afgelopen vier jaar zo had verlangd en die zulke lustgevoelens bij haar had losgemaakt.

'Ik heb alles opgegeven. Een huwelijk van vijftien jaar. Mijn huis. O, God, misschien zelfs mijn kinderen,' zei hij. 'Ik heb zulke vreselijke dingen tegen haar gezegd. Dat had ik nooit moeten doen. Maar het was het waard, om jou, dat zie ik nu wel in. Dit is toch de goede keuze, of niet? Ik kan nu namelijk niet meer terug.'

Ze maakte zich los uit zijn klamme omhelzing, en stond op. 'Ik moet even de oven uitzetten.'

In de keuken leunde Helen tegen de koele ijskastdeur en probeerde tot zich door te laten dringen wat hier gaande was. Dit was wat ze altijd van hem gevraagd had, en het was een overweldigend bewijs van zijn gevoelens voor haar, maar ze kon er totaal geen gevoel bij krijgen. Ze zou zich nu eigenlijk in zijn armen moeten storten, wenend van geluk en dankbaarheid, in blijde verwachting van hun toekomst samen, maar dat deed ze niet. Waarom eigenlijk niet? En waarom gebeurde dit juist nu? Waarom was het de afgelopen vier jaar niet gebeurd toen ze hem hiertoe had proberen over te halen, soms door het gewoon te vragen maar soms ook met veel ordinair gesmeek? Waarom had hij haar van tevoren niet even gebeld: 'Zeg, ik sta op het punt om bij Sophie weg te gaan, maar ik wil effe checken of jij nog steeds zin in me hebt?' O shit, dacht ze, dat heeft hij misschien ook gedaan, maar ik heb natuurlijk nooit opgenomen. Ze deed de keukendeur dicht en belde Rachel terwijl ze de kraan vol opendraaide zodat Matthew haar niet kon horen.

'Matthew is weg bij Sophie. Hij heeft haar alles verteld en is weg bij haar en de kinderen. Hij is nu hier.'

'Wat zeg je nou allemaal? Ik kan je niet verstaan.'

'Jezus, kut,' zei Helen, die de kraan weer dichtdraaide. Ze herhaalde hardop fluisterend wat ze net verteld had.

'Geweldig, joh.' Rachel klonk nogal postcoïtaal.

'Ik vind het anders helemaal niet zo geweldig,' antwoordde Helen geïrriteerd. 'Heb je wel geluisterd naar wat ik je de afgelopen weken heb verteld? Het ligt allemaal anders, nu. *Ik* ben anders. Ik weet helemaal niet zo zeker of ik dit wel wil.'

Rachel had al zoveel jaar aan moeten horen wat Helen allemaal te vertellen had over de gecompliceerde finesses van haar relatie, dat ze het tegenwoordig allemaal over zich heen liet komen zonder al te veel aandacht te besteden aan de details.

'O, shit, ja natuurlijk. Shit. Nou, dan moet je gewoon zeggen dat hij weer weg moet.'

'Rachel, luister je überhaupt wel naar me? Hij heeft het aan Sophie en de kinderen verteld. Dan kan ik toch niet zeggen: "Joh, weet je, ik weet ook wel dat ik hier vier jaar lang om heb zitten zeuren, maar ik denk toch niet dat dit zo'n goed idee is", of wel soms? Ik kan toch niet zeggen: "Fijn dat je eindelijk hebt gedaan wat ik van je vroeg, en dat je aan het ultimatum dat ik twee weken geleden stelde hebt voldaan, maar misschien is het toch beter dat je teruggaat naar je suïcidale vrouw en je twee verwoeste kindertjes. Dan zeg je maar dat je je hebt vergist."'

'Waarom niet?'

'Omdat hij dit voor mij gedaan heeft. Het is allemaal míjn schuld. Wat moet ik nou in jezusnaam doen?'

'Geen idee, zeg hem dat je hier even over na wil denken. Of zeg dat je een of andere terminale ziekte hebt, en dat je niet lang meer te leven hebt, en dat hij dus net zo goed bij zijn gezin kan blijven.'

Helen hoorde wel dat Rachel er niet echt bij was met haar gedachten, en bovendien hoorde ze Neil op de achtergrond die bezig was haar weer in bed te lokken.

'Laat ook maar.'

Ze hing op. Oké, dacht ze, even de feiten op een rijtje: ik heb de levens van drie mensen naar de knoppen geholpen, die van Sophie en de twee meisjes. Ze schrok toen ze zich realiseerde dat ze zich nog maar één naam van Matthews dochters kon herinneren: Claudia.

Ik kan Matthew nu niet aan dat lijstje toevoegen, dacht ze. Ik moet er achter zien te komen of dit is wat we willen. Wij allebei.

Ze zette een glimlach op, en dwong zichzelf om terug te gaan naar de zitkamer. Matthew keek haar aan met de blik van een zwerfhondje in een reclame van de dierenbescherming. Ze zag dat hij een trui aan had van het soort dat haar vader ook graag droeg, en het drong tot haar door dat ze hem nog nooit in iets anders had gezien dan in zijn nette kantoorpakken. Of in zijn blote kont. Naakt of strak in het pak, zo kende ze Matthew Shallcross; alles daar tussenin kwam haar tamelijk belachelijk voor. Hij droeg ook een spijkerbroek, waardoor hij er nog tien jaar ouder uitzag, en, mijn God, dat waren toch niet echt gympen? Zijn haar, dat meestal onberispelijk in model zat, stak nu in pieken omhoog, net als de veren van een pasgeboren vogeltje, en daardoor kon ze zijn rozige kale plek zien glimmen als een fontanelletje dat nooit was dichtgegroeid. Hij zag er niet uit. Ze ging naast hem op de bank zitten en sloeg haar armen om hem heen.

De volgende ochtend stond Helen vroeg op, omdat er een vreemde bij haar in bed lag – tenminste, zo voelde het. Ze had bijna de hele nacht liggen piekeren over hoe het nou toch kon dat gisteravond niet de mooiste avond van haar leven was, en waarom zij juist wel kon huilen van ellende terwijl Matthew als een os lag te slapen. Hij snurkte trouwens ook als een os, ook een nieuwe ontdekking, aangezien ze nog nooit het genoegen had mogen smaken om hem een hele nacht naast haar in bed te hebben liggen.

De aanblik van haar piepkleine zitkamer, die nu vol stond met dozen en koffers, dreef haar nog meer tot wanhoop. Voor iemand die op stel en sprong zijn huis uit was gevlucht, had hij toch nog behoorlijk wat mee weten te nemen. Zijn ski's, bijvoorbeeld, en, nee hè, dat was toch hopelijk niet echt een gitaar? Ze maakte hier en daar een doos open en zag een kistje met schoenpoetsspullen. Mijn God! Welke man heeft überhaupt zijn eigen kistje met schoenpoetsspullen, laat staan dat het bij hem opkomt om die nog even te pakken tijdens de grootste crisis in zijn leven? Ze groef nog wat verder door en stuitte op een bescheiden fotoalbum – geen goed idee om daar in te kijken. Foto's van een blij, lachend gezin staarden haar aan. Aangezien hij het zo druk had met zijn schoenpoets had Matthew geen tijd gehad om de foto's van Sophie uit het album te halen en dus zag Helen voor het eerst hoe zij eruitzag, tenminste, Helen nam aan dat het inderdaad Sophie was. De echte Sophie leek voor geen meter op de Sophie die Helen in haar hoofd had. Ze wist niet precies wat ze schokkender vond: het feit dat Sophie zoveel jonger was dan ze had gedacht, het feit dat ze zoveel mooier was en gelukkiger leek, of het feit dat ze echt bleek te bestaan. Ze zakte in een stoel en bladerde het album van begin tot einde door.

In een vorig leven zou Helen met de precisie van een laser naar elke foto hebben gekeken, op zoek naar details om zichzelf mee te kunnen kwellen. Ze zou vooral hebben gelet op Matthews lichaamstaal en of die iets verried van zijn genegenheid voor Sophie. Maar nu zag ze alleen maar twee kinderen die zichtbaar dol waren op hun vader en een vrouw die open en vriendelijk en vol zelfvertrouwen leek, en die overduidelijk geen flauw idee had dat haar leven binnenkort een grote puinhoop zou worden. Een vrouw die was gevangen in een moment van perfect geluk, met haar armen om haar kinderen en haar lichaam

tegen dat van haar man. Wie zou die foto hebben genomen, vroeg Helen zich af. Wie was er bij, die intieme, zorgeloze seconden, of waren Matthew en Sophie altijd zo als ze samen waren? Ze moest het er met Matthew over hebben. Als ze dit niet met heel haar hart wilde, dan had ze het recht niet om hem bij zijn familie weg te houden.

Ze sloop de slaapkamer weer in en keek naar hem terwijl hij nog altijd diep lag te slapen. Ze probeerde haar gevoelens rationeel te analyseren. De nerveuze spanning die ze altijd had gevoeld als hij er was, leek totaal verdwenen, en in plaats daarvan voelde ze... ja, wat eigenlijk?

Medelijden?

Schaamte?

Matthew stak slapend een vinger in zijn neusgat en boorde wat in het rond.

Walging?

Het leek erop alsof hij niet helemaal precies wist waar hij was toen ze hem wakker maakte. Toen schoot er een flits van paniek over zijn gezicht. Ze besloot om de koe maar meteen bij de hoorns te vatten. Ze ging naast hem op bed zitten en aaide hem over zijn schouder.

'Je kunt nog naar huis, hoor, als je denkt dat dit een grote fout is. Ik begrijp dat wel. Dan zeg je gewoon tegen Sophie dat je dronken was, en dat je het allemaal maar verzonnen hebt, of zoiets.'

'Wat zeg nou? Wat bedoel je daar precies mee? Ik heb dit voor jou gedaan, hoor. Ik kan nu niet meer terug, niet na wat ik mijn vrouw en kinderen de afgelopen dagen heb aangedaan.'

'Ik zeg alleen maar dat je best nog terug kunt als je het gevoel hebt dat dit niet de goede beslissing was. Dat vind ik niet erg. Ik zou je steunen, wat voor beslissing je ook neemt. Ik bedoel, misschien is dit allemaal een beetje overhaast van ons.'

'Overhaast? Mens, je roept al jaren dat dit is wat jij wilt. Ik heb dit voor jou gedaan,' zei hij, en het zou zeker niet de laatste keer zijn dat hij haar dat zou inpeperen, neem dat maar van me aan. 'Zeg me dat het goed is, zo.'

En toen sprak hij de treurigste zin in de geschiedenis van de mensheid: 'Wil je me dan niet?'

Verder dan dit kon ze niet gaan. Hij was zo wanhopig en hij keek zo zielig dat ze hem maar uit zijn lijden moest verlossen.

'Jezus... Matthew... ik weet het niet, hoor. Dit is natuurlijk precies wat ik altijd zo graag wilde. Maar ik moet wel zeker weten dat dit ook is wat jij wilt, en dat je het niet alleen maar doet omdat ik jou onder druk heb gezet.'

'Ik wil dat wij een gewoon stel kunnen zijn,' antwoordde hij. 'Ik wil samenwonen. Ik wil jouw vrienden leren kennen en ik wil dat jij de mijne leert kennen. Ik wil elke morgen naast jou wakker worden, en ik wil elke avond naast jou in slaap vallen.'

Helen voelde de muren van haar toch al kleine appartementje letterlijk op zich afkomen.

'Ik ook.'

Hij gaf haar een zoen en die zoen liep uit op vreemde, licht gegeneerde seks. Er kwam 's ochtends namelijk een tamelijk onaangename geur uit Matthews mond, constateerde ze.

6

OP BARTHOLOMEW ROAD PROBEERDE SOPHIE uit alle macht vat te krijgen op de gebeurtenissen van de afgelopen vierentwintig uur. Ze verwachtte dat Matthew elk moment weer binnen kon stormen met de mededeling dat het allemaal een grote grap was. Na hun ruzie had ze wel begrepen dat er iets ernstigs aan de hand was, maar ze had eigenlijk aangenomen dat het iets met zijn werk te maken had. Dat deed Matthew namelijk altijd: om zich heen meppen als hij zelf door iets geraakt was, en zij was ervan overtuigd dat hij een of andere campagne had verknald of dat ze hem uit het managementteam hadden gegooid, of dat ze hem hadden gedwongen om vervroegd met pensioen te gaan. Of misschien had hij wel een gokverslaving en had hij al hun spaargeld erdoor gejast, of misschien zat het hem dwars dat hij een dagje ouder werd. Dat laatste had hij wel vaker, en dan was hij altijd niet te genieten. Ze wist dat hij het verschrikkelijk vond om ouder te worden, alsof dat alleen hem overkwam. Maar in de afgelopen vijftien jaar had ze nog nooit iets gemerkt van wat er werkelijk aan de hand was. Toen hij dan uiteindelijk de waarheid vertelde, zou het een natuurlijke reactie zijn geweest om te gaan gillen en met dingen te smijten, maar zij was stokstijf en zwijgend blijven zitten, in shock. Dit kon gewoon niet waar zijn. De gedachte dat ze hier wel uit zouden komen, flitste haar door het hoofd. Dat zou natuurlijk wel jaren kosten, en het zou hard werken zijn, maar niemand hoefde hier verder van af te weten. Ze zouden gewoon kunnen blijven doen alsof ze een gelukkig stel waren, en dan, op een dag, zouden ze het zelf ook vergeten zijn. Ze had mensen zelfs weleens horen zeggen dat hun huwelijk na zoiets alleen maar sterker was geworden, hoewel ze op dat moment niet zo goed begreep hoe dat dan werkte. Toen hoorde ze hem praten over bezoekregelingen en dat hij later nog wel terug zou komen voor de rest van zijn spullen, en pas op dat moment drong het tot haar door dat hij echt de benen nam. Dit was het dus. Na al die jaren kwam het aan op een keuze tussen haar en een andere vrouw, en die andere vrouw had gewonnen. Dat ze een verleden deelden, telde kennelijk niet zo zwaar.

Ze wist dat ze zich flink moest houden voor de kinderen, maar ze wist ook dat die gisteravond stiekem hadden meegeluisterd naar hun ruzie, ook al deden ze net alsof hun neus bloedde. Ze deed verschrikkelijk haar best, maar desondanks trof Claudia haar toch huilend in de badkamer.

'Waar is papa?'

'Dat weet ik niet precies, liefje. Hij is even een poosje weg.'

'Komt hij nog wel terug?'

'Hij komt in elk geval terug om jou en Suzanne te zien,' zei Sophie, en ze gaf haar dochter een knuffel. 'Hij zou jullie natuurlijk nooit in de steek laten.'

Suzanne kwam ook binnenstommelen, ze was boos omdat ze zich buitengesloten voelde.

'Wat is er aan de hand?'

'Papa is een kutwijf,' zei Claudia, die had geoefend op haar nieuwe woordje, en die vermoedde dat dit wel een goed moment was om die troef uit te spelen. 'Toch, mam?'

Sophie moest onwillekeurig lachen.

'Ja, lieverd, dat is wel een beetje zo. Maar dat woord mag je nooit meer gebruiken.'

Morgen zouden ze weer naar kantoor moeten. Matthew begon zijn tassen en dozen uit te pakken. De inhoud legde hij vervolgens in stapels in de zitkamer, ook al had Helen een la voor hem uitgeruimd in de slaapkamer. Hij had onder andere een hele stapel wasgoed meegenomen, zag ze. Ze dwong zichzelf om hem aan te bieden die voor hem in de wasmachine te stoppen.

'Nee, nee,' zei hij, 'dat kan ik zelf wel.'

Ze waren heel beleefd tegen elkaar, alsof ze twee vreemden waren die net samen in een studentenhuis waren getrokken. Helen realiseerde zich dat ze zich niet meer kon voorstellen dat ze eerst altijd zo'n lol hadden, samen. Ze wist bij nader inzien niet eens meer zeker of ze überhaupt ooit samen lol hadden gehad.

Matthews gsm ging over. Hij nam hem op in de slaapkamer en Helen hoorde hem defensief mompelen. Toen hij de slaapkamer weer uit kwam zag hij er doodmoe uit, en ze had oprecht medelijden met hem, want ze vermoedde dat een van zijn zusters hem eens flink de waarheid had verteld. Shit, dacht Helen, hoe moet ik dit ooit aan mijn ouders uitleggen? Om zes uur werd er weer gebeld en Matthew grapte dat hij de telefoon uit het raam zou gooien, maar hij trok wit weg toen hij op het schermpje zag wie er belde.

'Het is Suzanne.'

Helen wist dat er een gepaste reactie van haar werd verwacht, maar ze had geen idee wie Suzanne precies was, en dus besloot ze zo neutraal mogelijk te kijken.

'Mijn dochter.'

Het leek alsof het hem kwetste dat hij haar daar aan moest helpen herinneren.

'Dat weet ik ook wel. Neem nou op!'

En alweer vertrok hij naar de slaapkamer, en alweer begon hij op fluistertoon een gesprek. Helen luisterde hem af, ze kon de verleiding niet weerstaan. Ze hoorde hoe Matthew Suzanne troostte en geruststelde. Het meisje was duidelijk behoorlijk overstuur. Hij probeerde haar ervan te overtuigen dat er tussen hen niets zou veranderen.

'Jij en Claudia kunnen hier langskomen wanneer jullie maar willen. Dan kunnen jullie Helen ook leren kennen. En dan komen jullie gewoon in de weekenden bij ons.'

Helen schrok zich dood. In haar fantasieën van hun leven na Sophie hadden zijn kinderen nooit een rol gespeeld, en nu bleken die ineens langs te mogen komen als ze daar zin in hadden. Ze had weliswaar verschrikkelijk met ze te doen, op een manier die ze nooit voor mogelijk had gehouden, en ze wilde absoluut niet dat de kinderen hun vader zouden kwijtraken, maar hij kon ze toch gewoon ergens mee naartoe nemen? Naar de dierentuin, of naar McDonald's of zo, net als al die andere parttimevaders?

Of nog beter: waarom ging hij niet weer bij hen wonen, alsof er niets gebeurd was?

Helen had nooit bewust het besluit genomen dat ze geen kinderen wilde, maar ze had het wel altijd van zichzelf geweten. Het was een te grote verantwoordelijkheid. De kans dat het een grandioze mislukking zou worden was te groot. Daarbij wilde ze echt iets van haar leven maken, haar ambities najagen, zorgeloos en spontaan – alles wat haar ouders nooit waren geweest. In het verleden was ze al weleens tot het besef gekomen dat dit precies de reden was waarom ze een relatie was aangegaan met een getrouwde vent: omdat een kindje maken wel het laatste was waar ze zin in zou hebben.

Het was dan ook heel vreemd dat de enige keer dat zij zwanger was – helemaal in het begin van haar relatie met Matthew, toen ze allebei nog zo door lustgevoelens in beslag werden genomen dat ze een risico niet schuwden – de beslissing om het kind te laten weghalen haar zo zwaar was gevallen. Voordat ze het nieuws aan haar minnaar vertelde, had ze zichzelf eerst een paar dagen gegund om op te gaan in de droom van het zwanger zijn en kwam de gedachte bij haar op dat een baby misschien wel net dat laatste zetje was dat Matthew nodig had om bij zijn vrouw weg te gaan en bij haar en hun perfecte kindje in te trekken. Strak van de hormonen had ze lijstjes gemaakt van de voor- en nadelen.

Voordelen
Matthew moet het aan Sophie vertellen
Matthew + ik = nog lang en gelukkig
Zes maanden niet naar kantoor hoeven

Nadelen
Zwangerschapsstriemen
Je kunt je nooit meer in bikini vertonen

Ze wist best dat er meer nadelen aan kleefden, maar toen, op dat moment, wilde ze daar niet aan denken, en toen ze naar de lijstjes keek schrok ze van zichzelf. Wat leek ze egocentrisch en oppervlakkig in verhouding tot dat piepjonge leven dat nu in haar groeide. Ze maakte zichzelf aan het huilen met de diepere, spirituele betekenis van dit alles en ze had zichzelf ervan weten te overtuigen dat Matthew even geroerd en verrukt zou zijn als zij.

Toen ze hem er eindelijk van had weten te overtuigen dat het echt waar was, dat ze binnenkort ouders zouden worden, was hij volledig door het lint gegaan. Woedend had hij gevraagd hoe ze het in haar hoofd haalde. Waarom had ze dan ook geen voorbehoedmiddel gebruikt? (Voor het gemak was hij even vergeten dat hij zelf ook nergens aan had gedacht.) Doodsbang was hij ook geweest: Jezus, Sophie, mijn arme kinderen! Beledigend was zijn vraag: Hoe weet je nou dat ik de vader ben? Hij had geschreeuwd en hij had Helen gesmeekt om het te laten weghalen, waarbij hij uiteindelijk niet te beroerd was om te stellen dat hij nooit meer iets met haar en de baby te maken wilde hebben als ze toch besloot om het kind te houden. Murw van zijn onophoudelijke dreigementen was ze akkoord gegaan met de abortus, die volgens de beste tradities door hem werd betaald, maar waar hij zelf niet bij aanwezig was. Die eer viel Rachel te beurt, die er ook van overtuigd was dat ze de juiste beslissing had genomen, maar dan weer om een andere reden. (Waarom zou je in godsnaam een kind willen van die ongelofelijke loser?) Na een week of drie was het allemaal weer voorbij en Helen had bijna de hele tijd gehuild. Ze wist best dat ze hormonaal totaal in de war was, maar toch was ze ervan overtuigd dat het huilen nooit meer zou ophouden. Ze zei tegen Matthew dat ze hem haatte, en raakte toen in paniek, want misschien geloofde hij dat wel echt, en dus belde ze hem snel weer op om haar excuses aan te bieden. Ze nam een paar dagen vrij van haar werk en hing thuis wat op de bank, in haar badjas voor de tv.

En toen, op een ochtend, sloeg die stemming even snel weer om als hij was komen opzetten. Ze deed haar ogen open en dacht: jezusmina, daar ben ik ook mooi van afgekomen. Ze schrok zich rot bij het idee dat haar lichaam haar bijna iets had laten doen dat zo volkomen indruiste tegen wat ze eigenlijk wilde. Ze bedankte Matthew zelfs voor de bombastische manier waarop hij haar had gedwongen de juiste beslissing te nemen. Ze haalde haar lijstjes weer tevoorschijn en werkte die bij, voor als ze in de toekomst ooit nog eens rare ideeën mocht krijgen.

Voordelen

Zes maanden niet naar kantoor hoeven

Nadelen

Zwangerschapsstriemen

Je kunt je nooit meer in bikini vertonen

Weg carrière (dit was nog in de tijd dat ze dacht dat ze een carrière had)

Matthew gaat bij me weg

Alleenstaande moeder

Mijn leven is voorbij, want ik moet voor een baby zorgen en dus kan ik nooit meer stappen, en dus komt er nooit een andere man die me wil hebben, want ik zie er niet meer uit

Dat laatste stukje had ze een paar keer onderstreept.

Matthews jongste dochter, Claudia, was toen bijna zes, en als Helens oorspronkelijke droom was uitgekomen, zou die het grootste deel van haar leven vaderloos zijn geweest.

7

DE EERSTE WERKDAG NA DE kerstvakantie had Helen met Rachel afgesproken voor de lunch. Ze was er die ochtend redelijk in geslaagd om bij Matthew uit de buurt te blijven. De avond tevoren hadden ze besloten dat het geen goed idee zou zijn om de mensen op kantoor nu al in te lichten, en daar was Helen heel blij om. Hoe had ze haar collega's in de ogen kunnen kijken als die te horen kregen dat ze het God-weet-hoe-lang met de baas deed zonder dat ooit aan iemand te melden? Ze gingen ieder afzonderlijk naar de zaak, en waren elkaar tot nu toe nog maar één keer tegengekomen in de hal, waar ze elkaar vrij overtuigend vriendelijk maar zakelijk hadden begroet.

'Ik voel me schuldig naar zijn gezin toe.'

Rachel snoof: 'O ja, sinds wanneer? Jij haat die Sophie.'

Sophie stond al jaren op het lijstje met 'Vreselijke vrouwen', ook al had Rachel daar tegen geprotesteerd omdat ze het beste mens niet eens kende. Helen had dat argument weerlegd door te stellen dat zij geen enkel probleem had met vrouwen die in therapie gaan, maar dat Rachel die ook gerust op de lijst mocht zetten.

'Ik ken die hele Sophie niet,' zei ze.

'Dat was anders vroeger nooit een reden voor je om haar niet te haten.'

'Ja, en daarom voel ik me nu juist zo schuldig. En jij maakt het alleen maar erger.'

'Nou, stuur hem dan weer terug naar haar.'

En dus legde Helen uit dat ze had geprobeerd om het onderwerp van zijn terugkeer op de agenda te zetten, maar dat Matthew zich toen aan haar had vastgeklampt en haar erop had gewezen dat hij al zijn schepen achter zich had verbrand, voor haar, en dat ze daarom wel moest proberen om er iets van te maken.

Rachel was daar helemaal niet zo van overtuigd. 'Lekker vleiend, een man die de rest van zijn leven bij jou wil blijven omdat hij denkt dat zijn vrouw hem niet terugneemt als er in jouw herberg geen plaats voor hem is.'

'Zo is het helemaal niet.' Maar Helen wist dat het precies zo was.

'Zo klinkt het anders wel.'

Ze zaten een minuut lang nors te zwijgen, totdat Helen op zachtere toon zei: 'Ik denk dat hij echt van me houdt. En het is wat jij ook al zei: dit is wat ik altijd wilde. Ik moet gewoon even wennen aan het idee.'

Wat Helen nog het meest waardeerde in Rachel was dat ze nooit dingen zei als: 'Ik zei toch dat dit nooit goed zou aflopen.'

Sophie was binnen achtenveertig uur via tranen, woede, ongeloof en haat weer in tranen uitgebarsten. Ze moest de vreselijke familieleden van Matthew aanhoren tijdens eindeloze telefoongesprekken, want ze belden allemaal om te zeggen dat ze vonden dat hij zich schandelijk had gedragen. En toch wisten ze haar het gevoel te geven dat het allemaal háár schuld was. Suzanne had dit zelfs met zoveel woorden tegen haar gezegd. Claudia had haar moeders kant gekozen, en ze had verklaard dat ze haar vader nooit meer hoefde te zien. Toch was Sophie niet van plan om haar kinderen aan te moedigen om te kiezen.

Ze had de meisjes verteld dat papa niet meer bij hen woonde omdat hij een nieuwe vriendin had en dat hij nu bij die vriendin was gaan wonen. Sophie wilde hen de akelige details besparen die ze zelf wél onder ogen moest zien.

Het zou haar eigenlijk niet moeten verbazen dat haar dit overkwam, aangezien zij Matthew zelf ook had afgesnoept van de eerste mevrouw Shallcross, jaren geleden. Onder precies dezelfde omstandigheden. Jazeker, ook Sophie was eerst Matthews minnares geweest. Wat er allemaal aan haar bruiloft en de geboorte van de kinderen vooraf was gegaan, wisten de meeste mensen zich niet meer te herinneren, en eigenlijk kon ze het zich zelf nauwelijks meer herinneren, omdat ze al die jaren zo haar best had gedaan het te vergeten. Sophie was toen dertig, en Matthew vijfenveertig, even oud als zijn toenmalige vrouw. Het was Sophie niet ontgaan dat de eerste mevrouw Shallcross precies zo oud was als zij nu, nu Matthew alweer een nieuwe vrouw in de arm had genomen.

Matthew had tegen haar gezegd dat zijn huwelijk met Hannah voorbij was, al heel lang. Hij wilde echter bij haar blijven, zei hij eerst, tot zijn zoon Leo uit huis was, want hij wilde het netjes afhandelen. Hij voegde daar ook nog aan toe dat Hannah ook wel wist dat hun relatie voorbij was, en dat zij net zo graag van hem af wilde als hij van haar. Hij was verder nog nooit vreemdgegaan, maar ja, hij was natuurlijk ook nog nooit iemand tegengekomen als Sophie. Hij kon toch zijn kans om echt gelukkig te worden niet aan zijn neus voorbij laten gaan, alleen maar omdat hij – althans op papier – een vrouw had? Hannah zou de eerste zijn om dat te onderschrijven. Hij had het allemaal heel overtuigend gebracht.

Sophie had zich regelmatig afgevraagd waarom ze nou precies akkoord was gegaan met zijn voorstel. Het was juist vanwege het feit dat hij getrouwd was. Dat maakte hun relatie minder echt, minder beangstigend. Ze wist vanaf het begin dat ze hem nooit helemáál kon hebben, en dus hoefde ze daar verder ook niet over na te denken. Ze verwachtte helemaal niet dat hij de liefde van haar leven zou worden en dus hoefde ze ook helemaal geen druk op hem uit te oefenen om te bewijzen dat hij dat wel was. Toen hij haar zes maanden later ten huwelijk vroeg, zat ze eraan vast. Hij zei dat Hannah het allemaal prima begreep en dat ze heel blij voor hem was.

Pas toen hij zijn spullen bij haar had gedumpt in haar kleine appartementje in Muswell Hill en toen de plannen voor de bruiloft al in een vergevorderd stadium waren, bleek dat hij een tikje had overdreven. Of eigenlijk: dat hij gruwelijk had gelogen. Hannah was helemaal niet blij voor hem, zij had het totaal niet aan zien komen. Toen Sophie op een dag haar voordeur opendeed, stond daar een hysterisch scheldende, huilende vrouw van middelbare leeftijd, en pas op dat moment drong het tot haar door dat Hannah pas een paar dagen geleden achter haar bestaan was gekomen, namelijk op de dag dat Matthew haar had verlaten. Ze had nog geprobeerd om Hannah over te halen om even binnen te komen om er over te praten, maar Hannah gaf er uiteraard de voorkeur aan om op de stoep te blijven staan en te roepen dat ze een hoer was en een vuile slet, zodat alle buren dat ook meteen maar wisten. Matthew was op dat moment aan het golfen met een vriendje, zich niet bewust van de ellende die hij had aangericht.

Om de een of andere reden – ze wist niet meer precies waarom – had Sophie hem vergeven. Het had wel even geduurd, maar hij had weten te bewijzen dat het hem ernst was door een scheiding aan te vragen, en door zich vol overgave op zijn nieuwe leven te storten. De bruiloft moest uiteraard worden uitgesteld totdat hij officieel een vrij man was, maar toen dat eenmaal zover was, was het een ontroerende, prachtige gebeurtenis, precies de bruiloft waar ze altijd van had gedroomd. Ze dwong zichzelf om te vergeten dat men beweerde dat hij altijd achter de vrouwtjes aanzat, en ze wilde ook niet meer denken aan Hannahs wanhopige uitbarsting bij haar voor de deur. En het was haar gelukt.

En nu was zij degene die moest toezien hoe hij wegliep.

Matthew wilde haar niet vertellen hoe oud Helen precies was. Toen ze hem de aloude vraag stelde: 'Is ze jonger dan ik?' begon hij te stotteren en gaf hij niet echt antwoord. De enige details die ze had weten los te peuteren, waren deze:

Ze heette Helen
Hij had haar ontmoet op het werk
Ze had een appartement ergens in Londen
Ze was niet getrouwd
Ze hadden het nooit in hun huis gedaan (om de een of andere reden was dat superbelangrijk voor haar)
Ze was jonger dan Sophie – dat had ze op kunnen maken uit zijn gestotter
Hij ging al 'een poosje' met haar om, maar toen ze hem vroeg hoe lang 'een poosje' precies was, wilde hij daar verder niets over zeggen

De romance tussen Matthew en Sophie was in een zeer hoog tempo verlopen. Zij werkte als accountant voor het bedrijf waar hij toen ook werkte; Matthew zocht zijn maîtresses kennelijk altijd binnen een straal van tien meter. Zes maanden lang hadden ze heimelijke afspraakjes in een van de vergaderkamers, en toen volgde het aanzoek. Achteraf zag ze wel dat hij toen midden in een midlifecrisis zat. Zijn enige kind was – eindelijk – het huis uit, en nu zat hij dan alleen met zijn vrouw, en drong de realiteit van het ouder worden tot hem door.

Hij voorzag dat ze misschien nog wel veertig jaar met elkaar door moesten, en hij was in paniek geraakt. Hij keek eens goed naar de vrouw waar hij vierentwintig jaar mee getrouwd was geweest en zag de rimpels rond haar ogen, haar grijze plukken haar, en de uitzakkende lichaamsdelen die voordien zo pront en strak waren. Ze was duidelijk oud geworden. En dat betekende dat hij ook oud was. Hij wilde veel liever 's ochtends wakker worden naast iemand met een fris, jong gezicht dan naast iemand die het levende bewijs was van zijn eigen vergankelijkheid. Met het inzicht dat altijd komt als het te laat is, net zoals Helen nu was overkomen, besefte Sophie dat het feit dat Matthew voor haar had gekozen vooral een kwestie van timing was geweest.

Sophie had nooit geloofd in karma of in het lot. Ze was veel te rationeel om zich bezig te houden met al die new-age onzin. Maar ze moest toegeven dat er wel enige kosmische rechtvaardigheid sprak uit wat haar nu overkwam. Zij moest nu de prijs betalen voor wat ze Hannah had aangedaan. Ze vroeg zich af wat Hannah ervan zou vinden als het haar ter ore kwam, en of het, na al die jaren, toch als een overwinning zou voelen. Ook vroeg ze zich af hoe zij zich zou voelen als Matthew Helen hetzelfde zou flikken, want dat was onvermijdelijk.

8

ELKE DAG ONTDEKTE HELEN IETS aan Matthew dat ze nog niet van hem kende, en de meeste dingen waren niet om blij van te worden.

Hij verfde zijn haar, om maar eens wat te noemen. Eerlijk gezegd had ze dat altijd al vermoed, maar het feit dat er nu een flesje Just For Men bij haar in de badkamer stond, betekende dat hij de schone schijn zelf ook niet meer op wilde houden, althans niet voor haar.

Hij droeg pantoffels. Echte ouderwetse geruite pantoffels.

Hij maakte een reutelend geluid als hij gaapte. Hoe kon het nou toch zijn dat dat haar nog nooit was opgevallen? Had hij dan in die vier jaar nooit gegaapt in haar bijzijn, of had hij zich alleen ingehouden om dat geluid er niet bij te maken, omdat hij ook wel wist hoe ongehoord irritant dat was?

Hij legde zijn kleren voor de volgende dag altijd klaar voor hij naar bed ging. Helen wist niet waarom, maar dat gaf haar echt de kriebels. Het was waarschijnlijk gewoon heel verstandig, maar het had zoiets ongelofelijk... truttigs. Zijn vrouw deed dat waarschijnlijk eerst altijd voor hem, of misschien had hij het wel op een kostschool geleerd, of zo. Tot nu toe had Helen de verleiding kunnen weerstaan om de boel eens flink te verkreukelen of om de kleren te verruilen voor iets anders, gewoon om hem eens even lekker te stangen. Als hij zijn outfit eenmaal had klaargelegd, was dat ook zeker wat hij de volgende dag aantrok, of het nou die dag onverwacht heel zonnig was of niet. Had hij een warme trui klaargelegd, dan ging die aan, klaar, uit.

Hij had zijn auto een naam gegeven. *Zijn auto had een naam.* Helen wist ook wel dat zijn kinderen daar waarschijnlijk achter zaten, want het was typisch zoiets schattigs dat je als gezin met elkaar deelt, maar op een dag, toen hij kennelijk was vergeten waar hij was, zei hij tegen haar: 'We gaan wel met Delia.' Ze staarde hem met open mond aan. Dat hield ze zo lang vol dat hij dacht dat ze misschien een herseninfarct had. Uiteindelijk stamelde ze dat ze niet wilde dat hij het ooit nog in zijn hoofd haalde om een naam te geven aan levenloze objecten. Nooit meer. Echt nooit.

'Sorry, Helly,' zei hij een tikje schaapachtig.

'En noem me alsjeblieft geen Helly. Daar heb ik toch wel zo de pest aan.'

'Maar ik noem je altijd Helly,' zei hij beteuterd.

'Dat bedoel ik.'

Het viel de mensen op kantoor op dat Matthew er niet helemaal bij was met zijn gedachten. Zijn overhemden zagen er ook vreemd uit, gekreukt, zeg maar. En bij de gebruikelijke vergadering op woensdag keek hij paniekerig om zich heen, omdat hij zich realiseerde dat hij tijdens de kerstvakantie thuis op zijn laptop had zitten werken aan de strategie voor een bepaalde klant, en dat hij dat ding daar had laten staan.

'Ik bel Sophie wel even of ze het op de mail zet,' bood Jenny behulpzaam aan.

'NEE! Nee... ze is niet thuis. Er is helemaal niemand thuis, nu. Maar ik weet nog wel wat ik in gedachten had.'

Hij kon tijdens de bespreking met de klant in kwestie blindvaren op zijn jarenlange ervaring, en hij verzon ter plekke van alles bij elkaar, maar hij wist dat Jenny doorhad dat er iets loos was en al zijn pogingen om deze misser glad te strijken door extra aardig voor haar te zijn, sterkten zijn assistente alleen maar in de overtuiging dat ze gelijk had.

Die avond keek Helen naar de bende die heerste in wat eerst haar zitkamer was.

'Je bent je laptop vergeten?'

Ze graaide wat in de dichtstbijzijnde doos. 'Je hebt wel een... speelgoedautootje meegenomen, maar je laptop heb je laten staan?'

'Dat is een verzamelobject.'

Ze groef nog wat verder door. 'Hoeveel heb je er wel niet? Je bent toch geen acht meer?'

'Ze zijn een fortuin waard.'

'Ga je een winkel openen, dan? Jezus, Matthew.'

Hij keek gekwetst en zij voelde zich schuldig, maar de irritatie won het van dat gevoel en ze liep boos de kamer uit. Ze bleef een hele tijd in bad zitten en toen ze weer terugkwam in de kamer, stonden al zijn spullen keurig in een hoek en stond hij in de keuken iets onooglijks te wokken. Hij zwaaide trots met een spatel toen hij haar binnen zag komen, alsof hij wilde zeggen: 'Kijk eens wat knap!'

'Het is bijna klaar. Heb je zin in iets Chinees?'

'Heerlijk.'

Hij was er pas een paar dagen, maar Helen verlangde er hevig naar om alleen te worden gelaten met een curry uit de magnetron. Ze wilde in haar pyjama rondhangen, zonder make-up, en met een bord op schoot voor de tv zitten. Ze wilde in haar eentje aan de vino, zonder steeds die eindeloze uitwisseling van beleefdheden: 'Kan ik jou nog wat inschenken?' 'Kweenie, jij?' 'Nou, als jij er nog eentje neemt, dan wil ik ook nog wel een glaasje.' Haar ouders hadden hele avonden op deze manier verprietpraat. Liever gezellie dan passie.

Ze ging zitten om te eten. De conversatie wilde niet vlotten. Waar hadden ze het vroeger in godsnaam over gehad? Helen kon alleen wat goedkeurende geluidjes produceren over het eten (dat ze in werkelijkheid te smerig voor woorden vond), terwijl Matthew de stilte dapper vulde met het soort van kantoorpraat dat ze tot nu toe zo succesvol hadden weten te vermijden.

Helen had er schoon genoeg van.

'Zet de tv anders even aan.'

'Maar we zitten te eten,' zei hij, alsof ze voorstelde om op tafel te poepen.

'Gewoon, voor de ontspanning. Lekker zinloos, dan hoeven we even niet aan het werk te denken. Maar het hoeft niet, hoor.'

'Nee, prima, als jij wilt kijken, ga je gang.'

'Laat maar. Als jij er geen zin in hebt, dan niet.' Jezus, dacht ze, daar gaan we. 'U eerst.' 'Nee, na u.' 'Nee echt, gaat u maar.' En dat nog een jaar of veertig.

'Je hebt gelijk,' zei hij. 'Wat is er eigenlijk zo erg aan om een beetje tv te kijken? Het is alleen dat Sophie en ik liever niet wilden dat de meisjes...' Hij maakte zijn zin niet af, alsof hij vond dat hij al te veel gezegd had, maar stond op om de televisie aan te zetten. Ze aten zwijgend door, terwijl ze keken naar een aflevering van een of andere soap. Helen had het hart niet om te zeggen: 'Zet maar even wat anders op, hier vind ik niks aan.'

In de dagen die daarop volgden, voelde Helen steeds sterker aan dat hoe onaangenaam zij zich ook zou gedragen, Matthew toch nooit zou toegeven dat hij de verkeerde beslissing had genomen. De enige manier waarop hij met de enorme impact van zijn beslissing kon omgaan, nog los van zijn schuldgevoel, was zich vast te klampen aan het idee van de grote liefde die hij niet wilde laten gaan.

Dus glimlachte hij als ze niet-gare kip met aangebrande frietjes serveerde, en zei: 'Ik moet je toch eens leren koken.' Alsof ze acht was.

En toen ze hem vertelde dat ze de achttienjarige jongen die in de delicatessenwinkel verderop in de straat werkte toch zo'n lekker ding vond, lachte hij zo hard dat ze bang was dat hij erin zou blijven.

Als ze haar benen schoor in bad, en expres de kleine haartjes langs de rand van de badkuip liet kleven, sloeg hij fluitend aan het poetsen.

En hoe meer hij zijn best deed om haar te laten zien dat hij van haar hield, hoe harder zij haar best deed om hem af te stoten. Misschien was het wel een test, zoals pubers die hun grenzen aftasten om te zien of ze worden afgewezen; altijd op zoek naar het bewijs van datgene wat ze altijd al vreesden, namelijk dat hun ouders hen stiekem al die tijd al haatten. Misschien was dat ook wel háár beweegreden: deed zij zich zo onaantrekkelijk mogelijk voor om te kijken wat de grenzen van zijn aanbidding waren. Maar het kon natuurlijk ook zijn, dacht ze, dat ze hem van zich afstootte omdat ze echt geen zin meer in hem had. Die gedachte kon ze nauwelijks verdragen. Ze vond zichzelf al zo'n bitch, maar zelfs in haar eigen optiek ging dit te ver: een man eerst bij zijn warme gezin weglokken om hem er vervolgens uit te schoppen, alsof het alleen om het wedstrijdje ging en de prijs er niet toe deed. Dus je houdt het meest van mij, mooi, dan win ik. En nou opzouten!

Dus probeerde ze het leuk te houden, maar het koppige kind in haar had daar absoluut geen trek in.

Ze onthaarde haar oksels niet meer. En haar bikinilijn ook niet.

Ze vertelde hem dat ze een keer chlamydia had opgelopen van een man die ze niet eens naar zijn naam had gevraagd.

Ze vertelde hem dat ze eigenlijk een snor had, die ze om de zes weken moest laten harsen.

Ze zei dat ze geen zin had in seks. Waarop hij zei: 'Geen probleem.'

Ze zeurde over zijn kledingkeuze.

Ze poetste haar tanden niet meer.

Ze kamde haar haren niet meer.

Ze liet de verdwaalde baardhaar op haar kin lekker zitten.

Ze kocht een pakje incontinentieverband en liet dat in de badkamer slingeren.

Maar Matthew bleef maar volhouden dat hij van haar hield en maakte opmerkingen als: 'Wat heerlijk, hè, dat we nu eindelijk bij elkaar kunnen zijn?' Of: 'Zo zal het voortaan altijd zijn: jij en ik, voor eeuwig samen.' En zo kwamen er nog meer van dat soort Bouquetreeksteksten uit zijn mond rollen.

9

Het was vrijdagochtend, en Helen zat voor Laura een persbericht te typen. Ze moest zich inhouden om niet hier en daar een woord te veranderen als ze dacht dat het wel wat strakker geformuleerd kon worden. Het bericht betrof de geruchten dat voormalige *soapie* Jennifer Spearman (die net was ontslagen en dus zat te springen om wat aandacht van de media) zich had verloofd met ene Paolo, een zanger en bekend van een realitysoap. (Paolo was eigenlijk homo, en hij was doodsbang dat hij daardoor zijn fans, allemaal meisjes van elf, zou verliezen.) Er waren uiteraard helemaal geen geruchten, maar dit bericht, dat de niet-bestaande geruchten heftig ontkende zou er, samen met een paar mooie 'niet-geautoriseerde' foto's waarbij het stel werd betrapt in allerlei intieme situaties, voor zorgen dat die er spoedig wél zouden zijn.

Als assistente had Helen geen recht op haar eigen kantoortje, maar deelde ze een open ruimte met twee andere assistenten: Jenny, met haar zwarte haren en zuinige mondje, en Jamie, die op zich onschadelijk was, maar zich wel wat al te gemakkelijk liet beïnvloeden. Ze waren natuurlijk gewoon secretaresses, maar zo wilde niemand zich tegenwoordig meer laten noemen, en dus had je het over *personal assistants* en *executive personal assistants*, analoog aan modellen en topmodellen.

Jenny was een galbak. Ze was pas zesentwintig, maar ze vond zichzelf de belangrijkste aller secretaresses omdat zij voor Matthew werkte. Ze sprak met een babystemmetje – zo'n heliumeffect als je in tekenfilms weleens hoort – maar dat strookte niet met haar nietsontziende honger naar macht. Ze zou niets nalaten om voor elkaar te krijgen dat haar naam als eerste op alle algemene memo's prijkte, dat zij een duurdere stoel had dan Helen en Jamie, en dat zij de scepter zwaaide over de kast met kantoorartikelen. Het gerucht ging dat ze een keer met een meetlint bij de bureaus was betrapt, toen ze aan het controleren was of zij wel het grootste bureau had. Ze was een treiterkop, en omdat Jamie een slappe zak was, en het Helen verder geen bal kon schelen, kreeg ze alle gelegenheid om te heersen als een koningin.

Hun kantoortuin kwam direct uit op de receptie en net toen ze zich begon af te vragen hoe ze haar tijd tot de lunch in 's hemelsnaam moest vullen, viel Helens oog op de balie, waar een vrouw stond te wachten tot Annie, de mollige receptioniste van Global, klaar was met de telefoon. Ze had iets bij zich dat leek op een computertas. Helens blik dwaalde verder naar het gezicht van de vrouw en ze kreeg bijna een hartaanval: het was Sophie.

Helen dook achter haar monitor en gluurde daar toen overheen als een spion door een gat in de krant. Wat moest die hier in godsnaam? De paniek verhinderde haar om helder te blijven denken, en ze was ervan overtuigd dat Sophie hier was om haar te ontmaskeren als de harteloze bitch die niet van andermans kerel af kon blijven en die zich niets aantrok van het verdriet van zijn kindjes. Ze zag de hele scène zo voor zich. Het hele kantoor zou staan staren naar deze gekrenkte echtgenote, die zou gaan schreeuwen en tieren en dreigen en misschien zelfs slaan, waarbij Helen zich zowel moreel als fysiek zou moeten verdedigen en een verhaal zou moeten verzinnen waardoor het acceptabel leek dat zij de man bij zijn gezin had weggehaald. Matthew zou binnenkomen en aanschouwen hoe zijn echtgenote en zijn minnares als pubers om hem vochten. Haar collega's zouden afwisselend met open mond en gniffelend staan kijken. De schaamte, de vernedering. Ze was al bij het gedeelte waar ze ontslag zou nemen zonder de mogelijkheid een goede referentie te kunnen vragen, toen ze weer de tas zag die Sophie om haar schouder had hangen. De laptop, o ja, natuurlijk, ze kwam Matthews laptop brengen, dacht een kalmer gedeelte van haar hersenen. Nu de angst uit haar systeem wegebde kreeg haar nieuwsgierigheid de overhand. Ze pakte een stapeltje papier van haar bureau en liep naar de archiefkast die het dichtst bij de receptie stond. Net op dat moment legde Annie de telefoon neer, en begroette Sophie. Helen deed net alsof ze wat in de kast te zoeken had, en hoorde hoe Annie vertelde dat ze aan Matthew zou melden dat Sophie er was. Sophie hield haar tegen.

‘Nee, dat hoeft niet, ik heb nogal haast. Ik wil de computer alleen even afgeven.’

Ze had een prettige stem. Vriendelijk. Helen wierp nog een steelse blik op haar. Sophie zag er precies zo uit als op de foto, wat geen verrassing mocht heten. Ze was hooguit iets tengerder. Ze had geen slecht figuur. Helen wachtte tot de golf van langgekoesterde walging zich van haar meester zou maken. Daar stond ze immers, de vijand, vier jaar lang het mikpunt van zoveel negatieve energie dat je er een hele batterij lampen op kon laten branden. Helen had al zo lang gedroomd en gefantaseerd van het moment waarop ze Sophie voor het eerst in levenden lijve zou zien, dat het bijna teleurstellend was om te moeten constateren dat Sophie maar gewoon een vrouw was. Een vrouw die een beetje trilde van de moeite die het haar kostte om rustig te blijven. Het was overduidelijk dat ze haar best had gedaan om er leuk uit te zien vandaag, voor het geval ze haar echtgenoot per ongeluk tegen het lijf zou lopen, maar haar make-up kon de donkere kringen onder haar ogen niet verhullen. Waar hing Matthew trouwens uit? vroeg Helen zich af. Ze overwoog even om hem te bellen met de waarschuwing niet naar de receptie te komen, maar Sophie draaide zich al om en begon weg te lopen nadat ze Annie beleefd had bedankt. Toen ze bijna bij de deur was, kwam Matthew juist uit de vergaderkamer die daar recht tegenover lag. Hij botste nog net niet tegen haar op.

Er volgde een tenenkrommend moment dat een seconde of tien aanhield, hoewel het langer leek te duren, waarin ze geen van beiden iets zeiden. Toen stamelden ze beiden onwennig: ‘Hallo.’ Hoewel ze net deed alsof er niets aan de hand was, biggelde uit Sophies ooghoek een traan. Annie, die een bovennatuurlijke gave had voor het ontdekken van roddels hield niet eens de schijn op dat ze niet zat mee te luisteren.

Sophie gaf Matthew zijn laptop. ‘Deze was je vergeten.’

Hij sprak met gedempte stem, maar Annie kon hem toch nog verstaan. ‘Hoe is het met de meisjes?’

Godallejezus, Matthew, dacht Helen, neem haar even mee naar je kantoor. Dit doe je haar toch niet aan, waar iedereen bij is.

Sophies stem klonk trillend en ze was nauwelijks verstaanbaar: ‘Die missen je, uiteraard.’

'Zeg maar dat ik hen ook mis,' zei hij, en Helen bloosde van de plaatsvervangende vernedering die Sophie nu waarschijnlijk onderging.

'Bel maar op, dan kun je het ze zelf vertellen.'

En Sophie vertrok, met haar waardigheid (min of meer) intact.

Een paar minuten later wist het hele kantoor ervan. Helen hield haar gezicht op haar computer gericht, maar ze kon de *wave* van gefluister bijna letterlijk door het kantoor horen rollen.

Uiteindelijk kwam Jenny bij haar aan het bureau staan. 'Heb je het al gehoord?'

Heel even overwoog Helen om op te staan en te gillen: 'Ja, en het is allemaal mijn schuld! Ik ben de reden waarom zijn vrouw nu huilt en waarom zijn overhemden niet gestreken zijn en waarom zijn kinderen nu groot moeten worden zonder vader.' Maar ze opteerde toch voor: 'Wat dan?'

'Matthew is bij zijn vrouw weg. Niemand weet waar hij naartoe is gegaan.'

Jenny pauzeerde even dramatisch en wachtte op een reactie. Helen vertrok haar gezicht op een wijze die, naar zij hoopte, verbazing uitdrukte.

'Wat zielig.'

'Ik wist wel dat er iets met hem aan de hand was. O, mijn God!' Jenny's stiekeme gefluister sloeg over in een hoge piepstem. 'Hij zal er toch niet met een andere vrouw vandoor zijn, of wel?'

'Hoe moet ik dat in godsnaam weten?' zei Helen, iets te verdedigend.

'Je moet er toch niet aan denken. Getver! Ik bedoel, hij is zo ontzettend... oud. Hé!' riep ze dwars door de receptie heen. 'Denken jullie dat Matthew er een scharrel op na houdt?'

Annie huiverde van walging. 'Jasses. Hij lijkt me zo... slap in zijn vel zitten.'

'Hij heeft vast grijs schaamhaar,' deed een ander meisje dat net door de lobby liep op weg naar Automatisering een duit in het zakje. Het was Liza, aan wie Helen toch al een bloedhekel had. 'En hij heeft vast mannentieten.'

Geweldig, dacht Helen, die om de een of andere reden altijd had aangenomen dat haar vrouwelijke collega's Matthew nogal aantrekkelijk vonden. Echt helemaal geweldig.

'Ze komen er toch nooit achter dat ik het ben.'

Helen en Matthew zaten weer aan de keukentafel te eten. Zij had dit keer gekookt: vissticks, ovenfrites en doperwtjes uit de diepvries. Een maaltijd waarvan ze eigenlijk hoopte dat het Matthew zou doen terugverlangen naar Sophies volwassen diners.

'Ik meen het echt, Matthew, ik wil niet dat ze hier op kantoor achter komen.'

Hij zette zijn puppyogen weer op. Helen kon hem wel slaan als hij dat deed.

'Schaam je je voor mij, dan?'

'Natuurlijk niet, maar ik denk dat we daar allebei ongelofelijk veel gezeik mee krijgen.'

'Maar ik wil zo graag met je pronken. Ik wil graag dat iedereen weet hoe gek wij op elkaar zijn.'

Ze werd misselijk.

'Luister, we wachten gewoon een tijdje, en als je eenmaal officieel van Sophie gescheiden bent, dan vertellen we het samen. Dat is wel zo netjes. Anders vindt iedereen me een destructief kreng.'

'Oké,' zei hij met tegenzin. 'We kunnen nog best een maandje wachten, denk ik.'

'Laten we het op twee maanden houden.' Ze legde haar hand over de zijne en glimlachte naar hem, terwijl ze dacht: mooi, dan heb ik dus twee maanden de tijd om uit te vinden hoe ik dit moet aanpakken.

Het was nu ongeveer twee weken geleden dat Matthew bij die andere vrouw was ingetrokken, en de enige keer dat hij in die tijd contact had gehad met Sophie was dat verschrikkelijke laptopmoment. Sophie kende Annie goed genoeg om te weten dat het nieuws inmiddels heel Global rond was gegaan, en haar maag keerde om bij de gedachte aan het pseudo-medelijden dat onder Matthews collega's onderwerp van gesprek zou zijn. Ze was in een boze fase – hoe durfde hij haar zo te vernederen en hoe haalde zij het in godsnaam in haar hoofd om zich druk te maken over een computer die hij wel zou missen – dus toen hij belde met de mededeling dat hij nog wat andere spullen wilde komen halen, wilde ze hem eigenlijk zeggen waar hij die spullen wat haar betreft in kon stoppen. Maar zo zat ze niet in elkaar. Zoals altijd schikte ze zich en probeerde ze om alles zo pijnloos en vlekkeloos mogelijk te laten verlopen, voor iedereen behalve haarzelf. Hij vroeg of hij langs mocht komen als de meisjes thuis waren, en Sophie zei dat hij zondagmiddag welkom was en dat zij dan zelf wel naar de supermarkt zou gaan, zodat ze minimaal contact zouden hoeven te hebben. Zelf kon ze een confrontatie of een poging tot een gesprek nog niet aan.

Hij arriveerde keurig om twee uur, en bleef even aarzelend voor de deur staan, omdat hij niet wist of hij nu moest aanbellen of zichzelf binnen moest laten. Sophie zag hem staan door de jalouzieën voor haar keukenraam: hij stond met zijn handen in zijn zakken, een beetje gebogen zoals altijd als hij zich niet op zijn gemak voelde. Hij zag er moe uit. Ze riep tegen Suzanne dat die hem binnen moest laten en hem mee moest nemen naar de zitkamer, waarna zij zelf het huis uitglipte. Ze wilde hem niet eens gedag zeggen.

Helen had het gevoel alsof ze haar eigen leven weer terug had, al was het maar voor een paar uurtjes. Ze lag met een boek op de bank en genoot zich suf van de stilte. Ze zou eigenlijk ruimte moeten maken voor de spullen die Matthew straks bij zich zou hebben, maar daar had ze nog helemaal geen zin in. Ze vroeg zich af hoe het met hem zou gaan, nu, maar zette die gedachte vlug weer van zich af.

Rond een uur of vijf hoorde ze zijn auto voor de deur parkeren en ze sleepte zichzelf naar de voordeur. Ze hoorde Matthew praten... met wie eigenlijk? Ze sloeg het gordijn een fractie open en zag Matthew staan, geflankeerd door twee meisjes, elk met een doos in hun handen. Kut! Hij had Claudia en die andere meegenomen. Helen holde naar de spiegel en plukte wat aan haar pluizige zondagmiddagkapsel en probeerde de mascara van gisteren, die nu in klonters onder haar ogen zat, weg te vegen.

Hoe kan hij me dit nou aandoen? vroeg ze zich af. Zonder zelfs maar even te bellen! Wist hij dan niet dat voor meisjes uiterlijk alles was? Ze had allang in haar hoofd wat ze aan zou trekken bij hun eerste ontmoeting: FCUK-jeans, hoge bruine laarzen en een lichtblauwe Paul

Frank-capuchontrui die veel te hip voor haar was, dat wist ze zelf ook wel, maar die haar hopelijk wel cool zou staan. Dat waren tenminste merken waar de meisjes ook weleens van gehoord hadden en die ze gaaf zouden vinden. Ze had besloten dat ze voor de grotezussenbenadering zou gaan. Een beetje een enge grote zus, maar goed. Maar het enige schone kledingstuk dat ze momenteel had was een truttige grijze trui, die ze ook naar haar werk droeg. Nou ja, dat moest dan maar. Ze trok de schone trui net over haar hoofd toen ze de sleutel in het slot hoorde. Met een gemaakte nonchalance liep ze de hal in, terwijl hij de meisjes voor zich uitduwde.

Matthew deed overdreven lollig.

'Kijk eens even wie ik heb meegebracht,' zei hij.

'Wat een verrassing,' zei Helen, en het klonk bijna overtuigend.

'Ze wilden je dolgraag eens ontmoeten, of niet, meiden?' Aan de gezichten van zijn dochters was te zien dat dit een grote leugen was.

'Dit is Suzanne.' Hij wees naar de langste, minst verongelijkt kijkende van de twee. 'En dit hier is Claudia.'

Claudia monsterde Helen alsof ze een rivale in zich opnam.

Helen glimlachte op een jeugdige vriendinnenmanier, althans, dat hoopte ze. 'Wat ontzettend leuk om jullie te ontmoeten. Jullie vader heeft het altijd over jullie, dus ik heb het idee dat ik jullie al een beetje ken. Ik hoop echt dat we vriendinnen kunnen worden, of zo.'

De meisjes staarden haar wezenloos aan.

'Je hebt je trui binnenstebuiten aan,' merkte Claudia op, om meteen daarop te vragen: 'Gaan we nou weer naar huis, papa?'

'Nee, Claudia. Niet zo onbeleefd. Zeg Helen eens netjes gedag.'

Suzanne stamelde onhoorbaar 'hallo', terwijl Claudia Helen weer even wezenloos aangaapte als net.

'Het zal nog wel even wat tijd kosten voor ze aan je gewend zijn,' zei Matthew verontschuldigend. 'Kom maar eens even mee naar de zitkamer, meiden. Dan kunnen jullie even gezellig met Helen kletsen, en dan regel ik iets te drinken voor jullie.'

'Wat een hok is dit, zeg,' zei Claudia terwijl Helen hen voorging de kamer in.

Toen Sophie met Suzanne uit het ziekenhuis kwam, had Matthew tegen haar gezegd dat hij een tweede kans kreeg om zich als vader te bewijzen. De relatie met zijn zoon, die toen zesentwintig was, was altijd redelijk geweest – Matthew had zich de eerste keer niet echt op zijn vaderrol gestort en hij was altijd een beetje bang voor de oordelende blik van zijn oudste kind – maar toen hij Leo's moeder in de steek liet bleef er niet veel meer over van die verstandhouding. Bizar genoeg kon Leo het wel heel goed vinden met Sophie, in wie hij het volgende slachtoffer zag van zijn vaders egoïsme – en terecht, zoals nu bleek. Hij had alle schuld voor de scheiding van zijn ouders zonder pardon bij Matthew neergelegd en hoewel hij het er verder nooit over had, stond het tussen hen in als een glazen wand, zodat Matthew nooit meer echt dicht bij hem in de buurt kon komen. En dus onderhield Matthew het contact met zijn vader via zijn tweede vrouw. Geen ideale situatie, maar meer zat er nu eenmaal niet in.

Suzanne kende Matthew om deze reden dan ook alleen maar als een toegewijde, liefhebbende vader. Sinds de komst van Claudia, die de mooiste van de twee was, was ze in de rol van het 'slimme zusje' gedwongen en had ze altijd heel hard gewerkt om aan dit predikaat te blijven voldoen, maar de complimenten en aandacht die ze van Matthew kreeg als ze een goed cijfer had gehaald, maakten al die extra uren leren, stiekem, zodat het net leek alsof het haar maar aan kwam waaien, dubbel en dwars waard. Ze was een inschikkelijk, gemakkelijk kind, althans aan de buitenkant, want binnen in haar raasde het.

Claudia, daarentegen, ging openlijk tekeer tegen het etiket van 'het mooie zusje' dat ze opgeplakt had gekregen, omdat zij ervan overtuigd was dat ze niet alleen de mooiste, maar ook de slimste was. En daar had ze groot gelijk in. Ze wist van Suzannes heimelijke harde blokken, maar ze had het nog nooit doorverteld. En hoe harder Suzanne werkte, des te ongeïnteresseerder deed Claudia over school. Haar wangedrag, dat door haar juffen optimistisch werd omschreven als 'een fase', lag overduidelijk aan het feit dat ze zich doodverveelde in een klas vol kinderen op wie ze in intellectuele ontwikkeling een aantal jaren voorliep. Elke amateurpsycholoog zou dat hebben gezien. Maar waar zijn die amateurpsychologen als je ze eens een keertje echt nodig hebt?

Voor iemand die het dit keer helemaal goed had willen doen, was Matthew erin geslaagd twee behoorlijk gedragsgestoorde dochters groot te brengen.

Terwijl Matthew in de weer was met thee en cola light, besloot Helen een gesprek aan te knopen met het meisje dat er het minst griezelig uitzag, en dat was Suzanne.

'Dit zal wel heel vreselijk voor jullie zijn. Het spijt me.'

Claudia maakte een geluid dat het midden hield tussen snurken en zuchten en sloeg haar ogen ten hemel. Bij Suzanne stonden de tranen in de ogen. Ze frunnikte aan haar zandkleurige haar en Helen zag wat voor moeite het haar kostte om niet in huilen uit te barsten.

'Ik wil dat hij weer naar huis komt.'

'Dat weet ik wel,' zei Helen. Ze lachte op een manier die schattig en zelfopofferend moest overkomen en voegde eraan toe: 'En misschien komt hij ook wel weer naar huis zodra hij mij weer zat is.' O ja, leuk, foute grappen maken. En niet alleen dat, het leek nu net alsof hun vader een besluiteloze losbol was.

'Ik bedoel: als hij beseft hoe erg hij jullie allemaal mist.'

'Meen je dat?' Door de naïeve manier waarop Suzanne zich aan deze strohalm vastklampte, voelde Helen zich nog monsterlijker, als dat al mogelijk was, maar voordat ze de kans kreeg om nog iets troostrijks te zeggen, deed Claudia vol bravoure een duit in het zakje.

'Doe niet zo dom. Natuurlijk meent ze daar geen moer van. En trouwens, van mij hoeft hij niet meer terug te komen.'

Suzanne kreeg daarop een enorme huilbui, net toen Matthew vrolijk binnenstapte met de drankjes. Hij keek Helen verwijtend aan alsof ze zijn kinderen had geslagen met een liniaal zodra hij zijn hielen had gelicht.

'Gaan we nou eindelijk, pap?' vroeg Claudia.

'Ja,' ze Matthew. 'Ik denk dat we inderdaad maar weer naar huis moeten.'

Helen zou zweren dat ze Claudia *bitch* hoorde mompelen toen ze weer vertrokken.

10

HET WEEKEND DAAROP WILDE MATTHEW Suzanne en Claudia weer uitnodigen, maar Helen wilde er niets van weten. Ze had wel door dat het geen eenvoudige zaak zou zijn om vriendinnen te worden met zijn dochters en ze vond het momenteel sowieso allemaal nogal veelgevraagd. Ze wist Matthew aan te praten dat het allemaal nog te vroeg was voor de meisjes, maar het lukte haar niet hem ervan te overtuigen dat het beter was ze een middagje mee uit te nemen. Dan zou ze het rijk weer een paar uur heerlijk voor haar alleen hebben.

'Maar het punt is juist dat ik wil dat ze zich hier ook thuis gaan voelen,' dreinde hij. 'Ik wil niet zo'n parttimevader worden die zijn kinderen de hele tijd meesleept naar allerlei plekken waar ze helemaal niet zo nodig heen hoeven.' Ze spraken af dat de meisjes dan de zondag daarop zouden komen, en bereidden zich voor op een doodsaai weekend.

Op zaterdag, rond een uur of vier, werd er aangebeld. Helen deed open en zag een oudere, verzorgde dame staan die haar vaag bekend voorkwam.

'Is Matthew thuis?' vroeg de vrouw.

'Nee. Hij is pas over een uur weer terug.'

Matthew had zich nuttig willen maken en was naar de supermarkt voor de wekelijkse boodschappen, iets wat hij nog nooit in zijn leven had gedaan. Precies op dat moment stond hij verlamd van angst voor het groenteschap, en probeerde hij erachter te komen wat het verschil was tussen een kerstomaat en een romatomaatje.

'Uitstekend, want ik kom voor jou. Ik ben Sheila.' Ze had een stem waar je kaas mee kon raspen, en Helen had meteen een hekel aan haar. Kakmadammen scoorden immers hoog op Helen en Rachels lijstje met 'Vreselijke vrouwen'.

De vrouw drong zich langs Helen de gang in, en liep door naar de zitkamer. Ze was ongelofelijk goed gekleed voor een doodgewone zaterdag, vond Helen, die in een joggingbroek en een T-shirt liep. Sheila, daarentegen, droeg een keurige witte blouse onder een zachtblauwe kasjmieren trui, een beige pantalon en hoge hakken. Dit soort vrouwen gaf Helen altijd het gevoel dat ze een vreselijke boerentrien was, en Sheila was hierop geen uitzondering. Ze rook zelfs duur. Ze klikklakte over de houten vloer en schudde haar perfect gekapte haren terwijl ze om zich heen keek: naar de bordjes met broodkorsten, de stapels oude kranten en tijdschriften en naar Matthews dozen die nog altijd onuitgepakt in de hoek stonden. Helen groef in haar geheugen naar 'Sheila'. Heette zijn eerste vrouw niet zo? Maar Sheila verloste haar snel uit haar lijden.

'Ik ben Matthews moeder.'

Natuurlijk! Hij was dan wel oud, maar hij was natuurlijk nooit getrouwd geweest met een vrouw die nu ergens in de tachtig moest zijn.

'Aha. Aangenaam,' zei Helen weifelend. 'Hebt u misschien trek in een kopje thee?'

'Wat jij hebt gedaan is absoluut onvergeeflijk. Een gezin uit elkaar halen, een vader bij zijn dochters weghalen. Je moet je schamen.'

'Melk en suiker?' Helen vloog de keuken in om kalm te kunnen blijven. Helaas pindakaas – Sheila kwam meteen achter haar aan.

'Het is je neem ik aan om zijn geld te doen?'

Helen haalde diep adem. 'Ik weet het niet. Heeft hij dan zoveel geld?'

Sheila reageerde niet. 'Je hebt natuurlijk geen seconde stilgestaan bij wat je zijn gezin aandoet, of wel soms?'

Helen weerstond de verleiding om te zeggen: 'Sophie zeker wel toen zij hem bij zijn eerste vrouw weghaalde?' In plaats daarvan zei ze: 'Ik heb tegen hem gezegd dat hij weer terug moet gaan als hij wil.'

'Daar is het nu wel een beetje te laat voor, denk je ook niet? Sophie wil hem nu natuurlijk niet meer hebben.'

'Wat komt u hier eigenlijk doen?' vroeg Helen, die de hele theefarce maar liet varen.

'Mijn dochters en ik maken ons ernstig zorgen om de meisjes en om wat dit met hen zal doen.'

'Hebben we het nu over de dochter die de man van de andere dochter zat te versieren, afgelopen kerst? Of over degene die getrouwd is met een dronkenlap? Of is dat dezelfde dochter? Het staat me even niet zo helder voor de geest,' zei Helen, die ook geen zin meer had om beleefd te blijven.

Sheila gaf weer geen sjoege. 'Als jij in onze familie opgenomen wilt worden – en ik zie niet wat ik nog kan doen om dat tegen te houden – dan willen wij graag de zekerheid dat jij jouw taak als stiefmoeder serieus zult oppakken.'

'En als ik dat nu eens niet doe?' Helen ging zich steeds meer gedragen als iemand van een jaar of veertien.

'Dan dring ik er bij je op aan om je niet verder met hun levens te bemoeien. Ze waren heel erg overstuur, toen ze hier vorig weekend waren geweest.'

Ach mens, rot toch een eind op, dacht Helen, maar ze zei: 'Ik breng u wel even naar de deur.'

'Wat een godvergeten bemoeizuchtig klerewijf!' schreeuwde Helen later die middag tegen Matthew.

'Je hebt het wel over mijn moeder, ja.'

'Dan is jouw moeder dus een godvergeten bemoeizuchtig klerewijf. Je kunt haar melden dat ik haar hier nooit meer wens te zien.'

De zondagavond naderde dreigend. Helen had zich in een extreem onbewaakt ogenblik laten overhalen om haar vriendje kennis te laten maken met haar beste vriendin. Ze zouden een avond gaan stappen. De afspraak was ruim een week geleden gemaakt, dus ze had het gevoel dat ze nog alle tijd had om eronderuit te komen. Maar nu zou het morgenavond al gebeuren, en dus werd het hoog tijd voor maatregelen. Ze belde Rachel.

'Oké, ik zeg dus gewoon tegen hem dat jij hebt afgezegd. Ik zeg wel dat je druk bent met iets voor je werk.'

'Over mijn lijk! Je loopt nu al vier jaar te zaniken over die vent, dus nou wil ik hem eindelijk weleens zien.'

'Dan doe ik wel net of ik ziek ben, dan kunnen we niet weg. Blijf jij maar lekker de hele avond in de kroeg op ons zitten wachten, maar wij komen niet.'

'Als jij niet komt, dan kom ik wel naar je huis,' zei Rachel lachend. 'Hier kom je niet meer onderuit, mevrouw.'

Matthew was irritant aan het kwetteren terwijl ze zich klaarmaakten voor de strijd. Hij had zich wel twee keer verkleed – pak versus spijkerbroek en een overhemd – en tot Helens ongenoegen had de spijkerbroek de slag gewonnen. Hij paradeerde voor de spiegel als een meisje van vijftien. Hij zag er tegenwoordig havelozer uit. Ouder, ook. Het leek wel alsof hij zijn krachtdadige persoonlijkheid elke avond op de vloer van de slaapkamer gooide, samen met zijn pak, om vervolgens een enigszins slonzig alter ego aan te nemen dat veel weg had van haar vader. Hij liep zelfs anders: bijna verontschuldigend, minder zelfverzekerd. Helen weerstond de verleiding om hem op te dragen zijn neusharen bij te werken en zijn buik in te houden. Toen ze de taxi instapten kon ze zijn zenuwen bijna ruiken, en dat bracht al haar slechte, egocentrische trekjes naar boven.

'Zeg in godsnaam geen gênante dingen,' droeg ze hem bemoedigend op.

In de kroeg werd Matthew begroet door een breed glimlachende Rachel, die hem voorstelde aan Neil, maar Helen zag dat ze eigenlijk wilde zeggen: 'Jezus, jij bent echt oud.' Ze vulden een paar minuten met het weghangen van hun jassen en het bestellen van drankjes, en iedereen zat te piekeren over een goed gespreksonderwerp. Rachel deed een voorzet: 'Zeg Matthew, heb je nog meer echtgenotes waar we niks van af weten, of blijft het bij deze twee?'

Matthew begon stamelend aan een antwoord, maar Helen hield hem tegen: 'Ze maakt een geintje, Matthew.' Ze wierp Rachel een woedende blik toe. 'Rachel heeft een nogal apart gevoel voor humor.'

'Dat begreep ik ook wel,' zei hij, zich schattig bewust van zijn eigen stommiteit.

'Nee hoor, ik ben gewoon nieuwsgierig,' hield Rachel vol. 'Was je nog getrouwd met je eerste vrouw toen je iets met Sophie kreeg? Ik bedoel, is dat zeg maar een soort vaste gewoonte van je?'

'Rachel!' Dit keer was het Neil die Matthew te hulp schoot. 'Sorry, hoor, Matthew.'

'Maakt niet uit. Rachel, ik begrijp heel goed dat jij bezorgd bent om Helen. Je zou ook geen goede vriendin zijn als je niet even wilt controleren of zij de juiste keuze maakt. En ja, ik was inderdaad nog getrouwd met Hannah toen ik Sophie ontmoette, en nee, daar ben ik bepaald niet trots op. Maar ik kan je verzekeren dat ik echt van Helen hou, en dat ik vast van plan ben om haar de rest van haar leven gelukkig te maken.'

Hij deed zijn best, maar hij klonk als een dominee tijdens de preek. Helen kon wel door de grond zakken.

'Kunnen we het misschien ergens anders over hebben?'

Maar Rachel liet niet meer los. 'Je hebt kinderen, toch? Je zult ze wel vreselijk missen.'

'Ja, dat is ook zo,' zei Matthew, en hij keek om zich heen om te zien waar de volgende gifpijl vandaan zou komen.

'Voor hen is het ook verschrikkelijk, toch, dat ze hun vader kwijtraken. Ik bedoel, ze zijn nog zo jong. God weet wat voor effect dat heeft op hun psychologische ontwikkeling...'

Neil stond op en snoerde haar de mond door te vragen: 'Potje biljarten, Matthew? Ik kan er geen moer van, maar het lijkt me in elk geval leuker dan hier blijven zitten voor een kruisverhoor.'

Helen raakte zijn arm even aan. 'Goed idee. Toe maar. Rachel en ik hebben een hoop bij te praten.'

'Waar ben jij in godsnaam mee bezig?' beet Helen Rachel toe zodra Matthew en Neil buiten gehoorsafstand waren.

'Ik probeer jou alleen maar te helpen. Hij wil weliswaar met jou verder, maar misschien bedenkt hij zich omdat hij niet voor de rest van zijn leven opgescheept wil zitten met jouw beste vriendin.'

'Hou daar dan maar mee op. Hij houdt van me. Ik ben immers ook onweerstaanbaar.'

'Hij is een ouwe vent, Helen. Het feit dat je nog al je eigen tanden hebt maakt je al onweerstaanbaar.'

'We gaan er het beste van maken,' zei Helen, niet helemaal overtuigend. 'Dus wen maar aan het idee.'

'Er zit niks anders op, inderdaad, want hij gaat nooit meer weg, tenminste, niet zolang hij niet ergens anders naartoe kan. Ik heb hem helemaal door, namelijk, hij is er een van de vrouwenestafette. Hij maakt nooit een einde aan de ene relatie als hij niet een andere vrouw in de wacht heeft staan. Hij is doodsbang om alleen te zijn.'

Rachel had een heleboel theorieën over relaties. En aangezien haar eigen romances nooit langer duurden dan een paar weken, was dat nogal een lachertje. Volgens haar kon je mannen onderverdelen in de volgende categorieën:

Seriële monogamisten
Mannen die een nieuwe mama zoeken
Mannen met een relatiefobie
Cryptonichten
Mannen die te lief zijn
Metroseksuelen (de allerwalgelijkste soort)
Mannen die te lui zijn om een andere vrouw te zoeken
Mannen die er altijd graag nog iemand naast hebben
Normale, volwassen mannen (deze categorie is niet zo goed gevuld)
Estafettelopers

Voor vrouwen was ze minder ruimhartig, aangezien er voor hen slechts drie categorieën bestonden:

Vrouwen zoals ik (dat wil zeggen: aardig, loyaal, trouw, betrouwbaar)
Vrouwen die niet van andermans vent af kunnen blijven
Psychopathische wijven

Tot dusverre dacht ze altijd dat Matthew behoorde tot de 'mannen die er altijd graag nog iemand naast hebben'. Zo eentje die absoluut niet van plan was om bij zijn vrouw weg te gaan, omdat hij het thuis veel te goed had. Helen was uiteraard een paar jaar terug verhuisd van de 'vrouwen zoals ik' naar de 'vrouwen die niet van andermans vent af kunnen blijven'.

'Ik moet er maar gewoon het beste van maken,' zei Helen. Het klonk als een overmatig gebruikt sample in een of ander rapnummer.

'Dat denk ik ook, want ik zal je dit zeggen, hij gaat niet weg tenzij er een andere vrouw komt die hem wel wil hebben,' onderstreepte Rachel nog maar eens.

'Doe nou alsjeblieft aardig tegen hem als hij zo weer terugkomt,' smeekte Helen.

Toen Matthew en Neil na hun spelletje weer terugkwamen, deed Rachel inderdaad echt haar best om leuk te zijn, zodat Matthew zich afvroeg of ze soms schizofreen was.

'Ik vind hem een aardige vent,' zei Neil tegen Rachel toen ze naar huis liepen.

'Ik zou me niet al te snel aan hem hechten, als ik jou was.'

Sophie, die zich niet bewust was van het feit dat haar man op dat moment zo over de tong ging, was bezig om de badkamer opnieuw te verven. Het was een poging om alle sporen van Matthew uit te wissen. Voor het huis van de buren stond een container, en daar gooide ze zijn golfclubs in en dozen met boeken en tennisrackets, en nog meer dingen waarvan ze aannam dat hij daar binnenkort wel voor terug zou komen. Ze keek naar buiten en zag een paar studenten van de campus verderop in de straat in de container rommelen, waarna ze blij wegliepen met hun buit. Voor het eerst die dag moest ze lachen. Ze schonk zijn kleren aan het goede doel, want ze vond het wel een leuk idee dat er straks een of andere dakloze zou rondlopen in Matthews geliefde Armanitruien.

Toen Suzanne en Claudia terugkwamen van hun bezoekje aan Matthews nieuwe onderkomen, had Sophie zich gehouden aan de belofte die ze zichzelf had gedaan en ze had hen nergens naar gevraagd. Maar de afgelopen week hadden de meisjes toch dingen laten vallen en dus wist ze nu dat:

Helen in een souterrain woonde
Helens huis ongeveer tien minuten rijden verderop was (maar in welke richting, dat wist ze niet)
Dat Helens huis een houten vloer had
Dat Helen lang, donker haar had
Dat Helen heel mooi was

Dat laatste had Sophie dan weer wel uit Suzanne weten te krijgen, want ze was toch wel erg nieuwsgierig. Suzanne had daarop geprobeerd om de klap te verzachten door te zeggen: 'Maar jij bent veel en veel mooier, mam.' Te laat.

'Het gaat helemaal niet om het uiterlijk,' zei Sophie, totaal niet overtuigend.

Dankzij de wetenschap dat Helen 'heel mooi' was, voelde Sophie zich natuurlijk nog veel beroerder, hoewel het haar misschien ook juist wel een goed gevoel zou moeten geven, want als je man je laat zitten voor een vrouw die eruitziet als een dragonder, heb je pas echt reden om depri te raken. Dat zou immers betekenen dat hij het zo met jou heeft gehad dat het uiterlijk niet eens meer een rol speelt, en dat de nieuwe liefde een persoonlijkheid heeft die zo onwaarschijnlijk is vergeleken met die van jou, dat hij met liefde vergeet dat ze eruitziet als een trog. Dat hij bereid is om dan maar de rest van zijn leven te neuken in het donker, als hij het maar nooit meer met jou hoeft te doen. Als hij je inruilt voor iemand die mooier is dan jij, kun je het tenminste nog op zijn midlifecrisis gooien, of, in Matthews geval, op een van zijn vele midlifecrises.

Hoe dan ook, sinds dat gesprekje deed Sophie haar best om het niet met de meiden over Helen te hebben, voor het geval ze nog zoiets deprimerends te weten zou komen. Wel was ze naar de sportschool gegaan, liet ze haar nagels doen, en had ze een kleurtje in haar haar laten aanbrengen, uit angst dat al haar vrienden, nadat ze Helen hadden ontmoet, achter haar rug om opmerkingen zouden maken als: 'Je kon er op wachten. Sophie is een schat, daar niet van, maar Helen is zo ontzettend... mooi.' Ze overwoog even om aan Suzanne te vragen hoe oud ze Helen schatte, maar aangezien ze wel wist hoe kinderen alle volwassenen zagen, wist ze dat het antwoord even goed zeventien als zestig zou kunnen zijn, en dat ze dan nog niks wist, en dus liet ze dat idee weer varen.

Ze vroeg zich af of híj de scheiding aan zou vragen of dat het de bedoeling was dat zij dat zelf deed, en ze nam zich voor om een advocaat in de arm te nemen.

Ze vond een trouwfoto en tekende een bril en een snor en een grote harige wrat op Matthews gezicht. Vrijwel meteen had ze daar weer spijt van, en ze probeerde er alles weer af te wrijven, maar dat lukte niet meer.

Ze ruimde de lade van zijn bureau in de studeerkamer uit en vond een tekening die Claudia voor hem had gemaakt toen ze vier was. Het was een tekening van een gezin: een moeder, een vader en twee kleine meisjes en het gedroomde hondje. Ze stonden op een rijtje naast een boom en met een stralende lach scheen de zon boven hen. Onder de mensen had ze hun namen geschreven. Het woord 'papa' had ze drie keer onderstreept, om aan te geven dat hij heel erg belangrijk was. Matthew had hem bewaard, ondanks vier verhuizingen en ten minste drie nieuwe bureaus. Sophie wilde absoluut niet nog een keer gaan huilen. Ze streek de tekening glad en legde hem terug in de la.

11

HELEN BLADERDE REGELMATIG DOOR HET fotoalbum dat Matthew in alle haast had neergesmeten toen hij bij haar was ingetrokken, samen met zijn cricketspullen en een heupfles met een afbeelding van Homer Simpson. Ze had ontdekt dat op de achterkant van de foto's aantekeningen stonden in een handschrift dat ze niet herkende en dat dus alleen van Sophie kon zijn. *Matt en de meisjes. Braunton, 2003*, stond op een van de foto's, waarop ze met zijn drieën in de regen op het strand stonden. Noemde Sophie hem Matt? Dat kon echt niet, hij was een rasechte Matthew. Noemde hij haar dan soms ook Soof? vroeg ze zich af. Op een andere foto, eentje van een lachend stelletje, met de armen om elkaar heengeslagen, Sophies donkere haardos rustend op Matthews schouders, stond *Tweede Huwelijksreis!!!!* geschreven. Waren ze op een tweede huwelijksreis geweest? Wanneer dan? Ze draaide de foto nog een keer om en zocht naar aanwijzingen. Sophies reebruine ogen staken donker af tegen het zonlicht. Ze had lang, krullend haar tot over haar schouders, dat met een zonnebril uit haar gezicht werd gehouden, en ze had sproeten op haar zongebruinde huid. Matthews arm lag beschermend om haar schouders. Helen wist dat ze elk jaar op vakantie gingen, meestal naar Italië – een villa in Toscane, zoals dat te doen gebruikelijk was onder Engelse yuppen – maar in welk jaar hadden ze die vakantie 'een tweede huwelijksreis' genoemd, met alle seks en hernieuwde beloftes die dat met zich meebracht? Ze deed het album weer terug in de doos voor Matthew haar zo zou zien.

Claudia en Suzanne zouden om drie uur langskomen. In een poging hen in te palmen had ze cakejes en worstenbroodjes gekocht en broodjes gesmeerd. Matthew, ontroerd dat ze zo haar best deed voor zijn kinderen, gaf haar met tranen in zijn ogen een knuffel.

Het liep echter niet zo lekker.

'Ik ben vegetariër.'

Claudia trok haar neus op bij de afgeladen tafel en plofte neer in een stoel.

'Sinds wanneer?' vroeg Matthew, en hij probeerde de ergernis in zijn stem te verbergen.

'Dat ben ik gewoon.'

Suzanne deed haar best om haar vader tevreden te stellen. Ze had haar bord volgeladen met lekkernijen en zat stilletjes te eten terwijl ze Helen aandachtig bekeek.

'Niet te veel eten,' zei haar vader. 'Straks word je nog misselijk.'

'Zeg, hoe gaat het op school?' vroeg Helen, geschokt door haar eigen gebrek aan inspiratie.

'Goed, hoor,' zei Suzanne. Claudia zei niets. Dat was het dan.

'Vertel Helen eens wat je in de auto tegen mij zei,' zei Matthew tegen Claudia. 'Over dat toneelstuk.'

'Nee.' Claudia draaide haar hoofd om en keek door het raam naar de kleine achtertuin.

'Claudia speelt de hoofdrol,' zei Suzanne behulpzaam. 'Ze is een prinses.'

Helen liet deze kans liggen en onthield zich van commentaar als: 'Dan mag ze wel verdomd goed acteren.' Er praat er tenminste eentje tegen me, dacht ze. Ik concentreer me wel gewoon op haar.

'En hoe zit het met jou?' zei ze tegen Suzanne. 'Speel jij ook toneel?'

'Nee, ik kan er niks van,' zei Suzanne enigszins jaloers, en Helen had medelijden met haar. Afschuwelijk om een doodgewone, weinig getalenteerde oudere zus te zijn en zo doordrongen te zijn van dat feit.

'Ach ja, iedereen is weer goed in andere dingen. Je vader vertelde me dat jij het heel goed gedaan hebt bij de laatste toetsen.' (Laat het in godsnaam het juiste meisje zijn, dacht ze, want eigenlijk kon ze zich helemaal niet meer herinneren over wie van de twee dochters Matthew het had gehad. Ze had namelijk niet echt naar hem geluisterd.)

'Zei hij dat?' Suzanne kwam ineens helemaal tot leven en keek stralend naar haar vader.

'Dat heb ik verteld, ja,' zei Matthew. 'Ze heeft het fantastisch gedaan. Eigenlijk hebben jullie het allebei heel goed gedaan, hè, dames?'

Heel goed, Matthew, dacht Helen, bederf Suzannes moment maar lekker.

Tegen vieren was Helen helemaal op. Gingen ze maar weer naar huis. Matthew, die wel voelde dat de sfeer er niet beter op werd, nam Claudia mee naar buiten om wat bloembollen te gaan planten op het kleine plaatsje dat door moest gaan voor tuin. Eenmaal onttrokken aan de afkeurende blik van haar zusje, werd Suzanne aardig spraakzaam en vond ze het helemaal niet verdacht toen Helen haar nieuwsgierigheid niet meer kon bedwingen en een hele serie vragen op haar afvuurde over Sophie. En zo wist Helen nu dan ook dat Sophie:

In de stad werkte
Met de metro naar haar werk ging
Op haar werk haar meisjesnaam gebruikte, namelijk Marcombe
Soms naar de sportschool ging tijdens de lunch
Nooit uitging 's avonds (nooit?)
Helemaal geen vriendinnen had, tenminste volgens Suzanne
Momenteel behoorlijk wat afhuilde

Allejezus, dacht Helen, wat een leven.

Toen ze die maandagochtend eenmaal veilig en wel achter haar bureau zat, zocht Helen via internet de naam 'Sophie Marcombe' op. Sophie bleek *senior account director* bij May and Co. Financial Services op Finsbury Square te zijn. Vreemd. Ze zocht verder via *Friends Reunited* en vond drie verschillende Sophie Marcombes van verschillende leeftijden. Van een van de drie vond ze een foto bij een school in Iver in Buckinghamshire. Het bijschrift vermeldde: *Ik ben getrouwd met Matthew en heb twee dochters. Werk in de City.* Ze keek naar het jaar: Sophie was dus ongeveer vijfenveertig. Ze keek op haar horloge.

Helen wist al waar Sophie woonde, sterker nog, ze had het huis al eens eerder gezien. Helemaal in het begin van hun relatie was ze overmand geraakt door nieuwsgierigheid naar haar rivale, en had ze in Matthews personeelsdossier gezocht naar zijn adres – een vriendendienst van een collegaatje die bij P&O zat. Op een Matthewloze avond had ze de metro naar Kentish Town genomen, richting Bartholomew Road, een straat vol indrukwekkende huizen. Ze volgde de bocht in de straat en vond hun huis, nummer 155. Het had vier verdiepingen en een kelder, was gebouwd van zandkleurig steen en had een smalle, nette voortuin, bestaande uit twee rozenstruiken en wat ruimte voor een auto. Matthews auto stond niet op de oprit – ze was duidelijk eerder dan hij – maar een kleine Peugeot, waarschijnlijk die van Sophie, stond netjes op de oprit geparkeerd.

Het was winter en de lichten op de eerste verdieping waren aan maar van waar zij stond, aan de andere kant van de straat, kon ze maar weinig zien. Ze liep wat heen en weer en voelde zich ontzettend stom. Ze dacht erover om aan te bellen – 'Dag mevrouw, ik ben bezig met een onderzoek' – maar ze wist dat Matthew binnen een paar minuten thuis zou komen. Bovendien, zou ze dat wel durven? En al zou ze het durven, wat schoot ze ermee op? Ze besloot om maar weer weg te gaan en in het weekend terug te komen. Dan had ze kans dat Sophie het huis uitkwam om te gaan winkelen, of zoiets. Ze liep naar het metrostation toen opeens een bekende auto voorbijreed. Hij stopte en nadat hij gekeerd was, stapte Matthew uit en begon te schreeuwen. Hij was buiten zichzelf van woede en paniek. Waar was ze in godsnaam mee bezig? Wat als Sophie haar had gezien? Hoe durfde ze zo'n spelletje te spelen met zijn leven? Ze schaamde zich en voelde zich ontzettend dom. Boos was ze ook. Maar ze was voornamelijk bang dat ze hem kwijt zou raken, dat hij zou denken dat hij haar nooit meer kon vertrouwen. Het had dagen geduurd voor hij weer wat was gekalmeerd, en daar had ze heel hard haar best voor moeten doen. In elk geval had ze nooit meer zoiets gedaan.

Nu, jaren later, voelde ze weer dezelfde drang. Laura was vandaag uit lunchen, en dus merkte ze niet dat Helen om halfeen naar buiten glipte. Rond tien voor een zat ze op een bankje op het plein tegenover May and Co., en ze keek naar de mensen die het gebouw uitliepen, op weg naar lunchrooms en restaurantjes in de buurt. Ze wist niet waarom, maar ze wilde Sophie nog een keer zien. Ze voelde zich als Steve Irwin die rustig afwachtte bij een riviertje tot er een krokodil aankwam. Ze wilde het onderzoeksobject in haar natuurlijke leefomgeving bestuderen.

Het is iets typisch vrouwelijks, die drang om een ex te bespioneren, of de zelfverzonnen rivale wier naam een man zich toevallig een keer heeft laten ontvallen. Het is heel eenvoudig om een kleine omweg te nemen en even langs haar kantoor te gaan op weg naar huis. En vandaar is het maar een kleine stap om op weg naar de winkel een paar meter om te lopen langs het huis van die andere vrouw. En als je dan toch bezig bent, kun je net zo goed vier uur lang in een auto zitten wachten in de hoop dat je... ja, wat eigenlijk? Dat je een vrouw ziet lopen waarvan je toch al weet hoe ze eruitziet? Misschien een glimp opvangen van haar nieuwe vriendje of haar moeder of haar zus of haar hond? Of de hond van haar zus?

Helen begon zich te vervelen en ze bevroor zowat, maar toen, om vier minuten over een, zag ze Sophie de voordeur van May and Co. uitlopen. Witte jas, bruine laarzen, paraplu. Ze stond op, en ging weer zitten, stond vervolgens weer op en volgde haar op een afstandje. Ze zag dat Sophie een broodjeszaak was ingelopen, dus ging zij daar ook naar binnen, en bekeek met een half oog wat er zoal te koop was. Sophie stond al bij de kassa om soep te bestellen, en dus pakte Helen een wrap met kip en ging achter haar in de rij staan. Ineens voelde ze hoe het moest zijn om een man te zijn, om altijd de eerste stap te moeten zetten bij een vrouw. Ze had een dringende behoefte om Sophie aan te spreken en ze probeerde een openingszin te bedenken.

'Lekker weertje hè.' Te banaal.

'Is de soep hier lekker?' Dat leidde alleen tot 'ja' of 'nee', dus dat schoot niet op.

'Werk je hier in de buurt?' Bah, nee: ze wilde niet als een lesbische stalker overkomen.

'Waar is hier het dichtstbijzijnde metrostation?' Perfect. Niet echt de start van een goed gesprek, maar ze moest het er maar mee doen.

Sophie pakte haar wisselgeld van de toonbank en draaide zich om richting de uitgang.

'Pardon, waar is hier het dichtstbijzijnde metrostation?' vroeg Helen, maar Sophie was al weggebeend. Helen dacht erover om achter haar aan te rennen en haar op de schouder te tikken, maar de man achter de toonbank was haar vraag al aan het beantwoorden en ze moest blijven staan om de uitgebreide routebeschrijving aan te horen, die ze helemaal niet nodig had. Toen ze eindelijk buiten stond, was Sophie allang weg.

Goddank.

Hoe haalde ze het eigenlijk in haar hoofd, dit? Nu het voorbij was, trok ze wit weg bij de gedachte aan alles wat er had kunnen gebeuren. 'Waar is het metrostation?' En wat dan? 'O, trouwens, ik dacht ik meld het even, ik ben die vrouw waar je man je voor heeft verlaten. Maar ik moet er weer van tussen. Leuk je te ontmoeten. Doei!' Wat wilde ze nou eigenlijk? Dat Sophie haar iets vertelde wat ze zelf allang wist? Ze liep teleurgesteld terug naar haar kantoor. Ze zat zich net te bedenken of ze Rachel zou bellen over haar debiele stalksessie, toen ze Annie tegen het lijf liep.

'Raad eens?' vroeg ze, en haar ogen straalden van de interessante roddel die ze in petto had. 'Amelia van P&O heeft vanochtend met Matthews vrouw gesproken, en die vertelde haar dat Matthew er *echt* vandoor is gegaan met een ander. En dat niet alleen, het is iemand bij ons op kantoor. En...' ze liet een lange dramatische pauze vallen terwijl Helen haar adem inhield en wachtte op wat komen ging, '... ze heet Helen.'

Annie leefde voor de roddels. Niet dat ze die leuk en een beetje smeuïg kon brengen of zo, nee, haar verhalen waren saai, maar ze wilde gewoon in het middelpunt van de belangstelling staan, en ze genoot van haar positie als Globals schandalenorakel. Het was een wonder dat ze nooit iets had gemerkt van Helens verhouding met Matthew, maar ze was typisch zo'n blonde, rondborstige dame die, ondanks haar gezicht dat eruitzag als een klont boetseerklei, een verfrommeld babyhoofd dat waarschijnlijk reuze schattig was toen ze twintig was, maar dat nu meer weg had van de kop van een buldog, geloofde dat ze de enige twee kwaliteiten bezat waar mannen werkelijk interesse in hebben. Het was nog nooit bij haar opgekomen dat iemand ook weleens kon vallen op een brunette of een roodharige dame, of op vrouwen met een cupmaat onder de 80C. Dat was natuurlijk uit zelfbescherming. Als ze 's avonds in de spiegel keek, kon ze wel janken om het verlies van haar jeugdige schoonheid, maar ze dacht dat als ze nou maar vaak en hard genoeg zou kleppen over die arme X met haar cup A en over hoe erg ze het vond voor haar zus, die niet het honingblond van haar moeder had geërfd zoals zij, dat de mensen het vanzelf wel met haar eens zouden zijn. Ze wist best dat Helen een mooie vrouw was – veel mooier dan zij ooit was geweest, zelfs nu ze de veertig naderde – maar ze stelde zichzelf gerust door te denken dat geen enkele man ooit geïnteresseerd zou zijn in dat soort schoonheid. Ze weigerde om Helen als seksueel aantrekkelijk te zien.

Helen besloot dat lachen in dit geval de beste verdediging was. Maar Annie was nog niet klaar.

'Jij kunt het niet zijn, dat weten we wel. Jij bent het toch niet, of wel?' zei ze lachend. 'Nee, zo'n zielig geval ben jij niet. En bovendien, jij hebt Carlo.' (O, ja, op haar werk kenden ze de fictieve Carlo ook.) 'Dus blijft Helen van de boekhouding over, maar die is volgens mij al getrouwd. Het is natuurlijk een lelijke big, maar ja, hij is een ouwe vent, dus hij mag blij zijn met alles wat hij kan krijgen... Dan heb je nog Helen die bij Simpson's werkt. Matthew heeft op dat account gewerkt – weet je nog? – en hij heeft wel veel tijd met haar doorgebracht. Er zit ook nog een Helen bij Barker and Co. Daar is hij een keer mee uit eten geweest, toen we het account net binnen hadden gehaald. O, en dan die vrouw bij het reisbureau die al zijn reizen organiseert, die heet ook Helen of Helena, of zoiets. Dat er zo veel Helens zijn, dat heb ik ook nooit geweten.'

Voor onze Helen werd de opluchting dat ze niet was ontdekt wel wat overschaduwd door de gedachte dat het voor haar collega's klaarblijkelijk heel ondenkbaar was dat ze iets met Matthew zou willen. Een deel van haar wilde zeggen: 'Waarom ben je er zo zeker van dat ik het niet ben?' maar ze besloot toch haar mond maar te houden. Ze moest hen niet aanvallen voordat zij haar aanvielen.

'Ik durf te wedden dat het Helen van de boekhouding is,' zei Helen. 'Ze zit altijd te zeuren over haar man, en ze is op dat bedrijfsuitje geweest waar Matthew ook was, weet je nog? En ik weet zeker dat ze een keer tegen me gezegd heeft dat ze hem leuk vond.'

O God, dacht ze, ik ga echt naar de hel.

De rest van de dag ging in een waas voorbij, maar het gerucht over Helen-van-de-Boekhouding, inmiddels omgedoopt tot HvdB, was met hulp van Annie een eigen leven gaan leiden, en tegen het eind van de middag leek het wel of er een algemeen memo was rondgegaan. Helen belde Rachel vlak voor ze wegging.

'We moeten wat gaan drinken. Nu. En laat Neil thuis.'

Toen belde ze Matthew en liet ze een bericht achter op zijn gsm dat ze even een borrel ging drinken met haar vriendin voor de broodnodige *girl talk*, en dat ze hem thuis wel zou zien.

Op weg naar de lift botste ze tegen Jenny op, die net een kop koffie was gaan halen.

'Heb je het al gehoord van Matthew en HvdB?' vroeg Jenny opgewonden.

'Ja,' riep Helen over haar schouder. 'Wat een vreselijk verhaal, hè?'

Rachel kon haar lach nauwelijks inhouden, ook al zat Helen in de stress en had ze duidelijk morele steun nodig.

'Zeg, wat is dat eigenlijk voor een type, die HvdB?'

'Een grijze muis, getrouwd, houdt waarschijnlijk erg veel van haar man. Verdient het zeker niet dat iemand achter haar rug over haar loopt te roddelen.'

'Het is geniaal. En heeft ze echt weleens gezegd dat ze Matthew leuk vond?'

'Nee, natuurlijk niet, dat heb ik er zelf bijbedacht.'

'Goeie zet.'

'Het levert me anders niks op. Hooguit uitstel van executie. En ik heb het nog veel erger voor mezelf gemaakt als ze er eenmaal achter komen.'

'Joh, dat kan er ook nog wel bij,' zei Rachel behulpzaam. 'Je leven is sowieso wel afgelopen als ze weten hoe de vork in de steel zit.'

Eenmaal thuis dacht Helen erover om Matthew te vertellen over HvdB, maar ze besloot het toch maar voor zich te houden. Hij zou zich alleen maar zorgen maken als hij wist dat iedereen op kantoor op hem lette en dat ze achter zijn rug over hem kletsten. Bovendien kon hij er weleens een punt van maken om het op kantoor voor HvdB op te nemen, en het kwam Helen juist heel goed uit dat men geloofde in de huidige roddel.

Ondanks het feit dat haar geweten schreeuwde om op kantoor te blijven en een broodje achter haar bureau te eten, stond Helen dinsdag weer te posten voor May and Co. Ze leek wel een stalker. Ze had tegen Laura gezegd dat ze een lange lunchpauze nodig had omdat ze naar de tandarts moest. Het was een zonnige winterdag, en het plein was bezaaid met mensen die voor het eerst in het jaar weer naar buiten gingen. Ze keken naar de lucht als pinguïns die een vliegtuig zien overvliegen, en hadden hun mouwen vastberaden opgerold ondanks de kou.

Helen volgde Sophie weer naar de broodjeswinkel, deze keer een paar passen achter haar. Ze liep met haar mee naar de voordeur van May and Co., volgde Sophie toen ze de deur voorbijliep en draaide met haar het plein op. Ze ging zitten op een bankje in de frisse winterzon, pakte een krant uit haar tas en at haar broodjes (rivierkreeftjes met rucola – ze had staan twijfelen tussen dat en ham, brie en honingmosterd, terwijl Helen toekeek en net deed of ze geïnteresseerd was in het opschrift van een baguette met tonijn en komkommer).

Helen wist niet goed wat ze moest doen en ging maar op het bankje naast Sophie zitten om een oogje op haar doelwit te houden. Ze had geen idee wat ze hoopte te bereiken, maar om weer terug naar kantoor te gaan voelde ook niet goed. Sophie bladerde door een tijdschrift en Helen maakte van de gelegenheid gebruik om haar eens goed te bekijken toen ze langs haar bankje liep. Ze probeerde zich in te denken dat dit de vrouw was waar ze al die jaren door geobsedeerd was, de vrouw waar ze Matthew zo vaak over aan de tand had gevoeld. Het leek zo bizar dat ze een heel eigen leven had, een eigen bestaan buiten dat in Helens hoofd. Het was bijna alsof je Harry Potter over Camden High Street zag lopen of Shrek op de hoek van de straat een pakje theezakjes zag kopen. Ze zag bleek, vond Helen, die voor het gemak vergat dat het januari was en iedereen er bleek uitzag. Ze wist dat ze niet kon gaan zitten staren voor het geval Sophie op zou kijken en haar in de gaten zou krijgen, maar ze kon haar ogen desalniettemin niet van haar afhouden. Daardoor zag ze niet dat er een boomwortel door het trottoir was gegroeid en dat haar linkervoet daar regelrecht op afstevende.

'Au!'

Helen lag languit op de harde, bevroren grond. Ze greep naar haar enkel, die tegelijkertijd klopte en opzwol. Toen ze er later aan terugdacht, bedacht ze dat ze net Kate Winslet was in *Sense and Sensibility*, maar in werkelijkheid had ze een rood aangelopen gezicht en was ze snotterig aan het huilen, zowel van schaamte als van pijn. Ze probeerde zichzelf omhoog te hijsen zonder de aandacht te trekken, maar zag toen dat Sophie haar krant had neergelegd en bezorgd naar haar keek.

'Gaat het?'

O God, ze praat tegen me. 'Mijn enkel. Ik denk dat ik hem verstuikt heb. Aaah.'

'Kijk eens of je nog kunt lopen.' Sophie hielp haar op de been en Helen kermde toen ze op haar enkel leunde.

'Nee... het doet te veel pijn. Joh, jij hebt vast wel wat beters te doen. Ik red me verder wel. Ik ga eerst maar eens even rustig zitten, denk ik.'

'Ja, maar niet hier,' zei de schattige Sophie. 'Mijn kantoor is hier aan de overkant. Je kunt daar wel even uitrusten als je wilt, en als het dan nog niet beter gaat, bestellen we wel een taxi. Dan moet je maar even langs de Eerste Hulp.'

O nee, o nee, o nee, o nee.

Helens verstand schreeuwde dat ze op moest staan en weg moest lopen. Dat dit nooit goed zou gaan. Maar ze had haar enkel echt verstuikt, ze kon echt niet lopen, en het zou echt stom zijn om hier in de kou te blijven wachten tot het beter ging. Bovendien, hoe kon ze een kijkje in Sophies kantoor weerstaan?

'Au,' zei ze, terwijl ze hinkend naar de roodgestuukte ingang van het kantoor van May and Co. ging. Sophie had haar een arm gegeven en Helen leunde op haar voor ondersteuning.

12

HELEN LAG OP DE BANK in Sophies kantoor, en ze nam alles goed in zich op. Het was verontrustend netjes en opgeruimd, met keurige stapels papier in ordelijke bakjes en boeken gesorteerd op hoogte op de donkere boekenplanken.

De kamer was volkomen onpersoonlijk, dacht Helen. Geen foto's aan de muur of op het bureau. Niet dat Helen gecharmeerd was van vrouwen die hun kantoor vol hingen met foto's van hun kinderen, alsof ze ze in de verkoop deden, maar er moest toch wel iets zijn, al was het maar een lipstick op het bureau.

Sophie zag haar rondkijken. 'Ik weet wat je denkt. Ik ben inderdaad een controlefreak. Het is de enige manier waarop ik het allemaal red. Ik kan me geen afleidingen veroorloven. En bovendien, ik werk in de financiële sector, dus dan ben je sowieso autistisch.'

Sophies secretaresse had een kop thee gebracht voor Helen en Sophie had haar voet op een kussen gelegd. Helen keek stiekem op haar horloge, achtentwintig minuten over een. Ze moest nu echt weer terug als ze om twee uur op kantoor wilde zijn.

'Ik heet Sophie, trouwens.' Sophie stak haar hand uit om zich voor te stellen.

'Helen... eh... Eleanor...' stamelde Helen.

'Werk je hier in de buurt?'

O God. Denk na!

'Ik zit in de pr. Freelance. Ik heb kantoor aan huis. Ik woon hier om de hoek. In... eh...' Ze twijfelde, omdat ze amper wist waar ze was, laat staan dat ze de straatnamen hier kende. 'Nou ja, om de hoek zullen we maar zeggen.'

'Mijn man zit ook in de pr. Of eigenlijk mijn ex-man, geloof ik. Aanstaande ex-man, eigenlijk.'

‘O, wat vervelend voor je.’

‘Welnee. Het was eigenlijk toch een zak.’

‘Aha.’

Er volgde een vreemde stilte, omdat Helen deze plotselinge verwijzing naar Matthew niet had zien aankomen en omdat Sophie bezig was papieren te ordenen op haar bureau. Gelukkig werd de stilte doorbroken door de telefoon.

‘Sorry.’ Sophie keek op. ‘Vind je het goed als ik hem even opneem?’

Helen gebaarde, ‘Ga je gang, let niet op mij.’ Ze luisterde mee naar het gesprek in de hoop nog wat nuttige informatie op te doen, maar het gesprek ging over belasting en soortgelijke maar nog veel ingewikkelder financiële zaken. Helen keek uit haar ooghoek toe. Ze zag hoe Sophie de telefoondraad om haar vrije arm wond terwijl ze sprak. Dat doe ik ook, dacht Helen. Terwijl ze Sophies gezicht bestudeerde, bedacht ze dat ze afgaand op hun uiterlijke kenmerken gemakkelijk voor zusjes door konden gaan, hoewel Helen een vaalgele huid had vergeleken met Sophies porseleinen teint. Ze vroeg zich af hoe Hannah eruitzag. Matthew viel duidelijk maar op één soort vrouw, en als ze eenmaal de vijfenveertig waren gepasseerd, ging hij over op een jongere versie van dezelfde vrouw. Reuze vleiend, dacht ze. Als ik precies dezelfde persoonlijkheid zou hebben, maar blond haar, zou hij waarschijnlijk niet eens geïnteresseerd zijn. Ze besloot op zoek te gaan naar foto’s van zijn eerste vrouw om te zien of haar theorie klopte. Tegen de tijd dat Sophie haar gesprek had afgerond, was het duidelijk dat ze verder moest met haar werk, en Helen wist maar al te goed dat ze zelf ook weer terug moest naar kantoor. Dus keek ze voorzichtig hoe het met haar enkel ging en, hoewel het veel pijn deed, beweerde ze dat ze prima naar huis kon lopen. Ze vond het wel jammer dat ze weg moest en het frustreerde haar dat ze niet van de gelegenheid gebruik had gemaakt om nog wat meer van Sophie te weten te komen. Wat heb ik ook te verliezen? dacht ze. Nou, eigenlijk best veel, fluisterde haar alter ego haar in, maar ze negeerde haar eigen geweten en dat was ook niet voor het eerst. Het was nu of nooit, dus gaf ze een schot voor de boeg.

‘Zeg, is er eigenlijk een goede sportschool hier in de buurt? Ik woon hier nog niet zo lang en ik heb dus nog niet echt rondgekeken.’

Sophie trapte er in.

'Ik ben net lid geworden van Fit For Life op City Road. Die is niet slecht. Wel een beetje druk rond lunchtijd.'

'Fantastisch. Ga ik daar eens een kijkje nemen.'

'Weet je wat, ze hebben mij een hele lading vrijkaartjes gegeven; je kunt wel een keer met mij meegaan als je wilt. Als je enkel weer beter is.'

Halleluja.

'Dat zou geweldig zijn.'

Dus wisselden ze telefoonnummers uit en Helen bedankte Sophie en beloofde haar te zullen bellen. Sophie pakte een dossier van haar bureau en keek er bedachtzaam naar. Binnen een paar minuten was ze haar lunchgast alweer bijna vergeten.

'En, wat is het voor een type?'

Helen had Rachel een aangepaste versie van het verhaal verteld, wat haar op een of andere manier voor zaken op Finbury Square had geplaatst zodat de ontmoeting met Sophie een onwaarschijnlijk toeval was. Ze wist niet zeker of Rachel haar geloofde.

'Ze is... oké. Gewoon... normaal, je weet wel,' zei Helen.

'Jezus, mens, je bent al jaren geobsedeerd door die vrouw. Je moet toch wel meer van haar vinden dan *ze is oké*.'

'Wel aardig, denk ik... ik weet het niet.'

'Moederlijk?'

'Nee, eigenlijk niet.'

'Slonzig?'

'Nee.'

'Grappig? Slim? Een potentiële beste vriendin?'

'Nee. Natuurlijk niet. Ze is gewoon... normaal. Niks bijzonders.'

'Nog afwijkingen, littekens, ontbrekende stukken?'

'Niet zover ik kon zien.'

'Mijn hemel, wat een teleurstelling.'

HvdB was nog nooit zo populair geweest. Mensen stonden praktisch in de rij om met haar te mogen lunchen en ze toonden voor het eerst interesse in haar. Ze wilden alles weten over haar leven en haar man. Ze had geen flauw benul wat deze plotselinge verandering teweeg had gebracht, maar ze was hoe dan ook dankbaar. Tot dan toe had ze in haar eentje geluncht, aan haar bureau met een tijdschrift. Vandaag zat ze in een lunchroom met Annie en Jenny, en at een salade met mozzarella en avocado, en beantwoordde vragen over wie ze wel en niet leuk vond bij Global.

'En hoe zit het met Matthew?' vroeg Annie. 'Wat vind je van hem?'

HvdB had Matthew altijd heel charmant gevonden – aardig, beleefd, ging nooit tekeer als zijn onkostenvergoeding niet op tijd werd uitbetaald.

'O, ik vind hem erg aardig,' zei ze, zonder zich te realiseren in welke fuik ze net gezwommen was.

Jenny maakte een grommend geluidje dat overging in een hoestbui.

'En wat vinden jullie dan van Anthony?' vroeg HvdB, refererend aan een van de andere directeuren. 'Ik weet niet zo goed wat ik met hem aan moet.'

'O, die is best oké,' zei Jenny. 'Maar vind je Matthew nou ook een aantrekkelijke man?'

'Best wel aantrekkelijk ja,' zei HvdB, en je kon bijna horen hoe ze in haar zelfgegraven graf viel. En om het allemaal nog erger te maken, moest ze blozen, omdat ze niet gewend was aan dit soort vrouwenpraat. Ook de opwinding van het lunchen met nieuwe vriendinnen gaf haar een warme gloed.

Matthew en Helen doorliepen hun gebruikelijke avondroutine: eten op de bank terwijl ze keken naar Helens soap (ze waren nu allebei verslaafd), een paar glazen wijn, en met de voeten omhoog televisiekijken tot het slapengaan. Ze gingen bijna nooit uit, behalve dan naar een buurtrestaurant, waarvan ze zeker wisten dat ze er geen bekenden tegen zouden komen. Ze hadden de verschrikkelijke avond met Rachel en Neil nog niet herhaald en Helen had besloten hem niet aan haar andere vrienden voor te stellen. Zijn vrienden waren allemaal getrouwde stellen met kinderen, en geen van hen leek er erg op gebrand om vrienden met Helen te worden, wat haar erg goed uitkwam. Helen was er gewend aan geraakt dat Matthew in zijn pyjamabroek en T-shirt door het huis slenterde en zelf deed ze ook allang geen moeite meer om er thuis goed uit te zien. Ze hadden nietszeggende gesprekken en veel minder seks dan toen ze elkaar maar een paar uur per week zagen. Helen kon zich niet voorstellen dat Matthew gelukkig was, maar hij bleef maar volhouden van wel, dus waarom zou ze dat aanvechten. Zij was natuurlijk niet gelukkig, maar dat wisten we al.

Die avond was Matthew echter thuisgekomen met een enorme bos lelies die hij in een grote groene vaas op de salontafel had gezet. Helen was niet zo van de bloemen – niet dat ze ze niet mooi vond, ze vond het heerlijk om een stukje geurige natuur in huis te hebben – maar ze vond het niks dat mannen bloemen voor haar meenamen. Net als bonbons of parfum, ook van die fantasieloze cadeautjes waarvoor het niet nodig was om ook maar iets van de ontvanger af te weten. Cadeautjes van autistische mannen: 'Zij vrouw, moet bloemen.' Ze vond niets zo beledigend als wanneer iemand van wie je mocht verwachten dat hij je diepste verlangens kende, op je verjaardag aan kwam zetten met een bos bloemen of een doos Ferrero Rocher. Maar het nonchalante karakter van Matthews cadeau – het was geen speciale gelegenheid, het waren geen goedmaakbloemen voor een gemiste afspraak of een dronken ruzie – en het feit dat hij gewoon aardig wilde zijn, raakte haar toch. En ondanks dat de lelies haar het zicht op de tv ontnamen, kroop ze dicht tegen hem aan en liet ze haar hoofd op zijn borst rusten. Hij streek dankbaar door haar haren. Vond ze hem maar weer net zo leuk als vroeger!

'Hebben jij en Sophie ooit een tweede huwelijksreis gehad?' vroeg ze, oprecht geïnteresseerd in het antwoord.

Matthew keek bezorgd, bijna betrapt.

'Nou... nee, nee... natuurlijk niet,' stamelde hij iets te verdedigend.

'Dat doen zo veel stellen tegenwoordig, als ze een tijdje bij elkaar zijn.'

'Je weet hoe het er in onze relatie de laatste paar jaar bij stond. Ik hield het nauwelijks nog bij haar uit.'

Helen voelde zich schuldig. Ze had hem in een positie gebracht waarin hij niet eens meer durfde toegeven ooit ook maar iets voor zijn vrouw te hebben gevoeld.

'Je kunt het me best vertellen. Ik vind het echt niet erg.'

Maar Matthew keek wel beter uit. Hij was een keer eerder in zo'n val getrapt, toen ze hem zover had gekregen dat hij toegaf dat hij en Sophie nog steeds seks met elkaar hadden. Ze was in één klap vergeten dat ze nog zo had beloofd dat ze het niet erg zou vinden en ze was woedend en irrationeel tekeergegaan. Dat zou hem niet nog een keer overkomen.

'Ik zei toch, nee,' zei hij, terwijl hij opstond. 'Laten we het niet over Sophie hebben.'

Later die avond ging Matthews mobieltje over, en hij liep naar de andere kamer om Helen niet te storen. Toen hij terugkwam keek hij opgewonden.

'Dat was Louisa. Jason is bij haar weggegaan en is bij een ander ingetrokken. Hij had al ver voor de kerst een relatie met dat mens.'

'Lekkere familie heb jij!'

'Louisa vroeg zich af of ze hier soms een paar dagen kan komen logeren terwijl hij zijn spullen verhuist.'

'Nee, Matthew, echt niet. Dit appartement is al te klein voor ons tweeën, laat staan met een van je zussen erbij.'

'En de baby.'

'En de baby. Jezus. Bel haar maar en zeg dat het ons enorm spijt maar dat het niet kan. Ik vind het echt heel naar voor haar, maar ze moet maar bij Amanda logeren of zoiets.'

'Maar ik heb al gezegd dat het geen probleem is. Ze is al onderweg, over een uur is ze hier.'

'Jezus kut, Matthew. Ik... godverdomme. Dit is míjn huis. Je kunt niet zomaar iedereen uitnodigen om hier te komen logeren.'

'Fijn dat je me eraan herinnert dat het niet mijn huis is. Ik wil je er even aan helpen herinneren dat ik mijn vrouw en mijn eigen mooie huis verlaten heb voor jou, voor het geval je het vergeten was. En ik denk dat je op zijn minst onderdak kunt bieden aan mijn familie als die in nood zit.'

'Als jij al hebt gezegd dat het kon, wat heb ik er dan verder nog over te zeggen?'

Ze stampten de rest van het uur om elkaar heen, terwijl ze zwijgend de kamer opruimden en een bed opmaakten, op de bank. Helen wist niet zeker meer of ze ooit wel een kind van twee in levenden lijve had gezien en ze wilde aan Matthew vragen waar dat kind dan moest slapen, maar dat hield in dat ze tegen hem zou moeten praten, en dus liet ze het er maar bij zitten. Om negen uur werd er aangebeld en stapte een huilende vrouw met een jankend kind in haar armen naar binnen. Helen had nog nooit zoveel tranen en snot bij elkaar gezien. Louisa's neus – toch al geen kleintje – was rood en glimmend, en haar bruine haren krulden plat en vochtig tegen haar hoofd. Helen wist dat Matthews zussen een paar jaar jonger waren dan hij – het product van de terugkeer van hun vader na een avontuur met zijn secretaresse – en ze gokte dat Louisa, de jongste, een jaar of zesenveertig was. Als je haar leeftijd niet wist kon je het verder nergens aan aflezen, want ze was ontzettend tuttig. Van haar sjaal tot haar bijpassende handschoenen, schoenen en handtas. Het kind droeg een jurk, dus het moest wel een meisje zijn, maar voor de rest was er maar weinig dat het geslacht verraadde. Het meisje werd op de grond gezet, waar ze met haar God-mag-weten-wat-bedekte vingers Helens spullen begon te besmeuren.

Helen haalde een fles wijn terwijl Louisa uithuilde op Matthews schouders en hem vertelde wat er aan de hand was in een serie van incoherente, snotterige zinnen. Louisa had Helen amper aangekeken. Ze ging volledig op in haar eigen verdriet, waardoor ze niet in de gaten had dat haar kleine snotaap zichzelf probeerde te elektrocuteren door haar kleine, snotterige vingertjes in de televisie te steken. Helen moest ingrijpen.

'Eh... mag ze dat wel doen?'

Louisa keek met een schuin oog naar het kind.

'Jemima!'

Jemima? Wat was dat in godsnaam voor een naam?

Aangezien ze pas twee was, luisterde Jemima uiteraard niet, en Louisa was alweer aan het snotteren op haar grote broer, dus had Helen geen keus en moest ze zelf het kind bij de tv weghalen. Ze hield de peuter met uitgestrekte armen vast, en zette haar naast haar moeder neer. Als ze denken dat ik ga babysitten, dan kunnen ze dat mooi op hun buik schrijven, dacht ze.

'Ik ga naar bed,' kondigde ze aan. 'Louisa, de bank is helemaal klaar. Jemima moet bij jou slapen, vrees ik. Doe alsof je thuis bent. Matthew zal je wel laten zien waar alles ligt.'

Louisa keek niet eens op en huilde lustig door.

'Goed, welterusten dan maar,' zei Helen terwijl ze de kamer uitliep.

Doordat Matthew over een stoel struikelde, Jemima huilde en Louisa om zes uur een kop thee voor zichzelf ging zetten, had Helen alles bij elkaar misschien drie uur geslapen. Ze was dus niet in een opperbeste stemming toen ze de keuken inliep en Louisa, met Jemima op schoot, aantrof aan de keukentafel.

'Morgen.' Ze probeerde vriendelijk te klinken, maar het kwam onnatuurlijk over.

Louisa keek haar met koele, rood opgezwollen ogen aan. 'Zo zie je ook eens wat jij allemaal hebt aangericht.'

O ja.

'Pardon?'

'Nu zie je het eens van de andere kant. Hoe een vrouw zich voelt als haar man er met iemand anders vandoor gaat, als ze alleen achterblijft met haar kinderen. Geen leuk gezicht, hè?'

Waarom sprak Matthews hele familie alsof ze hun zinnen voorlazen uit een script?

'Matthew is anders degene die bij Sophie is weggegaan, niet ik.'

'Maar als er geen vrouwen waren die een man in de val lokten, zoals jij, dan zouden mannen ook nooit in de verleiding komen.'

'Wat bedoel je precies met *vrouwen zoals ik*?' Helen bedacht zich hoe het zou voelen om Louisa eens flink op haar rode varkensogen te timmeren.

'Vrouwen die denken dat een huwelijk niets voorstelt, vrouwen die denken dat hun pleziertje meer waard is dan de jarenlange toewijding en emotionele investering van een andere vrouw, vrouwen die denken dat het oké is dat kinderen opgroeien zonder vader, vrouwen die zelf geen man hebben.'

'Nou, bedankt voor je scherpe en buitengewoon accurate lezing van mijn karakter. Eén vraagje: heb je er ooit weleens aan gedacht dat sommige vrouwen er alles aan doen om hun man de deur uit te jagen? Dat ze hen in de armen van andere vrouwen drijven door te zeiken en te zaniken en... ze dood te vervelen?'

En daarmee stormde Helen de voordeur uit op weg naar haar werk, zonder Matthew gedag te zeggen. Ze wist dat hij woedend zou zijn als

Louisa verslag zou doen, en als ze eenmaal wat was afgekoeld kon ze dat zelfs nog wel begrijpen, maar Louisa was begonnen, godverdomme.

Geoff Sweeney, ofwel meneer HvdB, had opgemerkt dat zijn vrouw een nieuw roze capuchontruitje naar haar werk droeg, in plaats van haar gebruikelijke marineblauwe mantelpakje. Op haar vierendertigste had ze een stijl ontwikkeld die eigenlijk beter paste bij iemand die twee keer zo oud was: rokken op knielengte met dikke panty's – vleeskleur voor in de zomer, donkerblauw voor in de winter – en schoenen zonder hakken. Onder haar jasje, dat al behoorlijk sleets was, droeg ze altijd een hooggesloten blouse. Alle sieraden die ze droeg waren goudkleurig, maar meestal droeg ze alleen een simpele schakelketting met in schuine letters *Helen* als hanger, en een bijpassende armband. De ketting was net een schakel of twee te strak, en het *Helen* zat daardoor te dicht op haar keel, waardoor het op en neerging als ze sprak. HvdB had kort haar, met een pony. Haar kapsel schreeuwde om een verzorgingsproduct dat het pluizen tegen zou gaan.

Onder haar pony zat een gezicht dat nog het meeste weg had van een klein, verlegen veldmuisje. Ze was niet mooi en niet lelijk, gewoon ondefinieerbaar; een gezicht dat je meteen weer vergat vanwege zijn onbeschrijfelijke gewoonheid. Als haar neus groter was geweest, of haar kin meer uitgesproken, had haar gezicht misschien nog genoeg onderscheidend vermogen gehad om een indruk achter te laten, maar nu vergat je haar zo weer. Haar stem had een nerveus trillertje en als mensen naar haar luisterden, kregen ze de onverklaarbare behoefte het gesprek snel te beëindigen en om zelf haar zinnen af te maken. Dat deden ze dan ook meestal, waardoor ze zich steeds vaker buitengesloten voelde tijdens gesprekken en in een sociaal isolement begon te raken.

'Alle meiden op kantoor dragen dit soort dingen naar hun werk,' zei ze tegen Geoff en hij was blij dat ze eindelijk wat nieuwe vrienden leek te maken. Hij gaf haar een kus toen ze de auto instapte.

'Ik hou van je, schat,' zei hij.

'Ik ook van jou.' HvdB zwaaide over haar schouders naar haar man terwijl ze wegreed.

'Kijk haar nou. Wat heeft ze in godsnaam aan?' Annie lachte terwijl ze HvdB uitgebreid stond te bekijken door het raam van de boekhouding.

'Gisteren tijdens de lunch heeft ze het praktisch toegegeven. Nou ja, ze zei dat ze Matthew aantrekkelijk vindt, en laten we eerlijk zijn, wie zou dat durven toegeven?'

Helen keek op van de stapel post die ze aan het doornemen was bij de receptie, net toen HvdB vriendelijk naar Annie zwaaide.

'Mijn God,' zei Helen. 'Echt heel zielig.'

Nou, dat weet ik dan ook weer van mijzelf, dacht ze, terwijl ze naar haar bureau liep. Ik ben duidelijk een:

Valse verleidster
Vaderdief
Leugenaar
Gigantische trut

Ze ging zitten en zette haar computer aan.

Toen ze die avond thuiskwam, was Louisa er nog steeds. Ze stond te koken voor Matthew. De kleine snotaap rende door het appartement en keek haar aan alsof zíj degene was die daar niet thuishoorde.

13

Matthews meiden kwamen nu elke zondagmiddag langs, en die bezoekjes hadden zelfs opgeleverd dat Claudia uit zichzelf had gesproken en dat ook nog zonder iemand te beledigen. Deze ongelofelijke gebeurtenis verliep ongeveer als volgt:

Helen: 'Hé, hoe gaat het met je?'

Claudia: 'Best.'

Helen: 'Zullen we even kijken hoe het met je bloembollen gaat?'

Stilte. Gevolgd door een rollende beweging met de ogen, waarna Claudia haar aandacht weer op haar vader richtte. Maar een 'best' was beter dan niets, en Helen beschouwde het als een overwinning. Het was haar nog niet gelukt om Suzanne alleen te spreken te krijgen en zo wat meer over Sophie te weten te komen, maar ze had wel een aantal interessante dingen op kunnen maken uit Claudia's beschuldigende opmerkingen aan het adres van haar vader.

Sophie had een advocaat gebeld om te praten over een scheiding.

Ze had in haar eentje bijna een hele fles wijn soldaat gemaakt, en had toen op het kleed in de zitkamer overgegeven.

Louisa had haar gebeld om te vertellen dat de vrouw voor wie Matthew haar had verlaten een stomme trut was en dat het nooit lang kon duren.

Claudia had Helen voor het eerst een glimlach geschonken, toen ze dat laatste feitje onthulde.

'Claudia! Bied je excuses aan Helen aan. Nu meteen.'

'Het geeft niet, Matthew, ze herhaalt alleen maar wat iemand anders heeft gezegd. En waarschijnlijk is het nog mijn verdiende loon ook. Laat maar zitten.'

Claudia keek heel even naar Helen alsof ze dacht: kijk nou toch, ze heeft me uit de nesten gehaald. Interessant. Ook voelde ze zich best een beetje slecht dat ze het verhaal überhaupt had verteld. Maar ook weer niet zo slecht dat ze het niet weer zou doen.

Helen had een afspraak. Maandag, kwart voor één, voor de ingang van Fit For Life op City Road. Ze had de hele ochtend al willen afbellen, eigenlijk al het hele weekend, en had zelfs al een paar keer bijna Sophies nummer gedraaid, maar om kwart over twaalf stond ze op vanachter haar bureau en liep naar het metrostation op Tottenham Court Road. Alsof naar de sportschool gaan met de bijna-ex van je vriendje de allergewoonste zaak van de wereld was. Ze ging er naartoe als naar een eerste date. Ze maakte zich druk om wat ze aanhad, hoe haar make-up zat, of ze expres te laat moest komen of netjes op tijd moest zijn. Zou Sophie liever een trendy of een vrouwelijke vriendin willen? Of misschien wel sportief en jongensachtig. Vergeet niet dat je Eleanor heet, zei ze tegen zichzelf, terwijl ze het metrostation op Old Street uitliep.

De rest van de week was redelijk normaal verlopen. Op vrijdagochtend was Louisa eindelijk vertrokken. Waar Matthew bij was had ze zich beleefd maar kil gedragen, en Helen had er wel voor gewaakt dat ze niet nog een keer met haar alleen was. Ze had zich 's ochtends in de slaapkamer verstopt tot Matthew uit de badkamer kwam en met zijn zus stond te praten. Het onderwerp van haar huwelijksverscheurende praktijken was niet meer ter sprake gekomen en Jemima's aandachttrekkende streken vormden de ideale afleiding als het gesprek leek dood te lopen. Louisa had elke avond de telefoon geleend om Jason en zijn nieuwe vriendin op te bellen en ze om de beurt uit te schelden. Op de tweede avond, toen Jason niet had opgenomen, had ze op zijn voicemail het bericht ingesproken dat Jemima ernstig ziek was en dat hij haar met spoed moest terugbellen. Dat deed hij natuurlijk, en Louisa was als een viswijf tekeergegaan. Ze schreeuwde dat hij zijn dochter nooit meer te zien zou krijgen en dat als ze ooit echt ernstig ziek zou zijn, hij dat pas te horen zou krijgen als het te laat was. Helen wist dat ze met Louisa mee moest leven, maar ze kon het gewoon niet opbrengen.

Voor ze vrijdag naar haar werk was vertrokken, had Helen Sophie gebeld om te zeggen dat haar enkel weer beter was en dat ze wel een afspraak wilde maken. Sophie was haar allang weer vergeten. Ze had tenslotte wel belangrijker dingen aan haar hoofd, zoals haar aanstaande scheiding. Maar toen Helen haar aan haar aanbod had herinnerd, had Sophie beleefd gereageerd, vriendelijk zelfs, vond Helen. In werkelijkheid was Sophie geïrriteerd door deze inbreuk op haar agenda. Oké, ze zou toch al naar de sportschool gaan als onderdeel van haar nieuwe regime, maar het idee dat ze beleefd zou moeten zijn tegen een wildvreemde vrouw – ook al leek ze verder volkomen normaal en aardig – zat haar het hele weekend dwars. Ze was al van nature erg op zichzelf, hetgeen nog versterkt werd door het feit dat ze het druk had met haar werk en haar gezin. Daardoor had ze sowieso al geen tijd voor vriendinnen, maar het vertrek van Matthew had haar isolement nog verder vergroot. Alsof ze met een button rondliep waarop *mislukkeling* of *loser* stond. Maar toch, ze had met deze vrouw, deze Eleanor, afgesproken dat ze haar wegwijs zou maken en daar kon ze niet onderuit. Ze zou het gewoon zo kort mogelijk houden, en dan wegwezen.

Sophie was nooit goed geweest in vrienden maken. Op school was ze altijd het derde wiel aan de wagen geweest. Zij was altijd degene die er na een tijdje achter kwam dat de andere twee achter haar rug om 's avonds afspraken. Degene die constant moest vrezen dat ze ieder moment haar vriendinnen kwijt kon raken. Als je haar zou vragen wie haar beste jeugdvriendin was geweest, dan zou ze daar geen antwoord op kunnen geven. Op haar zevende waren het Kelly en Michelle, toen ze negen was Charlotte en Catherine, toen ze twaalf was Ella en Nadia en toen ze vijftien was waren het Olivia en Emma. Als dezelfde vraag aan deze meisjes zou worden voorgelegd, zou geen van hen überhaupt meer weten wie Sophie was, dat wist ze wel zeker. Niet dat ze een pispaaltje was, dat was het probleem niet, maar ze was gewoon nooit goed geweest in het onderhouden van vriendschappen. Ze was niet iemand die er behoefte aan had haar vriendinnen twee tot drie keer per dag op te bellen en zo vaak als mogelijk was en de ouders het toestonden met ze om te gaan.

Het was dan ook onvermijdelijk dat ze al haar vriendinnen liet vallen toen ze Matthew eenmaal had ontmoet. Ze had haar werk er de schuld van gegeven, maar het was gewoon veel gemakkelijker om het stelletje uit te hangen en schijnvriendschappen aan te gaan met de vrouwen en vriendinnen van Matthews vrienden. Ze zagen elkaar nooit in een ander verband dan samen met hun mannen, en ze zou niet weten wat ze met die vrouwen zou moeten bespreken als ze dat wel deden. Soms, in de veilige warmte van haar dichtgestikte familieleventje, voelde Sophie zich heel erg eenzaam. Heel soms, maar.

Helen stond bij de voordeur van Fit For Life. Ze was twee minuten te vroeg. Het was zo'n grijze, winderige dag in februari die Londen van een levendige stad in een bedrukkende en claustrofobische massa van grijs steen en boze mensen kon veranderen, en Helen voelde zich plotseling zwaar depressief. Wat deed ze hier in godsnaam? Waarom kon ze niet gewoon accepteren dat Matthew voor háár had gekozen en kon ze niet gewoon gelukkig zijn? Ze vroeg zich af wat er met haar oude leven was gebeurd. Oké, destijds was ze daar niet erg mee in haar nopjes, maar nu leek het bijna idyllisch. Vroeger leefde ze voor de Matthewdagen, de maandag, woensdag en donderdag dat hij langskwam. Nu begreep ze niet meer waarom ze de andere vier dagen, als ze alleen was, zo erg had gevonden.

'Hallo, Eleanor.'

Het duurde even voordat Helen doorhad dat het om haar ging. Ze keek op.

'Je kijkt alsof je je dag niet hebt?'

Ze keek Sophie aan met haar beste 'kijk eens hoe leuk ik ben'-glimlach.

'Nee hoor! Het gaat prima. Ik heb er zin in.'

Ze doorliepen de formaliteiten van het inschrijven (Eleanor Pitt, ter ere van Brad, die toevallig op het kaft van een tijdschrift stond dat bij de receptie lag) en op weg naar de kleedkamers kletsten ze over het slechte weer. Eenmaal binnen, realiseerde Helen zich dat het een vierkante ruimte was zonder aparte kleedhokjes. Sophie en zij moesten zich dus naast elkaar omkleden.

'Je bent weleens eerder op een sportschool geweest, neem ik aan,' zei Sophie terwijl ze haar jas uitdeed en vervolgens haar crèmekleurige trui over haar hoofd uittrok, waardoor een witte kanten beha tevoorschijn kwam.

Helen dwong zichzelf om niet te kijken. Ze voelde zich net een vieze man die door het schoolhek staat te staren, maar ze kon toch niet nalaten om met een korte blik Sophie te inspecteren, terwijl ze zelf haar broek uittrok.

Mooi figuur. Grotere borsten dan die van mij, een beetje een rimpelige buik, paar zwangerschapsstriemen hier en daar, beetje cellulitis op de heupen, maar alles bij elkaar niet slecht. Matthew had in elk geval niks te klagen gehad. Hij had de afgelopen vijftien jaar deze vrouw elke dag naakt gezien. Wat een idioot idee.

'Ja, maar omdat ik net verhuisd ben...'

Ik had echt eerst een biografie van mezelf op orde moeten hebben, dacht ze, doodsbenauwd dat ze zichzelf op een of andere manier zou verraden. Had ze Sophie nou verteld dat ze pas was verhuisd? Ze kon het zich niet meer herinneren.

Klaarblijkelijk wel.

'O, ja, hoe vind je het hier?'

'Leuk. Heel leuk, ja.'

Geweldig, dacht Helen. Als ze dit oersaaie conversatieniveau wisten vol te houden, zouden ze binnen de kortste keren dikke vriendinnen zijn.

Ze begonnen op de crosstrainers, en keken onbewust naar elkaar om niet onder te doen voor de ander. Sophie legde uit hoe het apparaat werkte en Helen, die de afgelopen vijf jaar twee keer per week naar de sportschool was gegaan, probeerde geïnteresseerd te klinken. Helen voelde dat Sophie het liefst zo snel mogelijk weer weg wilde. Niet op een vijandige manier maar meer als 'ik zou willen dat ik het nooit had aangeboden, maar aangezien ik dat wel heb gedaan moet ik maar beleefd zijn'. Ze wist precies hoe ze zich zou voelen als zij in Sophies schoenen zou staan: verveeld en chagrijnig. In een poging het gesprek op gang te brengen, vroeg ze Sophie of ze kinderen had, maar Sophie antwoordde alleen maar: 'Ja, twee.' Daar liet ze het verder bij. Ze probeerde haar vragen te stellen over haar werk en dat doodde weer een minuut of anderhalf. Toen Sophie haar hetzelfde vroeg moest ze weer het een en ander verzinnen en ze probeerde die verzinsels daarna weer ergens in haar hoofd op te slaan om ze weer terug te kunnen halen als ze ze opnieuw nodig had. Er volgden nog meer koetjes en kalfjes toen ze naar de roeimachine liepen. Ze bespraken onder andere de voordelen van het bloedgroepdieet boven Atkins (het kon Helen geen moer schelen en ze wist vrijwel zeker dat Sophie er hetzelfde over dacht), de belevenissen bij *Big Brother*, dat soort dingen. Ze hadden het net over de ellende van het Londense metronetwerk en Helen stond op het punt om er een einde aan te breien en weer terug te keren naar de relatieve rust van haar kantoor, toen er een wonder gebeurde. Een man viel voorover op een van de loopbanden. En niet zomaar een man, nee, een hele dikke man, zo eentje met een lok die hij over zijn kale hoofd had gekamd. En hij viel niet zomaar. Eerst struikelde hij heel even en begon wild om zich heen te slaan om in balans te blijven, als een dikke versie van een dansende Fred Astaire, maar toen leek hij het op te geven en viel hij voluit voorover. Recht met zijn snufferd op de loopband, waarop hij achteruit rolde en op de vloer van de sportschool werd gesmeten.

Het hele voorval kon boven aan de lijst staan van dingen waar je niet om zou mogen lachen. Nou ja, nummer een tot vier eigenlijk:

Een dikke man
Met lok over een kaal hoofd
Die voorover valt
En zichzelf pijn doet

Misschien was het de opluchting van de afleiding die de dikke man haar bood, maar Helen kon haar lachen niet inhouden. Ze hoorde een proestend geluid en keek naar Sophie, die rood aanliep en begon te schuddebuiken. Dit was belachelijk: twee volwassen vrouwen die beter zouden moeten weten dan te lachen om iemand anders ellende. De man zat weer rechtop en werd verzorgd door twee barmhartiger types dan zij, die met een afkeurende blik in de richting van Helen en Sophie keken. De lok van de dikke man stond inmiddels rechtop op zijn hoofd en hij leek wel een kip. Helen had de tranen in haar ooghoeken staan en Sophie deed haar uiterste best om haar onbeleefdheid te bedekken door te hoesten. Ze hadden allebei de schijn van het roeien wel opgegeven.

'Sauna,' was het enige wat Sophie kon uitbrengen.
'Mm,' was het enige wat Helen kon antwoorden.
Het ijs was gebroken.

Plotseling liep het gesprek gesmeerd. Helen vergat bijna dat Sophie Sophie was en Sophie vergat haar onhandigheid als het om vriendschappen ging. Ze kletsten vrolijk over van alles en nog wat en ze lachten samen heel wat af. Tegen de tijd dat Helen weer terug moest naar kantoor, wist ze genoeg van Sophie: ze wist (tot in detail) hoe ze eruitzag, ze wist hoe ze praatte, en ze wist wat haar aan het lachen maakte. En het schuldgevoel dat was ontstaan toen Matthew bij haar introk groeide. Wat ze had gedaan was onvergeeflijk nu ze deze echte, levende, ademende – erger nog, aardige – vrouw had leren kennen. Ze voelde zich verschrikkelijk en met dat gevoel moest ze nu zien te leven.

Er zat nog maar één ding op.

'Ik moet trouwens weer verhuizen,' zei ze, aangezien ze niets beters kon verzinnen. 'Het appartement waar ik nu in woon, is van een vriendin en, nou ja, het is een heel lang verhaal, maar zij en haar vriend zijn uit elkaar gegaan, dit weekend, en nu wil ze haar oude appartement weer terug en het is te klein voor ons tweeën...'

'O. Wat jammer. Waar ga je nu naartoe?'

'Een vriendin van me woont in Camden en die heeft nog een kamer over. Het is een veel mooier appartement dus...'

'Het leek me juist zo leuk om een sportschoolmaatje te hebben,' zei Sophie, en Helen zag dat ze het echt meende.

'Sorry.'

'Nou ja, dan moeten we gewoon maar eens wat gaan drinken, samen,' hoorde Sophie zichzelf zeggen. 'Hoe zit je donderdag in je tijd? Mijn ex-man kan wel babysitten. Ik geloof dat in al die tijd dat ik met hem samenwoonde, ik niet één keer alleen uit ben geweest. Het zal hem leren.'

'Jemig,' lachte Helen. 'Je moet echt wat meer van je leven maken.'

En voor ze wist wat ze had gedaan, had ze afgesproken in een pub, donderdagavond, zeven uur.

Sophie had geen idee wat haar ertoe had gebracht om deze vrouw uit te nodigen te gaan stappen, behalve dan dat ze haar best aardig vond en dat ze het erg naar haar zin had gehad, het afgelopen uur. Ze had eindelijk eens aan iets anders gedacht dan aan haar eigen miserabele leven. Ze wist dat ze niet al haar tijd met haar dochters kon doorbrengen, hoe aanlokkelijk dat ook leek. Ze had een vriendin nodig.

Terug op kantoor, zag Helen hoe Matthew documenten aan het doornemen was met Jenny. Ze werd misselijk toen ze door begon te krijgen dat de andere vrouwen bezig waren kussende bewegingen te maken en hun duimen omhoogstaken naar een dolgelukkige HvdB, die ze achter de ramen van het gedeeltelijk afgescheiden kantoor zag zitten. Ze voelde zich nog veel slechter toen ze zag dat HvdB eindelijk door leek te hebben wat ze dacht dat de grap was en mee ging doen met het gezichten trekken en duimen omhoogsteken. Dat dit de anderen in lachen deed uitbarsten liet HvdB stralen van geluk. Helen wist niet waar ze het meest mee zat, de zielige grapjes van de andere vrouwen, haar eigen stompzinnigheid of haar wanhoop. Of misschien was het wel dat iedereen op kantoor dacht dat dit de vrouw was die nog het meest geschikt was voor Matthew of, erger nog, dat ze de enige was die zielig genoeg was om op zijn avances in te gaan. Matthew had niets in de gaten en glimlachte naar haar, en ze fronste zonder verdere bedoelingen terug.

Laura riep haar naar haar kantoor en deed de deur dicht.

'Is alles goed?'

Helen bevroor. 'Ja, waarom zou dat niet zo zijn?'

'Nou, je bent pas net terug van je lunch, en ik weet dat het niet de eerste lange lunch is in de afgelopen weken.'

'Ik moest naar de tandarts,' zei Helen verdedigend.

'Alweer?'

Helen keek Laura uitdagend aan.

'Ja, alweer. Hoezo, vertrouw je me niet? Denk je dat ik spijbel, of zo?'

'Helen, ik beschuldig je helemaal nergens van. Ik wilde alleen maar zeggen dat je het me gewoon kunt vertellen als er iets aan de hand is, of als je gewoon wat tijd nodig hebt voor jezelf.'

'Er is niks.' Helen draaide zich om en liep terug naar haar bureau zonder wat te zeggen.

Avond.

Pasta. Bank. Wijn. Televisie.

'Sophie heeft me gevraagd of ik donderdag wil oppassen,' merkte Matthew geïrriteerd op tijdens de reclamespotjes.

'Wat is daar mis mee?'

'Ze doet het gewoon om me te treiteren.'

'Matthew, het zijn ook jouw kinderen. Dus oppassen op je kinderen lijkt mij niet echt iets om jou mee te treiteren.'

'Dat bedoel ik niet. Ik wil best oppassen. Ik bedoel gewoon dat... nou ja... ze gaat anders nooit uit.'

'Misschien heeft ze wel een nieuw vriendje,' zei Helen, die wel lol had in de situatie.

'Wat?' sputterde Matthew. 'Natuurlijk niet. Althans, dat hoop ik niet... Ik bedoel, denk je eens in hoe dat moet zijn voor de meisjes, dat zij zo snel al een ander heeft.'

'Net zo erg als toen ze erachter kwamen dat jij al die tijd met mij bent geweest, denk ik zo.'

Hij is jaloers, dacht ze. Hij voelt nog steeds wat voor haar. En ze probeerde diep vanbinnen te kijken of ze dat erg vond, maar ze merkte dat het haar eigenlijk helemaal niet zoveel deed.

'Waarom zou ze niet iemand mogen tegenkomen? Jij bent toch ook iemand tegengekomen?'

'Ik hoop ook dat ze iemand tegenkomt. Uiteindelijk,' zei Matthew weinig overtuigend. 'Ik zou gewoon erg verbaasd zijn als het al zo snel zou gebeuren, dat is alles.'

'Misschien gaat ze wel gewoon lekker stappen. Een vluggertje met een vreemdeling die je net hebt ontmoet is vast enorm goed voor je ego als je man je in de steek heeft gelaten.'

'Zeg, zo kan ie wel weer.'

Hier had ze zeker een snaar geraakt.

'Matthew, stel je verdomme niet zo aan. Sophie mag best eens een keertje uitgaan, en jij hebt er geen bal meer mee te maken met wie ze dat doet. Zie het gewoon als een mogelijkheid om meer tijd met je dochters door te brengen. Je zegt toch de hele tijd dat je dat zo graag wilt.'

'Je komt toch wel met me mee, morgen? Wordt vast heel gezellig,' zei Matthew.

'Sorry, nee. Ik ga donderdagavond ook weg. Dat wilde ik je net gaan vertellen.'

'Waar ga je dan heen?'

'Met Rachel op stap. Gewoon een paar drankjes doen; zal wel niet al te lang duren. Nu weet ik tenminste dat je niet bedroefd voor de televisie op me gaat zitten wachten.'

'Ik hou echt van je, dat weet je toch,' zei hij. Hij klonk bijna wanhopig.

'Dat weet ik, ja,' zei ze, terwijl ze hem een kus op zijn voorhoofd gaf.

'En jij houdt toch ook van mij?'

'Wat denk je zelf? Kom, dan trekken we nog een fles wijn open,' zei ze, en ze stond op.

14

HET WAS INMIDDELS EEN WEEK later. Helen kreeg het idee dat er nooit meer licht aan het eind van de tunnel zou verschijnen, ondanks het feit dat een nieuw bezoekje van de meisjes de volgende woorden en zinnen van Claudia had opgeleverd:

Hé
Cola light
Alsjeblieft
Dankjewel

Heel bijzonder was haar antwoord op een directe vraag van Helen naar wat haar favoriete vak was op school. Niet echt een enorme monoloog, maar het was toch een hele verbetering, vond Helen. En bovendien begon ze net iets anders tegen Claudia en Suzanne aan te kijken, na de dingen die Sophie had laten vallen over hun relatie met hun vader. Ze zag nu dat Suzannes wanhopige pogingen om indruk te maken op haar vader bijna obsessieve vormen aannamen en dat Claudia's 'het kan mij allemaal geen reet schelen'-houding niet zo overtuigend meer was. Ze vroeg zich af of ze het er met Matthew over moest hebben, maar het was natuurlijk niet haar probleem.

De donderdagavond was weer een beetje ongemakkelijk begonnen en Helen wist niet meer precies waarom ze Sophies uitnodiging ook weer had aangenomen, maar een paar wodka-tonics later werd de stemming al veel beter. Eigenlijk had ze het erg naar haar zin.

Ik moet niet dronken worden, had ze zichzelf nog voorgehouden, voor ze de deur uitging. Mijn naam is Eleanor, ik werk thuis, en ik lig nooit met jouw ex te rollebollen. Ze had eerst Matthew uitgezwaaid toen hij op pad ging voor zijn oppastaak, had toen de metro naar Charing Cross genomen en was naar de pub gelopen waar ze met Sophie had afgesproken. Op weg daar naartoe, probeerde ze onderwerpen te verzinnen waar ze het niet over moest hebben:

Scheiding
Overspel
Werk
Woonomstandigheden
Alles wat maar persoonlijk was
Al het andere

Rot ook maar op, dacht ze, ik zie gewoon wel.

Maar na haar derde grote glas wijn en duidelijk niet gewend aan drinken of aan pubs, begon Sophie over mannen te praten.

'Heb jij een vriendje?' vroeg ze.

O God, dacht Helen, heeft Eleanor een vriendje? Vast niet. Ze dacht erover om Carlo weer van de plank te halen, maar dat leek haar toch te moeilijk om vol te houden.

'Op het moment niet, nee. Jij? Ik bedoel... ik weet dat je getrouwd bent en zo...'

'Getrouwd *was*,' verbeterde Sophie haar, met meer dan een vleugje verbitterdheid in haar stem. 'Hij is een paar weken geleden bij me weggegaan.'

'God, wat afschuwelijk.' Helen kon het niet weerstaan om verder te graven. 'Waarom eigenlijk?'

'Ik wil het er niet over hebben.' Sophie keek gepijnigd. 'Hij heeft een ander.'

Ze nam nog een slok van haar wijn. 'Ik bedoel, wat denken zulke vrouwen wel niet? Ze gaan er gewoon vandoor met iemand anders vent. Er zijn toch godverdomme meer dan genoeg kerels op deze aarde. Weet je wat ik denk? Het heeft iets met macht te maken. Alsof ze een of andere wedstrijd hebben gewonnen waarvan die arme, nietsvermoedende echtgenote niet eens wist dat ze eraan mee deed. Of ze zijn zo wanhopig dat het ze niet eens meer uitmaakt dat ze er een van een ander moeten stelen. Ik zou eigenlijk medelijden met haar moeten hebben.'

'Heb je dat ook?' vroeg Helen.

'Nee! Ik haat haar. Ik ken haar niet eens en ik haat haar. Dat is wat ze met me gedaan heeft.'

'En je man?' vroeg Helen. 'Wat vond hij ervan, denk je?'

'O, hij zal zich wel gevleid hebben gevoeld. Hij is al heel oud. Bijna bejaard, zelfs. Voor hem was het waarschijnlijk een wonder. Om eerlijk te zijn denk ik dat hij er überhaupt niet zo over heeft nagedacht. Niet met zijn hoofd, in elk geval. Hij zei dat ze zich aan zijn voeten had geworpen.'

Helen kon wil gillen. 'Heeft hij dat gezegd?'

'Ja, maar ik weet ook niet meer wat ik moet geloven. Laten we eerlijk zijn, zelfs al heeft ze dat echt gedaan, hij had er toch niet op in hoeven gaan?'

Helen kon zich niet meer inhouden. 'Lijkt me erg onlogisch, een jongere vrouw – je zei toch dat ze jonger was, of niet? Nou ja, dat die zich voor de voeten van zo'n ouwe vent gooit. Tenzij hij echt woest aantrekkelijk is. Is hij dat, vind je?'

Sophie glimlachte flauwtjes. 'Ik weet het echt niet meer, eerlijk gezegd. Objectief gezien niet, nee, ik denk het niet. Ik denk niet dat hij onweerstaanbaar is voor vrouwen, als je dat bedoelt.'

'Nou, dan lijkt het me niet waarschijnlijk.'

'Ja, mij eigenlijk ook niet.'

Helen vond het lastig om dit onderwerp te laten varen. Hoe durft hij goddomme, dacht ze. Oké, hij probeerde de klap voor zijn vrouw te verzachten op een of andere bizarre manier, maar om nu te beweren dat zij, Helen, zich op haar vijfendertigste aan de voeten van een vijfenvijftigjarige man had geworpen, die allang aan het aftakelen was, dat was echt belachelijk. Hij zat achter háár aan. Zij had zich er tegen verzet. Hij had doorgebeten. Het was allemaal van hém uitgegaan. Alles.

'Gaat het wel goed met je?'

Helen realiseerde zich dat Sophie haar vragend aankeek. Ze ademde diep in en dwong zichzelf om weer normaal te doen.

'Ik vroeg me gewoon af hoe het moest zijn om in jouw schoenen te staan. Mis je hem?'

'Ik wil het eigenlijk helemaal niet over hem hebben. Laten we nog wat te drinken bestellen.'

Helen stond op, licht wankelend. 'Ik haal wel.'

Ze haalde een gewone tonic voor zichzelf en voor Sophie nog een groot glas wijn.

'Ze was dronken!' Matthew was behoorlijk over de rooie toen hij eindelijk thuiskwam, vlak na middernacht.

'Nou en? Jij bent toch ook weleens dronken.' Helen was meteen naar bed gegaan, om na te denken over de avond en om Matthew te ontlopen. Ze vond het allemaal een beetje verontrustend, en dat was nog zachtjes uitgedrukt. Ze kon het goed vinden met Sophie, maar om het over jezelf te hebben met een andere vrouw zonder dat zij wist dat jij het was, liet een nare smaak achter in haar mond. En had haar moeder niet altijd gezegd dat als je gesprekken afluisterde die niet voor jouw oren bestemd waren, dat je dan altijd ook wel iets naars over jezelf te horen zou krijgen?

'Weet je nog toen we net wat kregen?' zei ze tegen Matthew terwijl hij zich uitkleedde. 'Toen je er achter kwam dat ik je wel leuk vond?'

'Ik kon mijn geluk niet op.' Matthew kroop dicht tegen haar aan onder de dekens. 'Ik dacht dat je het op een gillen zou zetten en me een klap voor mijn kop zou geven en dan naar P&O zou rennen om een klacht in te dienen. Het voelde echt alsof ik de loterij had gewonnen.'

Hij begon met zijn rechterhand over Helens buik te aaien. Hij dacht dat het gesprek een soort romantisch voorspel was. Helen legde haar hand op de zijne en weerhield hem ervan verder af te dalen.

'Dus je vindt niet dat ik mezelf aan je voeten wierp?' Ze keek recht in zijn licht verbaasde ogen.

Matthew lachte. 'Was het maar waar. Hoe kom je daar zo ineens bij?'

'Zomaar,' zei Helen, terwijl ze hem de rug toekeerde. 'Welterusten.'

De volgende ochtend belde Sophie Helen op haar mobieltje.

'Oké, normaal gesproken drink ik niet als een puber en geef ik ook niet over in de taxi – dat wilde ik alleen even zeggen.'

'Dat meen je niet?'

'Jawel. En mijn man was woest omdat hij vindt dat ik een slecht voorbeeld ben voor de meisjes.'

'O ja, en hij is zelf zo'n geweldig rolmodel.'

'Precies.'

Toen Sophie had opgehangen, moest ze inwendig lachen, blij dat ze het verplichte 'vervolg'-telefoontje had afgehandeld. Het was heel gemakkelijk om met Eleanor te praten en ze genoot ervan een vriendin te hebben. Ze bleken allerlei dingen gemeen te hebben, ze was grappig en leuk gezelschap en hun gesprekken leidden Sophies aandacht af van... nou ja... het gedoe... althans eventjes. Toch vond ze het best uitputtend, en ook angstaanjagend. Het was zoveel makkelijker om telkens weer terug te keren naar de veilige maar eenzame omgeving van haar kleine gezinnetje dan om uit het niets een sociaal leven op te bouwen. Maar ze moest het huis uit, ze moest over Matthew heen zien te komen, en ze kon niet de rest van haar leven alleen maar een *moeder* zijn.

Helen was bezig een persbundeltje voor Laura te bekijken toen Sophie opbelde. Saaie interviews met de saaie cast van een saaie nieuwe tv-serie die binnenkort zou uitkomen. Het kostte haar twee keer zoveel tijd als normaal omdat de dagelijkse sessie om HvdB uit haar tent te lokken, die zoals gebruikelijk plaatsvond bij haar in de kamer, haar aandacht trok. HvdB had nog steeds geen idee van de misdaad waar ze van beschuldigd werd, laat staan van de vele uren plezier die haar nieuwe haarstijl en haar roze lipstick de andere dames hadden bezorgd. Ze had een rood Chinees bloesje gekocht om af te wisselen met haar roze capuchontruitje. Omdat ze aan de kleine kant was en een beetje gezet, leek ze in dat bloesje een beetje op een brievenbus.

Vandaag ondervroeg Annie, altijd de aanvoerster, HvdB over haar man. Was hij knap? ('O, ja,' zei HvdB blozend.) Was hij goed in bed? ('O, daar kan ik geen antwoord op geven,' bloos bloos.) Was hij snel jaloers? ('God, ja. Vanochtend zei hij nog tegen me: "Voor wie kleed je je toch telkens zo mooi aan?"' kweelde ze, waarmee ze haar eigen doodvonnis tekende.)

'Kunnen jullie een beetje rustig doen, daar, ik probeer dit te lezen,' riep Helen, in de hoop een einde te maken aan het kruisverhoor en HvdB verdere vernedering te besparen.

'Ach, doe toch niet zo moeilijk,' schreeuwde HvdB terug, terwijl ze naar Annie en Jenny keek voor goedkeuring, als een dikke puber die een cd steelt in de winkel om aan haar populaire vriendinnen te laten zien dat ze weet wat ze moet doen om erbij te horen.

Zulke meisjes worden immers altijd gepakt.

Helen slikte haar ongenoegen over de vrouw in. Ze was echt vreselijk. Maar, dacht Helen terwijl ze weer aan het werk ging, dit verdient ze ook weer niet. Het is allemaal mijn schuld.

'Ach, je kent me toch,' zei ze, walgend van zichzelf dat ze meedeed aan de hersenloze kantoorterreur, 'altijd maar werken, werken, werken. Laura maakt me af als ik dit niet voor twaalven af heb, en je weet hoe ze kan zijn.' Ze trok een gezicht om extra nadruk te leggen op de ernst van de situatie.

'Oké.' Annie stond op van het bureau waar ze op zat en liep in de richting van de receptie. Net op dat moment kwam Matthew haar tegemoet lopen. Annie stopte bij de deur.

'Goedemiddag, dames.'

Helen kreeg de kriebels. Ze hoopte dat hij meteen weer weg zou gaan, maar hij bleef staan om een folder op Jenny's bureau door te kijken. Ze kon de spanning bijna voelen, die sfeer die er hangt vlak voor de pestkop van de school zijn slag gaat slaan. Ze besloot een afleidingsmanoeuvre te proberen.

'Annie,' riep ze door het kantoor, 'Laura wacht op een dringend telefoontje van Simon van Lotus. Als hij belt, wil je hem dan meteen doorschakelen?'

Maar Annie had alleen nog maar oog voor haar prooi.

'Matthew, vind je niet dat Helen er vandaag mooi uitziet?'

Matthew keek heel even geschokt op, maar realiseerde zich toen dat Annie het niet had over zijn Helen maar over die kleine dikke HvdB.

Nee, Matthew, zei Helen bijna hardop. Niet doen. Doe het niet.

Te laat.

'Wauw,' zei Matthew. 'Je ziet er inderdaad geweldig uit. Dat nieuwe kapsel staat je erg goed.'

Annie en Jenny sputterden en proestten en hoestten. HvdB bloosde, natuurlijk, en giechelde als een verliefde puber. Matthew, die genoot van alle vrouwelijke aandacht en het gevoel onderdeel van de groep te zijn, ging nog even door.

'Als ik niet getrouwd was...'

Er klonk een vloedgolf van gelach. Helen dacht dat zowel Matthew als HvdB een beetje verbaasd leken door de kracht van de hysterie die zijn opmerking teweegbracht, maar ze lachten allebei vrolijk mee. Matthew dacht ongetwijfeld dat hij zijn trucjes nog steeds niet was verleerd. Helen stond op.

'Oké, nu moeten jullie echt je kop houden. Ik moet werken. Hup. Oprotten.'

Matthew trok zijn wenkbrauwen op terwijl hij naar de gang schuifelde, en een afgrijselijke gedachte maakte zich van haar meester.

Hij denkt dat ik jaloers ben.

Tien minuten later had Helen haar jas aan en haar paraplu op en stoomde ze door Oxford Street, in een poging haar hoofd leeg te maken. Dit ging niet werken. Ze wist nu dat het nooit zou werken. Er was geen ontkomen aan: ze wilde haar leven terug en ze wilde dat de laatste vier jaar en een beetje nooit waren gebeurd. Dat was toch niet te veel gevraagd? Goed, ze zou al genoegen nemen met alleen maar een beetje tijd terug: de donderdag- en vrijdagavonden en de weekenden waarin ze kon doen wat ze wilde, ook al deed ze niet zoveel bijzonders. Het was net zoiets als wonen in Londen: je gaat dan wel nooit naar Madame Tussauds, maar het is fijn om te weten dat het er is, mocht je er ooit naartoe willen. Het was niet Matthews schuld, maar het begon tot haar door te dringen dat het allemaal een hele grote vergissing was geweest. Ze snoot haar neus, stopte bij de Starbucks voor een dubbele espresso en liep ermee terug naar kantoor.

Annie had een boosaardige glimlach op haar gezicht toen Helen langs de receptie liep op weg naar de wc, voor ze terugging naar haar kantoor.

'Je hebt iets heel leuks gemist!' riep ze, maar Helen was niet geïnteresseerd in de details. Eenmaal in de wc, bleef ze staan om even in de spiegel te kijken.

Snik. Vanachter een van de deuren klonk een ingehouden gesnotter. Helen maakte haar staart los en trok haar haren netjes naar achter om haar kapsel weer in model te brengen.

Snik. Daar was het weer, alleen was dit keer duidelijk te horen dat er iemand aan het huilen was.

Helen keek om zich heen. Ze dacht eraan stiekem weg te glippen, maar daar klonk weer een snik, en toen nog een, en haar geweten hield haar tegen.

'Gaat alles wel goed, daarbinnen?'

Snik, snuif, snik, snik. Het leek wel morsecode. Helen was nooit goed in dit soort situaties. Ze wist niet wat ze moest zeggen en ze kwam altijd in de verleiding om te roepen: 'Jezus mens, stel je niet zo aan!' Wat natuurlijk niet echt de geëigende reactie was. Ze schuifelde naar de wc in kwestie.

'Moet ik even iemand halen? Of zal ik je maar liever met rust laten?' (Zeg in godsnaam ja.)

Een onsamenhangende zin van snotteren en gorgelen en een aantal onverstaanbare woorden klonken als antwoord. Helen dacht dat ze het woord 'Annie' had verstaan, maar niet veel meer dan dat.

'Eh... dat heb ik niet helemaal verstaan.'

Stilte.

'Wie is dit trouwens? Ik ben Helen, Laura's assistente. Zeg maar wat ik moet doen.'

Ze hoorde het slot draaien, de deur ging open en daar was de grienende HvdB. Haar nieuwe mascara stroomde over haar wangen, haar roze lipstick liep over haar gezicht, haar nieuwe kapsel stond recht overeind. Ze slaakte een kreet als een zieke wolf en gooide haar armen om Helen heen, die als aan de grond genageld stond, haar eigen armen strak langs haar lijf omdat ze geen idee had wat ze moest doen.

'Ze-denken-allemaal-dat-ik-een-affaire-met-Matthew-heb.' Snuif, snik, snik, snuif.

'Ik begrijp het niet helemaal,' zei Helen, terwijl ze de vrouw van zich afduwde. 'Vertel me eens rustig wat er aan de hand is.' Ze wist natuurlijk dondersgoed wat er ging komen, en de moed zakte haar in de schoenen.

'De meiden. Annie en Jenny. En Jamie. Ze denken allemaal dat ik een affaire heb met Matthew.'

Helen ademde diep in. 'Dat weet ik, ja.'

'Dat is waarom ze zo aardig tegen me deden. Ik dacht dat ze mijn vriendinnen waren, maar ze wilden alleen maar de roddel achterhalen. Hoe bedoel je, dat weet je?'

'Ze hadden al zoiets... geïnsinueerd.'

HvdB keek haar verwijtend aan. 'Je geloofde ze toch zeker niet, mag ik hopen?'

'Nee,' zei Helen. 'Ik geloofde ze niet.'

'Ze hebben zijn foto uit het handboek geknipt en op mijn computer geplakt, en toen ik ze vroeg waarom, begonnen ze allemaal te lachen en me te porren, en ik wist, ik wist gewoon wat ze bedoelden. En ik probeerde ze te vertellen dat het gewoon helemaal niet waar is, maar ze geloofden me niet. Ze zeiden dat Matthews vrouw aan Amelia van P&O had verteld dat hij er met mij vandoor was gegaan. Maar dat kan helemaal niet, want het is gewoon niet waar.'

'Ik weet het, ik weet het,' zei Helen kalm, maar in haar hoofd ging het tekeer. Die gemene, zelfingenomen trutten.

'Ik bedoel, alsof ik ooit zoiets zou doen!' De andere Helen kwam op stoom. 'Kijk nou naar hem. Ik heb Geoff, waarom zou ik in godsnaam iets met Matthew Shallcross willen? Hij is best leuk maar... nou ja, zoiets doe je gewoon niet.'

'Nee,' zei Helen zachtjes. 'Zoiets moet je inderdaad niet doen.'

'Je moet me helpen ze te overtuigen dat het niet waar is. Alsjeblieft, Helen. Ik doe mezelf echt iets aan als iedereen denkt dat ik er met de man van een ander vandoor ben gegaan.'

'Ik weet niet echt wat ik voor je zou kunnen doen.' Helens hoofd begon te bonzen. Ze verlangde naar huis en wenste vurig dat dit gesprek nooit had plaatsgevonden. Maar dat had het wel.

'Ik meen het. Als Geoff hoort wat ze zeggen of... o God, wat nou als ik mijn baan kwijtraak? Ik weet zeker dat ze je kunnen ontslaan voor dit soort gedrag. Echt, Helen, ik doe mezelf wat aan, je moet me helpen.'

En ze begon weer hopeloos te grienen, steunend op Helen. Grote natte tranen stroomden over Helens borst.

'Goed, dan,' zei Helen, stilletjes. 'Ik zal mijn best doen.'

En daarom stond Helen nu voor Laura om haar te vertellen dat ze ontslag nam.

'Maar, waarom dan?' vroeg Laura. 'Is er iets aan de hand? Heb je een andere baan?'

'Zomaar, er is niet echt een reden.' Helen kon Laura amper in de ogen kijken.

'Ik wil gewoon verder met mijn leven, dat is alles. En ik wil eigenlijk zo snel mogelijk weg... Ik heb een maand opzegtermijn... en dus zeg ik nu op.'

'En er is niets dat ik kan doen om je op andere gedachten te brengen?'

'Nee.'

'Het spijt me echt, Helen, eerlijk. Ik ben heel afhankelijk van je.'

Helen slaagde erin een dankjewel te mompelen en liep toen zo snel mogelijk Laura's kantoor weer uit. Toen ze bij haar bureau kwam, stond Annie daar zoals gebruikelijk met Jenny te lachen om de gebeurtenissen van die dag. Helen voelde zich misselijk en licht in haar hoofd, alsof ze op het punt stond van een klif te springen, wat op zich ook wel zo was. Ze schraapte haar keel.

'Jullie zijn te ver gegaan, met HvdB.'

'Ach, hou toch op,' zei Jenny. 'Ze verdient niet beter.'

Annie bemoeide zich ermee. 'Dom schaap. En bovendien, wat maakt het jou verder uit? Je vindt haar toch ook een domme muts.'

Helen hoorde haar hart ergens in haar keel kloppen.

'Het is namelijk gewoon... niet waar, over haar en Matthew.'

'En hoe weet jíj dat?' Annies radar draaide op volle toeren.

'Omdat... omdat ik dat weet.'

'Je moet echt met meer komen dan dat. Dat jij nou toevallig medelijden met haar hebt wil nog niet zeggen dat zij ook de waarheid spreekt.'

Dit was het dan. Het einde der tijden. D-day. De Apocalyps. Gewoon naar het randje lopen en springen.

'Ik weet dat ze de waarheid spreekt omdat...' Helen hield in, '... omdat ik degene ben die een affaire met Matthew heeft. Ik ben degene voor wie hij zijn vrouw heeft verlaten. Dus, dan weten jullie het, jullie zijn HvdB een excuus verschuldigd.'

Als dit niet het meest afgrijselijke moment uit Helens leven was, had ze het geweldig grappig gevonden. Hun bek viel open, en ze stonden erbij als twee poedels die met hun kop uit het raam van een auto hingen. Het leek wel een uur te duren. Helen verschoof haar gewicht van de ene naar de andere voet en wachtte tot de bom zou inslaan. Annies uitdrukking veranderde in steen.

'Jezus,' zei ze, terwijl ze naar buiten liep, 'ik vond je altijd al een trut en ik had dus gelijk.'

‘Je maakt een grapje, toch?’ zei Jenny, stomverbaasd. ‘Dit is een grap.’

‘Nee,’ kon Helen nog net mompelen.

‘Maar jij hebt zelf ook net gedaan alsof het HvdB was. Je hebt zelf gezegd dat je dacht dat zij het was,’ voegde Jenny eraan toe.

‘Dat spijt me ook,’ zei Helen, amper hoorbaar.

‘Jij en Matthew?’ Jenny kon het nog steeds niet bevatten. ‘O mijn God, en hoe zit het dan met Carlo? Bedrieg je hem ook?’

‘Ik ga naar huis.’ Helen deed haar jas aan. ‘Tot maandag.’

Toen ze langs de receptie liep, hoorde ze hoe Annie het nieuws aan Amelia vertelde. Geen van beiden zei Helen gedag toen ze langsliep.

15

Op maandag dacht Helen erover om zich ziek te melden. Ze zou de starende blikken en het gehinnik achter haar rug en in haar gezicht nooit kunnen verdragen. Matthew leek het allemaal wel prima te vinden; eigenlijk was hij zelfs vervelend blij dat het allemaal openlijk besproken kon worden. Hij stond te fluiten in de keuken terwijl hij koffie voor zichzelf maakte, maar Matthew had er dan ook geen idee van hoe gemeen vrouwen kunnen zijn. Matthew was ook niet het mikpunt van de spot. Matthew had een aantrekkelijke (al zeg ik het zelf, dacht ze) en jongere vrouw aan de haak weten te slaan, terwijl Helen haar leven had vergooid aan een man die zelfs die zielige HvdB niet zou willen hebben.

'Alle andere directeuren zijn jaloers op me,' had hij trots tegen haar gezegd toen zijn dochters de avond ervoor weer weg waren. (Het weekendbezoek had dit keer vier nieuwe woorden van Claudia opgeleverd: doe-niet-zo-stom, als antwoord op de vraag of ze van de boyband *McFly* hield.)

'Wat, zelfs Laura?' Ze kon haar sarcasme niet inhouden. Hij probeerde haar op te beuren, maar wat was er positief aan om een soort trofee te zijn onder een stel oude onaantrekkelijke mannen?

'Je weet best wat ik bedoel.'

'Ik vind het vreselijk dat ze het allemaal weten, Matthew. Het spijt me, maar ik vind het echt afschuwelijk. Ik voel me gewoon... goedkoop. Alsof ze naar me kijken en denken dat ik hen ook wel wil pijpen als ze een beetje aardig tegen me zijn. En wat zegt dat over hen? Ik bedoel, ze zijn allemaal getrouwd. Zielige oude klootzakken.'

'Oké, oké. Ik probeerde je alleen maar op te vrolijken.'

'Dan moet je echt met iets beters komen, want zo gaat het nooit werken.'

Ze pakte de telefoon om Rachel te bellen. De familie Konijn, zoals Matthew het stel noemde, ging er boven hen weer flink tegenaan. Bam-bam-bam tegen het hoofdeinde – 'O, schatje, ja, schatje' – bam-bam-bam. Helen had geconcludeerd dat hun bed recht boven de spleet in het plafond moest staan. Terwijl ze naar boven keek, leek het alsof de spleet steeds wijder werd, en ze zag de koppen in de krant al voor zich:

VROUW VERMORZELD DOOR ECHTPAAR
SCHANDELIJKE MANNENDIEF GEPLET DOOR HEFTIG SEKSEND STEL
ZIELIGE TRUT VAN MIDDELBARE LEEFTIJD PLATGEDRUKT DOOR SAAI ONAANTREKKELIJK KOPPEL DAT BETERE SEKS HAD DAN ZIJ

Ze wachtte op de gebruikelijke routine: 'Ja, schatje, schatje!' 'Kom op schatje, zeg me wie de baas is!' (Die laatste was nieuw, een tien voor inventiviteit, dacht Helen, hoewel ze er een beetje misselijk van werd.) Toen weer bam-bam piep, hoogtepunt, en stilte – juist voor ze het nummer intoetste.

Rachel nam op, slaperig, duidelijk nog niet helemaal wakker. Helen had een groot deel van het weekend aan de telefoon doorgebracht om de gebeurtenissen van afgelopen vrijdag met haar vriendin te bespreken, Rachel wist dus wel wat er komen ging.

'Ik kan echt niet naar mijn werk gaan, ik kan ze niet onder ogen komen.' Helen kwam meteen ter zake.

'Doe niet zo stom. Als je vandaag niet gaat, is het morgen nog veel moeilijker. Wat wil je dan doen, je de komende vier weken ziek melden?'

'Lijkt me een prima idee.'

'Wat is nou het ergste dat er kan gebeuren? Nou, goed, ze zullen je in je gezicht uitlachen, of anders achter je rug. Ze zullen je een mannendief en een slettenbak noemen. Of ze zullen zeggen dat ze altijd al dachten dat jij het was en niet HdvB, omdat zij te goed is voor hem en omdat zij nooit zo diep zou zinken...'

Helen moest ondanks alles toch lachen. 'Ja, ja, zo is het wel weer genoeg.'

'Nee, maar serieus,' zei Rachel. 'Je hebt toch al een hekel aan die lui, dus wat maakt het nog uit? Wat vind je van Jenny? Drie woorden.'

'Stomme wraakzuchtige koe.'
'En Annie?'
'Smerige, gestoorde, gemene, wraakzuchtige, zielige stoepslet.'
'Zo ken ik je weer. Gewoon gaan.'
'Had ik al gezegd dat Annie een stoepslet was?'
'Ja. En Helen, als het echt te erg wordt, dan sla je haar maar op haar bek. Wat kunnen ze je nou nog maken, je ontslaan?'

Voor het eerst gingen ze samen naar het werk, in Matthews regenwoudauto, wat beter was dan de metro, moest Helen toegeven. Matthew zette de radio harder en ze deden de ramen open, ook al vroor het dat het kraakte. Heel even voelde Helen iets van opwinding omdat ze met haar vriendje buiten was, in het openbaar, zoals normale mensen. Maar dat ging rap weer over en voor ze wist wat haar overkwam, zat ze te huilen. Matthew, die met de radio mee zat te zingen, hield midden in een woord op.
'Wat is er nou...?' stamelde hij. 'Gaat het wel goed met je?'
'Ja,' snotterde Helen, met wie het duidelijk niet goed ging.
'Wil je erover praten? Heeft het iets met mij te maken?'
'Nee. Ja. Ben jij gelukkig, Matthew?'
'Natuurlijk ben ik gelukkig,' zei hij nerveus.
'Hoe kan dat nou? We praten amper nog met elkaar, we hebben bijna nooit meer seks, het appartement is veel te klein voor ons tweeën, je ziet je kinderen nauwelijks, je zus haat me...'
'We kunnen best meer seks hebben,' zei hij. Hij miste het punt volkomen. 'Ik dacht dat jij geen zin meer had.'
'Het gaat niet om de seks. Het gaat om alles.'
Ze wachtte tot hij iets geruststellends zou zeggen, dat hij het begreep, misschien zelfs iets als: 'Je hebt gelijk, laten we er een eind aan maken.' Maar in plaats daarvan keek hij haar aan en in zijn ogen flikkerde de ergernis.
'Helen, word toch eens volwassen. Dit is het echte leven. We doen niet meer alsof, dit is wat een echte relatie inhoudt. Wat we eerst hadden was een onwerkelijke situatie, al die pieken en dalen. Samenwonen draait om het leven van alledag, de gewone dingen. Ik heb de ultieme opoffering gedaan door mijn kinderen te verlaten, dus als ik gelukkig kan zijn met de gang van zaken, dan moet jij dat toch helemaal kunnen.'

'Zeg dat toch niet de hele tijd.'

Matthew reed bijna de busbaan op omdat hij weer naar Helen keek.

'En wat bedoel je daarmee?'

Ze waren aangekomen bij de parkeerplaats tegenover hun kantoor. Dit was niet het juiste moment, dacht Helen. Over vijf minuten zijn alle ogen op ons gericht en het laatste wat ik wil is dat ze denken dat ik ongelukkig ben. Dat zou hetzelfde zijn als een open vleeswond in een bak vol piranha's hangen. Ze keek in de achteruitkijkspiegel en depte haar ogen droog met een tissue. Ze probeerde haar waterproof mascara, die tot dusver wonderbaarlijk goed bleef zitten, intact te laten.

'Niets. Ik ben gewoon nerveus over vandaag, dat is alles.'

Matthew trok aan de handrem en legde zijn hand op de hare.

'Het komt allemaal heus wel goed.'

Juist toen hij zich vooroverboog om haar op haar voorhoofd te kussen, ging haar gsm over en sprong ze op. Ze groef haar mobieltje uit haar tas op. Sophie. Kut. Ze drukte de telefoon uit. Matthew keek haar vragend aan.

'Het is mijn moeder. Ik heb nu geen zin om haar te spreken. Ik bel haar later wel.'

'Heb je haar al over ons verteld?' Matthew had haar die vraag al wel twintig keer gesteld, de afgelopen maand.

'Nee, je weet hoe ze is. Nou ja, dat weet je natuurlijk niet, omdat je haar nooit hebt ontmoet, maar je kunt het je wel indenken. Ze leest Catherine Cookson, ik bedoel maar. En ze verzamelt porseleinen herderinnetjes. Als ik haar zou vertellen dat ik überhaupt met *iemand* naar bed ben geweest, zou ze best een hartaanval kunnen krijgen. Als je wilt dat ik haar vertel dat ik er met een getrouwde vader-van-twee-kinderen vandoor ben gegaan, kan ik beter eerst een ambulance bestellen. Ik waarschuw je alleen maar.'

Matthew lachte. 'Oké, oké, maar ze moet er toch een keer van horen.'

'Ooo, Matthew en Helen komen samen aan, dat is een verrassing,' grinnikte Annie, toen ze allebei hun eigen kant opgingen bij de receptie. 'Jullie zien eruit alsof jullie niet veel hebben geslapen. Hoe zou dat nou toch komen?'

'Zo kan ie wel weer, Annie,' riep Matthew joviaal over zijn schouder, omdat hij dat kon maken, als baas.

Helen glimlachte weinig overtuigend. 'Rot toch op.'

Ze liep naar haar bureau. Ze negeerde de vijandige blikken van Jenny en probeerde haar hoofd omlaag te houden. Ze scrolde door haar e-mails, maar ze voelde een blos tot haar oren optrekken. Ze nam in haar hoofd de conversatie met Rachel nog eens door – 'Je hebt toch al een hekel aan ze, dus wat maakt het uit?' – maar het hielp niks. Het maakte niet uit dat ze een hekel had aan deze vrouwen. Hun achterbaksheid, hun gebrek aan originaliteit en de stereotiepe rol die ze speelden in het bevestigen van vrouwen waar zij nu juist zo'n hekel aan had – het deed er allemaal niet meer toe. Ze kon immers niet langer op haar collega's neerkijken, omdat zij er nu achter waren wat een loser ze was. Het zou niet lang duren voor ze er achter kwamen hoe lang ze al iets met Matthew had en ze zich zouden realiseren dat ze bijna al die tijd tegen hen had gelogen. Ook alle verhalen over Carlo. O God, Carlo. Ze kon onmogelijk de waarheid over Carlo vertellen – dat was te beschamend. Al die keren dat ze iets over Matthew hadden gezegd, goed of slecht, niet wetend dat zij het met hem deed, en dus eigenlijk niet in vertrouwen kon worden genomen. En, wat nog het ergste van alles was: HvdB. Het maakte niet uit dat ze veel te ver waren gegaan, zij had zelf ook de beschuldigende vinger in haar richting gewezen.

Ik mag me hier niet druk om maken, dwong ze zichzelf te denken. Ze zag hoe Laura haar vanachter haar afscheiding bekeek en ze glimlachte flauw. Laura stak haar hoofd om de hoek.

'Helen, heb je even?'

Helen sleepte zich van haar stoel en deed de deur van Laura's piepkleine kantoortje achter zich dicht. Ze ging zitten.

'Goed,' begon Laura, 'natuurlijk heb ik het al gehoord. Je weet hoe die dingen hier gaan.'

Helen mompelde een onverstaanbaar antwoord. Ze schoof wat heen en weer op haar stoel en staarde naar de grijze vloertegels als een puber die bij de rector zat.

'Ik wilde alleen maar zeggen,' ging Laura verder, 'dat als dit de reden is dat je je ontslag hebt ingediend, ik graag zou willen dat je er nog eens over nadenkt. Ik weet dat het nu afschuwelijk moet zijn voor je, maar het waait allemaal wel weer over. Ze hebben de aandachtsspanne van een kind van drie, die dames; er gebeurt wel weer iets anders en dan zijn ze daar weer vol van. Je zou nu wel even vakantie kunnen nemen.'

'Dank je.' Helen keek op, oprecht dankbaar voor de toespraak. Waarom mag ik haar eigenlijk niet? dacht ze. O ja, ze is een vrouw en ze is een directeur, en ik ben maar een secretaresse en ik vind dat ik haar baan zou moeten hebben. Niet omdat ik het beter zou doen dan zij, maar omdat ik jaloers ben en mijn eigen leven compleet verpest heb door totaal verkeerde keuzes te maken.

Ze kon het nog net opbrengen om even te glimlachen. 'Dank je. Ik waardeer het enorm, wat je zegt, maar... het is sowieso tijd dat ik hier wegga. Over een paar maanden word ik veertig en ik wil geen secretaresse meer zijn op mijn veertigste.'

'*Personal assistant*.'

'Dat is hetzelfde. Het is tijd dat ik eens iets van een carrière ga opbouwen.'

'Wat wil je dan gaan doen?'

'Ik heb geen idee. Ik kan echt helemaal niets, en ik ben te oud om ergens onder aan de ladder te beginnen, zelfs al zou iemand me willen hebben. Maar ik vind wel iets.'

'Nou, ik ga je missen. Echt. En ik zal wel rondvragen, kijken of ik ergens een goed woordje voor je kan doen.'

'Dank je. Het spijt me dat ik zo'n brokkenmakende trut van een assistente ben geweest. Hopelijk heb je meer geluk met de volgende.'

'Weet je, de enige reden dat ik het zo erg vind dat je gaat is dat ik doodsbenauwd ben voor met wie ze me opzadelen als je weg bent.'

'Ik heb gehoord dat Annie weg wil bij de receptie.'

'Als je hier ook maar iets over zegt tegen haar, kun je die referentie wel op je buik schrijven,' lachte Laura. 'Ik meen het.'

Terug aan haar bureau en terug in het centrum van de aandacht, keek Helen op haar horloge. Lunchtijd. Ze had de ochtend overleefd, en het ergste dat de dames tot nu toe gedaan hadden, was af en toe iets naar haar snauwen. Als het daarbij bleef, zou ze het wel overleven.

Maar daar bleef het natuurlijk niet bij.

Ze was bezig haar jas aan te trekken om een broodje te gaan halen dat ze in eenzaamheid op zou eten, op een bankje op het plein, toen HvdB, zonder haar roze lippenstift en weer in haar oude marineblauwe pakje, het kantoor binnen kwam daveren. Helen schonk haar een glimlach en dacht erover haar te vragen samen naar de broodjeszaak te lopen, toen ze zich realiseerde dat HvdB haar volkomen negeerde. En dat niet alleen, ze liep direct door naar Jenny die haar begroette als een lang verloren familielid dat na de ramp met de *Titanic* nooit meer was gezien. De twee meiden mompelden giechelend en keken toen luid lachend in haar richting. Dit was echt te erg. Ze had het van de anderen wel verwacht, maar zelfs HvdB nam haar nu in de zeik. HvdB! Ze had zichzelf opgeofferd om dat zielige hoopje stront te redden. Hoe durfde ze! Ze keek in hun richting, maar ze hadden het niet in de gaten of genoten te veel van haar ellende. Ze hoorde die dikke trol iets zeggen en verstond duidelijk het woord 'slet', waarna ze weer in haar richting keken en schaterden van het lachen. Helen voelde dat ze weer knalrood werd, pakte haar tas en stormde naar de deur. Op weg naar buiten liep ze langs Annie, die op weg was om zich bij de andere dames te voegen.

'Zo, dames, waar gaan we lunchen?'

Helen hoorde haar schreeuwen boven het gelach uit en, in plaats van te wachten op de lift en het risico te lopen dat ze samen naar beneden zouden moeten, holde ze naar de brandtrap, rende de vijf verdiepingen naar beneden, en liep de straat op.

16

'Kijk eens!' zei Matthew, toen hij een stapeltje papieren achter zijn rug vandaan toverde met de flair van een goochelaar die een konijn uit een hoed trekt.

'Wat is dat?' vroeg ze, terwijl haar handen naar de papieren grepen. De moed zonk haar in de schoenen toen ze de opschriften las: Winkworths, Frank Harris, Copping Joyce. Allemaal makelaars. O shit. Goed, ze woonden al samen, maar de *onomkeerbaarheid*, het *definitieve* van samen een huis kopen bezorgde haar een hevige paniekaanval. Samen iets kopen straalde iets uit van 'dit is het, we weten het zeker, we blijven voor altijd bij elkaar' en daar was ze nog niet aan toe. Ze wist niet eens of ze ooit zover zou komen. Als ze eerlijk tegen zichzelf was, dan zag het er niet goed uit. Als ze in de toekomst probeerde te kijken, dan zag ze Matthew daar gewoon niet bijhoren. Ze probeerde eigenlijk helemaal niet aan de toekomst te denken, veel te deprimerend.

'Je zegt toch altijd dat het appartement te klein is, dus dacht ik, waarom ook niet.'

'Maar...' zei ze, 'hoe kunnen we dat betalen? Ik bedoel, je betaalt nog steeds voor je vorige huis, en je moet alimentatie betalen aan Sophie en ik ben bijna werkloos. Waarschijnlijk voor altijd.'

Hij glimlachte sluw. 'Heb je wel enig idee hoeveel ik verdien? Ik zou contant kunnen betalen, als ik dat zou willen. Geen huis, maar een flink appartement. Veel groter dan dit, in ieder geval. Waar zou je willen wonen? Highgate? Primrose Hill? Hier ergens in de buurt? Ik wil wel ergens in de buurt van de kinderen wonen, maar verder mag jij het zeggen.'

Ze negeerde haar ergernis en zei nonchalant: 'Maar ik vind het hier fijn.'

'Dat lieg je. Je hebt zelf gezegd dat het te klein is, en te donker en te vochtig, en we worden nog een keer in onze slaap omgelegd door de muizen. Bovendien is het belachelijk om op jouw leeftijd nog te huren.'

'Laten we op zijn minst wachten tot ik weer een baan heb,' zei ze, met in haar achterhoofd de gedachte dat dat waarschijnlijk nooit zou gebeuren, 'dan kan ik ook wat bijdragen. Ik wil me geen profiteur voelen.' Dit leek wel te werken.

'Je bent heel lief voor me,' zei ze toen ze naar bed gingen. 'Het spijt me dat ik zo'n stomme koe ben de laatste tijd.'

'Nou, ik weet wel iets waarmee je het goed kunt maken,' zei hij, terwijl hij zich vooroverboog om haar te kussen. Ze vreeën voor het eerst sinds tijden en het deed haar denken aan hoe het allemaal geweest was voordat het fout liep. Ze maakte een boel lawaai, hetgeen hem erg leek op te winden. Maar als ze eerlijk was, dan deed ze dat meer voor de familie Konijn. Ze keek naar hem toen hij lag te slapen. Hij zag er zo vredig uit, zich totaal niet bewust van de werkelijke stand van zaken, en ze voelde zich pijnlijk schuldig. Ze kuste zijn voorhoofd, en was blij dat ze hem een fijne avond had bezorgd. Toen draaide ze zich om en viel in slaap.

Helen en Sophie zaten weer in de pub, en Helen vroeg Sophie om nog wat te vertellen over haar scheiding. Ze had aanvankelijk geweigerd om nog een keer iets te gaan drinken samen, maar toen Sophie aandrong gaf ze meteen toe. Ze wist niet of het nieuwsgierigheid was of gewoon masochisme, maar ze kon de kans gewoon niet laten liggen om te zien wat ze had aangericht. Om nog even aan de wond te krabben voor hij schoon genoeg was om te genezen. Sophie, een wonder van zelfbeheersing, weigerde haar hart uit te storten, hoewel ze wel even in de verleiding kwam om haar gigantische pijn te delen. Wat ze haar nieuwe vriendin wel wilde vertellen was dat ze meer te weten was gekomen over haar rivale.

'Ze werkt gewoon bij Global. Dat geloof je toch niet?'

Helen verslikte zich bijna in haar wodka. Ze voelde de muren van de pub op zich afkomen. Ze keek om zich heen: nee, er was niets veranderd, de wereld draaide gewoon door. Sophie praatte maar door.

'Ik bedoel, ik wist wel dat hij haar via het werk kende, maar ik had nooit gedacht dat hij de hele dag met haar doorbracht. Ze was zijn assistente, nota bene!'

'Hoe weet je dat?' kon Helen nog net uitbrengen.

'O, mensen staan in de rij om dit soort nieuws te brengen. Ze heeft het laatst gewoon verteld op kantoor, hoewel Amelia zei dat het niemand echt verbaasde. Ze was altijd al een beetje arrogant. Niemand mag haar echt.'

Aha. Amelia van P&O. Wat een trut, dacht Helen.

Gedurende de avond probeerde Helen het gesprek telkens weer op die 'verdorven Helen' terug te brengen. Het was terecht wat haar collega's over haar zeiden, maar het deed haar toch pijn. Andere feiten die Sophie van Amelia had vernomen waren:

Helen was slecht in haar werk (dit was niet waar)
Ze flirtte met alle mannelijke directeuren (ook niet waar)
Ze had alle vrouwen op kantoor verteld dat ze tot voor kort een andere vriend had ('Ik vraag me af of Matthew dat weet,' zei Sophie.)
Ze had iedereen verteld dat Matthew een affaire had met iemand anders om de verdenking niet op haar te laten vallen ('Aardig, hè,' zei Sophie.)
Ze was bijna veertig ('Ha!' zei Sophie. 'Jonger dan ik, maar ook niet zo jong. Dus echt lang zal ze niet meegaan.')

'Jezus, ze klinkt echt vreselijk,' zei Helen, en heel even geloofde ze zelf wat ze zei, tot ze zich herinnerde dat het over haar zelf ging. 'Denkt ze dat de relatie stand zal houden, die vriendin van je?'

'O, maar Amelia is geen vriendin van me,' zei Sophie. 'Ze is een van die vrouwen die je altijd het nieuws willen brengen. Die stond vast te springen. Het had in ieder geval niets met mijn welzijn te maken. Ik kan haar eigenlijk niet uitstaan.'

Je hebt smaak, dacht Helen.

'En, nee,' ging Sophie verder, 'bij Global denken ze dat het niet al te lang zal duren. Ze zijn allemaal van mening dat hij zich wel zal bedenken en dat hij zich zal realiseren dat hij een fout heeft gemaakt, maar ik weet het niet zo zeker. Ik ken Matthew, hij zal nooit toegeven dat hij fout zit.'

'Je kunt nooit weten,' zei Helen.

'Nou ja, het is ook zíjn probleem,' antwoordde Sophie, waarmee ze een streep onder het onderwerp zette. Daarna kon Helen niets meer uit haar krijgen, en het gesprek ging over op het minder spannende onderwerp van Claudia's aanstaande verjaardag.

'Wat is het voor meisje? Ik bedoel, wat vindt ze leuk?' vroeg Helen, op zoek naar wat informatie die de zondagmiddag iets dragelijker zou maken.

'Claudia houdt heel erg van dieren. Ze wilde vroeger altijd dierenarts worden, en ik denk dat ze dat nog steeds wil, maar dat wil ze niet toegeven omdat ze in zo'n "het kan mij allemaal niks bommen"-fase zit. Suzanne doet het erg goed op school. Ze wil dokter worden, althans dat zegt ze, maar ik denk dat dat komt omdat ze dat ooit een keer tegen Matthew heeft gezegd en die blijft er maar over doorgaan. Om eerlijk te zijn denk ik dat ze bang is om er voor uit te komen dat ze iets anders wil. Ze is namelijk een echt vaderskindje en ze wil hem niet teleurstellen. Het is een echt meisje, ze houdt van boybands en van make-up en roze prulletjes. Ik heb haar nog nooit naar *Discovery* zien kijken of überhaupt enige interesse zien tonen in wetenschap. Om eerlijk te zijn ben ik blij dat ze allebei redelijk stabiel zijn en nog niet aan de drugs zijn, of prostituee of winkeldief zijn geworden, althans, niet zover ik weet.'

Helen lachte. 'Hoe oud zijn ze, tien en twaalf?'

'Bijna elf en twaalf. Ze beginnen tegenwoordig al zo jong met rare dingen...'

'Denk je dat ze hun vader terug willen?'

'Ik denk dat ze daar alles voor over zouden hebben. Echt alles. Ze zijn nog jong genoeg om te vergeven en te vergeten. Dat wordt een stuk moeilijker als je ouder bent.'

'Wat vinden zij van Helen?' Helen kon het onderwerp niet laten rusten.

'O, ze kunnen haar niet uitstaan. Althans, dat zeggen ze tegen mij. Als ik het zo hoor doet ze erg haar best om ongeïnteresseerd over te komen.'

Ze deelden een taxi tot het metrostation, waar Helen uitstapte om de rest van de weg te lopen. Het was zoiets gewoons, zo'n alledaags iets dat vriendinnen doen, dat Helen bijna vergat wie ze waren en zich bijna door Sophie voor de deur had laten afzetten. Matthew was niet thuis, natuurlijk – hij was op zijn kinderen aan het passen – en zijn auto stond dus niet voor de deur, maar het zou toch veel te riskant zijn. Wat nou als Sophie een keer onverwacht besloot langs te komen, nu ze wist waar ze woonde? Nee... daar moest ze niet aan denken. Ze baande zich een weg door de mensenmassa die voor de Electronic Ballroom stond te wachten en dacht aan de gesprekken van die avond. Los van het halfuurtje karaktermoord op haar eigen persoon, was het een leuke avond geweest. Vreemd maar leuk. Vreemd, leuk en behoorlijk roekeloos. Ze vroeg zich af of ze misschien een doodswens had.

Ze realiseerde zich dat ze zich schuldig voelde over de meisjes. Het was niet hún schuld dat ze in deze situatie zaten, dacht ze, en de wodka maakte haar ongewoon zachtmoedig. Ik mag Matthew, ik mag Sophie, er is geen enkele reden waarom ik niet meer mijn best zou doen voor hun kroost. Ze realiseerde zich dat ze in feite steeds meer gesteld raakte op de kinderen, althans in *principe*. Als Sophie over hen sprak, klonken ze intrigerend: kwetsbaar, gecompliceerd, uniek. Blanke zieltjes die nog niet waren aangetast door tegenslag. Ze kon zich nauwelijks indenken dat dat dezelfde saaie wezentjes waren die hun zondagmiddagen bij haar doorbrachten. Ze sloeg de hoek om en nam zich heilig voor om beter haar best te doen.

'Laten we een poes nemen,' zei Helen, toen Matthew klaar was met zeuren over hoe laat Sophie wel niet thuis was en duidelijk te veel gedronken had.

'Wat zeg je nou?'

'Ik meen het. Laten we naar het asiel gaan en een katje of een hondje uitzoeken. Ik weet niet, een huisdier lijkt me gewoon een goed idee.'

'Heeft Rachel je dronken gevoerd?' zei hij, lachend, maar Helen zag dat hij blij was dat ze in een goede bui was.

17

DE DAGEN SLEEPTEN ZICH VOORT door de natte somberte van maart. Helen dwong zichzelf te werken en veinsde doofheid voor de valse commentaren. Ze was oprecht blij als de dames weer in hun gebruikelijke negeerroutine terugvielen. Matthew stond erop meerdere keren per dag haar kantoor binnen te komen, hoe vaak ze hem ook probeerde duidelijk te maken dat hij het daarmee alleen maar erger maakte. Telkens als hij wegging ('Dag dames!'), hield ze haar ogen strak op haar scherm gericht om de schunnige glimlachjes te ontlopen. Ze had er een gewoonte van gemaakt met haar iPod op achter haar bureau te zitten. Haar lunch at ze buiten, op het plein om de hoek, zelfs als het regende. Het was daar dat ze, op een vrijdag – met nat haar, natte broodjes en een nat boek – Sophie tegenkwam. En niet alleen Sophie, maar ook een ongelooflijk aantrekkelijke man.

Helen zag hen een fractie van een seconde voor ze haar bankje passeerden. Ze bevroor van schrik en dacht erover om te vluchten, maar dat was te riskant. Toen Sophie haar ook zag, was ze nog net in staat om te doen of ze niets in de gaten had en rustig haar broodje zat te eten, in de ijskoude regen op een plein net om de hoek van Global PR, alsof dat de gewoonste zaak van de wereld was.

'Hé, hallo!'

'Eleanor! Wat doe jij hier in vredesnaam?'

'Ik... had een afspraak op Dean Street en... ik heb zo nog een afspraak hier net om de hoek, dus ik dacht: laat ik eens van het prachtige weer genieten.'

Gelukkig moesten Sophie en de aantrekkelijke man allebei lachen. Helen bekeek hem aandachtig. Jezus, hij zag er echt goed uit. Hij was lang, combineerde donkerbruin haar met lichtblauwe ogen, had lachrimpeltjes, en een solide figuur. Ze had een hekel aan magere mannen, vooral als ze echt vel over been waren en dat ook nog onderstreepten met hun kledingstijl, alsof ze er trots op waren. Let wel, als iemand haar een paar jaar geleden had gevraagd of ze viel op kalende mannen met een buikje, dan had ze gezegd: 'Doe normaal!' Het was zo lang geleden dat ze iemand had gezien waar ze zich toe aangetrokken voelde, dat ze net iets te lang naar hem bleef kijken. Toen bedacht ze zich dat het onbeleefd was om te staren, zeker naar iemand die het nieuwe vriendje van haar vriendin kon zijn.

Het was maar een opwelling. Ze wist best dat het gewoon haar hormonen waren die weer tot leven kwamen omdat ze voor het eerst in God mag weten hoeveel tijd naar een aantrekkelijk iemand keek. Ze moest er geen gewoonte van maken om mannen van Sophie af te pakken.

'Dit is Sonny,' zei Sophie, en om een of andere reden moesten ze allebei lachen.

'Eleanor... Eleanor zit in de pr. Wat een toeval, hè? Sonny opent over een paar weken een restaurant in Percy Street en ik zei net nog tegen hem dat hij een pr-agent moet inhuren en dan komen we jou tegen. Geef hem je kaartje.'

'Ik... eh... mijn kaartjes liggen nog bij de drukker, vanwege mijn verhuizing en zo, ik moet nog nieuwe laten maken, dus...'

'Nou, dan geef ik hem wel je mobiele nummer. Je bent toch niet te druk, of wel?'

Helen maakte snel een lijstje in haar hoofd van de voor- en nadelen:

Voordelen

Ik ben bijna werkloos, dus ik kan het geld wel gebruiken
Dit kan ik met twee vingers in mijn neus
Dit kon weleens de start zijn van een nieuwe carrière

Nadelen

Ik ben geen pr-agent
Ik heet geen Eleanor
Wat was ook alweer mijn achternaam?

Ze besloot dat de voordelen zwaarder wogen en hoorde zichzelf zeggen: 'Nee, helemaal niet. Leuk, joh. Bel me maar.'

'Vertel eens wat over het restaurant,' zei Sophie.

'Nou, het wordt een Spaans restaurant. Ik zat te denken aan *Verano*. We serveren tapas. We importeren al onze ingrediënten zelf. Authentiek Catalaans. De chef-kok komt van Gaudí in Barcelona. Heb je daar weleens van gehoord?'

'Nee, sorry. Heb je dit al eens eerder gedaan?' Hij was zo enthousiast, dat ze zo voor zich zag hoe hij de pers zou inpakken.

'Ik heb een bistro gehad in Richmond. Klein. Veilig. Ik vind het zelf allemaal knap beangstigend, om eerlijk te zijn.'

'Ik heb hem al honderd keer gezegd dat hij niet helemaal goed bij zijn hoofd is,' zei Sophie. 'Je weet dat de statistieken uitwijzen dat negen op de tien restaurants in het eerste jaar failliet gaan? Hij heeft zijn succesvolle restaurant al gehad, dus het kan alleen nog maar bergafwaarts gaan.'

'Ze is een hele steun, zoals je hoort,' lachte Sonny, en Helen zag hoe ontspannen ze met elkaar omgingen. Ze was blij voor haar vriendin, hoewel ze een beetje beledigd was dat Sophie niets van haar aanwinst had verteld, toen ze elkaar de laatste keer zagen. Misschien kende ze hem al voordat Matthew ervandoor ging, dacht ze, zich vastklampend aan alles wat haar schuldgevoel zou kunnen verminderen, maar ze wist dat overspel niet Sophies stijl was.

Ze zei Sophie gedag, die haar beloofde haar later die week nog te bellen, en Sonny zei dat hij die middag nog zou bellen. Ze wachtte tot ze de hoek om waren en liep toen weer terug naar Global, om achter haar verschrikkelijke bureau te kruipen.

O God, wat had ze nou weer gedaan? Dit was echt krankzinnig. Ze had lang genoeg bij Global gewerkt om te weten dat ze zo'n kleine campagne in haar slaap zou kunnen doen, maar als Eleanor Nogwat? Al haar contacten, de eindeloze lijst redacteuren, onderredacteuren en journalisten waar ze al die jaren mee had gewerkt, kenden haar allemaal als Helen Williamson. Misschien kon ze wel gewoon haar echte naam gebruiken en haar valse naam bij Sonny. Of ze zou hem vertellen dat ze onder pseudoniem werkte. Of dat ze haar meisjesnaam gebruikte, maar hoe zat het dan met die andere voornaam? Het was een krankzinnig idee. Veel te gevaarlijk.

Maar... wat nou als ze het wel voor elkaar kreeg? Wat nou als ze een geweldige campagne zou opzetten en hij haar aan zijn vrienden zou voorstellen? Dan kon ze voor zichzelf beginnen en Global een vinger nageven. Nee... want als ze een geweldige campagne op zou zetten, zou hij haar bij zijn vrienden voorstellen als Eleanor Nogwat. Eleanor Nogwat zou dan voor zichzelf kunnen beginnen en een glansrijke carrière kunnen opbouwen, maar zij was niet Eleanor Nogwat. Wat had ze toch in godsnaam tegen Sophie gezegd dat haar achternaam was. Ze had geen idee meer.

Ze liep het kantoor van Laura binnen.

'Ik vroeg me af of je... nou ja, of je nog iets over een baan had gehoord.'

'Ja, dat heb ik,' zei Laura, en ze gaf Helen een post-itvelletje met een naam en een nummer erop: Martin Ross van EyeStorm. Het was een groot kantoor.

'Het is wel alleen secretariaatswerk, vrees ik. Ik zeg tegen iedereen dat je klaar bent voor het echte werk, maar ze willen allemaal ervaring. Het spijt me.'

'Bedankt voor het proberen.' Helen liep weer naar buiten. 'Ik zal hem bellen,' zei ze, hoewel ze dat helemaal niet van plan was.

De dag sleepte zich voort. Helen had besloten dat als Sonny ooit zou bellen, ze ja zou zeggen. Ze zou het doen als Eleanor Nogwat voor hem en als Helen Williamson bij haar contacten. De ervaring zou haar helpen bij het zoeken naar een echte baan, de baan die ze jaren geleden al had moeten hebben. Ze staarde naar haar mobieltje en hoopte vurig dat het ding over zou gaan.

Om vijf uur begon de saaie vrijdagmiddagborrel. Er werden altijd een paar flessen champagne opengetrokken, en alle aanwezige directeuren kwamen dan bij elkaar om snel een glas leeg te drinken en naar huis te gaan. Eigenlijk moest het de teambuilding bevorderen. Meestal bleven er twee of drie zielenpoten hangen, die dan alle glazen leegdronken en de ijskast plunderden op zoek naar bier, om daarna naar een pub te gaan zodat ze de maandag daarop hilarische verhalen konden vertellen over hun wilde leven. ('Ik heb in iemands glas gekotst!' 'Ik heb met een of andere kerel in een taxi liggen wippen!' 'Ik heb op de tafel staan dansen in de Nelly Dean!') Die avond was Matthew godzijdank uit eten, maar Alan Forsyth, een partner met de welverdiende reputatie dat hij een beetje een viezerik was, had samen met Laura dienst. De anderen kwamen binnenstromen, inclusief Annie en Amelia. Helen bleef aan haar bureau zitten, het hoofd voorovergebogen, in de hoop dat Laura zou zeggen dat ze eerder weg mocht.

'Kom jij niets drinken, Helen?' schreeuwde Alan. 'Bang dat je de verleiding niet kunt weerstaan als je een paar glaasjes op hebt?'

Daar gaan we weer.

'Hou je kop, Alan,' zei Laura, maar Alan kon de kans om voor een publiek op te treden nooit laten liggen. Zeker niet voor een publiek van vrouwen.

'Ik ben toch niet te jong voor je, of wel?' Hij vond zichzelf erg geestig, en zijn gezicht was nu dieppaars. Hij leek wel een aubergine, vond Helen. Een te zware, zweterige, oneetbare aubergine. Ze hoopte dat hij een hartaanval zou krijgen. Niets dodelijks of zo, gewoon iets wat hem een paar weken in het ziekenhuis zou doen belanden.

'Ik bedoel, ik ben maar, wat, vijftien jaar ouder dan jij.'

Oké, toch liever iets dodelijks.

Hij zou nooit meer loslaten, althans niet zolang hij de lachers op zijn hand had.

'Ik heb trouwens wel een vrouw en een kind. O, maar dat vind jij toch juist extra opwindend?'

Helen wilde nu het liefst met grof geschut komen. Iets waar ze Alan in één klap lam mee zou leggen. Iets dat hem duidelijk zou maken dat het hele kantoor afwist van zijn seksueel getinte e-mails met ene Felicia, iemand die zeker niet zijn vrouw was. Ze wisten het niet alleen, ze hadden ook heel wat middagen doorgebracht met het hardop voorlezen van die e-mails als Alan er niet was. Hij was namelijk ooit een keer vergeten dat de inhoud van zijn inbox ook voor zijn assistent, Jamie, zichtbaar was. Jamie was aangenomen toen Alans vorige assistente, een vrouw genaamd Kristin, had geklaagd dat hij ongewenste opmerkingen had gemaakt tijdens de kerstborrel en dat hij haar, na een paar drankjes, had proberen te betasten in de gang. Uiteraard had dit voor Alan verder geen consequenties, behalve dan dat Kristin werd ontslagen en dat Jamie een paar weken later haar baan kreeg. Jamie, die goed bevriend was met Kristin, en eindeloos haar verhalen aan had moeten horen, kende geen enkele loyaliteit ten opzichte van zijn baas en was helemaal vergeten om hem te vertellen dat zijn e-mails niet bepaald geheim waren.

Zo af en toe, als een van de *personal assistants* iets te diep in het glaasje had gekeken op vrijdagmiddag, werd er een quote van Alan ingegooid – iets over zijn 'enorme harde' of over zijn 'kloppende lid', omdat Alan nu eenmaal niet erg originele dingen schreef – en Jamie hield dan zijn adem in, in de hoop dat zijn baas niet in de gaten zou hebben wat er aan de hand was, maar dat had hij nooit. In zijn extreme arrogantie geloofde Alan dat hij onaantastbaar was. Helen wist echter dat een directe aanval Jamie waarschijnlijk zijn baan zou kosten, terwijl Alan waarschijnlijk schouderklopjes zou krijgen van de andere directeuren.

Ze ademde diep in, stond op en pakte haar jas van haar stoel.

'Weet je wat het is, Alan, je hebt gelijk. Ik wil inderdaad dolgraag met je naar bed. Ik weet niet of het nou je krullende haar is, je ongelooflijke talent of je enorm uitgebreide kennis, maar ik vind je onweerstaanbaar.'

'O jee, ik heb op iemands teentjes getrapt,' zei Alan, maar zijn lach klonk minder overtuigd.

'Rot toch op, man.'

Helen stormde naar de deur en negeerde het gemeenschappelijke 'ooo' van de andere vrouwen. Toen kwam ze er tot haar grote schrik achter dat ze haar tas was vergeten. Heel even dacht ze erover om hem te laten liggen, maar die tas was haar hele leven. Sleutels, geld, mobieltje. Met het schaamrood op de kaken keerde ze zich om terwijl alle ogen op haar gericht waren. Ze hield haar neus in de lucht, en deed net of dit allemaal onderdeel van haar plan was.

'Hoe durf je zulke dingen tegen mij te zeggen? Verwacht van mij vooral geen referentie,' schreeuwde Alan in haar richting. Annie, Amelia en Jenny lagen dubbel van het lachen. Helen liet haar hoofd zakken.

'O, hou toch in godsnaam je kop, Alan,' hoorde ze Laura zeggen. 'Waarom zou ze een referentie van jou willen? Ze werkt toch voor mij.' Ze verhief haar stem om te zorgen dat Helen haar kon horen. 'En ik ben van plan haar een hele goede te geven.'

Toen Helen de lobby van het gebouw had bereikt, nog steeds met het schaamrood op de kaken, ging haar mobieltje over. Het was een nummer dat ze niet herkende. Ze ademde diep in, voor ze opnam.

'Hallo.'

'Hé, is dit Eleanor?'

Bingo. Ze voelde zich een beetje licht in haar hoofd toen ze zich realiseerde wie het was, en ze moest haar stem dwingen beheerst en competent te klinken.

'Ja, dat ben ik.'

'Ik heb je vandaag ontmoet, op Soho Square...'

'Ja! Hé.'

'Ja, eh... ik zat te denken, Sophie heeft wel gelijk. Als je tijd hebt om me te helpen, kunnen we elkaar dan misschien ergens ontmoeten om het er even over te hebben?'

Helen probeerde professioneel te klinken.

'Natuurlijk. Zeg maar wanneer.'

'Nou,' zei Sonny, 'wat dacht je van nu? Ik zit nu in het restaurant. Als je langs zou willen komen, kun je meteen zien wat je moet gaan verkopen.'

Helen liep weer terug naar de trap om naar de wc te gaan. Gewoon om even te checken of ik nog een beetje toonbaar ben, dacht ze, maar ze kwam toch helemaal opnieuw opgemaakt de wc weer uit. Het is belangrijk dat ik er goed uitzie, zei ze mompelend tijdens het haren kammen. In de pr draait het allemaal om uiterlijk. Maar ze wist dat ze zichzelf voor de gek hield en dat ze wilde dat Sonny haar aantrekkelijk zou vinden.

Er zat niets anders op. Ze wilde – nee, ze moest – deze klus hebben, ook al gaf het haar een ongemakkelijk gevoel. Ze moest Sophie bellen en er achter zien te komen wat precies het verhaal was achter die Sonny, voor ze in een situatie terechtkwam waar ze misschien spijt van zou krijgen. Ze draaide het nummer. Voicemail.

Kut, dacht ze. Nou goed, ik ben een volwassen vrouw, ik maak mijn eigen keuzes en ik ga echt niets doen wat niet kan. Ik heb werk nodig.

Sonny's restaurant bevond zich in de laatste fase van een grondige verbouwing. Helen liet zichzelf binnen en stapte over de rotzooi in de hoop niet te struikelen. Er was duidelijk nog geen elektriciteit, en de kleine ruimte was verlicht met een paar bouwlampen die verspreid over het restaurant stonden. Ondanks de snerpende kou gaf de warmte van de gekleurde gashaard een gezellige sfeer. Twee mannen waren hard aan het werk, de hoofden gebogen, en door de laag stof zag ze nog net dat een van beide mannen Sonny was. Hij was geconcentreerd bezig met het stuken van een muur en in zijn oude T-shirt en zijn met verf bespatte spijkerbroek zag hij er precies uit als de man uit de cola-lightreclame. Helen zag hele kantoren vol secretaresses voor zich, die hun notitieblokken neerlegden en hun leesbrillen op het bureau gooiden om door het raam naar hem te staren. Ze bleef even als aan de grond genageld staan, en had geen idee wat ze nu moest doen. De andere man zag haar het eerst.

'Kan ik je ergens mee helpen?' vroeg hij.

'O... ja... ik ben... eh... ik ben Eleanor.' Ze was bizar nerveus. Misschien komt dat wel omdat ik een grote wandelende leugen ben, dacht ze, en ze overwoog even om achterwaarts de deur uit te lopen en weg te rennen. Maar Sonny keek om bij het geluid van haar stem en liep op haar af, met uitgestrekte hand. Hij lachte.

'Eleanor. Fijn dat je wilde komen.' Hij pakte haar hand en schudde hem krachtig. 'Nou... dit is het dan. Wat vind je ervan?'

'Het is... eh...'

'Het is een godvergeten teringbende, dat is het,' zei hij, lachend. 'Maar het komt op tijd af, al moet ik er dood bij neervallen. Kom maar mee naar achteren, dan laat ik je de tekeningen even zien.'

Een uur later had Sonny Helen ervan overtuigd dat het restaurant voorbestemd was om een enorm succes te worden en Helen had Sonny ervan overtuigd dat ze geweldige ideeën had om het te promoten. Ze was zo opgegaan in haar plannen voor stukjes in kranten en voor een spetterende openingsavond dat ze haar puberale gevoelens voor Sonny helemaal was vergeten. Ze zou alle cliënten van Global die ze door de jaren heen had leren kennen, uitnodigen voor de opening. Ze wist dat die altijd wel zouden komen opdagen, als er maar een kans was dat ze in de krant kwamen, en op hun beurt zouden de fotografen niet verstek laten gaan als er bekende mensen en gratis cocktails waren. Ze was zichzelf net aan het feliciteren met hoe goed het allemaal was gegaan, toen Sonny twee dingen deed die haar uit haar droom deden ontwaken.

Hij vroeg haar mee uit eten.
Hij vroeg haar naar haar achternaam.
En om de aandacht van de tweede vraag af te leiden, stemde ze in met de eerste.

Ze belde Matthew vanuit de met kaarsen verlichte wc in Sonny's restaurant. Om een of andere reden loog ze tegen hem en zei ze dat ze met Rachel wat ging drinken.

'Vindt Sophie het niet... vervelend, dat wij uit eten gaan?' zei ze tegen Sonny toen ze weer naar buiten kwam en ze haar telefoon in haar tas stopte.

Sonny keek verbaasd. 'Sophie? Hoezo? O, je bedoelt dat Sophie en ik...? Nee joh... nee.'

'O.'

Sonny had het idee nog niet helemaal verwerkt. 'Ik bedoel... ik hou heel veel van haar en zo, maar echt... nee. Maak je geen zorgen.'

'Oké.' Helen begon zich ongemakkelijk te voelen. Met haar vraag had ze aangegeven dat ze geïnteresseerd was, en dat mocht ze niet zijn. Niet voordat ze het hele gedoe met Matthew had opgelost. Maar hoe hard ze het ook probeerde, ze kon er niet onder uit dat ze blij was dat hij niet Sophies vriendje was.

Sonny was weer wat bedaard. 'Sorry,' zei hij. 'Ik lachte je echt niet uit. Ik kan mijzelf gewoon niet voorstellen met Sophie... Ik bedoel, ze is een geweldige vrouw, maar dat gaat gewoon niet gebeuren... God, nee...'

Helen onderbrak hem, lachend. 'Ja, ja, ik geloof je. Zullen we dan maar gaan?'

Het werd een geweldige avond. Nou ja, het zou helemaal perfect geweest zijn als Matthew niet zou hebben bestaan, en Sophie en het feit dat ze eigenlijk niet Eleanor heette en dat ze helemaal geen pr-agent was. Sonny was attent en grappig. Hij was geen zestig, hij had geen gezin, hij was ongecompliceerd, althans dat leek zo. Helen wist dat ze gespannen overkwam door alle leugens die ze moest vertellen en de geschiedenis die ze moest verzinnen voor Eleanor, maar hij deed net of hij haar gezelschap erg leuk vond. Een paar glazen wijn later balanceerde ze nog op een dun draadje. Ze begon de achtergrond van Helen en Eleanor door elkaar te halen, ze sprak zichzelf constant tegen, maar hij leek het niet te merken. Hij vond alles leuk, en hij gaf haar het gevoel dat ze de grappigste en intelligentste vrouw was die hij ooit had ontmoet. Voor Helen was het de grootste egoboost ooit – ze moest alleen niet vergeten dat het hierbij zou moeten blijven.

Om halftien, toen ze op hun koffie zaten te wachten, legde Sonny plotseling zijn hand op de hare. Helen bevroor. Ze voelde zich erg duizelig van al die Pinot Grigio. Ze keek hem aan, en hij keek haar recht in de ogen.

Zeg toch iets, zei ze tegen zichzelf.

Sonny schraapte zijn keel. 'Eleanor...'

'Nee.' Ze trok haar hand terug. 'Sorry, ik kan dit niet.'

'Oké.' Hij keek bedroefd.

'Weet je wat het is, ik heb een vriend, maar, nou ja, ik heb het nog niet eerder gezegd omdat... Het is een beetje een ingewikkelde situatie.'

'Ik snap het.'

'Nee, je snapt het niet. Ik denk dat het over is, ik heb het hem alleen nog niet verteld. God, nee, dat klinkt afschuwelijk. Ik zoek naar een manier om er een einde aan te maken waarbij ik hem zo min mogelijk pijn doe, en het duurt allemaal wat langer dan ik had gedacht.'

'Eleanor, het maakt echt niet uit. Ik vind je leuk, maar we kennen elkaar pas net, ik zal er heus wel overheen komen als je me afwijst. Denk ik.'

Hij glimlachte naar haar; dat was een goed teken.

'Het is waarschijnlijk beter zo, aangezien we de komende weken met elkaar moeten werken. En daarna, als we niet meer professioneel met elkaar om hoeven te gaan, en als jij van je vriend af bent, wie weet, misschien probeer ik het dan nog wel een keer, als je heel erg veel geluk hebt. En als ik ondertussen niet iets beters ben tegengekomen.'

'Weinig kans,' lachte ze. Het was goed zo, de angel was eruit, en ze konden nog steeds met elkaar werken. Ze waren zelfs nog in staat om een luchtige conversatie te hebben tijdens de koffie en ze maakten elkaar aan het lachen, maar er was iets veranderd aan de avond en dat merkten ze allebei. De sfeer had weer een licht formeel karakter gekregen en Helen merkte dat ze allebei probeerden om oogcontact te vermijden. Toen ze tegelijk naar de rekening reikten, raakte zijn hand de hare en ze trokken zich terug alsof ze ergens door waren gestoken.

Maar bij het afscheid kuste hij haar op de wang en bleef hij net iets te lang hangen. Voor ze het in de gaten hadden – en, toen ze er later aan terugdacht, wist Helen echt niet meer wie van hen begonnen was – waren ze voluit aan het tongzoenen. Nee, geen tongzoen, dacht ze, dat klonk zo puberaal. Dit was een heuse kus, volwassen en vol van beloften en bedoelingen die ze wilden maar niet konden zeggen. Sonny trok zich geschrokken terug.

'Het spijt me echt. Ik weet niet wat me bezielde.'

'Het geeft niet,' zei Helen, nog natrillend. 'Het was... fijn.'

Maar Sonny wilde er niets van horen. 'Nee, nee. Ik heb je net nog beloofd dat ik je met rust zou laten tot je er zelf klaar voor bent en dan doe ik dit. Ik versier nooit andermans vriendinnetjes. Ik bedoel, echt nooit.'

'Ik ben hier degene met een vriendje,' zei Helen. 'Ik ben degene die excuses zou moeten aanbieden.'

'We doen het gewoon nooit meer.' Sonny deed een stap naar achteren, en creëerde zo wat ruimte tussen hen in.

'Zeker niet,' stemde Helen in.

'Nou, hopelijk ooit wel weer. Maar nu niet meer.'

'Precies.'

Ze wisten allebei niet goed hoe ze het gesprek moesten beëindigen en ze stonden heel even wat ongemakkelijk naast elkaar, hun adem als wolkjes de koude lucht in blazend, en met hun handen in hun zakken gestoken om ervoor te zorgen dat ze elkaar niet als een stel hongerige tieners zouden aanvliegen. Toen kuste Sonny haar weer op de wang – dit keer alsof hij zijn oma gedag kuste.

'Prettige avond, dan,' zei hij.

'Prettige avond,' zei Helen, terwijl ze de straat opliep om een taxi aan te houden. Ze zwaaide naar hem toen de taxi wegreed, en voelde zich nu al schuldig naar Matthew toe. Maar ze wist dat de toekomst misschien iets moois voor haar in petto had, en ze kon een glimlach dan ook niet onderdrukken.

Matthew is een oude man, dacht ze toen ze thuiskwam en ze hem in zijn Calvin Kleinpyjama op de bank aantrof, nieuwsgierig naar hoe haar avond was geweest. Het was niet zijn schuld en het had ook eigenlijk geen probleem moeten zijn – er waren zoveel mensen die een heel succesvolle en gelukkige relatie hadden ondanks een enorm leeftijdsverschil – maar om de een of andere reden was het dat wel geworden. In vergelijking met Sonny leek hij ineens belachelijk. Niet de machtige, in een pak gestoken succesvolle zakenman waar ze voor was gevallen, maar zijn bijna bejaarde, net iets te wanhopige oudere broer. Een oudere broer die op jonge vrouwen viel, wat ze bij elke andere man vies had gevonden. Als zij vijftig zou zijn, was hij zeventig. Wilde ze dat wel? De rest van haar leven doorbrengen met een man die al met pensioen was?

Als ik echt van hem zou houden, zou ik hier niet eens bij stilstaan, dacht ze. Als ik echt van hem zou houden, dan had ik tegen Sonny gezegd dat hij geen schijn van kans had en dat ik gelukkig was met mijn relatie. En dat ik niet meer voor hem zou kunnen werken na wat er was gebeurd. Ze had tegen Sonny gezegd dat het voorbij was, dat ze alleen maar wachtte op het juiste moment om het haar vriend te vertellen. En, als ze zo naar Matthew keek, moest ze erkennen dat de gedachte die al bij haar was opgekomen toen hij bij haar introk en die ze al die tijd had proberen te onderdrukken, namelijk dat ze eigenlijk niet genoeg van hem hield, juist was geweest.

Ze moest alleen nog even bedenken hoe ze het verder aan zou pakken.

18

OP ZATERDAGMORGEN HADDEN MATTHEW EN Helen een poes met grote groene ogen uitgezocht bij het dierenasiel. Ze wilde eigenlijk een kitten, maar die waren er niet en bovendien stond deze kat bijna te smeken om gekozen te worden, krioelend in zijn kooi toen ze langsliepen en spinnend en miauwend toen ze stopten om naar hem te kijken. Hij was drie jaar oud en had geen tragische geschiedenis, hij was gewoon niet gewenst. Ze noemden hem Norman. Helen wist dat Matthew dit zou interpreteren als een nesteldrang van haar kant. Ze vertelde hem uiteraard niet dat Norman eigenlijk een stuk lokaas was.

Ze had slecht geslapen. Ze werd vaak wakker en ze balanceerde tussen zweverigheid en schuldgevoel over haar pr-klus, over Matthew, en over Sonny. Vóór de kus, en alle complicaties die die met zich meebracht, had Sonny haar een kaartje gegeven zodat zij hem na het weekend zou kunnen bellen om te vertellen hoe het met haar plannen stond. Ze had het kaartje verstopt in de achterzak van haar spijkerbroek, en Helen werd er afwisselend opgewonden en zenuwachtig van. Ze wist dat ze Matthew eigenlijk zou moeten vertellen van het restaurant en van haar potentiële doorbraak, maar ze zag niet in hoe dat kon, gezien het enorme web van leugens dat ze had gesponnen. En bovendien, ze hadden het toch al nooit meer over het werk, sinds Helen aan Matthew had gevraagd of hij ergens een goed woordje voor haar kon doen.

'Dat zou niet goed zijn, als ik dat zou doen. Alsof ik het alleen maar doe omdat je mijn vriendin bent.'

'Maar je hebt jaren met me samengewerkt: het is volkomen legitiem dat jij me een referentie geeft. Ik ben potdomme je assistente geweest.'

'Misschien over een paar maanden, als er niet meer zo over ons geroddeld wordt. Je kunt toch bij een uitzendbureau langsgaan of... Zei je niet dat EyeStorm iemand nodig heeft?'

'Een secretaresse, ja. Ik wil geen secretaresse zijn. Nooit meer.'

'Nou,' zei Matthew, 'je weet wat ze zeggen: je mag een gegeven paard niet in de bek kijken.'

Zei hij dat nou echt? Helen was woedend.

'Zei je dat nou echt? Ik ben verdomme mijn baan kwijtgeraakt door onze relatie. Voel je je daar dan helemaal niet verantwoordelijk voor?'

'Ach, kom toch, Helly, doe niet zo melodramatisch. Je hoefde helemaal geen ontslag te nemen. Er was geen enkele reden waarom je niet bij Global had kunnen blijven.'

'Wat ben jij een ongelofelijke zak. En noem me geen Helly.'

Ze stormde de voordeur uit en liep een paar keer de straat op en neer, totdat ze besefte dat ze nergens naartoe kon. Het begon te miezeren, dus ging ze maar weer terug naar huis. Matthew had haar terugkomst al verwacht en had een grote pot koffie gezet.

Hij bood zijn excuses aan; zij reageerde ongeïnteresseerd. Hij ging door het stof; ze ging overstag. Zoals gewoonlijk.

Zondagmorgen was saai en regenachtig. Helen en Matthew drentelden wat door het appartement, ze hadden de energie niet om naar de winkel verderop in de straat te gaan voor een zondagskrant. Helen deed een poging om wat op te ruimen, in de wetenschap dat er straks met een kritisch oog naar de rommel zou worden gekeken. Het begon steeds hardnekkiger tot haar door te dringen dat haar zondagen er in de toekomst zo uit zouden zien: een dag waarop ze moest wachten tot Matthew zijn dochters ging halen. Een dag voor andere mensen. Ze vocht tegen de verleiding om naar buiten te glippen en Sophie te bellen om haar heel nonchalant vragen te stellen over Sonny.

Welnu, hoe heb je Sonny precies leren kennen?

En... hoe zit dat met die Sonny? Is er iets dat ik moet weten? Niet dat hij me verder interesseert, of zo. Vrouw, kinderen, vriend? Heeft hij enge ziektes, psychische problemen, fundamentalistische overtuigingen?

Nou, ik zat te denken om een dezer dagen maar eens met Sonny het bed in te duiken. Wat vind jij daarvan?

Ze zocht afleiding door lijstjes te maken voor haar campagne voor het restaurant. Salsadansers – nee, te afgezaagd; gratis sangria – idem; stierenvechten, tortilla's – wat was er in godsnaam nog meer Spaans? Helens enige ervaring was een weekje Ibiza, een jaar of vijf geleden, toen ze al te oud was om het nog helemaal te ondergaan. Bovendien, erg authentiek was het allemaal niet. O God, dacht ze, dit gaat me nooit lukken. Wat zou Matthew doen? Of Laura? Oké, vergeet Spanje even, en probeer te bedenken voor wie het restaurant bedoeld is: professionals, een jong, hip publiek, zakenlunches en theaterbezoekers. Ze schreef de woorden op in haar notitieblok. Ze voegde er een kolom *Positieve punten* aan toe, en schreef daar onder: 'chef uit Barcelona', 'authentieke recepten', 'verse ingrediënten', 'Sonny'. Ze bloosde als een schoolmeisje en gooide haar notitieblok op tafel.

'Gaat het wel?' zei Matthew. 'Je ziet er zo verhit uit.'

'Ik krijg gewoon wat weinig lucht hier. Het gaat prima.'

'Ik zet wel even een kopje thee voor je,' zei hij. Op weg naar de keuken streek hij even over haar haren.

'Ik heb geen zin om te gaan. Het is daar zo saai.'

Claudia zat aan de keukentafel, de lunch stond onaangesproken voor haar neus, en ze trok een gezicht als een begrafenisondernemer.

'Wil je papa dan niet zien?' Sophie was wel gewend geraakt aan het zondagse lunchritueel, maar ze vond het nog steeds vervelend om haar kinderen over te moeten halen om toch naar de vrouw te gaan die haar huwelijk kapot had gemaakt. Diep vanbinnen wist ze dat de meisjes Helen nooit als een nieuwe moeder zouden gaan zien, maar de mogelijkheid bleef altijd bestaan dat ze haar aardig zouden gaan vinden of dat ze zelfs van haar gingen houden. Dat zou alleen maar goed zijn, probeerde Sophie zichzelf voor te houden. Als de kinderen blij zijn, moet het wel goed zijn. Maar ze wist dat ze zichzelf voor de gek hield. Ze herinnerde zich nog goed hoe, toen ze ongeveer zeven was, de ouders van haar vriendin April gingen scheiden. Zonder er ook maar over na te denken ging het vaderskindje April bij haar papa en zijn nieuwe vriendin wonen en na een paar maanden begon April de andere vrouw al 'mama' te noemen. De eerste keer had Sophie haar nog gevraagd: 'Wat, je echte moeder?' maar April had het uitgelegd: 'Nee, mijn echte moeder is mammie en Mandy is mama.' En daarmee was de positie van Aprils moeder als centrale vrouw in haar dochters leven overgenomen. Nu waren het er twee, en zover Sophie het kon bekijken hadden ze, wat April betrof, allebei dezelfde status. Ze probeerde zich te herinneren waarom haar vriendin bij haar vader was ingetrokken, terwijl ze een moeder had die duidelijk dol op haar was, maar ze wist het niet meer, omdat ze het destijds gewoon had geaccepteerd.

Ze zette een bord met zelfgebakken appelkruimeltaart voor Claudia neer; meestal kon ze haar wel overhalen met eten.

'Ik vind het niet zo erg om te gaan,' zei Suzanne, altijd behulpzaam.

'Ik wil papa wel zien, maar dat mens niet,' hield Claudia voet bij stuk. 'En we zitten alleen maar in haar stinkende huis, en dan geeft ze ons smerige broodjes en probeert ze met ons te praten over school. Het is zo saai.'

Sophie glimlachte naar haar jongste dochter. Ze hield van haar gecompliceerdheid.

De deurbel ging. Matthew was stipt op tijd, zoals altijd. Sophie verdacht hem er zelfs van dat hij om de hoek in de auto zat te wachten als hij te vroeg was. Hij probeerde dit volgens het boekje te doen. Meestal liet hij hen weten dat hij er was, en wachtte vervolgens in de auto tot de meisjes kwamen. Maar vandaag bleef hij in de deuropening staan. Ze voelde hoe haar hart in haar keel bonkte.

'O... hoi,' zei ze bedachtzaam.

'Hoe gaat het met je?' vroeg hij formeel.

'Goed... geloof ik, ja... en met jou?'

'Ja, ja, goed.'

Jezus, dacht Sophie, je zou bijna denken dat we elkaar nog nooit eerder hebben ontmoet. Ze stonden ongemakkelijk in de deuropening terwijl de meisjes hoopvol toekeken, alsof er een of andere doorbraak te verwachten viel.

'Nou... hoe dan ook...' zei Sophie om de stilte te doorbreken.

'Eh... ik wilde je vragen hoe het zit met die ouderavond van Suzanne. Die is volgende week, toch? En ik vroeg me af, ik bedoel, ik wilde wel graag komen, als dat mag.'

'O. Natuurlijk. Ik zie je daar wel, neem ik aan.'

'Ik wilde gewoon niet dat het vreemd zou zijn, met de leraren en zo.'

'Matthew, natuurlijk is het vreemd. Alles is vreemd nu. Maar zo is het nou eenmaal, dus we moeten het er maar mee doen.'

'Juist.' Matthew verschoof zijn gewicht van zijn ene naar zijn andere been. 'En ik vroeg me af of ik mijn golfclubs kan meenemen. Als dat goed is.'

'Nee, sorry.'

'Nee?'

'Ik heb ze in een container gegooid. Ik denk dat die kerel van 146 ze heeft meegenomen. Je kunt het hem wel vragen.'

'Je hebt mijn golfclubs in een container gegooid?' Hij wist niet waarom, maar hij moest lachen.

'Ja. Sorry.'

'En al je andere spullen ook,' zei Claudia. 'Ik heb geholpen.'

Matthew vond het wel grappig. 'Ach ja, ik heb toch nooit tijd om te spelen. Kom, meiden. Ik zie je wel op school!' riep hij over zijn schouder terwijl hij in de auto stapte.

'Dag,' riep Sophie hem na.

'Wat is dat voor lucht?' Suzanne haalde haar neus op toen ze de voordeur had dichtgedaan.

Helen liep de gang in met Norman voor zich uitgestoken als een soort schild. 'Die lucht,' zei ze, 'komt van Norman. Althans, van Normans kattenbak.'

'Oooooooooo!' gilde Claudia. 'Jullie hebben een kat! Ik wil hem, ik wil hem!'

Helen voelde zich overrompeld door Claudia's gezichtsuitdrukking. Was dat een glimlach? Het was moeilijk te zeggen, aangezien ze nog nooit iets had gezien dat ook maar in de buurt kwam van een aangename blik maar, ja, je zag tanden, en de hoeken van haar mond gingen omhoog naar onbekend terrein. Halleluja, dacht Helen. Ik win.

'Natuurlijk,' zei ze en gaf Norman aan Claudia. 'We hebben hem voor jou genomen, voor je verjaardag. Het is jouw kat.'

'Ik hou niet van katten.' Suzanne liep de gang door naar de zitkamer.

Fantastisch.

'Jij toch wel, Claudia, of niet? En... ik heb ook een hele lading make-upproefjes meegenomen van een van onze cliënten, want ik dacht dat jij dat wel leuk zou vinden, Suzanne. Kijk maar of er iets voor je bij zit.'

'Bah,' zei Claudia, met haar neus in de zachte rug van haar kat.

'Vet!' riep Suzanne.

'Waar komt hij vandaan?' vroeg Claudia. Helen glimlachte naar het kleine meisje.

'Nou ja, we zijn gewoon naar het asiel gegaan en toen...'

'Je mocht hem gewoon meenemen?'

'Ja...'

'Gewoon zomaar?' Claudia's glimlach was verdwenen. 'Ze weten toch helemaal niet wie jij bent. Ze moeten eerst bij je thuis komen kijken!'

'We zijn toch geen stelletje gekken, Claudje?' zei Matthew.

'Maar dat weten zij toch niet? Wat nou als een verschrikkelijk iemand daar zou komen en gewoon zou zeggen: "Geef mij die maar." Stel dat die persoon het beestje zou verwaarlozen of zou mishandelen?'

Jezus Christus, dacht Helen. Die pret was ook snel voorbij.

'Je hebt gelijk.' Ze bukte zich en krabde Norman achter zijn oor. 'Dat is ook precies waarom wij daar naartoe zijn gegaan, omdat ze hem beter aan ons kunnen geven dan aan iemand anders. Omdat we weten dat wij lief voor hem zijn. Wie weet bij wat voor griezel die arme Norman terecht zou zijn gekomen als wij hem niet hadden meegenomen?'

'Ik vind het nog steeds een slechte zaak.' Claudia gaf niet snel op.

'Dat klopt. Maar hij is nu hier en hij is helemaal van jou. En hij is geweldig, vind je niet?'

Norman speelde zijn rol perfect; hij was als een grote, zachte klomp in Claudia's armen. Ze kuste zijn neus.

'Ja,' zei Claudia. 'Hij is super.'

Tweeënhalf uur later hadden ze hun beste middag ooit achter de rug. Suzanne was opgemaakt als een prostituee (dat zal Sophie fijn vinden, dacht Helen nog), en Claudia gaf Helen uitvoerige instructies hoe ze voor een kat moest zorgen, terwijl Helen net deed of ze het verschil tussen nat en droog voer nog niet kende en niet wist hoe belangrijk het was om de kattenbak regelmatig schoon te maken.

Toen ze weer thuiskwamen verwachtte Sophie dat haar dochters zoals gebruikelijk weer gingen zeuren. Ze opende de voordeur toen ze Matthews auto de oprit op hoorde komen en zwaaide flauwtjes. Claudia schoot de auto uit voor hij goed en wel stilstond. Ze rende de oprit op.

'Ik-heb-een-kat. Ik-heb-een-kat-en-het-is-een-mannetje-en-hij-heet-Norman-en-hij-is-van-mij.'

Sophie wilde juist vragen of ze het allemaal wat rustiger wilde vertellen toen de aanblik van haar oudste dochter, opgemaakt als Marilyn Manson, de aandacht trok.

'Wat heb jij in godsnaam gedaan?'

'Helen heeft me een hele lading make-up gegeven.' Suzanne straalde het zelfvertrouwen van een dertigjarige vrouw uit, ook al was ze nog maar twaalf. Ze leek wel een clown, dacht Sophie.

'Nou, wat leuk, zeg. Alleen voor speciale gelegenheden, goed. Geen make-up op naar school.'

Claudia trok aan haar arm.

'Mama, ik heb een kat.'

Sophie keek naar de auto, die de oprit weer afreed. Matthew zwaaide.

'Waar?'

'Bij papa. Helen heeft hem gehaald en ze zegt dat hij van mij is.'

'Je weet hoop ik wel dat je hem niet mee naar huis kan nemen. Je weet dat ik allergisch ben.'

Claudia zuchtte ongeduldig. 'Daar gaat het niet om, stommerd. Hij blijft gewoon bij papa en Helen, maar hij is van mij en ik kan hem elke zondag zien.'

Juist. Wat was het toch een schat, die Helen. 'Dan vind je haar nu vast wel lief, neem ik aan?'

'Nee, joh.' Claudia trok een vies gezicht. 'Ik vind het een trut, maar nu is het in ieder geval niet meer erg om daar langs te gaan.'

Sophie legde haar arm om haar dochter. 'Heel goed.'

Maar ze wist dat er iets was veranderd, en dat baarde haar zorgen.

19

Als Helen niet kon slapen, stond ze soms weer op en liep wat door haar appartement. Dan zette ze de tv aan, zette een kop koffie en las wat. Dat ging niet meer zo gemakkelijk sinds Matthew bij haar was komen wonen, aangezien hij dan altijd riep of ze weer in bed kwam en begon te klagen dat hij niet meer kon slapen als hij wist dat zij de slaap niet kon vatten. Maar die zondag kon het niet anders. Ze moest iets doen. Om halftwee 's nachts werd ze wakker, en ze wist meteen dat ze niet in bed kon blijven liggen staren naar de scheur in het plafond. Ze keek even naar Matthew, die diep lag te slapen. Ik zou hem wakker kunnen maken voor een vrijpartij, dacht ze. Misschien dat ik daar een beetje van ontspan. Ze keek hem nog eens goed aan: zijn mond hing open, en hij kwijlde een beetje. Bij nader inzien... Ze glipte zo voorzichtig mogelijk uit bed en sloop naar de hal, waar ze de deur achter zich dichttrok. In de zitkamer was het kil en donker. Piepkleine sneeuwvlokjes bedekten de buitenkant van de ruiten. Ze zag haar adem in wolkjes veranderen en dus zette ze de verwarming hoger. Ze trok een trui aan en knipte de lamp in de hoek aan. Over zes uur zou ze op moeten staan voor het werk.

Ze pakte haar notitieblok erbij en probeerde zich te concentreren op de pr-klus. Ze las het lijstje dat ze eerder had opgesteld. Het was een kansloos verhaal. Misschien moest ze het wel houden bij mensen van de B-lijst en daar een paar artikelen voor geplaatst zien te krijgen. Ken uw beperkingen, hield ze zichzelf voor. Heel even dwaalden haar gedachten af naar Sonny, maar ze tikte zichzelf vlug op de vingers. Godallemachtig, dit kon toch niet? Oké, een redelijk lekkere (goed dan, een ontzettend lekkere) vent, met aardig wat humor en van haar eigen leeftijd, die nog al zijn haar had, had een beetje aandacht aan haar geschonken. Goed, hij had laten doorschemeren dat hij later nog steeds geïnteresseerd zou zijn, als ze haar tragische privéleven een beetje op orde had. Nou en? Dat gebeurde toch elke dag? Nee, natuurlijk gebeurde dat niet elke dag, dat was het hem juist. Wat nu als Sonny de volgende grote liefde in haar leven was, maar ze daar verder niks mee kon vanwege Matthew? Doe effe normaal, je kent die man nauwelijks. Laten we lust en liefde dus voorlopig nog maar even gescheiden houden.

Ze keek op haar horloge, dat op tafel lag, en probeerde uit te rekenen hoeveel uur ze nog had voordat ze Sonny kon bellen, zoals hij gevraagd had, onder het mom van een zakelijk gesprek. Halftien was te vroeg. Dan leek ze te gretig. Tien uur ook, trouwens, want misschien dacht hij wel dat ze pas om tien uur begon, en dat ze hem dan meteen als eerste belde. Tien voor halfelf, besloot ze dus. Nog acht uur te gaan.

Om zeven uur werd Helen met een slapende rechterarm wakker op de bank. Het duurde even voor het tot haar doordrong waar ze was. Ze zette een kopje thee, controleerde of de deur van de slaapkamer nog dicht was en belde toen Rachel met haar mobieltje.

'Jezus mens, wat is er?'

'Sorry Rach, ik weet dat het vroeg is.'

Ze hoorde hoe Rachel terugplofte in haar kussen. 'Het is Helen maar,' zei ze tegen Neil.

'Gotver, Helen, ik kreeg zowat een hartverzakking. Misschien krijg ik die dadelijk alsnog. Ik hoop voor je dat je een heel goed verhaal hebt.'

'Ik heb een man ontmoet. En ik heb een klus.'

'Oké, ik luister. Zet even wat water op!' riep Rachel over haar schouder.

'Het is maar voor een paar weken, maar het is wel een echte pr-klus.'

'Doe eerst die man maar. Wat bedoel je met *ik heb een man ontmoet*? Je hebt al een man.'

'Ik weet ook wel dat het nergens op slaat, maar ik vind hem echt heel erg leuk, en hij weet dat ik een vriend heb, maar hij zei dat hij wel op me zou wachten tot ik alles geregeld heb, en dan, nou ja, wie weet...'

'Is het soms een nicht?'

'Helemaal niet! Hij is gewoon heel erg... aardig. Het is toch goed dat hij het netjes wil spelen?'

'Hoe weet je nou waar hij precies op doelde, dan?'

'Dat weet ik ook niet zeker. Nou ja, een beetje, want hij heeft me wel gekust. Maar stel nou dat hij het zoenen niks vond en hij eigenlijk dacht: goddank, ze is al aan de man? Ach, dit slaat ook allemaal nergens op.'

'Ik wil niet vervelend zijn, hoor, maar hoe zit dat dan met Matthew. Ik dacht dat jullie probeerden om er iets van te maken?'

'Ik weet niet of ik dat wel kan. O God, Rach, het is zo'n bende. Ik heb er zo'n ongelofelijke bende van gemaakt.'

'Je moet een besluit nemen. Je mag niet zo met mensen sollen, dat is niet eerlijk.'

Helen hoorde dat de boiler aansloeg en dat de kraan van het bad werd opengedraaid.

'Jezus, Matthew is wakker. Ik moet ophangen.'

Voor ze ophing, hoorde ze Rachel nog zeggen: 'Doe nou geen domme dingen.'

Om tien voor halfelf was Helen totaal niet meer met Sonny bezig. Op kantoor was namelijk de hel losgebarsten. Het bleek dat de vrijdagmiddagborrel nogal uit de hand was gelopen nadat Helen naar huis was gegaan. Helen-van-de-Boekhouding, ofwel HvdB, die niet goed tegen drank kon, had een glas champagne te veel gedronken en ze had haar echtgenoot Geoff opgebeld met de vraag of hij naar de pub wilde komen om de meiden te ontmoeten. Geoff had in de bar het ene na het andere rondje gegeven, want hij was net bij de geldautomaat geweest voor zijn wekelijkse knisperend verse stapeltje bankbiljetten, en niemand anders mocht van hem betalen. Rond halfnegen waren ze een hilarisch spelletje *truth or dare* gaan spelen. Geoff koos steeds voor een opdracht in plaats van de waarheid te hoeven opbiechten – zo moest hij naar een tafeltje om aan een extreme hetero te vragen of hij hem even snel wilde aftrekken (nee, liever niet), en moest hij met een leeg wijnglas naar de bar om een nieuw glas te eisen omdat er kurk in het vorige glas zat ('tief een eind op') – maar HvdB koos elke keer voor *truth*.

Geoffs koosnaampje voor haar clitoris was haar pindaatje. HvdB's koosnaampje voor Geoffs piemel was Soldaat Sweeney ('... omdat hij altijd zo braaf in de houding gaat staan!' gilde ze, waarop Geoff bulderde van het lachen).

Als ze het een keer met een vrouw zou moeten doen, dan koos ze Jenny ('... want je bent zo'n knappertje,' zei ze op een manier die ze zelf zowel koket als geestig vond. 'Vind je ook niet Geoff?').

Tegen tienen, toen ze uit de kroeg naar huis gingen, konden Helen en Geoff nauwelijks nog op hun benen staan.

'Fijne avond.' Geoff knuffelde Annie alsof ze elkaar al jaren kenden. Toen Jenny aan de beurt was, klampte die zich aan hem vast, en voor Helen in de gaten had wat er gebeurde, stonden ze te zoenen. Niet gewoon klapzoenen, maar tongen, en flink ook, en Geoffs handen gingen langs Jenny's rug op en neer. Annie stond er met open mond bij te kijken, en er tekende zich een vette grijns af op haar gezicht. HvdB greep haar echtgenoot bij de arm en begon hem van Jenny af te trekken, die toen theatraal met haar hand over haar mond veegde, alsof ze iets vreselijks had gegeten. Terwijl Helen Geoff meesleurde over straat hoorde ze de andere twee meiden lachen. Heel erg hard lachen.

Als kroon op de avond werden HvdB en Geoff, die de plotselinge omslag in de stemming niet helemaal kon volgen (Wat nou? Wat heb ik dan gedaan?), ingehaald door twee mannen die ze eerder in de kroeg hadden gezien en werd Geoff van zijn portemonnee en Helen van haar bordeauxrode handtasje beroofd, en dat alles onder bedreiging. Alsof het al niet erg genoeg was ging Geoff ook nog eens even flink over zijn nek, waarbij het meeste braaksel over zijn eigen kleren heen gutste. HvdB had net genoeg kleingeld uit hun beider zakken bij elkaar gevonden voor de bus, en ze gingen bovenin zitten, in de kotslucht van Geoffs trui, en ze zeiden geen woord tegen elkaar.

Helen puzzelde dit verhaal bij elkaar na diverse versies te hebben aangehoord die de anderen met elkaar deelden, want tegen haar sprak niemand, uiteraard. De sappigste details maakte ze op uit een schreeuwende ruzie tussen HvdB en Jenny, op nog geen twee meter afstand van haar. Die vond plaats rond kwart over tien. Als gewoonlijk zat

Helen met gebogen hoofd te doen alsof ze aan het werk was. Ze telde de minuten tot het tijd was om te bellen. Het visitekaartje had ze al heimelijk van haar broekzak naar haar tas verplaatst. Door de glazen wand van de boekhouding zag ze een opvallend lege stoel waar HvdB eigenlijk had moeten zitten. Die kwam anders nooit zo laat.

Om kwart over tien blies er een kleine, heftige wervelwind door het kantoor, die stilhield bij Jenny's bureau. Annie liep achter haar aan om niets van dit alles te hoeven missen.

'Hoe haal je het in je hoofd om zoiets te doen?' schreeuwde HvdB terwijl de tranen door de groeven liepen die daar waren ontstaan door het overvloedige huilen van het afgelopen weekend.

'Goeiemorgen Helen.' Jenny wierp haar een valse glimlach toe. 'Gezellig was het, hè, vrijdag? Had Geoff het naar zijn zin? Ik geloof het wel, hè?'

'Kutwijf. Smerig kutwijf dat je bent!'

Waarop HvdB zich afzette, haar vlezige armpjes en beentjes door de lucht wapperend, en zich boven op haar rivale stortte. Jenny weerde haar van zich af en lachte, terwijl Annie ook een duit in het zakje deed: 'Je bent toch niet jaloers, Helen? Had je liever zelf met haar gezoend soms?' Jenny, Annie, en een paar anderen die kwamen kijken wat er aan de hand was, lachten zich helemaal suf terwijl HvdB, die nu een kluwen van maaiende benen, armen, snot en tranen was en duidelijk weinig ervaring had met dit soort gevechten, doorging met haar treurige pogingen om de ander te raken.

Helen wist dat ze iets moest doen om hier een einde aan te maken, maar ze zat al aan haar stoel genageld vanwege het hoge Jerry Springergehalte van dit alles. Het had haar niet verbaasd als Geoff binnen was komen lopen om aan te kondigen dat hij eigenlijk homo was en dat hij momenteel een bevredigende relatie had met de dominee.

'Nou, ik voelde Soldaat Sweeney inderdaad in de houding springen, toen Geoff me zo vastgreep,' zei Jenny, die nog steeds met een uitgestoken hand de klappen wist af te weren. HvdB brak. Een seconde stond ze doodstil en keek naar haar vijanden en verdere toeschouwers, waarvan sommigen in elk geval nog het fatsoen hadden om gegeneerd te kijken, en toen draaide ze zich om en holde naar de toiletten. Iedereen zocht zijn eigen werkplek weer op en Helen hoorde een aantal van hen mompelen dat dit wel een beetje ver ging, allemaal.

Ze zat daar maar en voelde zich zwaar schuldig. Waarom had ze dit laten gebeuren? De helft van de mensen bij Global was bang voor dat stelletje heksen, en die wilden niet het risico lopen om het volgende slachtoffer te worden, maar wat konden ze háár verder nog maken? Ze ging toch binnenkort weg, dus zij had op moeten treden. Ze mocht altijd graag denken dat zij iemand was die een overvaller in de metro te grazen zou nemen, maar nu bleek ze toch zo iemand te zijn die zich liever achter een krant verstopte terwijl er voor haar ogen een misdaad werd gepleegd. Annie en Jenny lagen nog steeds in een deuk van het lachen. Helen stond op en liep weg.

Daar gaan we weer, dacht ze toen ze de damestoiletten inliep en bij de deur van de wc stond te luisteren naar het bekende snik- en snotterconcert. Ze haalde diep adem.

'Helen, ik ben het. Helen, doe de deur eens open.'

Snik. 'Ga weg.'

'Nee, ik ga pas weg als het weer een beetje gaat, met jou.' Wat een treurigheid, dacht ze, dat ik de enige ben die de moeite neemt om te zien hoe het met haar gaat. Terwijl ik het mens niet uit kan staan.

'Zal ik iemand voor je bellen? Een vriendin? Of Geoff?'

Snotter, snik. 'Geoff is bij zijn moeder ingetrokken.'

'Ach, Helen. Je hebt hem er toch niet uitgegooid, hè? Dat is het toch niet waard, dit gedoe. Ze hebben hem als een lam naar het slachtblok gelokt, het was een val. Gun hem in elk geval het voordeel van de twijfel.'

'Wat weet jij daar nou van? Jij bent zelf net zo. Jij pakt ook iemand anders man af, stomme tut.'

Helen wilde net de moed opgeven, maar van de manier waarop de andere Helen op haar begon te schelden kreeg ze de tranen in haar ogen. Ze wilde eigenlijk zeggen: 'Zeg in elk geval "trut" in plaats van "tut", als je iemand wil raken', maar ze ging op de vloer naast de wastafel zitten voor zolang als dat nodig was.

Toen ze weer teruggingen naar hun bureaus, was Helen doodop. Ik zou nooit onderhandelaar kunnen worden bij een gijzeling, dacht ze. Ik zou algauw de handdoek in de ring gooien en zeggen dat iedereen dan maar overhoop moest worden geschoten want dat ik naar huis wilde. Hier, neem die helikopter lekker mee, maar laat mij in godsnaam verder met rust. HvdB liep met haar mee, en ze leek voldoende gekalmeerd om in elk geval weer aan het werk te kunnen. Helen had geen idee of ze van plan was om Geoff te bellen of niet. Eerlijk gezegd kon het haar ook geen moer schelen. In elk geval leken de gemoederen weer wat bedaard, en Annie en Jenny zagen er wat gedwee uit, althans zo wilde Helen dat graag zien. Alsof iemand hen de les had gelezen en ze duidelijk had gemaakt dat ze nu toch echt te ver waren gegaan.

Om twaalf uur deed Laura iets wat ze nog nooit eerder had gedaan: ze vroeg Helen of ze een persbericht wilde schrijven dat kon worden ingesloten bij exemplaren van de autobiografie van een of andere B-ster, die naar een aantal recensenten zouden worden gestuurd. Shaun Dickinson was achtentwintig... en wat deed hij ook weer precies? Hij stond vaak in de kranten, niet vanwege zijn werk maar omdat hij weer hier of daar gesignaleerd was (en Global de pers erop attent had gemaakt dat hij hier of daar zou zijn). Hij had verkering met een glamourpoes en samen verdienden ze een heleboel geld met de verkoop van de meest intieme details over hun leven aan de weekbladen. (Waarom wij nooit zullen trouwen! We gaan trouwen! Onze kinderwens laat ons door een hel gaan! Zijn gokverslaving, haar seksverslaving, zijn verleden als drugsdealer, haar verstopte eierstokken en, de meest recente ontwikkeling: ons heerlijke nieuwe leven samen! Foto's van hun nieuwe huis, volgestopt met meubels en dingetjes die waren uitgezocht door de designafdeling van het blad, en haar nieuwe voorgevel, dubbel D, en hun Chinese adoptiekindje, dat eigenlijk helemaal niet zo blij keek.)

Het moest een rechttoe rechtaan verhaal worden, deels biografie, deels de toon voor de hype zettend. Gewoon een tekst zoals Matthew haar regelmatig had laten schrijven, maar Helen raakte er toch enigszins van in paniek. Ze wist niet hoe ze moest beginnen en schreef de eerste zin wel honderd keer opnieuw, in steeds bloemrijkere bewoordingen. Wat nu als ze dit helemaal niet meer kon? Wat nu als ze het persbericht schreef en het bleek waardeloos te zijn, en Laura moest het helemaal herschrijven? Ze probeerde zichzelf moed in te praten: dit was helemaal geen moeilijke klus, een stagiaire zou hier zelfs nog een heel acceptabel verhaal van weten te maken, en dat binnen vijf minuten. Als ze dit al niet kon, hoe dacht ze dan dat ze straks de pr voor het restaurant kon doen? O God, het restaurant! Het was vijf voor halfeen en ze had Sonny nog niet eens gebeld, terwijl ze had beloofd om voor de lunch contact op te nemen om de datum voor de opening af te spreken, en om haar ideetjes (welke ideetjes?) voor de gastenlijst met hem door te nemen. Oké, dacht ze, Shaun Dickinson en Neptiet, die moeten komen. Binnen vijf minuten stelde ze een lijstje van elf sterren op waarvan ze zeker wist dat ze zouden komen opdagen (wanhopige types, mensen die net een nieuwe single uit hadden of een nieuw tv-programma moesten promoten, of mensen die net bij hun partner weg waren en graag wilden dat men hen stralend en lachend zou zien, mensen die een boekendeal wilden scoren en lui die een glanzende sportcarrière hadden verspeeld met een drugsschandaal). Toen pakte ze haar jas en haar mobieltje. Dit telefoontje kon ze niet op kantoor afhandelen. Ze ging wel even naar het park. Ze rommelde wat in haar tas om haar portemonnee en Sonny's kaartje te pakken. Ze draaide het kaartje tussen haar vingers en keek er voor het eerst eens goed naar. Ze wist niet eens hoe hij van zijn achternaam heette. Toen ze die zag staan keek ze nog eens goed. Ze rommelde nog een keer in haar tas om te checken of er niet nog een kaartje in zat. Dit kon toch niet kloppen? Maar nee, dit was het enige kaartje. Ze las de letters nog een keer, en kreeg hetzelfde gevoel dat ze vroeger altijd had op de schommel: misselijk, gedesoriënteerd en licht in het hoofd. Ze deed haar ogen dicht en keek nog een keer, alsof dat er iets aan zou veranderen. En inderdaad, de naam op het kaartje was nog precies hetzelfde: Leo Shallcross.

Matthews zoon.

20

Helen zat weer achter haar bureau, en draaide het kleine witte visitekaartje rond en rond tussen haar vingers. Ze begreep het niet, ze had vast het verkeerde stukje papier meegenomen van thuis, en Sonny's kaartje lag nu... waar eigenlijk? Ze wist dat ze het van haar broekzak in haar tas had gestopt, in een stiekeme beweging zodat Matthew het niet zou zien en haar zou vragen wat ze daar had. Dit moest dus het juiste kaartje wel zijn. En dat kon maar één ding betekenen: Sonny was Leo en Leo was Matthews zoon uit zijn eerste huwelijk met Hannah. Degene met wie Matthew nauwelijks nog contact had. Ze liep naar het trapportaal en belde Sophie.

'Hoe is het met Sonny?' vroeg Sophie nadat ze beleefdheden hadden uitgewisseld. 'Hij zei dat jij hem waarschijnlijk zou kunnen helpen?'

'Waarom noem je hem eigenlijk Sonny?' vroeg Helen, terwijl ze haar best deed om het als een terloopse opmerking te laten klinken. 'Op zijn kaartje staat dat hij... Leo Shallcross heet.' Ze probeerde het te laten klinken alsof ze het voor het eerst las.

'O...' Sophie lachte, '... dat klopt ook. Maar ik noem hem altijd Sonny, omdat hij mijn stiefzoon is. Hij is Matthews oudste kind, heb ik je dat nooit verteld, dan? Toen ik hem voor het eerst ontmoette bleek hij een volwassen vent te zijn, en toen ben ik hem voor de grap Sonny gaan noemen, om hem een beetje te pesten. En dat is eigenlijk altijd zo gebleven. Het komt niet eens bij me op om hem Leo te noemen. Sorry, dat had ik even moeten uitleggen.'

Kutzooi, dacht Helen. Hele dikke vette kutzooi.

Sophie was nog steeds aan het woord: 'Dus... hij zei dat hij het heel gezellig vond met je, en dat jij misschien wel wat tijd had om het een en ander voor hem te regelen...'

'Ik weet het niet zeker,' zei Helen, die dolgraag wilde ophangen. 'Misschien. Ik heb het erg druk op het moment, dat is een beetje het probleem. Maar zei je niet dat Matthew zelf ook in de pr zit? Zou het dan niet veel logischer zijn als hij de pr voor het restaurant deed? Kan het vast ook een stuk goedkoper en zo.'

'Wil je er van af, of zo?'

Helen maakte een einde aan het gesprek: 'Luister, ik moet nu echt ophangen, want ik heb een deadline.'

'Staat onze afspraak van woensdagavond nog?' vroeg Sophie.

'Ja, tuurlijk. Ik zie je dan.' Helen klikte de telefoon uit voor Sophie de kans had te antwoorden.

Kut, kut, kut!

Ze probeerde zich voor te stellen hoe Matthew eruit moest hebben gezien toen hij achtendertig was. Leek Leo op hem? Ze hadden wel dezelfde helderblauwe ogen. Goddomme, waarom had ze dat niet eerder gezien? Maar Leo was donkerder – uiteraard, want Matthew was al grijs – en Leo had ook niet zo'n Shallcrossneus. Zijn neus was smaller en rechter, hij leek meer op die van Paul Newman, terwijl Matthew de neus van Dustin Hoffman had. O mijn God, ik heb gezoend met de zoon van mijn vriendje, dacht ze. Ze vergat helemaal dat Leo van haar eigen leeftijd was, en vond zichzelf een perverse kinderverkrachter. Of hoe dat ook maar mocht heten. Matthew had Leo's luiers nog verschoond (hoewel, Matthew kennende was die kans eigenlijk niet zo groot) en nu was zij praktisch met die baby naar bed geweest. Wat Matthew betrof had ze geen slechtere keuze kunnen maken, of het moest Suzanne of Claudia zijn, of zijn moeder. Maar aangezien zij een keurige hetero was aan wie die hele moderne biseksuele nieuwsgierigheid van tegenwoordig niet besteed was, was Leo zonder meer het allerergste wat ze hem aan kon doen. Zelfs als ze het met zijn vader had gedaan, als hij die nog had gehad, zou dat nog minder erg zijn dan dit. O Jezus, ze leek wel zo'n Amerikaanse lerares die in de gevangenis belandde omdat ze zich zwanger had laten maken door een vijftienjarige jongen waar ze zich in de grote pauze aan had opgedrongen.

Ze ging op de bovenste traptrede zitten en probeerde te bedenken wat ze nu moest doen. Ach, zo moeilijk is het helemaal niet. Ik kan die klus niet aannemen, ik mag hem nooit meer zien, einde verhaal.

Ik moet hem nu bellen en hem zeggen dat ik te druk ben. Klaar uit. Jammer dan van mijn cv. Ze liep terug naar haar bureau om het kaartje op te halen, en trof daar Laura, die wat in haar papieren stond te graven.

'Dit is uitstekend,' zei ze, en ze hield het halve persbericht dat Helen had geschreven omhoog.

'Ik ben er nog niet mee klaar,' antwoordde Helen ter verdediging.

'Dat zie ik ook wel, maar wat je tot nu toe hebt staan is prima. Ik heb het over een minuut of tien nodig.'

'Geen probleem.' Helen nam het papier van haar over en ging achter haar computer zitten. Eerst dit afmaken, en dan bellen.

Tien minuten later stond ze in Laura's kantoor te wachten terwijl haar baas haar definitieve versie doorlas.

'Prima,' zei Laura, 'hier hoef ik niks meer aan te doen.'

'Graag gedaan,' zei Helen. Ze draaide zich om en wilde weglopen.

'Wacht even,' zei Laura, 'Sandra Hepburn wil graag dat we een stunt voor haar verzinnen, iets waar ze volgend weekend gegarandeerd veel aandacht mee trekt voordat de nominaties voor de Ace Awards bekend worden gemaakt. Ik weet zo gauw niets, maar heb jij misschien een plan?'

'Waarom vraag je dat?' vroeg Helen achterdochtig. Wat had Laura opeens?

'Ik vraag het aan iedereen,' zei Laura kalm.

'Ik zal er even over nadenken,' zei Helen. Het was een uur, ze moest Sonny nu echt bellen. Leo. Ze moest Leo nu echt bellen.

Toen ze weer aan haar bureau zat, zag ze een nieuw bericht in haar inbox staan. Niet naar kijken, dacht ze. Eerst Leo bellen, en dan pas lezen. Maar de mail bood een onweerstaanbaar excuus om het gevreesde telefoontje nog even uit te stellen. Ze klikte de mail aan en die bleek verzonden door ene Helen Sweeney. O, dat was natuurlijk HvdB. Het kon Helen eigenlijk geen bal schelen wat er in de mail stond, maar ze las hem toch maar, om nog wat tijd te winnen.

Beste Helen,

Ik wilde je bedanken omdat je zo lief voor me bent geweest vanochtend. Ik weet wel dat we niet altijd even goeie vrienden zijn geweest (en dat zijn we nog steeds niet, tante, dacht Helen) *en ik wilde graag mijn excuses aanbieden voor de keren dat ik minder ruimhartig ben geweest naar jou toe. Ik heb nagedacht over wat je zei over Geoff en mij, en ik heb besloten om hem vanavond te bellen en het weer goed te maken. Dus nogmaals bedankt.*

Helen gluurde over haar computer en zag dat de andere Helen onnozel naar haar glimlachte. Ze glimlachte terug, en keek vervolgens op haar horloge: vijf over een. Oké, hopelijk zat Leo nu midden in een of andere zakenlunch en kon ze gewoon een bericht inspreken. 'Sorry, er is iets tussen gekomen.' Of: 'Ik zit met een sterfgeval in de familie.' Nee, dat was wel wat drastisch. Deze dan: 'Een van mijn vaste klanten zit zwaar in de problemen en ik moet dat nu uit de kranten zien te houden, dus ik heb hem beloofd dat ik me daar volledig aan zal wijden, de komende dagen. Zijn leven... nee... zijn huwelijk hangt ervan af.' Ja, dat zou het worden. En dan net doen alsof deze denkbeeldige klant een heel belangrijk iemand was. Dan zou ze Leo beloven om volgende week of zo terug te bellen om te horen hoe ver hij gevorderd was, maar dan zou ze dat gewoon per ongeluk vergeten. Goed plan. Het was doodzonde, dat wel, maar ze moest zich echt verre van hem houden, want Joost mocht weten hoe het anders uit de hand kon lopen. Ze dacht even aan de manier waarop hij zijn hand boven op die van haar had gelegd, in het restaurant, maar ze zette die gedachte vlug weer van zich af.

Terug in het trappenhuis belde ze hem in de vurige hoop dat ze zijn voicemail zou krijgen. Shit, hij ging over. Ze wilde net weer ophangen – dan zou hij een gemiste oproep krijgen en wist hij dat ze geprobeerd had om hem te pakken te krijgen, en dan hield zij gewoon haar eigen telefoon uit, de rest van de dag, en avond, en morgen – maar hij nam al op.

'Eleanor! Ik zat net aan je te denken. Hoe gaat ie?'

'Eh... nou... kijk...'

Ze probeerde zich de riedel te herinneren die ze bedacht had.

'Eh...'

'Ik heb trouwens het hele weekend aan je gedacht,' zei Leo. 'Dat moet ik natuurlijk eigenlijk niet zeggen, want we hadden afgesproken dat we het niet over dat soort dingen zouden hebben tot jouw situatie anders is, althans, niet dat ik aanneem dat... Jezus wat zeg ik allemaal. Sorry.'

'Geeft niet. Luister Sonny, ik bedoel Leo. Moet ik je Leo noemen, eigenlijk? Er is iets tussen gekomen.'

Ze diste hem de smoes op die ze bedacht had, hoewel ze later vond dat ze er veel te veel bij had gehaald: harddrugs en zwart geld en geruchten over homoseksualiteit.

Leo klonk heel teleurgesteld. Niet zozeer omdat ze nu zijn pr niet kon doen, daar kon hij wel iemand anders voor in de arm nemen, maar omdat hij haar nu niet regelmatig zou zien.

'Het spijt me echt heel erg. Dit kost je allemaal tijd en zo...'

'Nee, Eleanor, luister: het geeft niet, ik begrijp het wel. Ik ben alleen een beetje teleurgesteld, meer niet. Ik had gedacht dat jij er iets geweldigs van zou kunnen maken en dat we elkaar dan meteen wat vaker zouden kunnen zien...'

'Het spijt me Leo, echt. Ik hoop dat je een hele goeie vindt. En ik hoop dat je restaurant een groot succes wordt. Ik weet zeker dat het gaat lukken.'

'Misschien dat we nog eens samen wat kunnen gaan drinken... later...' zei hij.

'Nee, dat denk ik niet. Want het is... het ligt allemaal nogal moeilijk, momenteel. Ik ben heel erg druk, snap je? Jemig, ik moet ophangen want ik heb de *News of the World* aan de andere lijn, en belangrijke roddelkranten kunnen we niet laten wachten in mijn vak.'

'Hoe weet je dat?'

'Hoe ik wat weet?'

'Hoe weet je nou dat het de *News of the World* is als je nog niet hebt opgenomen?'

'Omdat ze me terug zouden bellen en ik krijg een ander lijntje binnen, dus daarom.'

'Ik hoor anders niks overgaan.'

'Hij trilt, mijn telefoon trilt, dus dat kan je ook niet horen.'

'Nou goed, dat zal dan wel. Neem dan maar vlug op, want die lui van de *News of the World* moet je inderdaad maar niet laten wachten. Dag Eleanor.'

Shit!

'Dag. Ik bel je volgende week nog wel, of zo, om te zien hoe de zaken ervoor staan.'

'Doe dat,' zei Leo weinig overtuigd en hij hing op.

Kut met peren.

Enfin, dacht Helen, die nog steeds boven aan de trap zat. Dat heb ik tenminste goed verknald. Maar goed, het was sowieso al een hopeloze zaak, want Sonny was helemaal niet Sonny de aantrekkelijke jonge restauranteigenaar zonder enige bagage. Hij was Leo, de zoon van Matthew, haar getrouwde minnaar, en ze was helemaal niet Eleanor Nogwat, pr-agent, maar Helen Williamson, secretaresse, scharreltje van Leo's getrouwde vader. Dus wat maakte het uit als Leo nu beledigd was en haar waarschijnlijk nooit meer zou willen zien. Het was maar beter zo. Ze moest hem maar zien als een zinloze streling van haar ego waar ze verder niks mee kon. Alleen jammer dat ze hem zo ontzettend leuk vond. En dat hij zo'n ontzettend lekker ding was. En zo grappig. En lief.

Ze ging weer naar haar bureau, sloeg de lunch over en probeerde zich te concentreren op een idee voor Laura. Die klote Laura met haar rotklusjes, dacht ze, voor het gemak al die keren vergetend dat ze juist had zitten klagen omdat niemand haar werkelijke capaciteiten wilde zien.

Oké, Sandra Hepburn. Beroemd om haar vermogen te pas en te onpas uit de kleren te stappen. Die zou nergens voor terugdeinzen om in het nieuws te komen. Letterlijk nergens. Maar tegenwoordig was het niet meer zo eenvoudig om iets te verzinnen dat zo extreem was dat de kranten er zich nog druk om maakten, want de krant stond vol met jonge sterretjes die hun slipje 'vergeten' waren toen ze zich die ochtend in hun minirokje hesen en een ladder opklommen. De meest krankzinnige stunt die Sandra uit kon halen was een rok aantrekken tot over de knie en daarin ter kerke gaan. Tragedies deden het altijd goed. Als Sandra nou een abortus uit de hoge hoed kon trekken, of een verdacht knobbeltje, of een stervend familielid, dan had dat misschien het beoogde effect, maar Helen had het gevoel dat ze al die 'exclusieve' verhalen allang had verkocht, in het verleden. Misschien kon ze een buitenechtelijke verhouding aangaan. Helen liep vlug alle mannelijke klanten van Global af om te zien wie van hen ook op een snelle publiciteitsgolf zat te wachten. Of wellicht een vrouw? Alhoewel, de parttime-lesbomarkt was inmiddels redelijk verzadigd. Kom op, Helen, sprak ze zichzelf toe, je beweert altijd dat je van die briljante ideeën hebt. Welnu, waar blijf je nou? Helaas schoot haar niks te binnen behalve dan Leo's vlakke 'doe dat' en de klik nadat hij zijn telefoon had opgehangen. Ze wilde hem terugbellen en zeggen: 'Je begrijpt het niet, ik vind je echt heel, heel, heel erg leuk, maar ik ben de vrouw die jouw vader van je stiefmoeder af heeft gesnoept, dus het ligt allemaal een beetje lastig.' Of: 'Laten we samen weglopen en aan niemand vertellen waar we heen gaan, vooral niet aan onze familie.' Of wellicht het treurige: 'Kunnen we niet gewoon vrienden zijn?' Hoewel dat natuurlijk ook geen zin had, want dat kon helemaal niet gezien de omstandigheden.

Ze schrok toen haar mobieltje overging. Dat zou hij wel zijn. Misschien belde hij wel om te zeggen dat hij wist wie ze eigenlijk was, maar dat het hem niet uitmaakte omdat hij stapelgek op haar was. En dat hij haar, zo gauw zij de situatie met zijn vader en Sophie had opgelost, zou meenemen naar een nieuw leven of op zijn minst voor een weekendje weg. Ze graaide naar de telefoon. Het was Rachel. Maar ze kon het nu niet aan om met haar vriendin te praten en dus liet ze hem op de voicemail springen.

'Je telefoon gaat over, hoor,' zei Jenny guitig vanaf de andere kant van de ruimte.

'O ja, joh?' zei Helen gespeeld onschuldig. 'Je meent het.'

'Vertel me eens wat over Leo,' zei ze die avond in de auto tegen Matthew. Zijn gezicht betrok.

'Er valt niet zoveel te vertellen,' zei hij ongelukkig. 'Hij veracht me omdat ik bij Sophie weg ben.'

'Waarom eigenlijk?' Helen was oprecht geïntrigeerd door dit vraagstuk. 'Ze is niet eens zijn moeder.'

'Nee, maar hij kan het wel heel goed met haar vinden. Toen ze elkaar pas kenden heeft hij nog geprobeerd om haar voor mij te waarschuwen. Hij zei dat ik haar hetzelfde zou aandoen als ik Hannah heb aangedaan. En hij had gelijk, uiteraard. Ik heb hem de afgelopen jaren nauwelijks gesproken; ik hoorde eigenlijk alleen van hem via Sophie.'

'Maar je mist hem toch zeker wel?' vroeg Helen, terwijl ze dacht: ik mis hem nu al.

'Eens in de zoveel maanden duikt hij ineens op, en dan eten we samen een hapje.'

Helen trok wit weg. 'Weet hij waar je nu woont, dan?'

'Ja, dat heb ik hem verteld, dus wie weet...'
'Leuk,' zei Helen. Ze voelde zich niet lekker worden.

Die avond viel ze op de bank in slaap en droomde over Sandra Hepburn die een striptease deed tijdens de opening van Verano, waardoor zowel Sandra als Leo's restaurant flink aan hun publiciteitstrekken kwamen. Geen slecht idee, dacht ze toen ze wakker werd. Ik weet zeker dat Sandra het zo zou doen. Ze gaf Norman te eten en ging naast hem op de keukenvloer zitten om hem tussen zijn oren te kriebelen terwijl hij at.

In het koude badkamerlicht bekeek Sophie zichzelf in de spiegel op een manier zoals ze dat sinds ze getrouwd was bijna nooit meer had gedaan: van achteren, van opzij. Ze wilde dat Matthew haar mooi vond. Niet omdat het haar iets kon schelen wat hij van haar vond, althans dat probeerde ze zichzelf wijs te maken, maar omdat ze niet wilde dat ze ongunstig afstak bij Helen zodat hij zou denken dat hij de hoofdprijs had gewonnen. En dat niet alleen: ze wilde ook niet dat Suzannes leraren fluisterend achter haar rug tegen elkaar zouden zeggen dat het geen wonder was dat hij naar iets beters op zoek was gegaan. Niet dat er enige aanleiding was om dat te veronderstellen, het was gewoon de paranoia van de verlaten echtgenote.

Leo kwam op zijn kleine zusjes passen, en dan zou ze hem meteen kunnen vragen hoe het er met Eleanor voor stond. Hij klonk een beetje down aan de telefoon, en het scheen dat zij zijn pr niet zou gaan doen. Sophie hoopte dat dat verder geen slecht teken was; in haar gedachten waren haar nieuwe vriendin en haar stiefzoon al een setje. Ze was niet zo'n koppelaarster, vooral niet als het om familie ging, want dat werd meestal een drama, maar tussen die twee was de vonk zo duidelijk overgesprongen toen ze elkaar ontmoetten, en ze had altijd al gehoopt dat Leo iemand zou vinden die zij ook leuk vond. Op papier was het een broze zaak, een relatie met een stiefkind, maar voor Sophie hoorde Leo al vijftien jaar bij haar gezin, en ze zou het vreselijk vinden als hij een vrouw trof die niet zou begrijpen wat dat voor hen beiden betekende. Niet dat Leo zoveel vrouwen had gehad, sinds ze hem kende. Hij ging nooit verder dan een paar dates. Hij nam het aangaan van een relatie heel erg serieus, waarschijnlijk als een reactie op zijn vaders totale gebrek aan respect voor het fenomeen.

Suzanne en Claudia waren door het dolle bij het vooruitzicht dat ze de avond met hun oudere broer zouden doorbrengen, en Suzanne smeerde zich helemaal onder de make-up die ze van Helen had gekregen om er ouder uit te zien. Leo deed alsof hij verbijsterd was toen hij haar zag.

'En wie mag deze beeldschone jongedame wel wezen?' vroeg hij omfloerst, en Suzanne gilde van het lachen, maar moest ook heel erg blozen.

'Dat is Suzanne, dombo,' zei Claudia, die de grap even miste.

'Nou, vertel op,' vroeg Sophie terwijl ze Leo voorging naar de zitkamer, 'wat is er aan de hand met Eleanor?'

'Niks.'

'Ik ken die blik. Ik ben je moeder, weet je nog wel, tenminste, zo'n beetje. Vertel op.'

Leo zuchtte: 'Ik heb haar gekust.'

'Wacht even,' viel Sophie hem in de rede. 'Ik dacht dat je in haar geïnteresseerd was vanwege de pr voor je restaurant?'

'Ik heb haar gekust, en toen zei ze dat ze een relatie had waar ze een eind aan ging maken. Dus ik zei, dat is prima, ik wil daar niet tussen komen. Ik wacht wel, en als jullie inderdaad uit elkaar zijn, kunnen wij misschien eens iets afspreken.'

Sophie zei helemaal niets meer. Leo vervolgde zijn relaas.

'Ik had het idee dat zij het wel zag zitten, de klus, maar toen belde ze me om te zeggen dat ze hem niet aannam, en meer valt er eigenlijk niet te vertellen. Wat nou? Waarom kijk je me zo aan?'

'Ik weet niet zeker of ik je dit wel moet vertellen, maar ik denk dat het goed is als je de waarheid weet... Eleanor heeft helemaal geen vriendje. Geloof me, wij praten over dit soort dingen.'

Leo keek alsof iemand hem zojuist een stomp in zijn maag had gegeven.

'Dus ze heeft gewoon een rotsmoes verzonnen? Jezus, wat voel ik me een domme lul. Ik dacht echt dat ze me leuk vond, en dat zij het net zo erg vond als ik. En ze liet zich ook gewoon kussen, ze trok zich niet terug, of zo. Waarom zegt ze dan niet gewoon "Sorry, geen interesse"? En waarom komt ze dan met een heel verhaal over de problemen die ze in haar relatie heeft?'

'Geen idee. Daar heeft ze ongetwijfeld een goede reden voor,' zei Sophie onzeker.

'Lekkere vriendinnen heb jij,' zei Leo bitter. 'Nou ja, laat ook maar gaan. Ik moet me maar gewoon concentreren op de opening. Heb jij nog ideeën?'

'Ach, er zijn honderden pr-bureaus... en ik weet dat je dit gelijk afschiet... maar waarom vraag je het niet aan je vader? Die vindt het geweldig als hij je kan helpen.'

'Nou en, waarom maak jij je druk over wat hij geweldig vindt?'

'Omdat hij weliswaar een ongelofelijke klootzak is, maar hij is ook de vader van mijn dochters en ik zou het heel erg vinden als hun relatie met hem dezelfde vorm aanneemt als die tussen jullie. Hij zal toch nooit veranderen, Leo. Over een paar jaar dumpt hij die Helen weer voor iemand die nog weer wat jonger is – dat hoop ik, tenminste, erg hè? – en hij zal dat net zo lang blijven doen tot het hem niet meer lukt, maar dat hoeft jouw relatie met hem toch niet in de weg te staan? Je hebt maar één vader en meer van dat soort clichégelul. Oké, dat was mijn speech.'

'Ik zal er eens over denken,' zei Leo nukkig.

Veertig minuten later was Sophie bijna te laat op school, want ze kon geen parkeerplek vinden. Toen ze in de gymzaal aankwam was ze dan ook helemaal buiten adem en liepen er zweetdruppeltjes over haar voorhoofd. Ze zag dat Matthew een plek voor haar had vrijgehouden in de rij voor mevrouw Mason, de mentor van Suzanne.

'Godzijdank, jij bent er al,' hijgde ze.

'Wat zie jij er...'

'Wat: zweterig? Uitgeput? Paars? Wat?'

'Ik wilde zeggen, wat zie jij er goed uit.'

'O, aha, kijk aan.'

Mevrouw Mason was een forse vrouw met een nogal onfris voorkomen, een bril met dikke zwarte randen en borsten die zwaar leunden op haar gigantische buik. 'Een zak aardappelen' was nog een milde omschrijving van haar lichaam. Sophie en Matthew schuifelden door in de rij, en piekerden zich allebei suf over hoe ze een gesprek konden beginnen.

'Hoe is het met de meisjes?' probeerde Matthew.

'Prima, ja hoor, heel goed,' antwoordde Sophie, die haar hersens pijnigde om toch vooral met een leuke anekdote op de proppen te kunnen komen.

Ze schoven nog een paar pasjes op.
'Ik heb Leo vandaag nog gesproken.'
'O ja? Gaat het goed met hem?'
'Ja, ja, prima.'
Dit gaat lekker zo, dacht ze, hoewel ze moest toegeven dat de meeste pas gescheiden stellen waarschijnlijk niet eens met elkaar in dezelfde ruimte konden zijn. Dus wat dat betrof deden ze het niet eens zo gek.
'Hoe is het met je familie?' deed Sophie een poging.
'Goed, dank je.'
Stilte.
'O ja... Claudia was heel blij met de kat.'
'Dat is leuk, hoewel ik daar niks mee te maken had, dat was Helens idee,' zei hij, en daarmee was de sprankelende conversatie definitief doodgeslagen.

'Ik heb het gevoel dat Suzanne veel te hoge eisen aan zichzelf stelt,' zei mevrouw Mason, die met haar ellebogen en haar gigantische uitgezakte boezem, als twee volle boodschappentassen, op de tafel leunde. 'Ze is pas twaalf, en ze moet haar tijd ook aan andere dingen besteden. Niet alleen aan school. Ik zal het maar ronduit zeggen: ik heb niet de indruk dat ze veel vriendinnen heeft.'
'Maar haar cijfers dan, daar bent u toch zeker wel over te spreken?' vroeg Matthew enigszins verward.
'Ja natuurlijk, ze haalt extreem hoge cijfers voor haar proefwerken,' antwoordde mevrouw Mason, 'maar de ontwikkeling van een kind laat zich niet alleen meten in cijfers. Sociale vaardigheden en karaktervorming zijn even belangrijk.'
'Maar...' Matthew kwam moeilijk uit zijn woorden, 'het is nou eenmaal een heel begaafd kind. Mag dat tegenwoordig niet meer, soms?'
Sophie voelde haar ergernis groeien. Waarom luisterde hij niet gewoon naar wat er gezegd werd. 'Matthew, jij weet ook wel dat je geen reële verwachtingen van haar hebt. Het kind heeft ooit gezegd dat ze later dokter wil worden, en daar ben je maar op blijven hameren.'
'Dus het is allemaal mijn schuld? Als er al iets mis is met haar, trouwens, want ik zie persoonlijk het probleem niet zo, dus...'

Mevrouw Mason viel hem in de rede: 'Ze zit alle pauzes te blokken, ze gaat nooit het plein op om met de anderen te spelen en om u de waarheid te zeggen vind ik dat behoorlijk ongezond.'

Sophie keek de lerares aan.

'Dat wist ik helemaal niet.'

Matthew leek verslagen. 'Waarom doet ze dat dan?'

'Waarom komt u hier nu pas mee?' wilde Sophie weten, die zich bewust was van het feit dat de ouders achter haar meeluisterden. Ze had het gevoel alsof ze en plein public werd ontmaskerd als slechte ouder. Ze dacht aan al die keren dat ze moeders had gehoond die op televisie opbiechtten dat ze geen idee hadden dat hun kind aan de drugs was, en ze had zin om zich om te draaien en te zeggen: 'Doe nou maar niet zo superieur, want jullie krijgen zo dadelijk te horen dat jullie lieve zoontje aan de coke is.' Ze wist wel dat Suzanne hard moest werken om haar titel als slimmerd hoog te kunnen houden, maar ze had er geen idee van dat het zo'n obsessie was, en ze vond het verschrikkelijk dat ze haar dochter in dit opzicht tekort had gedaan.

'Omdat het de laatste tijd veel erger is geworden. Ik was van plan u een brief te schrijven, als u vanavond niet zou zijn gekomen. Ik weet dat er thuis problemen zijn...'

Ze zweeg even om hen de kans te geven iets te zeggen en haar eventueel tegen te spreken, maar Sophie en Matthew staarden naar de grond als twee inspecteurs van de keuringsdienst van waren die daar iets extreem beschimmelds zagen liggen.

'... en het kan zijn dat ze dit doet om te zorgen dat ze uw aandacht vasthoudt.' Mevrouw Mason keek Matthew hierbij strak aan.

'U bent toch geen psychiater, of wel?' zei hij kinderachtig.

'Matthew...' zei Sophie heel zacht.

'Ja hoor eens, waar gaat dit eigenlijk over? Zit ik hier ineens in de beklaagdenbank?'

'Je moet je niet zo aanstellen. Dit gaat helemaal niet om jou. Mevrouw Mason...'

'Leanne.'

'Leanne heeft een punt. Niemand zegt hier dat dit jouw schuld is, maar we moeten de waarheid wel onder ogen zien...'

'Ik ben anders wel degene die weg is gegaan, of niet? Ik ben de grote boosdoener, want ik heb het gelukkige gezinnetje naar de knoppen geholpen.'

Het stel achter hen stond nu helemaal met hun oren getuit om vooral niks te missen. Sophie keek ze even vuil aan, en praatte toen verder op gedempte toon.

'Doe niet zo belachelijk. Het is onze taak om er iets aan te doen als Suzanne denkt dat ze alleen van onze aandacht is verzekerd als ze tienen haalt. Ik heb je al eerder duidelijk proberen te maken, dat we haar te veel onder druk zetten door er maar de hele tijd op te hameren hoe slim ze wel niet is.'

'Je bedoelt dat *ik* daar de hele tijd op hamer.'

Sophie kon gewoon niet geloven dat hij alleen maar aan zichzelf leek te denken. Ach nee... dat kon ze eigenlijk best geloven.

'Oké, goed: ja, inderdaad, *jij* doet dat. Het is het enige wat je ooit over haar zegt: "Dit is Suzanne, zij is de slimste van de twee, zij wordt later dokter." Ze denkt waarschijnlijk dat dat het enige aan haar is dat de moeite waard is.'

'Hoe durf je mij dit in mijn schoenen te schuiven!' Matthew begon weer te schreeuwen. 'Dat ik nu toevallig bij jou weg ben, wil nog niet zeggen dat ik een slechte vader ben.'

Sophie keek om naar de man en vrouw achter haar, die nu gewoon ongegeneerd aan het meegenieten waren.

'Kan ik iets voor jullie doen?' vroeg ze, met een licht hysterische glimlach. Het stel keek weg, en leek zich te schamen. 'Als je iets te zeggen hebt, kom er gerust bij staan.'

'Misschien moeten we dit onderwerp later nog eens aansnijden,' zei mevrouw Mason. 'Onder wat rustiger omstandigheden.'

'Goed idee,' zei Sophie terwijl ze opstond en Matthew bij zijn kladden greep. 'Ik bel u morgen voor een afspraak.'

'Waarom lopen jullie niet gezellig even mee naar buiten,' zei ze tegen de mensen achter hen. 'Het zou jammer zijn als jullie de rest van ons gesprek moeten missen.'

Ze wurmden zich door de menigte ouders naar het schoolplein. Sophie schaamde zich helemaal kapot. Toen ze de hoek om waren, en uit het zicht van de grote ramen van de gymzaal, trok ze van leer tegen Matthew.

'Waar haal jij de gore moed vandaan?'

'O, nee, nou wordt ie lekker, dit is dus toch allemaal mijn fout...'

'Hoe durf jij mij zo voor schut te zetten waar al die mensen bij waren... Dat zijn allemaal ouders van Suzannes klasgenoten, voor het geval dat nog niet tot je was doorgedrongen. En dat was haar mentor. Hoe haal je het in je bolle hoofd om te doen alsof dit allemaal over jou gaat in plaats van over je dochter. Wat ben jij toch een klein kind, Matthew. De wereld draait godverdomme niet alleen om jou.'

'Dat wijf deed net alsof ik niet deug als ouder,' fulmineerde hij. 'Wat weet die daar verdomme van? Ik pik dat niet van zo'n ouwe vrijster die alleen voor een stel katten hoeft te zorgen.'

'Dit gaat helemaal niet over jou!' Sophie realiseerde zich dat ze nu ook aan het schreeuwen was en herstelde zich. 'Zo gaat het altijd met jou. Iemand probeert jou godverdomme te vertellen dat het niet zo goed gaat met Suzanne en jij kunt alleen maar aan jezelf denken...'

'Omdat iedereen net doet alsof het allemaal mijn schuld is.'

'HOU NOU JE GROTE WAFFEL EENS!'

Verbijsterd hield Matthew zijn mond. Sophie praatte door.

'Wat wil je nou eigenlijk van me horen? Het *is* ook allemaal jouw schuld. Jij doet al jarenlang niks anders dan haar prijzen als ze hoge cijfers haalt en je vertelt aan de hele wereld dat ze zo ontzettend slim is en dan pak je zomaar ineens je biezen zonder dat iemand dat aan heeft zien komen, en nu denkt zij dat het haar schuld is. Dat ze toch niet goed genoeg was. Je hoeft echt geen psycholoog te zijn om dat te kunnen zien. Maar het is ook mijn schuld, want ik heb helemaal niet doorgehad hoe erg het met haar is.'

'Ik dacht dat het juist goed was om haar te prijzen. Ik wilde graag dat ze trots was op zichzelf.'

Hij klonk gesmoord, en Sophie realiseerde zich enigszins ongemakkelijk dat dat door zijn tranen kwam. Ze sprak verder op een iets vriendelijker toon.

'Dat is natuurlijk ook prima, maar het punt is dat je iemand moet prijzen omdat ze haar best doet, en niet om het eindresultaat, toch? Dus als ze heel hard heeft gewerkt en desondanks een laag cijfer haalt, dan is dat precies even knap als heel hard werken en een hoog cijfer halen. Dat ligt voor de hand, lijkt me.'

Matthew knikte, en snikte hartstochtelijk. Sophie zag de tranen over zijn wangen stromen en moest zich inhouden om ze niet af te vegen. Hij was soms net een klein kind.

'Ik dacht echt dat het haar aan kwam waaien.'

'Dan weten we nu dus dat dat niet zo is. En stel dat het wel zo was, dan was dat reden te meer om haar prestaties juist op dit gebied niet zo op te hemelen maar om haar ergens anders om te prijzen. Iemand prijzen om zijn goede verstand is net zoiets als iemand prijzen omdat hij zo mooi is. Of omdat hij een prijs heeft gewonnen in een loterij.'

'Ze haat me waarschijnlijk. Ik ben een klotevader.'

'Matthew, alsjeblieft, zeg. Jij weet dondersgoed dat ze jouw goedkeuring juist wil omdat ze je adoreert. Als je nu eens begint om aardige dingen te zeggen over de dingen waar ze helemaal niet zo goed in is. En heb het helemaal niet meer met haar over haar cijfers. Ik zal ook wel met haar praten. Oké?'

Ze keek hem aan, en hij leek wat tot bedaren te komen, maar toen vertrok zijn gezicht weer en hij maakte een geluid dat wel iets had van een politiesirene die op gang kwam.

'Ik mis ze zo verschrikkelijk.'

Sophie klopte hem even troostend op zijn arm maar tegelijkertijd was ze verschrikkelijk geïrriteerd. Deze situatie had hij geheel en al aan zichzelf te danken.

'Dit is jouw eigen keuze,' zei ze, en ze probeerde zo neutraal mogelijk te klinken. Ze wachtte tot hij naar haar uit zou vallen, maar alle vechtlust leek uit hem te zijn weggevloeid.

'Ze haten het om bij mij te zijn in het weekend, dat zie ik heus wel. En Helen vindt het ook vreselijk. Ik bedoel, ze tolereert ze, maar ik weet ook wel dat ze liever heeft dat ik ze ergens anders mee naartoe neem.'

Dit stak Sophie – hoe durfde dat mens zo te doen tegen haar kinderen? – maar ze wilde het Matthew niet zo gemakkelijk maken.

'Jij had niet weg hoeven gaan, zo simpel is het. En het maakt niet uit wat we nu allemaal nog doen om ze te beschermen, de meisjes zullen altijd denken dat jij voor haar hebt gekozen ten koste van hen.' (En mij, dacht ze, maar ze dwong zichzelf om dat niet te zeggen.)

'Ik heb er een puinhoop van gemaakt, hè? Ik heb het alweer verkloot als vader.' Hij snikte het uit, en ouders die het schoolplein overstaken op weg naar hun auto keken om te zien wat er voor drama aan de hand was.

'Zoals ik al zei: dit was jouw eigen keuze. Je had een gezin dat van je hield, maar dat was kennelijk niet genoeg. Je kunt niet alles hebben, Matthew, dat kan niemand.'

'Ik zal het goedmaken, met ze,' zei hij.

'Als je maar niet probeert om hun liefde te kopen. Dus ophouden met die katten en die make-up en God mag weten wat nog meer. Wat zij willen is jouw tijd en jouw aandacht en jouw goedkeuring. En eerlijk gezegd denk ik dat Helen gelijk heeft: je kunt je dochters inderdaad beter ergens mee naartoe nemen in plaats van ze aan jouw nieuwe relatie op te dringen. Het gaat veel te snel, nu.'

Hij knikte zielig en veegde zijn ogen af met zijn mouw als een kleuter. 'Oké dan.'

'Waar staat je auto?' vroeg Sophie. 'Je moest maar weer eens naar huis.'

21

'Dus... Sandra Hepburn,' zei Laura tijdens de wekelijkse brainstormsessie. 'Iemand een idee?'

'Wat dacht je van een paar foto's waarbij ze met vrienden uit winkelen is, terwijl ze 'per ongeluk' vergeten is iets aan te trekken onder haar rokje?' stelde Alan voor. 'Je weet wel: kort rokje, winderige dag...'

'En dan wil jij zeker de foto's wel maken,' zei Helen die de notulen maakte. Alan keek haar even kwaad aan.

'Laten we eerlijk zijn,' zei Laura, 'dat is bepaald niks nieuws meer voor haar. Nee, ik denk dat we het echt over een heel andere boeg moeten gooien. Dat we haar eens van een heel andere kant moeten laten zien.'

'Een date met een belangrijke vent?' riep iemand. 'Simon Fairbrother speelt in een nieuwe serie die binnenkort van start gaat, die kan ook wel wat publiciteit gebruiken.'

'Of Annabel de Souza? De lesbische invalshoek is tegenwoordig ook heel populair.'

Jezus Christus, dacht Helen. Deze lui krijgen drie keer zoveel betaald als ik en zij komen met dingen waar ik zelf niet eens mee zou durven komen. Toen Laura haar naam noemde viel ze bijna uit haar stoel van schrik.

'Ja?'

'Ik vroeg me af of jij nog hebt nagedacht, hierover?'

Helen was zich ervan bewust dat er zes paar ogen op haar gericht waren. Hier zat ze met de meest creatieve geesten van het bedrijf – daar werden ze ook dik voor betaald – die allemaal net deden alsof ze geïnteresseerd waren in wat zij te vertellen had. Ze realiseerde zich ook dat ze verder helemaal niet had nagedacht over die hele Sandra Hepburn.

'Nou...'

O shit, denk na, denk na.

'Nee... sorry.'

Ze kreeg een kop als een boei maar zag dat de aandacht allang weer naar iemand anders was gegaan. Kut, dacht ze. Kut.

Maar dat was nog niet het ergste, want het volgende agendapunt was dat Laura een nieuwe klant had. Leo Shallcross, de zoon van Matthew, ging een nieuw restaurant openen, en hij wilde aandacht in de pers en een goede openingsstunt. Laura legde uit dat Matthew het beter vond dat iemand anders deze klus op zich zou nemen. Het was maar een korte, kleine klus die niet veel opleverde (want Matthew wilde niet dat Leo het volle pond zou moeten betalen). Dit was typisch een vriendendienst die het bedrijf niet kon weigeren.

'Ik wil Helen vragen om alle gegevens te verzamelen en die deze middag aan jullie door te geven. Is dat goed, Helen?' vroeg Laura.

Maar Helen staarde onafgebroken naar het tafelblad en alle kleur trok nu uit haar gezicht weg. Ze voelde zich misselijk worden. Dit kon niet waar zijn! Zou hij naar kantoor komen voor een bespreking? Zou dan nu uitkomen dat zij eigenlijk Laura's secretaresse was? Ze zou er immers bij moeten komen zitten om te notuleren. En wat dan? De gedachte alleen al was te erg, maar ze zou helemaal instorten als Leo er achter kwam wie zij werkelijk was. Shit, had ze nog maar vakantiedagen. Misschien moest ze wel gewoon nu al opstappen. Wat konden ze haar verder maken, behalve haar salaris stopzetten? Of haar geen referentie meegeven? Dit zou ze ook nooit aan Matthew uit kunnen leggen. Oké, ze moest alles een stap voor zien te blijven, en zich ziek melden als ze wist dat hij langskwam. Ze werd al doodmoe bij de gedachte. Dit trok ze echt allemaal niet.

'Gaat het wel?' vroeg Laura.

'Ja hoor,' antwoordde ze kleintjes.

Na de vergadering legde Laura even haar hand op haar arm, in de veronderstelling dat Helen nog altijd ontdaan was over haar vraag over Sandra Hepburn.

'Sorry,' zei ze. 'Ik had je niet zo voor het blok moeten zetten.'

'Geeft niks, joh,' antwoordde Helen ongelukkig. 'Ik had iets voor moeten bereiden.'

'Waarom? Je hebt gezien waar de rest mee kwam, niemand had iets origineels, terwijl ze daar wel voor betaald worden.'

Helen liep naar het kleine keukentje om een boterham te maken en om even vijf minuten alleen te kunnen zijn en een beetje tot bedaren te komen. Maar toen ze het keukentje binnenstapte stond Matthew daar bij de waterkoker te wachten. Hij vond het prettig om de indruk te wekken dat hij zich helemaal niet boven het voetvolk verheven voelde, en af en toe zette hij een kopje thee voor zichzelf en voor Jenny. Deze ochtend deed hij wel heel erg zijn best om te doen alsof er niets aan de hand was, want Helen en hij hadden de vorige avond slaande ruzie gehad nadat hij terugkwam van de ouderavond. Hij stond te fluiten, een van de dingen waar Helen een vreselijke hekel aan had, en terwijl ze haar boterhammen in het broodrooster ramde, bedacht ze dat hij dit alleen maar deed om haar te treiteren.

Hij was al vroeg teruggekomen van de ouderavond en was in een heel eigenaardige stemming geweest. Hij was somber en stil en toen Helen probeerde om uit hem te trekken wat er precies aan de hand was, zei hij dat hij wilde dat ze wegging als Suzanne en Claudia het weekend langs zouden komen. 'Hallo, dit is wel mijn huis, toevallig,' zei ze en toen was hij boos geworden en begon hij te schreeuwen en beschuldigde hij haar ervan dat zijn relatie met zijn kinderen haar niks kon schelen. Ze waren naar bed gegaan, opgestaan en zwijgend naar de zaak gereden, en ze wist nog steeds niet waar die uitbarsting opeens vandaan was gekomen. En nu was zij woedend omdat hij helemaal niets had verteld van Leo en zijn restaurant, hoewel ze ook niet echt een goede reden kon bedenken waarom hij daarover had moeten beginnen of wat ze had gedaan als hij er wel over was begonnen.

'Wil je daar alsjeblieft mee ophouden?' siste ze, terwijl hij lustig doorfloot. Ze besloot om dan maar weer terug te gaan naar haar bureau, ook al mocht je het broodrooster volgens de briefjes in de keuken niet onbewaakt achterlaten. Dit vanwege brandgevaar. Helen had zich vaak afgevraagd wie dat soort briefjes eigenlijk ophing: *Je moeder werkt hier niet, dus ruim zelf je troep op*; *Laat geen vieze bordjes achter in de gootsteen* en, haar persoonlijke favoriet: *De schoonmakers worden niet betaald om jouw afwas te doen.* Ze had altijd gehoopt dat ze nog eens iemand zou betrappen bij het ophangen van die ongein, want ze wilde eigenlijk weleens weten waar de schoonmakers dan wél voor betaald werden, aangezien het kantoor elke ochtend nog steeds een puinhoop was. Ze ging zitten en verplaatste wat stapels papier, stond weer op en liep terug naar waar Matthew was.

'Waarom heb je mij niet verteld dat wij Leo's pr gaan doen?' vroeg ze hem op beschuldigende toon.

Matthew keek verbaasd.

'Omdat wij niet meer met elkaar wilden praten,' zei hij kalm. 'Hij belde me vanochtend pas. Mag ik vragen waarom jij je daar zo druk om maakt?'

Wat haatte ze hem als hij zo superkalm en rationeel deed, terwijl ze wist dat hij alleen maar bezig was om punten te scoren.

'Omdat... Ik voelde me zojuist nogal onnozel tijdens het brainstormen. Dat ik er niks van wist, terwijl iedereen weet... je weet wel... van jou en mij.'

'Ik vond het gewoon te onnozel voor woorden, onder de huidige omstandigheden.'

'Ik niet...' pruilde Helen.

'Je toast is verbrand,' zei Matthew.

'Ach rot toch op met je toast,' zei Helen en ze draaide zich om en stampte de keuken uit.

'Doe toch niet zo kinderachtig, Helen,' riep Matthew haar achterna, zodat iedereen die voorbijkwam het kon horen.

Terug achter haar computer had ze nog een e-mail van HvdB. Ze las de eerste regel die een stapsgewijs verslag leek in te luiden van haar telefoongesprek met Geoff van de vorige avond. Helen klikte de mail weer weg, te, wat eigenlijk... moe? Druk met andere dingen? Te ongeïnteresseerd om het hele verslag te lezen. Jenny en Annie boden elkaar voortdurend onder luid gegiebel een zak pinda's aan.

'Pindaatje, Annie?'

'Nee dank je, ik heb liever een wortel. Ha ha.'

'Echt niet? Ik dacht dat jij wel in was voor een lekkere zak vol met nootjes.'

Ze lagen dubbel om hun eigen leuke grapjes. Hoewel je niet eens kon spreken van een grap, vond Helen. Wat zeiden ze nou eigenlijk: 'Zin in een clitoris? Nee dank je, ik geef de voorkeur aan een fijne penis. Echt waar? Ik dacht dat jij het type was dat wel te porren was voor een flinke beurt door een heel voetbalteam.' Het sloeg nergens op, maar Jenny en Annie wisten van geen ophouden, en Jamie zat ook al stom te hinniken.

Ik word hier nog eens helemaal knettergek, dacht Helen. Dan regel ik een uzi en maai ik ze allemaal hysterisch lachend neer. Haar oog viel op een stapel papier die Laura op haar bureau had gelegd. Bovenop lag een briefje met de mededeling: *Dit zijn de gegevens voor de lancering van Leo Shallcross. Graag een beknopt memo schrijven voor het team. Kun je Leo ook even bellen voor een afspraak? Dank.* Het werd haar allemaal te veel, die krankzinnige situatie waar ze zich in bevond. Ik trek dit niet, dacht ze, echt niet. Ze probeerde om diep in te ademen en zo wat te kalmeren, maar ze voelde haar lip trillen, en nog voor ze op kon staan om het toilet in te vluchten voor een beetje privacy, rolden de tranen uit haar ogen. Ze boende haar wangen in een poging de tranenvloed te verdoezelen voor iemand haar in de gaten kreeg. Het laatste waar ze op zat te wachten was dat dit stelletje etterbakken haar zag huilen, dat zou net zoiets zijn als een antilope met een gebroken poot die aan een troepje leeuwen vraagt of ze hun naam op het gips willen zetten. Maar er viel niets meer aan te doen, de tranen drupten lustig uit haar ogen en inmiddels ook uit haar neus. En ze had niet eens een zakdoekje bij de hand om zich achter te verstoppen. Er zat niets anders op dan op te staan en het kantoor uit te hollen, in de hoop dat niemand het zou zien.

'Ach jeetje,' hoorde ze Jenny zeggen terwijl ze wegliep. 'Matthew heeft je toch niet nu al gedumpt, hoop ik?'

'Misschien heeft hij wel een jonger mokkeltje gescoord,' zei Annie en het gelach zwol weer aan.

Eenmaal in de toiletten sloot ze zichzelf op in een hokje, en ging op de bril zitten huilen. Het was een heuse, schokschouderende jankbui die ze niet in de hand had. Helen huilde zelden, bijna nooit eigenlijk, en als ze huilde was het eerder uit frustratie dan van verdriet. Maar dit keer kon ze niet meer ophouden.

Ze hoorde de deur van de toiletten piepen en hield haar adem in om geen aandacht te trekken. Het laatste waar ze nu op zat te wachten, was dat iemand haar zou komen troosten, en ze wist zeker dat HvdB de enige was die überhaupt die moeite zou nemen. En ja hoor, daar hoorde ze haar naam al noemen. Wat een belachelijke en vernederende toestand dat de rollen nu omgedraaid waren. Ze hield zich muisstil. HvdB speelde precies hetzelfde 'ik ga niet weg voor je naar buiten komt'-spelletje als zij eerst bij haar had gedaan. Ze deed ontzettend haar best om geen geluid te produceren, tilde voorzichtig haar benen van de vloer, en balanceerde met haar armen om haar knieën. Ze bleef zo zitten tot haar rug er pijn van deed, en net toen ze niet meer langer kon, hoorde ze de deur weer open en dichtgaan. Die arme Helen-van-de-Boekhouding, ze deed nog wel zo haar best. Helen realiseerde zich dankbaar dat het huilen in elk geval was gestopt nu ze zoveel moeite had moeten doen om niet gehoord te worden.

Ze bleef nog heel even zitten tot ze er zeker van was dat ze niet opnieuw in tranen zou uitbarsten, en toen deed ze heel voorzichtig de deur open om te controleren of ze wel alleen was. Ze plensde koud water over haar gezicht, en bedacht wat ze nu moest doen. Ze zou zich ziek kunnen melden en naar huis kunnen gaan, maar dat was eigenlijk alleen maar uitstel van executie. Ze besloot om een beroep te doen op Laura's menselijke kant. Ze zou haar uitleggen dat het voor haar nu te pijnlijk was om met Leo te moeten werken, aangezien zij de vrouw was die er met zijn vader vandoor was gegaan. Ze wilde best typen en notuleren tijdens de brainstormsessies, maar ze wilde hem niet ontmoeten of besprekingen bijwonen waar hij ook bij aanwezig was.

'Maar je zult hem toch een keer moeten ontmoeten?' zei Laura toen Helen haar zegje had gedaan, nadat ze eerst haar make-up had bijgewerkt en met opgeheven hoofd terug was gelopen naar haar kantoor, zich niets aantrekkend van Jenny's opgetrokken wenkbrauwen en Annies gemaakte glimlachje.

'Misschien dat Matthew daarom juist wel heeft voorgesteld dat ik de account van hem overnam, zodat jullie elkaar een beetje kunnen leren kennen.'

'Ik denk eerlijk gezegd dat hij daar juist helemaal niet bij heeft stilgestaan,' zei Helen gespannen. Ze vroeg zich af of ze de tranen uit de kast moest trekken, maar aangezien ze het gevoel had dat ze geen tranen meer over had, deed ze dat toch maar niet. Bovendien zou ze bij Laura meer respect afdwingen als ze gewoon kalm bleef.

'Weet je wat het probleem is, Laura,' zei ze. 'Matthew wil het allemaal veel te snel, en ik vind eigenlijk dat we het heel kalm aan moeten doen. Dan heeft zijn gezin de kans om in hun eigen tempo aan mij te wennen, als zij daar de tijd rijp voor achten. Ik moet je eerlijk zeggen dat ik me hier helemaal niet prettig bij voel...'

'Goed, goed,' zei Laura uiteindelijk. 'Stel dat memo dan maar op, en dan vraag ik Jenny wel of ze hem wil bellen.'

'Bedankt, echt ontzettend bedankt.' Helen kon haar wel zoenen. 'Ik waardeer dit enorm.'

'Misschien moet je Matthew ook maar vertellen hoe je hier allemaal over denkt. Dat scheelt weer wat gezeur, later.'

'Ja, ik weet het. Zal ik doen. Bedankt, hoor. En sorry dat ik zo lastig ben.'

'Wij moeten praten,' zei Helen tegen Matthew terwijl ze woest met de pannen smeten tijdens het koken en nauwelijks een woord hadden gewisseld. Na een zwijgzame rit naar huis was de conversatie niet verder gekomen dan: 'Mag ik de koekenpan?' of 'Heb jij het broodmes?' Ze had er de hele middag over nagedacht en ze wist hoe ze het zou gaan brengen.

'Matthew,' zei ze.

Matthew, die nog steeds aan het pruilen was, keek haar even aan en ging toen weer door met het snijden van de groente. Helen legde de doek neer die ze in haar handen had.

'Dit werkt zo niet.'

Hij keek niet op maar ze zag dat hij bevroor en met het mes in zijn hand bleef staan wachten op wat er komen ging. Ze haalde een keer diep adem. Daar ging ie.

'Ik wil stoppen met onze relatie.'

Hij zei nog steeds helemaal niets, en stond daar zonder een vin te verroeren.

'Heb je gehoord wat ik zei? Ik wil niet meer verder met ons. Ik ben niet gelukkig, jij bent niet gelukkig, je kinderen zijn niet gelukkig. Het spijt me heel erg, ik had het ook liever anders gezien, maar ik word hier helemaal gestoord van...'

Hij keek langzaam op. Hij zag er gebroken uit.

'Wat? Alleen omdat we een keertje ruzie hebben, wil jij er meteen een einde aan maken? Gewoon zomaar?'

'Het heeft helemaal niks te maken met die ruzie,' zei ze. 'Ik trek dit gewoon allemaal niet: het feit dat iedereen me met de nek aankijkt, het gevoel dat ik een heel gezin naar de knoppen heb geholpen.'

'Oké, het spijt me dat ik heb gezegd dat jij hier niet mag zijn als de meisjes zondag komen. Dat meende ik niet zo. Ik maakte me gewoon zorgen over Suzanne...'

'Ik zeg toch, daar heeft het helemaal niets mee te maken. Dit is een veel groter probleem dan alleen die ene ruzie. Dit is gewoon totaal niet zoals ik het me had voorgesteld. Ik ben helemaal niet gelukkig.'

'Dit vraagt offers, van ons beiden, dat wisten we van tevoren. Je kunt niet verwachten dat alles meteen perfect is. Dit vergt enig aanpassingsvermogen.'

Helen weerstond de verleiding om te zeggen: 'Maar ik heb er helemaal niet voor gekozen om me te moeten aanpassen, ik had helemaal geen keuze.' In plaats daarvan zei ze: 'Ik wil mijn eigen leven weer terug.'

'Welk leven?' vroeg Matthew, niet eens agressief maar oprecht nieuwsgierig. 'We zijn al meer dan vier jaar samen – ik ben jouw leven.'

'Nou goed, dan wil ik een nieuw leven. Een leven zonder andermans exen en kinderen en mensen die me achter mijn rug uitlachen.'

'O, dus dat is het,' zei hij, maar hij miste de clou totaal. 'Jij schaamt je omdat ik zoveel ouder ben dan jij, en jij denkt dat mensen je daarom uitlachen.'

'Daar gaat het nu dus even helemaal niet om, maar nu je er zelf over begint: inderdaad, daar lachen ze ook om, ja.' Helen keek naar zijn beteuterde gezicht. 'Sorry. Dat spijt me. Vergeet wat ik gezegd heb, want dat is nu ook helemaal niet belangrijk.'

'Wat wil je dan precies zeggen? Dat je het niet leuk vindt dat ik een ex heb – die, als ik het even zeggen mag, ongelofelijk fideel en volwassen met de scheiding weet om te gaan, en met wie jij tot nu toe absoluut niets te maken hebt gehad – of mijn kinderen, die je maar één keer in de week drie uurtjes ziet en die je zelfs helemaal niet hoeft te zien, wat mij betreft, als je daar geen zin in hebt? Tenminste, voorlopig niet.'

'Matthew, het heeft geen zin om hier strijd over te voeren. Het is over. Echt waar, einde verhaal.'

'Dus jij houdt niet van mij.'
'Ik denk het niet, nee. Sorry.'
'Maar je zei dat je van me hield. Dat heb je zo vaak tegen me gezegd. Je hebt me gesmeekt om bij Sophie weg te gaan en bij jou te komen wonen. Denk je nou echt dat ik bij haar weg was gegaan als ik niet honderd procent zeker dacht te weten dat jij dat ook wilde?'
'Ik weet het. Het spijt me echt heel erg.'
Matthew begon verschrikkelijk link te worden.
'Jezus Christus, Helen, ik heb de jeugd van mijn kinderen geruïneerd zodat ik bij jou kon zijn, omdat ik dacht dat jij dat graag wilde.'
'Dat was ook zo, maar nu wil ik niet meer.'
'Je kunt niet zomaar even van gedachten veranderen. We zijn geen kleine kinderen meer, dit is het echte leven, dit is bloedserieus. We hebben andere mensen verschrikkelijke dingen aangedaan. Dan kun je toch niet zomaar zeggen: "Nou, ik heb me toch bedacht. Foutje, sorry?"'
'Het spijt me, maar ik heb me toch echt bedacht.'
'Nee, Helen, nee. Doe me dit in godsnaam niet aan. Alsjeblieft niet.'
Ze had van tevoren geweten dat hij dit zou doen, dat hij in zou storten, maar ze wist niet of dat kwam omdat hij echt van haar hield of omdat hij zich vernederd voelde nu de hele wereld te weten zou komen dat hij erin geluisd was. Ze hield zichzelf voor dat ze nu haar poot stijf moest houden en niet moest terugkrabbelen. Maar hem zo te zien smeken en het feit dat hij dit duidelijk nooit had zien aankomen, bracht haar toch van haar stuk.
'Doe dit niet. Alsjeblieft, doe me dit alsjeblieft niet aan,' zei hij, en hij greep haar arm vast. 'Ik ben te oud om nog een keer opnieuw te beginnen. Ik red dat niet. Ik zweer het je, ik doe mezelf iets aan.'
Ze herkende de machtige, rationele man die altijd zo de baas was geweest in hun relatie niet terug in dit snikkende wrak. O God, dacht ze, wat doe ik hem inderdaad aan? Ze probeerde stokstijf te blijven staan en niet te reageren op hoe hij zich aan haar vastklampte, totaal gevloerd door wat ze hem net had gezegd, maar het lukte haar niet. Godver... ze had de kracht niet om hard tegen hem te zijn. Ze streelde hem even over zijn hoofd en hij greep deze opwelling van tederheid meteen aan en sloeg zijn armen om haar hals.

Ze wist dat ze nu ook eigenlijk moest zeggen dat hij haar los moest laten en dat hij zijn spullen moest gaan pakken. Maar ze kon het niet opbrengen.

'Het is al goed,' zei ze. 'Het komt wel goed.'

22

HELEN ZAG OP TEGEN HAAR afspraak met Sophie, op woensdagavond. Ze wist dat Sophie met Leo gesproken had – in elk geval over het feit dat ze zijn klus niet aan kon nemen – en ze wist dat ze met een of andere uitleg op de proppen moest komen. Ze dacht erover om af te zeggen, maar aangezien Rachel thuis met Neil en een bak afhaalchinees dvd'tjes zat te kijken, zou dat betekenen dat ze alweer een avond thuis met Matthew op de bank moest doorbrengen, en dat idee trok ze al helemaal niet. Los daarvan wilde haar masochistische kant dolgraag weten wat Leo allemaal had gezegd.

Ze bracht de dag door als in een trance. Haar leven was een regelrechte nachtmerrie, en wat nog erger was, ze had die nachtmerrie zelf veroorzaakt en het einde leek voorlopig nog niet in zicht. En ze was er nog wel zo dichtbij geweest. Ze had Matthew nota bene al verteld dat het voorbij was, dat ze toch niet van hem bleek te houden. Als ze nog maar een paar minuutjes haar poot had stijf gehouden! Maar misschien betekende het feit dat ze dat niet kon wel dat ze aardiger was dan ze zelf vreesde. Geweldig, het kost even wat moeite, maar dan weet je tenminste dat je best een leuk mens bent. Halleluja. Geef me nou mijn medaille maar, dan word ik weer snel mijn eigen spijkerharde zelf. Ga ik lekker weer kleine kinderen zand in hun ogen schoppen, en op de staartjes van puppy's staan en mijn vriendje dumpen omdat ik hem niet langer nodig heb. Ze speelde met de gedachte om weg te lopen, maar wat zou ze daar mee opschieten? Waar moest ze dan wonen, en hoe kwam ze dan aan geld?

Laura had haar gewaarschuwd dat Leo de volgende dag op kantoor zou zijn voor een voorgesprek. Om halfeen. Ze vroeg of ze misschien vroeg mocht gaan lunchen, en met enige tegenzin ging Laura daarmee akkoord. Ze had eigenlijk verwacht nog wel iets van hem te horen, hoewel ze ook niet wist waarover hij haar dan moest spreken, maar het idee dat hij zich zo gemakkelijk liet afschepen vond ze helemaal niet leuk, ook al zou het haar leven oneindig gecompliceerder maken als hij wel bleef bellen. Nou ja, blijkbaar vond hij dat het allemaal niet zoveel voorstelde, en dan moest zij toch vooral niet doen alsof dat wel zo was. En toch zat het haar niet lekker.

Het was rustig op kantoor. De oorlog tussen HvdB en het addergebroed was gestopt, althans, er was een wapenstilstand, en Helen was er inmiddels aan gewend geraakt dat haar collega's haar min of meer links lieten liggen. Heel soms maakte iemand nog weleens een rotopmerking, maar de meeste lol was er nu wel van af. Telkens als Matthew hun kantoor binnenstapte, heerste er nog wel altijd een lichte hysterie, maar daar merkte hij zelf niets van. En dus flirtte hij nog altijd onhandig met de meisjes en zag hij hun gegiechel juist als aanmoediging. Nog tweeënhalve week en dan konden ze allemaal oprotten wat haar betrof. Ze keek om zich heen en realiseerde zich dat ze echt helemaal niemand hier zou missen.

Om haar gedachten af te leiden van haar dramatische leven, probeerde ze zich te concentreren op het probleem Sandra Hepburn. Sandra hoopte genomineerd te worden in de categorie *Meest begeerlijke vrouw* bij de Ace Awards, maar ze blonk nergens in uit, en de competitie was gigantisch op dit gebied. Ze moest dus iets doen waarmee ze zich zou onderscheiden van al die andere mooie leeghoofdjes. Helen had een lijstje gemaakt van Sandra's pluspunten:

Borsten

Ze kauwde op haar potlood en probeerde tevergeefs nog een pluspunt te verzinnen. Dus pakte ze een ander velletje papier en schreef daar de minpunten op. Dat ging soepeler:

Totaal gebrek aan talent
Totaal gebrek aan een carrière
Niet populair
Lelijk

Nou, dat gaat lekker, dacht ze. Toen streepte ze 'lelijk' door, en verving dat door 'onaantrekkelijk'.

Ze probeerde Sandra's probleem te analyseren, en maakte ondertussen wat aantekeningen van wat haar zoal te binnen schoot. In haar optiek bestond de competitie voornamelijk uit jonge soapactrices en een paar zangeresjes. Er waren honderden mooie meiden. Het probleem met Sandra was dat ze *en* niet zo heel mooi was, *en* niet echt gezegend was met een stralende persoonlijkheid. Ze was gewoon een meisje met grote tieten die ze graag liet zien, samen met allerlei andere lichaamsdelen die toevallig net naar buiten schoten als er een fotograaf in de buurt was. Als dat niet zo zou zijn, zou geen mens haar bestaan ooit opmerken, want ze was voor de rest veel te gewoontjes. Ze was beroemd geworden door haar wanhoop, en dat was het ergste soort roem. Vrouwen verachtten haar en mannen lachten haar uit en maakten allerlei vunzige grappen over bossen hout voor de deur terwijl ze elkaar foto's lieten zien waarop *oeps* net een van haar behabandjes losschoot zodat *Jeetje, ik geneer me dood* haar voorgevel alweer in al zijn glorie te zien was. Sandra omschreef zichzelf graag als model, waarmee ze duidde op een aantal fotosessies die ze had gedaan. De foto's waarop ze met gespreide benen te zien was, hadden in een paar vunzige blootblaadjes gestaan, die duidelijk geen geld hadden besteed aan een behoorlijke retouche met de airbrush. Bij de foto's stonden haar diepere gedachten vermeld zoals: *Ik zou dolgraag eens een triootje doen met twee andere geile meiden* of *Voor minder dan vier keer per avond doe ik het niet.* Ze was dus vooral een wandelend cliché dat op een weinig interessante manier haar geld verdiende.

Sinds Helen bij Global werkte, had ze al honderden van dit soort meisjes als klant voorbij zien komen. In feite waren ze de droom van elk pr-bureau, want je kon ze alles laten doen, zolang zij maar in de krant kwamen. Maar het liep uiteindelijk altijd slecht af, en dan stortte het publiek zich weer op de volgende meid. Dan volgden er maanden van boze telefoontjes ('Waar betaal ik jullie anders voor?'), gevolgd door de tranen ('Alsjeblieft, wat moet ik in godsnaam beginnen?') totdat ze uiteindelijk uit hun lijden werden verlost en je nooit meer iets van ze vernam. Sandra zat tegen haar uiterste houdbaarheidsdatum aan, maar Helen had een zwak voor haar. Ze was altijd beleefd, verloor nooit haar geduld en was zeer openhartig over het feit dat ze alles wilde doen om maar niet een echte baan te hoeven zoeken. Het was haar ambitie om beroemd en populair te zijn, meer niet. En tot nu toe was alleen het eerste haar nog maar gelukt.

Tot haar verbazing kwam Helen tot de conclusie dat er al een kwartier voorbij was, en dat ze het eigenlijk heel leuk vond om hier mee bezig te zijn. Ze had altijd al graag werk willen hebben waar ze helemaal in op kon gaan, en ze was vreselijk jaloers op types zoals Matthew, die beweerden dat de dagen omvlogen, omdat ze zich zo konden verliezen in hun bezigheden. Daar was het gebruikelijke zelfmedelijden alweer: 'Ik had veel harder mijn best moeten doen.' Maar ze kon zich daar nog net op tijd aan ontworstelen. Concentreer je, dacht ze.

Oké, Sandra zou die nominatie nooit op een eerlijke manier kunnen winnen. Ze was een soort nationale pispaal en zelfs als iemand haar wél zag zitten, zou die persoon dat niet zo snel toegeven omdat hij anders zelf werd uitgelachen. Het was dus Globals taak, schreef Helen op haar papiertje, om haar te herpositioneren als iemand die je wél gewoon leuk mocht vinden. Ze hadden nog een paar weken de tijd om ervoor te zorgen dat mensen zouden zeggen: 'Nou... bij nader inzien is het helemaal nog niet zo'n vreselijke meid.' Ze kon echter niet zingen, ze kon niet acteren, ze kon goddomme nauwelijks uit haar woorden komen. Het enige wat ze mee had was haar uiterlijk, en dan ook alleen nog maar vanaf haar nek, alhoewel haar borsten nou ook niet waren om over naar huis te schrijven, maar goed. Als de kranten haar maar vaak genoeg als model zouden omschrijven, zouden de mensen er vanzelf in gaan geloven, ondanks de onwaarschijnlijkheid ervan. Wat ze moesten regelen was een fotoshoot voor een chic blad, maar het punt was dat er geen fotograaf in haar geïnteresseerd zou zijn met haar kleren aan, want dat zou te veel de nadruk leggen op haar gezicht. En geen van de glossy's zou ook maar voor een millimeter interesse in haar hebben. Tenzij...

Helen lachte. Wat een lekker gevoel was het om systematisch een probleem in kaart te brengen en met een oplossing te komen. Het had wel iets van detectivewerk: je moest gewoon goed naar alle aanwijzingen kijken, en dan kwam het antwoord vanzelf. Een telefoontje later was ze er klaar voor om haar idee aan Laura voor te leggen, maar toen ze opstond botste ze tegen HvdB op, die nerveus achter haar had staan wachten. Helen glimlachte geforceerd.

'Gaat het?'

'Ja,' zei HvdB gespannen, 'maar ik vroeg me af of je zin hebt om met me te gaan lunchen, als je tijd hebt.'

Helen baalde. Haar stemming die zo in de lift zat, het afgelopen halfuur, zakte onmiddellijk tot het nulpunt. Ze zocht naar een excuus.

'O, Helen, dat zou ik heel gezellig vinden, maar... Ik moet even iets bespreken met Laura. Iets belangrijks en dit is het enige moment dat ze tijd heeft, dus...'

'Luister, als je geen zin hebt kun je dat gewoon zeggen,' zei HvdB. 'Laura is net een hapje gaan eten met Matthew. Ik zag ze net weglopen, samen.'

'O!' Helen keek beteuterd. Ze probeerde met alle macht om weer een glimlach tevoorschijn te toveren, en slaagde daar redelijk in.

'Dat heeft ze mij helemaal niet verteld. Nou mooi! Dan zie ik je over twee minuten beneden, ik moet nog heel even naar het toilet,' zei ze, want ze wilde niet dat de anderen hen – de twee paria's van de zaak – samen zagen vertrekken.

'Maar dat is geniaal.'

Laura zat achter haar bureau en keek Helen lachend aan. 'Echt, ik meen het, het is godvergeten geniaal. Ze zal het geweldig vinden.'

Helens idee was kinderlijk eenvoudig. Ze was uitgegaan van het gegeven dat als de kranten Sandra maar vaak genoeg 'model' zouden noemen, mensen dat vanzelf zouden gaan geloven. Ze had genoeg persberichten gezien van Global waarin de nieuwe vriendin van een van hun klanten werd omschreven als 'voormalig model' terwijl ze hooguit een keer in een postordercatalogus had gestaan toen ze vijftien was of een keer kleding had geshowd in het plaatselijke winkelcentrum. De roddelbladen namen dat soort dingen altijd klakkeloos over. Het was natuurlijk te laat om te beweren dat Sandra een verleden had vol glamour, maar wat nu als ze een persbericht konden uitvaardigen waarin ze vertelden dat Sandra weg was voor een poseerklus met een fotograaf van de *Vogue*? En wat nu als ze daar vast wat foto's van konden lekken, uiteraard allemaal genomen vanaf een gepaste afstand, zodat niet zichtbaar werd wat er allemaal niet zo mooi was aan Sandra, maar waaruit wel duidelijk bleek dat het ging om een modereportage en niet om porno. Welnu, de fotograaf, Ben Demano, was zelf klant bij Global. Hij was net uit een afkickcentrum ontslagen en had moeite om weer aan de slag te komen omdat opdrachtgevers niet het risico wilden lopen dat hij weer zou ontsporen. Sandra zou hem betalen voor het enorme voorrecht dat ze door hem op de kiek zou worden gezet. En Ben zou weer wat verdienen en zijn naam zou in de krant komen, zodat zijn voormalige opdrachtgevers zouden zien dat hij niet alleen nog leefde maar ook gewoon weer aan het werk was. Ze zouden de datum van publicatie in het midden laten, en tegen de tijd dat iemand doorhad dat die foto's helemaal niet bedoeld waren voor wat voor toptijdschrift dan ook, was de uitreiking van de Awards allang achter de rug en zou er verder geen haan meer naar kraaien. De prijs voor Bens ziel was drieduizend pond, en die zou Sandra moeten ophoesten.

'Ze zegt meteen ja, dat weet ik zeker,' zei Laura. 'Mooi werk, echt waar, petje af.'

De rest van de dag schommelde Helens humeur tussen uitgelaten omdat haar idee zo positief was ontvangen – Laura had Sandra gebeld en die zeurde niet over het geld (waarschijnlijk zou ze er wel weer ergens voor uit de kleren moeten, dacht Helen) – en wanhoop vanwege de rotzooi die ze van haar leven had gemaakt. Nu ze zich zo op haar werk had gestort, realiseerde ze zich dat ze toch echt op zoek moest naar een nieuwe baan, maar ze had de moed niet. Ze zou gewoon wel een poosje voor een uitzendbureau aan de slag gaan, en dan maar zien wat er op haar pad kwam.

Sophie was al in de wijnbar vlak bij het metrostation op Russell Square, toen Helen arriveerde. Helen vroeg zich al niet eens meer af waarom ze ging borrelen met haar voormalige rivale. Het was nu eenmaal zo. Ze verheugde zich er zelfs op. En als ze zichzelf wel even toestond om zich af te vragen waar ze nu in godsnaam mee bezig was, dan drukte ze die gedachte weer snel de kop in, want eerlijk gezegd had ze zelf geen flauw idee. Ze begroetten elkaar vriendelijk als altijd, maar Helen zag wel dat Sophie niet in een goed humeur was, en toen ze hun eerste drankje hadden besteld kwam Sophie inderdaad meteen ter zake.

'Ik wil het eerst even hebben over het volgende,' sprak ze onheilspellend. 'Ik neem aan dat je er zo je redenen voor hebt, maar waarom heb jij Leo verteld dat je een vriend hebt?'

Helen had verwacht dat ze gegrild zou worden over het feit dat ze Leo's klus niet had aangenomen, maar dit had ze niet zien aankomen. Ze moest snel denken.

'Nou... omdat dat ook zo is, in zekere zin. Tenminste, niet echt, want het is voorbij, en dat heb ik hem ook gezegd, maar hij wil dat niet accepteren. Ik beschouw mezelf als een single, en daarom heb ik jou ook nog nooit iets over hem verteld, maar het is zo'n lastige situatie dat ik er verder liever niemand bij wil betrekken. En al helemaal geen mensen die ik graag mag.'

Sophie was duidelijk opgelucht. Ze accepteerde direct wat Helen haar vertelde, want zo was ze. Ze zocht nooit ergens iets achter en wilde altijd alleen het goede zien in de mensen die ze aardig vond, hoewel haar dat soms duur kwam te staan.

'Ik wist wel dat je niet maar wat met hem speelde. God, Eleanor, ik hoop niet dat ik het alleen maar erger heb gemaakt door te beweren dat ik echt dacht dat jij vrijgezel bent, maar ik was zo verrast toen hij me vertelde wat jij hem gezegd had...'

'Het geeft niet,' zei Helen. Ze voelde zich klote. 'Het zou toch niet uitmaken. Ik moet uit Leo's buurt blijven tot ik de zaken weer helemaal op orde heb. Ik wil niet nu al te close worden, snap je?'

'Is dat ook de reden waarom je niet voor hem wilt werken? Of heb je het echt te druk?'

'Ik vind dat we het ons nu niet te moeilijk moeten maken, dus dat was inderdaad een leugen, vrees ik. Het leek me op dat moment het beste. Het spijt me ontzettend als hij dat erg vond... of als ik jou daarmee in een lastig parket heb gebracht.'

'Ik geef echt heel veel om Leo, dat is het punt,' zei Sophie. 'En ik zou het heel fijn vinden als hij een leuke vrouw tegen zou komen, het liefst iemand die ik ook nog leuk vind, maar ik moet ophouden met mijn gekoppel. Ik zal hem zeggen dat je inderdaad iemand hebt. Dat hij geen rare dingen over je denkt...'

'Bedankt.' Dit had Helen eigenlijk moeten opbeuren, maar dat was niet zo. Wat maakte het uit wat Leo van haar vond als ze toch nooit een relatie met hem zou kunnen hebben?

'Vertel eens over die man van je?' vroeg Sophie. 'Hoe heet hij? Wat is het voor type?'

Kut. Shit.

'Ik wil er eerlijk gezegd liever niet over praten,' zei Helen zwakjes.

'Ja, dat had ik al begrepen. Woont hij bij jou?'

'Eh... zoiets, ja. Ik wil graag dat hij weggaat.'

Waarom ben ík ineens het onderwerp van gesprek? dacht Helen, terwijl ze koortsachtig naar een ander onderwerp zocht.

'Jemig,' zei Sophie geïntrigeerd. 'Kan je zijn spullen niet gewoon op straat zetten en de sloten laten vervangen?'

'Was het maar zo simpel. Nee, dat gaat niet. Hij heeft niks misdaan, maar ik wil gewoon niet... ik wil gewoon niet met hem verder. Het is niet zijn schuld.'

'Je bent veel te goed voor deze wereld,' zei Sophie, zich totaal onbewust van de ironie van haar uitspraak.

'En hoe is het met jou?' vroeg Helen, in een poging het ergens anders over te hebben. Ze probeerde zich te herinneren of Sophie het zelf over de ouderavond had gehad maar ze besloot het risico toch maar niet te nemen. Dat bleek ook niet nodig, want Sophie stak zelf gelijk van wal.

'Heeft die Helen echt gezegd dat ze het vreselijk vindt als de meisjes bij haar thuis zijn?' Helen kon haar oren niet geloven. Wat een eikel, om haar af te schilderen als de kwaaie pier (ja, ja, ja, ja, ja, dat was ze ook, dat wist ze best, maar toch). Alleen maar om er zelf een beetje gunstig bij af te steken.

'Nou ja, dat liet hij doorschemeren. Ik weet ook wel dat het geen feest is om met andermans kinderen opgescheept te zitten, maar toch... Om je de waarheid te zeggen vind ik het wel goed als ze haar voorlopig even niet zien. Ik heb het gevoel dat zij ze om wil kopen, en daar word ik een beetje nerveus van. Wat nou als het haar lukt?'

'Misschien heeft ze helemaal geen ervaring met kinderen. Ik probeer haar niet te verdedigen, maar mensen hebben soms geen idee hoe ze dit soort zaken moeten aanpakken,' zei Helen, die zichzelf uiteraard wel zat te verdedigen.

'Ach nou ja, ik weet niet wat er nu gaat gebeuren. Hij moet ze maar meenemen naar de dierentuin, of zo.'

'Elke week?'

'Ik weet niet. Misschien naar het park, of zo?'

'Waarom kan hij niet gewoon bij jullie thuis komen, dan?' Helen zag het al voor zich, heerlijke lange middagen languit voor de buis, met rust aan haar hoofd en geen pruilende tieners om zich heen.

'Over mijn lijk,' zei Sophie, die Helens dagdroom in één klap om zeep hielp. 'Ik heb geen zin om elke zondag mijn huis uit te moeten, de komende tien jaar.'

'Dat hoeft toch ook helemaal niet? Ik denk dat het ook veel beter is voor de kinderen om te zien dat jullie elkaar niet afmaken...'

'Maar dat zouden we wel! Het is veel te vroeg voor zoiets.'

'Maar je zei zelf dat jullie het alweer beter konden vinden, samen? Het is maar een middag per week. En wat is het alternatief?'

'Dat mijn kinderen hun vader alleen zien in de McDonald's of bij hun boze stiefmoeder die hen haat,' bekende Sophie met tegenzin. 'Misschien heb je wel gelijk. En het hoeft ook niet elke week. Misschien moeten we het deze zondag maar eens proberen en zien hoe het gaat. Ik kan me altijd nog opsluiten in de keuken als hij me op mijn zenuwen werkt.'

'Misschien ziet hij wel in wat hij heeft verloren en wil hij niks liever dan terugkomen.'

'Dan heeft hij mooi pech,' zei Sophie. 'Doen we nog een glaasje?'

Later, toen Sophie een hoop wijn ophad, zei ze: 'Weet je, Leo vindt jou echt heel leuk. Waarom dump je die zak van een hoe-heet-hij-eigenlijk niet gewoon? Hoe heet hij eigenlijk?'

'Eh... Carlo,' zei Helen. Daar gaan we weer, dacht ze. 'Ik weet niet, ik wil er helemaal niet over nadenken, eerlijk gezegd. Nog niet.'

'Nou, ik hoop dat je dat toch eens gaat doen. Echt. En trouwens,' ging Sophie verder, 'ik heb hem overgehaald om naar Matthews bedrijf te gaan voor die klus. Ik weet ook niet waarom ik zo graag wil dat het goed komt tussen hem en Matthew. Wat kan mij dat eigenlijk schelen?'

'Misschien hou je nog van Matthew.'

'Echt niet!'

'Vast wel. Het is toch niet een kwestie van zomaar de knop omdraaien?'

'Een klootzak, dat is hij!' zei Sophie fel.

Nog weer twee glazen wijn later kreeg Sophie een melodramatische bui.

'Je hebt gelijk, ik hou inderdaad nog van hem. Ik mis hem,' zei ze met tranen in haar ogen. 'Althans, ik mis hem niet, maar ik mis ons gezin en ik mis iemand om tegen aan te praten. En ik mis het perfecte leventje dat ik had, en ik mis het om gelukkig te zijn. Dat is wat ik nog het meeste haat, het feit dat me al die jaren een rad voor ogen is gedraaid. Ik dacht echt dat we gelukkig waren, maar dat bleek helemaal niet zo te zijn.'

'Het spijt me,' zei Helen, die ook een beetje met een dubbele tong sprak en zich verschrikkelijk schuldig voelde om haar vriendin zo te zien. Het was allemaal haar schuld, en die van Matthew niet te vergeten. Hij was degene die Sophie trouw had moeten blijven en met respect had moeten behandelen, maar toch was zij ook een van de boosdoeners. Het viel niet te ontkennen dat Helen hun huwelijk naar de knoppen had geholpen, hoewel Matthew haar daar niet echt voor nodig had. Helen koesterde zich geen enkele illusie en wist dondersgoed dat hij als zij er niet was geweest, er met de eerste de beste andere leuke dame vandoor was gegaan. Ze wist zelfs dat zij niet zijn eerste uitstapje was tijdens zijn huwelijk met Sophie. Dat had hij haar zelf verteld, nog voor ze iets kregen. Toen Sophie hem had verteld dat ze zwanger was van Suzanne, had hij een korte affaire met een vrouw die hij kende van de sportschool. Hij kon de gedachte niet verdragen dat haar lichaam onherkenbaar zou uitdijen, had hij Helen verteld (alsof dat een acceptabele uitleg was). En daarom had hij de superstrakke *personal trainer* versierd die hij voor een paar privésessies had geboekt. Het had maar een paar weken geduurd en toen was die vrouw – Helen kon zich haar naam niet meer herinneren – er achter gekomen dat zijn vrouw zwanger was, en toen had ze hem aan de dijk gezet. Matthew vond dat maar raar, dat wist Helen nog wel. Vol afgrijzen dacht ze eraan dat ze toen nog erg had moeten lachen om dit verhaal, omdat ze zijn vrouw niet uit kon staan, en omdat ze het geweldig vond dat hij haar met zo weinig respect behandelde. Ze had het gevoel dat ze het aan Sophie verschuldigd was om haar de hele waarheid te vertellen. De alcohol wist haar ervan te overtuigen dat het goed was om dat te doen, en dat ze Sophie, als die eenmaal over de schok heen zou zijn, haar oprechte berouw zou tonen en dat Sophie haar dan zou vergeven en dat alles dan weer goed zou komen.

'Het spijt me echt heel, heel erg...' begon ze weer. Gelukkig was Sophie veel te veel met zichzelf bezig om te stoppen met haar monoloog.

'Ik dacht dat hij van me hield, maar dat was helemaal niet zo,' zei ze. Nu ze zich eenmaal had laten gaan, bleken de sluizen heel gemakkelijk open te gaan. 'Ik keek altijd naar onze vrienden en dan dacht ik: die hebben niet zo'n goed huwelijk als wij, want die gaat vreemd, en die wil liever bij haar man weg. Ik was zo zelfingenomen...'

'Nee, maar echt,' probeerde Helen weer.

'Ik wil dat het allemaal weer wordt zoals eerst,' zei Sophie snotterend. 'Ik wil gewoon weer een gezin zijn, met zijn viertjes. Ik kom toch nooit meer aan de bak op mijn leeftijd, en dan nog wel met twee kinderen. Dit is het dus. Ik blijf de rest van mijn leven alleen.'

'Nee. Nee, joh, dat is helemaal niet waar...' Helen haalde diep adem. 'Sophie...'

Sophie onderbrak haar.

'Die godvergeten hoer! Die smerige snol! Als ik die ooit ontmoet vermoord ik haar. Echt. Ik kan niet wachten. Ik maak gehakt van die slettenbak.' Toen Sophie even zweeg om adem te halen zag ze dat Helen ineens heel stilletjes was. 'O Jezus, ik ben zo dronken. Ik ga een beetje te ver, hè? Oké, ik hou mijn mond al. Ik zweer het. Sorry.'

Nog weer later, toen ze allebei behoorlijk ver heen waren na elk anderhalve fles wijn, zei Sophie: 'Er is nog een reden waarom ik wil dat Leo Global in de arm neemt, weet je. Het was niet alleen omdat ik zo aardig ben.'

'Hoezo dan?' lalde Helen.

'Dan kan hij die trut van een Helen ontmoeten en mij vertellen hoe ze is. Ik heb hem gevraagd om haar eens flink voor me te bespioneren. Die bitch.'

'Die superbitch,' zei Helen van harte, te ver heen om zich ergens zorgen over te maken.

Nog weer veel later snikte Sophie bij het afscheid: 'Ik wil zo graag dat hij weer thuis komt. Echt. Ik wil dat hij weer thuis komt.'

Om drie uur 's nachts werd Helen wakker met een draaierig gevoel in haar hoofd, en de volle betekenis van wat Sophie allemaal had gezegd drong tot haar door: 'Ik wil dat hij weer thuis komt.' Dat was het, zo moest het. Ze wist dat haar vriendin nooit zou toegeven dat ze dit wilde als ze eenmaal weer nuchter was, maar dat betekende toch juist dat dit was wat ze diep vanbinnen wilde. Als Matthew weer terug zou gaan naar Sophie, zou zij haar eigen leven weer terug hebben. Matthew zou de vernedering niet hoeven ondergaan om gedumpt te worden door de vrouw waar hij alles voor had opgegeven – sterker nog, hij zou degene zijn met een schuldgevoel omdat hij dit Helen aandeed – en Sophie zou haar gezin weer bij elkaar hebben.

Geweldig, dacht Helen. Ik ben verdomme echt een genie.

Ze moest alleen nog even bedenken hoe ze dit zou regelen zonder dat Sophie en Matthew doorhadden dat zij hier de hand in had.

23

OM NEGEN UUR, EEN HALFUUR nadat de wekker was gegaan, gluurde Helen vanonder de dekens naar Matthew, die aan het voeteneinde van het bed stond met een mok in zijn hand. Norman jammerde om zijn ontbijt.

'Ik heb thee voor je gemaakt,' zei Matthew.

'Dank je,' wilde ze zeggen, maar het klonk eerder als 'angje'. Haar hoofd deed zeer, en ze voelde dat al haar make-up van de vorige avond zijn sporen had nagelaten. Geschrokken realiseerde ze zich dat ze zich helemaal niet meer kon herinneren hoe ze de vorige avond thuis was gekomen. Ze wist nog wel dat ze in een taxi was gestapt nadat ze afscheid had genomen van Sophie, maar daarna was het een groot zwart gat. Wie weet wat ze allemaal tegen Matthew gezegd had. Hij keek best blij, en keek haar aan met een bemoedigende glimlach, terwijl hij wachtte tot ze uit bed zou komen. Hij stroomde nog altijd over van dankbaarheid voor de ommezwaai die ze een paar avonden geleden maakte, en dreigde haar met zijn affectie te verstikken.

'Misselijk,' kon ze nog uitbrengen.

'Ik haal wel even een aspirientje voor je.'

Goddank verliet Matthew de kamer, en het lukte Helen om als een blinde voor zich uit tastend de badkamer te bereiken. Toen ze in de spiegel keek schrok ze van de mascaravegen op haar gezicht. Ze stapte meteen onder de douche, waar ze het water over haar hoofd liet stromen. Ze had de kracht niet om de shampoo te pakken. Het enige wat ze nu nog wilde, was terug naar bed om haar roes uit te slapen, maar ze wist dat ze zich juist vandaag niet ziek kon melden, omdat dit de dag was dat Leo langs zou komen, en Laura zou haar nooit geloven. Hoe had ze dit kunnen laten gebeuren? Ze moest juist helder blijven als ze bij Sophie was. Wat nu als ze haar hele krankzinnige plan aan haar had opgebiecht? Het probleem was dat ze Sophie echt heel leuk vond, en dat ze zich op haar gemak voelde bij haar in de kroeg, bij een drankje. Ze wilde dat Sophie gelukkig was. Ze vond het zelfs een verschrikkelijk idee dat deze vriendschap wellicht over een paar weken al abrupt zou eindigen. Ze was dol op Rachel, maar ze vond het ook weleens leuk om met iemand anders op stap te gaan, iemand die al wat ouder was, en die heel andere dingen aan haar hoofd had. Het feit dat ze op haar werk zo alleen was en dat Rachel zich steeds meer op Neil richtte, had tot resultaat dat ze zich heel erg eenzaam was gaan voelen. Ze had iemand anders nodig, iemand om mee te praten, een vriendin. En Sophie was zonder meer iemand waar ze graag bevriend mee wilde zijn. Haar maag trok samen en ze gaf over in het toilet. Matthew klopte op de deur.

'Gaat het wel, daarbinnen? Zal ik Laura voor je bellen om te zeggen dat je vandaag niet komt?'

Helen deed de deur van het haakje.

'Het gaat wel,' kon ze nog net uitbrengen.

Ze kon zich niet meer herinneren wanneer ze was begonnen om de badkamerdeur dicht te doen, maar inmiddels was het een gewoonte geworden. Ze wilde niet dat Matthew binnen zou komen als ze iets aan het doen was dat ze nogal persoonlijk vond. Ze was nooit zo'n vrouw geweest die rustig zat te plassen waar haar man bij was, of die kon kletsen over wat ze die avond eens zouden gaan eten terwijl ze haar onderbroek uittrok. Het was belangrijk om nog iets van het mystieke te bewaren, vond ze, zelfs als de relatie zo ongelofelijk in de kreukels lag. Maar dat ze de deur ook echt op slot deed, dat was iets van de laatste tijd, en de symboliek ontging haar niet. Ze wierp barricades tussen hen op.

Die ochtend telde ze de uren af tot haar lunchpauze en ze dronk het ene glas water na het andere, en ging nog twee keer naar de damestoiletten om over te geven. Ze kreeg een sms'je van Sophie: 'Dit doen we nooit meer. Wat doe je me aan?' Daar moest ze erg om lachen en haar spirituele kater knapte er in elk geval van op. Het was altijd een enorme opluchting te ontdekken dat je niet de enige bent die zich verschrikkelijk heeft misdragen. Om tien over twaalf stak ze haar hoofd om de glazen wand van Laura's kantoortje om haar te zeggen dat ze wegging voor haar langdurige lunch.

'Wil je hem zelfs niet even zien, dan?'

'Nee,' antwoordde Helen beslist. 'Ik ben om twee uur weer terug.'

Ze liep richting Oxford Circus en drentelde wat winkels in en uit. Geld uitgeven kon niet, want binnenkort zou ze zonder baan zitten. Ze liep weer terug in de richting van kantoor en wist eigenlijk niet goed wat ze met haar tijd aan moest. Plotseling realiseerde ze zich dat ze in Charlotte Street was, op maar een paar tellen afstand van Verano. Ik kan best gewoon langslopen, dacht ze. Ze keek even op haar horloge: vijf voor een. Leo zou zeker al bij Laura zijn, en dus kon ze best even een kijkje nemen, om te zien of het al opschoot. Ze liep Percy Street in, aan de overkant van de straat, en keek even naar het restaurant alsof het de normaalste zaak van de wereld was. Vanbinnen zag het er nog steeds uit alsof er een bom was geëxplodeerd. Tegen een muur stonden grote stukken gipsplaat en in een hoek stonden tafels en stoeltjes opgestapeld. Maar aan de buitenkant was alles klaar. Aan de voorkant was een piepklein, door een laag muurtje omgeven terrasje, net groot genoeg voor twee tafeltjes van twee. In de boom die op de stoep stond hingen kleine lichtjes en de voordeur werd geflankeerd door laurierboompjes in oud uitziende terracotta potten. De ramen stonden open en een enorm verwarmingskanon blies warmte de koude middaglucht in. Maar zelfs al was het nu nog een bende, ze kon zo wel zien dat ze hier graag eens zou zitten op een warme zomeravond.

Om vijf over een kwam ze aan bij het restaurantje waar ze met Rachel had afgesproken even wat te gaan eten. Haar voeten deden pijn van het rondslenteren. Ze hadden elkaar al in geen weken gezien, en ze waren ook al ik weet niet hoe lang niet wezen stappen. Rachel zat al aan een tafeltje bij het raam en had al een halve kop koffie op.

'Jezus, wat zie jij er uit,' zei ze terwijl Helen haar jas uittrok. 'Gaat het wel?'

'Kater,' legde Helen uit. 'Ik ben op stap geweest met Sophie.'

'Oké, ik wil alle details. Maar eerst heb ik jou wat te vertellen...' Ze liet even een stilte vallen voor het effect. 'Neil en ik gaan trouwen.'

'O mijn God, Rach... o God... maar dat is fantastisch, ik ben zo blij voor je...'

'Het duurt nog wel even, hoor. Waarschijnlijk volgend jaar, of zo. Kijk...'

Ze zwaaide met haar linkerhand. Aan haar ringvinger glinsterde een smaakvolle steen.

'Hij is prachtig,' zei Helen, en toen voelde ze dat ze aan het huilen was. Alweer. Rachel keek haar verbijsterd aan.

'Sorry... jemig... ik had het je misschien helemaal niet moeten vertellen.'

'Nee, mens, ik ben echt heel erg blij voor je, echt waar.'

'God, wat ben ik ook een stom rund.'

'Welnee Rachel. Ik meen het: ik ben heel erg blij voor je. Maar het is gewoon... ik weet het niet... mijn hele leven is zo'n ontzettende... klerezooi. Ik heb overal zo'n puinhoop van gemaakt. O shit, nou lijk ik wel zo'n jankerd.' Ze perste er een lachje uit. 'Ik lijk wel een "Vreselijke vrouw". En nou heb ik ook jouw grote nieuws verpest.'

'Ik had er gewoon even rekening mee moeten houden dat mijn nieuws jou waarschijnlijk van je stuk zou brengen, met alles wat er nu aan de hand is,' zei Rachel.

'Nee!'

Neil was een aardige vent. Hij zou Rachel gelukkig maken. Oké, een paar maanden terug zou ze waarschijnlijk dood zijn gegaan van jaloezie omdat Rachel nu alles had. Maar nu was ze er zo van doordrongen dat alles in haar eigen leven zo volkomen fout zat, dat ze niet eens meer zin had om zichzelf te vergelijken met een ander. Wat had het voor nut om mee te doen aan de grote gelukswedloop als je geen schijn van kans maakte? Ze wilde zelf helemaal niet eens trouwen, dat was een drang waar ze al een hele tijd geleden overheen was gegroeid. Nee, wat zij wilde was totaal het tegenovergestelde: ze wilde alleen zijn, vrij zijn om te doen waar ze zin in had. Ze was wel een beetje bang dat Rachel nu plotseling ook helemaal broeds zou worden en dat ze voor ze het wist een heel stel kinderen zou krijgen, want dan had Helen echt helemaal geen enkele vriendin meer over. Maar dat was niet de reden waarom ze huilde. Ze huilde omdat haar eigen leven nu zo in de soep was gelopen dat ze zich niet kon voorstellen dat het ooit nog goed kwam. Ze huilde omdat ze ongelukkig was en ze gewoon lekker wilde janken, en omdat Rachel de enige was met wie ze er over kon praten, omdat Rachel de enige was die wist hoe het allemaal echt zat.

En bij die gedachte moest ze nog veel harder huilen, want binnenkort zou ze zelfs Rachel kwijtraken.

Helen praatte Rachel bij over wat er allemaal was gebeurd sinds ze elkaar voor het laatst hadden gesproken, en over haar meest recente plan om alles weer recht te breien, en ze voelde zich nog steeds schuldig over het feit dat ze het grote moment van haar vriendin zo had verziekt. Toen ze vertelde dat Leo Matthews zoon was, moest Rachel verschrikkelijk hard lachen.

'En nou ben je echt goed bevriend met die Sophie?' vroeg Rachel vol ongeloof nadat ze had verteld over de vorige avond.

Helen knikte. 'Zoiets.'

'Maar dat kan helemaal niet, dat snap je toch hoop ik wel? Zij heeft geen idee wie jij echt bent. En jij bent degene die haar leven heeft verziekt,' voegde ze er voor de volledigheid aan toe.

'Ik weet het, ik weet het. O shit, het is zo'n ongelofelijke kutzooi, allemaal. Maar op de een of andere manier helpt het toch, snap je dat dan niet? Ik wil namelijk echt graag dat ze haar oude leventje weer terug krijgt. Of wat daar voor door moest gaan.'

'En denk jij dat dat ook is wat zij echt wil?'

'Natuurlijk. Ja, goed, zij vindt Matthew nu natuurlijk ook een klootzak, maar daar komt ze wel weer overheen.'

'Helen, maak er nou niet een nog grotere rotzooi van, alsjeblieft, met al die goede bedoelingen van je.'

'Hoe bedoel je: een nog grotere rotzooi?'

'Ik weet het niet. Ik vind dat je je niet al te veel met haar moet inlaten. Doe wat je moet doen, en dan wegwezen.'

'Sinds wanneer heb jij de wijsheid in pacht?' vroeg Helen geïrriteerd.

'Dat wat ik net zei heb ik uit een roman die ik aan het lezen ben,' lachte Rachel. 'En trouwens, binnenkort ben ik een oude, getrouwde vrouw, dus dan is het de bedoeling dat ik alleen nog maar wijze dingen zeg.'

Helen lachte. 'Ik ben heel blij voor je. Echt.'

'Dat is mooi, want ik heb je hulp nodig bij de organisatie van de hele toestand. Ik vertrouw op jou.'

'Natuurlijk help ik je.' Ze keek op haar horloge. 'Shit, ik moet weg. Zie ik er een beetje uit? Ik bedoel, zie ik eruit alsof ik mijn hele lunch heb zitten janken?'

'Nou, de mascara zit op je wangen, maar dan zeg je toch gewoon dat je fan van The Cure bent?'

Helen begon als een dolle onder haar ogen te wrijven.

'En je ogen zien een beetje rood. Alsof... alsof je last hebt van hooikoorts.'

'Hou op, zeg. Ach, wat kan het mij ook bommen wat ze van me denken. Hebben ze tenminste weer iets om over te roddelen.'

Ze legden geld voor de koffie en broodjes op tafel en wilden net naar buiten lopen toen de deur openzwaaide. Helen bleef als verstijfd staan toen ze de man zag die binnenkwam. Het was Leo. Ze keek vlug naar de grond in de hoop dat hij haar nog niet gezien had, maar toen hoorde ze zijn bekende stem haar naam noemen. Althans een van haar namen.

'Eleanor?'

Rachel, die dit allemaal helemaal niet door had, kwebbelde lustig door over waar ze maar over aan het kwebbelen was. Helen schopte tegen haar enkel.

'Leo. Hallo.'

Godzijdank was Rachel op de hoogte van het bedrog en was ze met haar in plaats van met iemand anders. Matthew bijvoorbeeld. Ze moest er niet aan denken.

'Wat doe jij hier?' kon ze nog net zeggen.

'Ik had een bespreking, hier verderop, bij Global; weet je wel, het bedrijf waar mijn vader voor werkt. Hoe is het met je? Je ziet er vreselijk uit.'

'Bedankt... o, dit is Rachel, mijn vriendin. Rach, dit is Leo...'

'Ooo,' zei Rachel veelbetekenend. 'Hallo.'

Rachel en Leo gaven elkaar een hand, waarna ze alle drie even niet goed raad wisten met de situatie.

Toen zei Rachel opeens: 'Zeg, ik moet er vandoor... Ik neem aan dat jullie nog wel wat te bespreken hebben... Leuk je te ontmoeten,' zei ze terwijl ze wegspurtte. 'Ik bel je nog, Hel... Eleanor.'

'Ik moet ook gaan,' zei Helen, maar ze verroerde zich niet.

'Sorry, ik meende het niet, dat je er beroerd uitzag. Ik bedoelde dat je eruitziet alsof je overstuur bent.'

'Nee hoor, er is niks aan de hand,' zei Helen. 'Echt niet. Dus... je bent toch naar je vader gegaan?'

'Zoiets, ja,' zei Leo. 'Maar ik had liever gehad dat jij het deed...'

'Luister... het spijt me...'

'Het geeft niet,' viel hij haar in de rede. 'Sophie heeft het me allemaal uitgelegd. Over Carlo, bedoel ik. Ik begrijp het wel. Maar ik zou toch nog wel graag eens een keer met je afspreken, voor een borrel of zo, als alles achter de rug is...'

'Ik ook,' zei Helen uit de grond van haar hart, en ze probeerde zich niet aan zijn voeten te werpen. Ze voelde dat ze een rood hoofd kreeg en toen herinnerde ze zich haar uitgelopen mascara en begon weer subtiel in haar ogen te wrijven, althans, dat hoopte ze. Dat geloof je toch niet, dat je de eerste man waar je sinds jaren iets voor voelt, tegen het lijf loopt uitgerekend als je er zo bij loopt.

'Als alles achter de rug is, bel ik je, dat beloof ik. En dan zal ik je alles uitleggen en mag jij zelf zeggen of je überhaupt nog wel iets met me wilt gaan drinken.'

'Ik kan je nu al zeggen dat ik dat dan graag wil,' zei hij, en ze had hem het liefst ter plekke gezoend.

'We zullen wel zien,' zei ze, maar ze dacht: jij wilt dan niks meer met mij te maken hebben, jij gaat mij haten.

'Ik ben al laat,' zei ze, en ze liep langs hem heen naar de deur. 'Ik moet gaan.'

Leo raakte haar arm even aan en het leek alsof hij haar op de wang wilde kussen, maar zich toch bedacht.

'Tot ziens, dan maar.'

'Ja, tot ziens. En trouwens, zie ik er echt zo vreselijk uit?'

'Ja,' lachte hij, 'maar wel lief.'

Terug op kantoor moest ze eindeloos aanhoren hoe Jenny en Annie zaten te emmeren over hoe ont-zet-tend knap de zoon van Matthew wel niet was, en dat hij overduidelijk alleen de goede genen had geërfd. 'Matthews eerste vrouw was vast een hele mooie vrouw,' zei Jenny, en ze keek naar Helen om te zien hoe die reageerde. Helen had zichzelf eerst wat gefatsoeneerd op het toilet en nu was ze vrij van mascaravlekken. Haar ogen waren nog steeds een beetje bloeddoorlopen, en dus keek ze naar beneden, en deed ze net alsof ze hen niet hoorde. Maar daar kwam ze natuurlijk niet zomaar mee weg.

'Hij vroeg nog naar je,' brulde Jenny haar toe. 'Hij wilde weten wie die snol was die zijn vader had verleid.'

'Ja, dat kan ik me goed voorstellen,' zei Helen sarcastisch. Ze wist maar al te goed dat Leo zich nooit tot dat soort acties zou verlagen.

'Nou ja, volgende week kom je er niet meer onderuit. Dan komt hij langs om de plannen voor de lancering af te maken.'

'Wanneer?' Helen kreeg bijna een hartstilstand.

'Jaaaaaaa, dat zou jij wel willen weten, hè?' zei Jenny, en ze keek haar grijnzend aan.

24

MATTHEW HAD AFGESPROKEN DAT ZE vrijdag een avondje uit gingen met Amanda en Edwin. Hij zei dat het een poging was om Helen in zijn familie te laten integreren. En hoewel ze had geprotesteerd dat het te vroeg was en dat ze al een slechte indruk had gemaakt op zijn moeder en op Louisa, stond hij erop dat ze gingen. En Helen kon moeilijk zeggen wat ze echt dacht, namelijk: dit is zonde van de moeite, want zo lang zijn wij niet meer samen.

Overdag was ze voornamelijk bezig geweest om uit te zoeken wanneer Leo precies weer op kantoor zou komen. Ze had het Laura gevraagd, maar die was er vaag over ('O, dat weet ik niet meer precies, volgende week ergens, geloof ik.') en ze had het onderwerp terloops ter sprake gebracht bij Jenny, maar die had haar gelijk door en lachte haar hartelijk uit. Iedere keer als ze de liftdeuren hoorde, schrok ze zich dood. Het had geen zin om te proberen bij Jenny's computer te komen, want die sloot ze af als ze zelfs maar een blikje cola uit de ijskast ging halen, en ze veranderde elke week haar wachtwoord om te zorgen dat mensen niet bij haar zouden inloggen als ze er niet was. Helen had zich al vaker afgevraagd wat ze eigenlijk te verbergen had. Het zou vast wel in Laura's agenda staan, die Helen probeerde te beheren, maar die momenteel ergens onder in de handtas van haar baas lag, en die stond in haar kantoortje. Laura had Outlook nooit onder de knie gekregen, en dus had Helen de pogingen om haar agenda op de computer te beheren allang opgegeven.

Ze kon zich nergens anders op concentreren. Helen had de laatste dingetjes geregeld met de fotograaf voor Sandra Hepburn, en ze had de vluchten geboekt op de verkeerde naam – de shoot zou namelijk op een Grieks eiland plaatsvinden. Om een uur, toen zowel Laura als

Jenny aan het lunchen waren, liep ze Laura's kantoor in, ging aan haar computer zitten en stelde een e-mail op met als tekst: *Jenny, wanneer is ook alweer de volgende bespreking met Leo Shallcross?* en verstuurde die. Jenny's antwoord zou ook naar haar computer worden verstuurd, en dan moest ze alleen nog bedenken hoe ze het mailtje uit de computer van Laura moest verwijderen. En ja hoor, zodra Jenny weer achter haar bureau zat, kwam het antwoord – maandag, om halfelf – en vijf minuten later, toen Helen het kantoor inliep van Laura, die nog steeds niet terug was, kon ze zowel de e-mail die ze zelf had verstuurd als het antwoord wissen. Het was zo verschrikkelijk kinderachtig; Jenny moest toch weten dat haar antwoord ook bij Helen terecht zou komen. Maar een verzoek van Laura kon ze moeilijk negeren, en ze voelde het nog steeds als een overwinning, omdat ze Helens vragen niet direct had beantwoord. Helen kon zich nu eindelijk ontspannen. Zolang ze alles een stap voor kon blijven kwam het goed.

Om halfnegen zaten Helen en Matthew aan hun tafeltje bij het raam van de Italiaanse trattoria bij Helen om de hoek te wachten op Amanda en Edwin. Amanda was Matthews oudste zus, en ze was getrouwd met de extreem conservatieve alcoholist Edwin. Helen had besloten om aan tafel alleen water te drinken, om een goede indruk te maken op Amanda. Ze wist niet waarom haar dat iets kon schelen, maar voor haar gevoel was het belangrijk dat als bekend werd dat Matthew haar in de steek had gelaten en terug was naar zijn vrouw, er ten minste één familielid zou zeggen: 'O, wat jammer, het was zo'n leuke meid!' Maar als ze eerlijk was, zat dat er natuurlijk niet in.

Matthew had haar verzekerd dat Amanda haar niet op dezelfde manier zou veroordelen als Louisa, omdat ze nu eenmaal niet zo'n goede band had met Sophie als Louisa, maar Helen wist inmiddels genoeg van de familie Shallcross om te weten dat ze allemaal last hadden van hetzelfde superioriteitscomplex. Zij hadden altijd gelijk, zij wisten hoe het hoorde. Het kwam doordat ze in rijkdom waren opgegroeid, dacht Helen, dan dacht je automatisch dat je beter was dan de rest. De familie was niet extreem, maar wel behoorlijk rijk, typisch het soort mensen dat hun kinderen naar kostschool kon sturen zonder zich druk te hoeven maken over de kosten, en dat keurig personeel in huis had, maar net niet goed genoeg in de slappe was zat om een auto met chauffeur of een jacht te hebben. Ze kon zich niet meer herinneren wat Matthews vader voor de kost deed, maar het was iets saais, misschien iets in het verzekeringswezen, of zo. Zijn moeder had uiteraard nooit een baan gehad. Beide dochters waren 'goed terechtgekomen', wat inhield dat ze een man aan de haak hadden geslagen die genoeg geld had om hen hun drankprobleem en losse handjes te vergeven. Hun kinderen hadden van die typisch Engelse upper class-namen als Jocasta en Molly en India en Jemima, waardoor ze gegarandeerd in elkaar geramd zouden worden als ze naar een gewone school zouden gaan, maar dat zou natuurlijk nooit gebeuren. In dit opzicht had Matthew het nog helemaal niet eens zo gek gedaan met zijn dochters die gewoon Suzanne en Claudia heetten, maar daar had Sophie waarschijnlijk de hand in gehad. En Leo, natuurlijk, maar daar dacht ze liever niet meer aan.

Helens gedachten werden onderbroken door een wolk mierzoete parfum waar ze bijna van over haar nek ging, terwijl een vage massa lippenstift en Hermèssjaals op Matthew neerdaalden. Iemand – Amanda waarschijnlijk – omhelsde Matthew op een theatrale manier. Helen bekeek haar eens goed. Het was duidelijk dat Amanda het in de genenloterij had gewonnen van Louisa: ze had dat blonde haar, die blauwgrijze ogen en die roze wangen tegen een bleke huid die het zo goed deden bij bepaalde mannen. Niet te extravagant, maar wel heel vrouwelijk. Zulke vrouwen waren zo perfect dat het saai was, vond Helen. Haar was de nogal overheersende Shallcrossneus bespaard gebleven, die bij Matthew heel mannelijk stond maar Louisa iets scherps gaf, wat natuurlijk wel naadloos aansloot bij haar persoonlijkheid. Van Edwin nog geen spoor.

'Edwin laat zich verontschuldigen. Hij voelt zich niet goed,' zei Amanda weinig overtuigend, zodat Helen dacht: die ligt ergens in een greppel met zijn dronken hoofd.

Matthew trok een stoel uit voor zijn zusje, nadat hij haar uit haar donkere wollen jasje had geholpen. 'Dit is Helen,' zei hij met een zwaaiend gebaar in haar richting, alsof hij een koe presenteerde op een boerententoonstelling. Helen stak haar hand uit en Amanda schudde die met tegenzin. Amanda's hand voelde slapjes en vochtig aan, als een blaadje sla. Handen schudden was duidelijk te boers voor haar verfijnde manieren. Net als Louisa keurde ze Helen nauwelijks een blik waardig, en ze begon een gesprek met haar broer over wederzijdse bekenden. Expres, om Helen buiten te sluiten. Helen tekende met haar vork figuren op het tafelkleed en probeerde haar irritatie niet te tonen.

'Wat is er mis met die vreselijke familie van jou?' beet Helen Matthew toe, toen Amanda even 'haar neus ging poederen' zoals ze dat stuitend genoeg zelf noemde. 'Zijn ze soms voorgeprogrammeerd om mensen te beledigen?'

'Zo deed ze ook tegen Sophie,' zei Matthew, alsof dat een troost was. 'Je moet het niet persoonlijk opvatten.'

Eerlijk is eerlijk, Matthew deed erg zijn best om Helen bij het gesprek te betrekken, maar ze had nu eenmaal niet zoveel te melden over de jachtvereniging (althans, niet als ze er niet bij mocht vloeken) en al helemaal niet over hoeveel beter de ene meisjeskostschool was dan de andere. En dus concentreerde ze zich op haar lamsvlees met een toewijding alsof ze bezig was met een levertransplantatie waarbij complicaties waren opgetreden. Tegen de tijd dat zij haar eten op had, hadden de andere twee nog nauwelijks een hap genomen. Helen onderdrukte een geeuw.

'Ik vond altijd al dat Sophie veel te veel tijd aan haar werk spendeerde ten koste van de kinderen,' zei Amanda. Helen had verwacht dat Matthew haar wel zou verdedigen, maar hij zweeg. Waarschijnlijk luistert hij óók helemaal niet naar haar, dacht ze.

'Jij zei toch dat Sophie de kinderen altijd naar school brengt, en dat zij weer thuis is als ze uit school komen?' bracht Helen in, omdat ze haar vriendin wilde verdedigen en ook om Matthew te wijzen op haar positieve kwaliteiten.

'Heb ik dat verteld?' Hij keek haar verbaasd aan, en dat was ook terecht, want hij had nog nooit iets positiefs over Sophie gezegd tegen Helen uit angst dat ze anders zou gaan tieren.

'Maar Helen heeft eigenlijk wel gelijk,' zei Matthew tegen Amanda. 'De meisjes hebben nog nooit geleden onder Sophies werk.'

'Het is gewoon niet zoals het hoort, dat is alles. Kinderen hebben de onverdeelde aandacht van hun moeder nodig. Wat hebben die meisjes aan haar als haar hoofd vol zit met aandelenconstructies en obligaties en met wat ze de volgende dag aantrekt naar kantoor?'

Matthew zag eruit als een konijn bij het schijnsel van een stel koplampen, en hij wist niet wat hij nu wel en niet mocht zeggen ter verdediging van zijn ex.

'Ik denk eerlijk gezegd dat het veel gezonder is voor kinderen als het leven van hun moeder niet alleen om hen draait. En jij vond het toch ook heel prettig, Matthew, dat je vrouw succes had in haar werk? Dat maakt een vrouw juist erg aantrekkelijk,' zei Helen.

'Eh...' aarzelde Matthew, die doodsbang was om in de val te lopen. 'Eh...'

'Nou ja, dat vind ik, tenminste. Een onafhankelijke carrièrevrouw die ook nog een geweldige moeder is, dat is toch ongelofelijk sexy? Vind je niet, Matthew?'

Helen schonk hem een brede glimlach, en hij stamelde iets dat noch bevestigend noch ontkennend klonk. Hem pakten ze niet. Amanda legde haar mes en vork keurig naast elkaar op haar bord.

'Nou, ik ben het absoluut niet met je eens.' Het was duidelijk dat dit onderwerp wat haar betrof afgesloten was en Helen liet het dan ook rusten om geen ruzie te maken.

'Toetje?' vroeg Matthew, en Amanda sloeg het aanbod af met een kort hoofdgebaar. 'Alleen koffie, graag.'

Op zaterdagochtend liep Helen naar de winkel op de hoek, onder het mom dat ze een krant ging halen, maar eigenlijk om Sophie te bellen voor wat peptalk. Matthew zou namelijk de volgende middag op bezoek komen.

'Laat hem zien wat hij mist,' zei ze. 'Zorg dat je er geweldig uitziet. Geen morsige joggingbroek. Zorg dat hij weggaat met het gevoel dat hij een verschrikkelijke fout heeft gemaakt. Echt, dan voel je jezelf ook veel beter.'

'Vind je het echt niet erg dat ik daarheen ga?' vroeg Matthew aan haar toen ze die avond van het restaurant naar huis liepen.

'Waarom zou ik?' had Helen geantwoord. Als ze echt om hem had gegeven, dacht ze, zou het feit dat hij een middag gezellig bij zijn ex ging doorbrengen, haar behoorlijk van haar stuk gebracht hebben.

Matthew leek bijna teleurgesteld dat ze totaal niet jaloers was. 'Ik bedoel, Sophie is waarschijnlijk niet eens thuis.'

'Ik zeg toch: als ze er wel is, dan vind ik dat geen probleem.' Helen was dit gesprek nu al zat. 'Het zijn jouw kinderen, en je moet ze toch kunnen zien. En als Sophie liever niet wil dat ze mij zien, dan respecteer ik dat.'

'Wat geweldig dat je er zo rationeel mee om kunt gaan,' zei hij, en hij gaf haar een kus, waarop Helen dacht: shit, dit gaat niet helemaal goed zo.

'Als je het maar niet al te gezellig hebt met haar.' Misschien moest ze toch een beetje de behoeftige vrouw uithangen om hem in Sophies armen te jagen. 'Ik zou het niet leuk vinden als jullie weer het gelukkige gezinnetje uit gaan hangen.'

'Dat lijkt me uitgesloten,' lachte Matthew.

Die zondag zorgde ze ervoor dat Matthew zijn bruine broek en zijn gestreepte overhemd droeg waarin hij er jong en slank uitzag.

'Ik wil dat ze ziet dat het leven met mij jou goed doet,' verklaarde ze, en ze kamde zijn haar over zijn kale plek.

In de tussentijd nam Sophie het advies van haar vriendin Eleanor ter harte, maar het voelde niet goed om zoveel aandacht te besteden aan wat in feite gewoon een middagje in haar eigen huis was. Ze wilde dat Matthew de indruk kreeg dat ze het prima redde zonder hem, maar hij moest niet denken dat ze moeite deed om hem terug te krijgen. Dat zou pas vernederend zijn. Uiteindelijk waren het de meisjes die de beslissing voor haar namen toen ze zagen dat ze een lubberende trainingsbroek had aangetrokken om in de tuin te gaan werken.

'Die doe je dus niet aan,' zei Suzanne vol afschuw.

'Hoezo niet?' vroeg Sophie, hoewel ze wist wat het antwoord zou zijn.

'Omdat papa straks komt,' zei Suzanne, alsof dat alles verklaarde.

'Het kan je vader echt niet schelen hoe ik eruitzie, hoor. Niet meer, tenminste.'

'Daarom juist.' Suzanne was bijna in tranen. 'Als jij er niet uitziet, straks, dan ziet hij je helemaal niet staan.'

'Mijn God,' zei Claudia. 'Wat ben jij soms een stom rund, Suzanne.'

'Claudia...' begon Sophie om haar dochter terecht te wijzen, maar Suzanne liet zich niet de mond snoeren.

'En dan gaat hij weer terug naar dat mens, omdat hij haar veel mooier vindt dan jou...' Ze keek haar jongere zusje aan, en wist precies hoe ze die moest raken: '... en dan blijft hij voor altijd bij haar en moeten wij de rest van ons leven daar heen. En dan zien wij papa alleen nog maar op zondagmiddag.'

Bij Claudia sloeg nu ook de paniek toe. 'Mama, doe wat anders aan.'

'Alsjeblieft mam, toe nou.' Suzanne liet zich dramatisch op het bed vallen. Claudia begon als een bezetene in Sophies kast te graaien en gooide af en toe iets geschikts in haar moeders richting.

'Hier, doe dit maar aan. Of anders dit.'

Sophie raapte lachend de jurken van de vloer. Er zat een zwarte tussen die tot de grond kwam en die ze weleens had gedragen naar een blacktie-kerstfeest van de zaak. Ze was toen een paar maatjes slanker dan nu. De andere jurk was een roodsatijnen onderjurk met een extreem laag decolleté. Zeer geschikt voor als je op de Amsterdamse Wallen achter het raam wilde.

'Ik doe niet iets aan wat je aantrekt als je iemand wilt versieren in de disco, jongens. Maar ik wil best een compromis sluiten...'

Ze pakte een rok met een bloemetjespatroon die tot op de knie kwam, en die haar goed stond, met een strak rood T-shirtje. Iets te koud voor de tijd van het jaar, maar als ze binnen bleef was het verder geen probleem.

'Zo goed?' Ze keek haar dochters aan en die knikten.

'Maar je moet nog wel wat make-up op,' vond Suzanne.

'Je mag me wel helpen,' zei Sophie, die wist dat Suzanne dat geweldig vond. 'Maar niet te veel, hoor!'

Om tien voor drie had ze nog net genoeg tijd om de overvloedige rouge en vloeibare make-up waar Suzanne haar mee had vol gesmeerd eraf te halen en te vervangen door een make-up die haar, naar ze hoopte, een jeugdig, stralend uiterlijk gaf. Suzanne zou het natuurlijk zien, maar dat was van later zorg. Ze vroeg zich af wat ze zou gaan doen als Matthew zo kwam. Ze was bizar nerveus, alsof ze een date had, en ze wilde precies de goede combinatie van vriendelijkheid en onverschilligheid tonen. Als ze aan het koken sloeg, kwam dat te kneuterig over. Als hij zat te wachten op een huisvrouw van middelbare leeftijd was hij nooit bij haar weggegaan. Televisiekijken kon ook niet, te slonzig. Bovendien keek hij neer op mensen die hun tijd verspilden aan zinloze programma's. Lezen dan? Dat zou er misschien te geforceerd uitzien, en dat was het natuurlijk ook. Net als muziek opzetten. Ze koos ervoor om te gaan schilderen, een hobby die ze zo nu en dan weer oppakte. Hij bewonderde haar daar om. Ze zocht snel haar doeken en penselen bij elkaar. In de trapkast vond ze een half afgemaakt doek dat er nog niet eens zo slecht uitzag. Vlug kwakte ze er wat nieuwe verf op, zodat het net leek alsof het recent werk was. Ze legde wat oude kranten over de grenen keukentafel en maakte een creatieve rommel van doekjes met verfvlekken en spetters aquarelverf – want dat vlekte niet – op de houten vloer. Daarna maakte ze een piepklein veegje over haar perfect opgemaakte wang, voor een charmant verstrooid effect, en wachtte zijn komst af.

Klokslag drie uur werd er aangebeld en Claudia en Suzanne holden naar de deur. Ze pakte een penseel en bracht wat verf aan in een hoek van het schilderij, terwijl ze haar best deed om geconcentreerd te kijken.

Claudia kwam de keuken in, met Matthew aan haar hand.

'Papa is er.'

Ze keek verbaasd naar de troep en naar Sophie die daar middenin zat.

'Wat ben je nou aan het doen?' wilde ze weten.

'Aan het schilderen,' zei Sophie alsof het de gewoonste zaak van de wereld was. 'Hallo Matthew.'

'Waarom dan?' ging Claudia door.

'Omdat ik daar zin in had.' Sophie begon een kleur te krijgen. 'Ik schilder zo vaak.'

'Dat is helemaal niet waar. Au!'

Claudia wreef over haar scheenbeen waar Suzanne net tegenaan had geschopt. Het was de bedoeling dat dat onopvallend gebeurde.

'Waarom doe je dat, stom kutwijf?'

'Mam,' zei Suzanne, 'ze zegt lelijke dingen tegen me.'

'Ja, maar jij schopte me.'

'Niet waar!'

Claudia keek woest.

'Welles! Toen ik zei dat mama nooit schildert, toen schopte jij me. Au! Mam, nou doet ze het alweer!'

Sophie had een hoofd als een boei. Ze keek op en zag dat Matthew glimlachte – of nee, grijnsde – op een manier waaruit ze kon opmaken dat hij ook wel wist dat Claudia gelijk had, en dat ze alleen maar deed alsof ze helemaal opging in haar creatieve gedoe om indruk te maken op hem.

'Ik ben er pasgeleden weer mee begonnen,' zei ze weinig overtuigend, en ze begon op te ruimen, waarbij er per ongeluk een veeg okergeel in haar pasgeföhnde haar kwam.

'Je moeder schilderde vroeger heel veel,' zei Matthew. 'Maar dat deed ze waarschijnlijk vooral als jullie op school zaten, dus daar hebben jullie nooit iets van meegekregen.'

Sophie glimlachte flauwtjes, dankbaar omdat hij haar te hulp schoot, maar ook geërgerd omdat hij kennelijk het gevoel had dat hij haar gezicht moest redden. Ze voelde zich totaal belachelijk. Wat deed ze hier überhaupt, in haar zomerkleren? Ze voelde zich weer net zoals toen ze veertien was, en Mark Richardson, de coolste, knapste jongen van de klas, op wie ze haar hele leven al verliefd was, bij haar thuis op bezoek kwam. Hij had haar voor het eerst opgemerkt op een feestje bij zijn ouders waar haar vader en moeder haar mee naartoe hadden gesleept. Ze bleken allebei fan te zijn van Patti Smith – Sophie vooral omdat ze dat wel stoer en volwassen vond – en zij vertelde dat ze de nieuwste lp, *Horses*, voor haar verjaardag had gekregen, een paar weken daarvoor. Mark vertelde dat hij zelf voor die plaat aan het sparen was, van het loon dat hij verdiende met zijn zaterdagbaantje. Hij had Sophie gevraagd waar ze woonde en zei: 'Ik kom morgen rond zeven uur even langs.' Toen hij naar haar lachte dacht ze dat ze doodging.

Ze had haar kamer opgeruimd, en haar Snoopyposters verwisseld voor plaatjes van Deep Purple en Genesis die ze uit tijdschriften had geknipt. Ze brandde wat wierook en verstopte het pluchen konijntje waar ze nog steeds mee sliep in een la. Om vier uur 's middags begon ze zich voor te bereiden. Ze paste wel vijf verschillende outfits en koos uiteindelijk voor een versleten spijkerbroek met bloemen erop genaaid, een truitje met een boothals, en een paar sleehakken van blauwe kurk. Ze deed oorhangers in en wikkelde kralenkettingen om haar polsen bij wijze van armbanden. Tegen zessen was ze klaar en bleef in haar kamertje zitten luisteren naar haar stereo. Het werd zeven uur. Vijf over zeven. Toen kwam haar moeder binnen en zei zuchtend: 'Jongens!' Om elf minuten over zeven ging de bel, en haar hart begon sneller te kloppen. Zenuwachtig kwam ze de trap af, en daar zat Mark in de keuken met haar ouders, die er alles aan deden om haar leven te verzieken met hun suffe kletspraat. Toen hij haar zag sprong hij op.

'Hoi,' zei ze verlegen.

'Heb je zin in een kopje thee, Mark?' vroeg haar moeder, en Sophie kon haar wel slaan. Deze jongen ging al naar de kroeg om bier te drinken, die zat niet te wachten op kopjes thee.

'Ik kom eigenlijk alleen voor de plaat,' zei hij, nog steeds glimlachend. 'Kev en Julian zitten namelijk op me te wachten in de auto.'

Sophie voelde zich niet lekker worden. 'De plaat?'

'*Horses*,' verduidelijkte hij. 'Die mocht ik toch lenen?'

Ze voelde de ogen van haar ouders op haar gericht, maar ze durfde hen niet aan te kijken. Ze had het ontzettend warm en ze voelde de tranen in haar ogen opwellen.

'Heb ik dat gezegd, dan?' zei ze zwakjes. Ze kon het zich niet herinneren.

'Ja, daarom ben ik hier. Ik zei dat ik effe langs zou komen om hem op te halen.'

Toen ze naar boven rende, hoorde ze een auto ongeduldig toeteren. Kev en Julian wilden kennelijk aan het bier. Ze griste het album van de pick-up en deed hem in de hoes, zonder zich zorgen te maken om vette vingers. Ze wilde dat hij zo snel mogelijk op zou hoepelen.

'Hier,' zei ze met een geforceerde glimlach.

'Super, dank je. Ik zet hem op een bandje, en dan krijg je hem weer terug.' Hij was al op weg naar de deur. Sophie wachtte niet eens tot ze die dicht hoorde vallen. Vernederd rende ze terug naar boven.

'Sophie!' hoorde ze haar moeder roepen voor ze de deur van haar slaapkamer achter zich dichtgooide. Ze trok andere kleren aan, haalde de make-up van haar gezicht en ging op bed liggen.

Die plaat kreeg ze uiteraard nooit meer terug. Mark had nooit meer een woord met haar gewisseld.

Vanaf die gebeurtenis had ze alle voorstellen van jongens en mannen extreem cynisch behandeld. Als een jongen haar vroeg of ze wilde afspreken in het weekend vroeg ze: 'Hoezo?' of 'Wat moet je dan van me?' Als ze vervolgens eenmaal had vastgesteld dat ze oprecht in haar geïnteresseerd waren en niet in haar spullen, begroette ze hen steevast in haar alleroudste spijkerbroek en meest verschoten T-shirt, zonder make-up. Haar konden ze er nooit meer van beschuldigen dat ze te veel moeite deed. Het voordeel van die hele geschiedenis met Mark was, dat haar ouders in elk geval nooit meer met een jongen spraken als die de moed had om langs te komen. Als ze wilde – maar zo'n meisje was ze nooit geweest – had ze zich de hele avond in haar kamer kunnen opsluiten en God-weet-wat kunnen uitspoken zonder dat ze bang hoefde te zijn dat haar moeder binnen zou komen met kopjes thee. Maar dat wilde ze helemaal niet. Uit angst om te gretig over te komen werd haar houding precies het tegenovergestelde. 'Die meid is niet te krijgen,' straalde ze uit. Ze was trots op haar reputatie, die ertoe leidde dat ze pas werd ontmaagd toen ze al studeerde, terwijl al haar vriendinnen al jaren eerder voor de bijl waren gegaan.

Tegen de tijd dat ze Matthew ontmoette, had ze net haar tweede serieuze relatie achter de rug. Ze vond het heerlijk om alleen te zijn, en voor het eerst werd ze een beetje losser met mannen, althans af en toe. Ze wist dat ze kinderen wilde, ooit, dat had ze altijd al gewild, en ze wist dat ze vooral op zoek was naar een relatie waarin ze gelijkwaardig was aan haar man, en waarin ze niet steeds hoefde na te gaan of ze zich niet te kwetsbaar opstelde. Maar dat ze ooit nog eens zou gaan voor een getrouwde man die al een volwassen zoon had, dat had ze zelf echt nooit gedacht.

En nu zat ze in de keuken die eens hun keuken was en ze wist dat ze overduidelijk te veel moeite had gedaan. Ze wilde hem laten geloven dat ze alles onder controle had en dat ze over hem heen was, maar nu leek het er vooral op dat ze alles uit de kast had gehaald om hem weer terug te krijgen. Goddank was Matthew met de meisjes naar de zitkamer om met de Xbox te spelen en ze zakte weer terug op haar stoel en vocht tegen de tranen. Ze voelde zich zo vernederd. Ze pakte haar draadloze telefoon en liep ermee de tuin in, ondanks de regen.

Helen lag met een boek op de bank toen haar telefoon rinkelde.

'Ha, Sophie, wat is er aan de hand?'

Ze wist dat het iets met Matthew te maken moest hebben, die zich op dit moment zou realiseren dat hij nooit meer uit zijn prachtige huis en bij zijn prachtige gezin weg wilde, althans, dat hoopte ze.

'O, God, het is een drama,' zei Sophie. 'Hij denkt waarschijnlijk dat ik indruk op hem probeer te maken, omdat ik mezelf heb opgedirkt. Ik probeerde het nog wel zo subtiel te spelen, maar dat is niet bepaald gelukt.'

Ze ratelde maar door.

O, fijn is dit, dacht Helen.

'O shit,' zei Eleanor. 'Hij heeft het vast niet door, joh. Ik durf te wedden dat hij zelf ook bloednerveus is. Hij is waarschijnlijk al blij dat je hem geen serviesgoed naar zijn hoofd gooit. En trouwens, heeft hij zelf zijn best niet gedaan, dan? Ik durf te wedden van wel.' Ze wist natuurlijk dondersgoed hoe hij eruitzag, want ze had hem zelf aangekleed.

'Hij ziet er inderdaad heel goed uit. Totaal anders dan de dingen die hij normaal altijd droeg, hier thuis.'

'Zie je nou wel,' zei Helen c.q. Eleanor. 'Stel dat jij er niet uit had gezien terwijl hij helemaal tiptop gekleed was, dan had hij pas echt een psychologische voorsprong. Je hebt het goed aangepakt, hoor, hou vol. Niet laten merken dat je overstuur bent, gewoon weer naar binnen gaan. Laat zien dat je alles onder controle hebt. Dat kan jij best.'

'Oké.' Sophie had alweer wat meer zelfvertrouwen. Op dat moment duwde Norman zijn kopje tegen Helens arm en miauwde ongeduldig.

'Ik wist helemaal niet dat jij een kat hebt?' Sophie had hem gehoord.

'O, ja, heb ik dat nog nooit gezegd?'

Jezus, nou moet ik onthouden dat Eleanor een kat heeft.

'Hoe heet 'ie?'

Helen keek snel om zich heen op zoek naar inspiratie. 'Eh... Kussen.'

'Kussen?'

'Ja, hij is heel dik, en hij ziet eruit als een harig kussentje. Zeg, waarom zitten we hier over mijn kat te praten terwijl jij je ex moet gaan laten zien hoe leuk je bent?'

Sophie bekeek zichzelf in de halspiegel, en oefende op een zelfverzekerde glimlach, voor ze zogenaamd nonchalant de zitkamer binnenliep.

'Wil iemand iets drinken?' vroeg ze een beetje verward.

'Sst,' zei Suzanne die kennelijk midden in een drugsdeal zat.

'Afmaken, die hoer!' schreeuwde Claudia terwijl ze probeerde de handset van haar zus af te pakken. 'Ze wil er met jouw coke vandoor. Schiet haar dan neer, verdomme! Vlug!' Dit stond waarschijnlijk boven aan het lijstje van zinnen die ze haar tienjarige dochter nooit wilde horen uitspreken. Matthew keek Sophie even vertwijfeld aan. Haar glimlach werd zachter, normaler. Hij stond op.

'Ik heb wel zin in een kop thee,' zei hij terwijl hij zich uitrekte. 'Als het mag.'

Matthew liep achter Sophie aan naar de keuken, en pakte de theezakjes terwijl zij water opzette, als twee mensen die al vijftien jaar een keuken deelden. Wat natuurlijk ook zo was.

'Wat vind jij ervan dat ze dit soort spelletjes doen?' vroeg Sophie aan hem terwijl hij twee mokken pakte uit het kastje boven de gootsteen.

'Ach, het zijn kinderen van gescheiden ouders, dus ze zijn sowieso gedoemd om drugsverslaafden te worden. Dan kunnen ze maar beter het klappen van de zweep nu al leren. Je weet maar nooit wanneer er weer een of andere prostituee met je handel vandoor wil, dus daar kun je maar beter op voorbereid zijn.'

Sophie lachte. 'Dat had ik ze allemaal liever zelf willen leren. Over een paar jaar.'

'Ik pak het wel van ze af, als je dat wilt,' zei hij. 'Maar het probleem is dat ze me al jaren aan mijn kop zeuren om zo'n ding en als weekendvader heb ik natuurlijk het recht om ze te verwennen met dingen die jij nooit zou goedkeuren. Ik wil natuurlijk wel hun favoriete ouder blijven, dat snap je.'

'Als het maar niet elke week gebeurt, goed? Ik heb geen zin om Bureau Jeugdzorg hier straks op de stoep te hebben staan.'

Er viel even een ongemakkelijke stilte terwijl ze zaten te wachten tot het water kookte, maar Matthew leek geen haast te hebben om weer terug te gaan naar de zitkamer. Integendeel: hij ging aan de keukentafel zitten en leek zich volkomen thuis te voelen. Toen ze hem zo zag zitten werd Sophie bijna misselijk. Dit tafereeltje had zich een paar maanden geleden kunnen afspelen, toen ze nog een doodgewoon echtpaar waren, dat zat te kletsen terwijl hun kinderen ergens anders in het huis aan het spelen waren. Als er nu iemand naar binnen zou kijken, zou die denken: wat leuk dat die mensen nog zo hun best doen om er leuk uit te zien, en dat ze gezellig de tijd nemen om met elkaar hun week door te nemen. Heel even had ze zin om zich aan zijn voeten te werpen en hem te smeken om weer terug te komen; ze zou haar best doen om alles wat er was gebeurd te vergeten. Maar meteen dacht ze aan haar kinderen en werd ze kwaad toen ze besefte dat hij over een paar uur weer terug zou gaan naar Helen en naar het leven dat hij had verkozen. Ze haalde diep adem en nam even de tijd om de melk te pakken en de suikerpot, die sinds Matthew weg was niet meer werd gebruikt. Eleanor had gelijk: ze moest hem duidelijk maken dat hij haar niet kapot had gekregen. De enige echte wraak die ze kon nemen, was hem te laten zien wat hij achter zich had gelaten, in de hoop dat hij ergens zou wensen dat hij dat niet had gedaan. Als hij spijt kreeg, zou hij misschien een fractie van het verdriet voelen dat zij had gevoeld toen hij haar in de steek liet, en dat zou haar tenminste nog enige genoegdoening schenken.

Toen ze bij hem aan tafel ging zitten, was ze voldoende gekalmeerd om hem te vertellen wat er met Suzanne was gebeurd na dat gedoe op de ouderavond. Dat ze haar had verteld dat helemaal niemand van haar verwachtte dat zij de beste van de klas was, en dat ze nu haar huiswerk liet voor wat het was, en het erover had dat ze schoonheidsspecialiste wilde worden.

'Dat zei ze net al, ja,' antwoordde Matthew. 'Ik hoop wel dat ze daar overheen groeit, eerlijk gezegd.'

'Tuurlijk. Ik geef het nog een paar weken, en dan trekt ze wel weer bij. Ze is nu gewoon haar grenzen aan het verkennen om te zien of wij het echt menen. Heb het er nu maar niet meer over met haar, Matthew. Anders bijt ze zich er misschien alleen maar meer in vast.'

Sophie hoorde Claudia roepen of Matthew kwam scrabbelen.

'Zin om mee te doen?' vroeg hij. 'Dat vinden de meisjes geweldig.'

Toen Matthew wegging, later dan eigenlijk de afspraak was, had Sophie het gevoel alsof ze een totaal andere relatie hadden gekregen. Eentje waarin ze als beschaafde mensen met elkaar omgingen en samen met hun kinderen konden zijn. Eentje die Helen nooit zou begrijpen en waar ze nooit deel van zou kunnen uitmaken, omdat zij en Matthew samen een heel verleden deelden. Ze zag dat hij ergens helemaal niet weg wilde, terug naar wat Claudia smalend 'dat stinkende krot' noemde en ze had het gevoel dat ze een punt had gescoord ten nadele van Helen. Eentje slechts, maar toch voelde dat goed. Haar leven werd misschien nooit meer zoals het was, maar het was beter te verdragen als ze wist dat Matthew ook niet bepaald een droomleventje had. Dat was natuurlijk heel kinderachtig van haar, maar zo voelde het nu eenmaal.

Toen Matthew thuiskwam liep Helen door het huis te ijsberen. Ze dacht erover om Sophie te bellen en te vragen hoe het was afgelopen, maar ze wist niet zeker of hij al weg was, en ze dacht ook niet dat ze Eleanortje durfde te spelen als Matthew weer thuis was. Ze droeg haar minst flatterende pyjamabroek en een vormeloze fleecetrui met een grote vlek erop. Ze had haar haar gewassen en aan de lucht laten opdrogen, zodat het flink kroesde. Ze wist dat Matthew het beeld van Sophie op haar paasbest nog in zijn hoofd zou hebben.

'Hoe ging het?' vroeg ze meteen toen hij de voordeur opendeed.

'Goed,' zei hij raadselachtig. 'Ja, heel goed, zelfs.' Hij liep naar de badkamer en zei toen over zijn schouder, 'O ja, Sophie vroeg nog of ik zin had om volgende week ook weer te komen. Vind je dat goed?'

Halleluja! dacht ze.

'Ja hoor, prima,' zei ze, en ze deed haar best een beetje teleurgesteld te klinken.

25

De opening van Verano stond gepland voor aanstaande vrijdag. Vandaag zouden de bevestigingen op de uitnodigingen binnenkomen, en twaalf van de vijfendertig semi-beroemdheden die Global tot dusverre had uitgenodigd, hadden hun komst al telefonisch bevestigd. Dat was voldoende om een aantal paparazzi te informeren, vooral omdat Shaun Dickinson en zijn siliconen-ex hun nieuwe partners mee zouden brengen. (ONZE SCHEIDING!'; DRIE WAS TE VEEL!; HOE MIJN NIEUWE BORSTEN MIJ VERGIFTIGDEN!; WEER VERLOOFD! waren de koppen in de roddelbladen, de afgelopen dagen.) De pers was beloofd dat een voormalig lid van een bekende meidengroep, Kellie Shearling, voor het eerst weer naar buiten zou treden na haar opname in een kliniek wegens een 'depressie', die waarschijnlijk werd veroorzaakt door het feit dat ze niet meer genoeg verdiende om haar heimelijke verslaving aan cocaïne en alcohol te kunnen betalen.

Het werd geen superfeest waar je per se gezien wilde worden, en Helen vroeg zich af of Leo wel wist waar hij aan begon. Maar goed, het zou publiciteit opleveren, en dat was goed, ook al was het niet het soort publiciteit dat hij eigenlijk voor ogen had voor zijn prachtige, smaakvolle restaurant. Tot dusverre was het nog niet gelukt om ergens een artikel geplaatst te krijgen over de aanstaande opening, en Helen kon de verleiding nauwelijks weerstaan om zelf te bellen met Lesley David van de *Mail on Sunday*, die haar nog een gunst verschuldigd was. Maar goed, zij had er verder niets meer mee te maken, en het was allemaal veel minder gecompliceerd als zij zich er niet meer mee zou bemoeien. Leo zou deze ochtend langskomen om de laatste details voor vrijdag door te nemen. Dat was dan ook de reden dat Helen zo vroeg op de dag al in een café op Old Compton Street de kranten zat te lezen.

Om kwart over elf belde ze HvdB.

'Met Helen Sweeney,' hoorde ze HvdB zeggen met haar irritante zangerige stem.

'Met Helen. Is Matthews zoon al weg?'

'Ja... net.'

'Mooi. Dank je. Doeg!'

Helen hing op voordat HvdB de kans kreeg om een heel gesprek te beginnen. Om halftwaalf was ze weer terug op kantoor. Ze belde Sandra Hepburn om te controleren of nu alles geregeld was voor haar reisje, de volgende dag.

'Ik heb een gigantische pukkel op mijn kin,' zei Sandra. 'En schaafplekken op mijn knieën.'

'Geeft niks,' stelde Helen haar gerust. Ze zou Ben wel even bellen dat hij er met de airbrush tegenaan moest. Ze las het persbericht nog eens door dat ze had geschreven over Sandra's fotosessie en ze vond dat ze het keurig had gedaan: ze had duidelijk geïmpliceerd dat het ging om een fotosessie voor de *Vogue*, maar dat stond nergens met zoveel woorden beschreven. Ze bracht het persbericht naar Laura voor ze het de deur uit deed. Die bleek echter totaal andere dingen aan haar hoofd te hebben.

'Helen. Heel goed. Ga zitten. Ik moet met je praten.'

Helen deed wat haar was opgedragen. 'Is alles wel goed met je?'

'Fantastisch zelfs. Luister. Ik heb ontslag genomen. Ik ga weg bij Global.'

Helen staarde haar aan en wist niet hoe ze hier op moest reageren.

'Ik ga voor mezelf beginnen,' ging Laura verder. 'Ik ben er al tijden mee bezig, maar ik kon er verder niks over zeggen, tot alles financieel in kannen en kruiken was. Ik heb een opzegtermijn van drie maanden, maar ik heb het de andere leden van de directie al een poos geleden verteld, dus ik ga nu de klanten inlichten. Contractueel mag ik geen klanten van Global benaderen, en om je de waarheid te zeggen zit ik ook niet echt op dat soort klanten te wachten. Ik ben helemaal klaar met die soapies en zo. Ik wil hoger in de markt gaan zitten. Werken voor echte sterren in plaats van sterretjes creëren. Patrick Fletcher en Anna Wyndham hebben al ja gezegd.' Die twee waren op dat moment de absolute lievelingen van de Britse filmwereld.

'Wauw,' zei Helen, die probeerde om haar afgunst te verhullen. Ze was ook oprecht blij voor Laura, maar dat wilde nog niet zeggen dat ze niet ook verschrikkelijk jaloers was.

'Gefeliciteerd.'

'O,' zei Laura, die het gebrek aan enthousiasme op Helens gezicht kon lezen. 'Maar ik vergeet het belangrijkste.' Ze zweeg even voor een mooi dramatisch effect. 'Ik wil dat jij met me mee gaat.'

Helen probeerde geïnteresseerd te kijken. Ach, je kon het slechter treffen dan Laura's secretaresse te blijven. Maar Laura praatte enthousiast door.

'Maar dan niet als mijn assistente, maar als junior accountmanager. Ik weet dat jij dat aankan.'

Helen werd plotseling duizelig. 'Dat meen je niet!'

'Ja natuurlijk meen ik dat.'

'Het wordt natuurlijk niet zoals hier, ik bedoel, we beginnen maar met zijn tweetjes plus een assistente en iemand voor de boekhouding. En ik kan je in het begin ook niet meer betalen dan wat je nu hier verdient, maar, nou ja, je krijgt wel je eigen klanten...'

'Jezus!'

Het drong langzaam tot haar door wat dit allemaal betekende. 'Is dit al zeker? Ik bedoel... Jezus!'

'Dus?' vroeg Laura. 'Heb je interesse?'

Helen maakte een geluid dat het midden hield tussen een lach en een gil. 'Ja natuurlijk heb ik interesse! O, bedankt, echt, ontzettend bedankt!'

'Ik dacht zo dat jij misschien al eerder zou kunnen beginnen om de zaak op poten te zetten. En dan kom ik een maand later.'

Helen onderdrukte de neiging om haar te knuffelen. Ze kreeg de glimlach niet meer van haar gezicht. 'Ik kan je niet zeggen hoe dankbaar ik ben.'

Helen liep naar Matthews kantoor, iets wat ze nauwelijks meer had gedaan sinds hij bij haar was ingetrokken.

'Wist jij ervan?' vroeg ze.

'Ja,' zei hij. 'En ik vind dat je het verdient. Je kunt dat heel goed.'

Ze had het gevoel dat ze boos op hem moest zijn omdat hij dit voor haar geheim had gehouden, maar niets kon haar goede humeur nu nog bederven, en hij leek zo oprecht blij voor haar dat ze haar armen om zijn nek sloeg en hem kuste, vol in het zicht van Jenny, die binnenkwam met een brief die hij moest ondertekenen.

Eenmaal terug aan haar bureau gonsde het in haar hoofd. Laura had haar gevraagd om het nog even een paar dagen niet aan de andere meiden te vertellen, maar dat zou geen probleem zijn, aangezien niemand met haar wilde praten. Maar ze liep wel te grijnzen zodra ze bij hen in de buurt was. Het was duidelijk dat ze dat maar vreemd vonden, dus toen Helen dat doorhad, grijnsde ze nog breder.

'Wat kijk jij blij?' vroeg Annie uiteindelijk.

'O, gewoon,' zei Helen lachend.

'Je grijnst als een idioot, hou daar eens mee op.'

'Sorry, dat lukt niet.'

Toen Laura ging lunchen, sloot Helen zich op in haar kantoor om Rachel te bellen. Rachel, die de afgelopen tien jaar Helens beste vriendin en vertrouwelinge was geweest, en die haar eindeloos vaak had horen praten over ambities die gedwarsboomd werden, was precies een halve minuut dolblij, maar begon toen een eindeloze monoloog over tafelschikkingen en tiara's. Helen veinsde interesse maar het irriteerde haar ongelooflijk dat haar vriendin zo met zichzelf bezig was. Op het 'Vreselijke vrouwen'-lijstje van Helen en Rachel stonden niet alleen vrouwen die er met andermans echtgenoot vandoor gingen (zoals Helen), en kakmadammen, maar ook vrouwen die zich alleen nog maar met hun vriendje bezighielden ten koste van hun vriendinnen, en vrouwen die alleen nog maar konden praten over hun aanstaande bruiloft en/of over baby's. Dit was de volledige lijst:

Vrouwen die er met andermans echtgenoot vandoor gaan (Helen)
Vrouwen die zich alleen nog maar met hun vriendje bezighouden (Rachel)
Vrouwen die alleen nog kunnen praten over hun aanstaande bruiloft en/of over baby's (Rachel)
Kakmadammen
Dikke vrouwen die altijd vertellen hoe weinig ze eten
Vrouwen die voortdurend met een decolleté lopen te pronken (met als

subcategorie: vrouwen die grote tieten hebben in plaats van karakter)

Vrouwen met tieten op een plankje (Rachel en Helen verstonden hieronder de hoogst zeldzame groep vrouwen die na hun vijfentwintigste zowel superslank als van nature superrondborstig waren, omdat ze ervan overtuigd waren dat iedere vrouw op haar zesentwintigste verjaardag dikke dijen cadeau kreeg)

Dikke vrouwen die opscheppen over hun grote borsten (ze hadden nog wel een paar pagina's kunnen doorzeuren over borsten en dikke vrouwen, maar ze hadden besloten het hier verder bij te laten)

Vrouwen die fan zijn van Dido

Vrouwen die fan zijn van Bridget Jones

Vrouwen als Bridget Jones

Sophie

Vrouwen die altijd maar lopen te zeuren over het feit dat ze toch zo gek zijn op schoenen (met andere woorden: vrouwen die denken dat het in het echte leven net zo toe gaat als in *Sex and the City*)

Vrouwen die een chocolade-obsessie hebben

Vrouwen die je vragen wat je sterrenbeeld is

Jennifer, alhoewel ze zich geen van beiden meer konden herinneren wie Jennifer ook weer was (maar ze spraken af om haar toch maar op de lijst te laten staan want ze hadden er ooit vast een hele goede reden voor gehad om haar op de lijst te zetten)

Magere sprieten die zitten te zeiken dat ze ineens zoveel zijn aangekomen terwijl ze maat 38 hebben

Huilebalken (Helen kwam tegenwoordig zelf ook voor deze categorie in aanmerking)

Vrouwen die 'super' zeggen, of 'bizar' of wat de laatste modekreet ook maar is

Vrouwen die steeds een kleinemeisjesstem opzetten

Vrouwen die zeggen 'ik bent toch zo'n gekke meid' (tenzij ze echt in een inrichting zitten)

Vrouwen die beweren dat ze er toch nog altijd lekker uitzien, ondanks hun drie kinderen

Schattige poppenvrouwtjes

Vrouwen die niet ongesteld zijn maar 'menstrueren'

Vrouwen die denken dat je geïnteresseerd bent in hun ivf-behandeling

Broedse kippen
Vrouwen die in therapie zijn geweest
Vrouwen die altijd hengelen naar complimentjes ('Ik zie er niet uit vandaag!' waarop jij moet zeggen: 'Welnee, je bent beeldig!)
Vrouwen die het niet over 'mijn vriend' hebben, maar over 'mijn partner'
Laura (recent van de lijst geschrapt door Helen)
Vrouwen die jarretelles dragen. Of korsetjes. Of andere dingen waarvan ze in de Playboy hebben gezien dat mannen dat sexy vinden
Vrouwen die overdreven hun best doen (zie hierboven)
Vrouwen die oftewel bloemen in hun haar doen, pashminasjaals omdoen of zwarte beha's onder witte bloesjes dragen
Vrouwen die parttime werken en die verwachten dat de hele wereld zich aanpast aan hun verplichtingen ('O, nee, ik kan niet volgende week, want dan wordt er behangen in Sams kinderdagverblijf!')
Vrouwen die in het openbaar borstvoeding geven
Vrouwen die nog steeds borstvoeding geven als hun kinderen oud genoeg zijn om er zelf om te vragen

Oké, Helen overtrad een van de halsmisdaden op de lijst, maar Rachel was ook op twee punten een vreselijke vrouw, en daar zou het waarschijnlijk niet bij blijven.

Helen kapte het gesprek af en beloofde om binnenkort met haar een paar locaties voor de bruiloft te bezoeken. Ze dacht erover om te vragen of ze zin had een borrel met haar te drinken, later in de week, maar ze wist het antwoord eigenlijk al. Als ze al wilde, moest Neil mee. Niet dat dat zo erg was, want Neil was aangenaam gezelschap, maar het was toch anders. Helen had dan het gevoel dat ze het niet over het probleem 'Matthew' kon hebben zonder dat Neil af en toe meldde dat hij Matthew toch zo'n 'goeie vent' vond, en of ze niet weer eens met z'n vieren konden afspreken. Ze wist dat Sophie wel zou willen, maar ja, Sophie dacht dat ze allang een succesvolle pr-vrouw was, dus met haar kon ze het heuglijke feit moeilijk gaan vieren. Toch wilde ze graag alles weten wat er de vorige middag was gebeurd, dus ze belde haar toch maar.

'Om je de waarheid te zeggen,' zei Sophie, 'was het geweldig. De meiden vonden het hartstikke gezellig en we hadden helemaal geen ruzie of zo. Je had gelijk. Ik had het gevoel dat ik het allemaal onder controle had, nou ja, na dat schilderincidentje dan. En ik denk dat hij, hoe gelukkig hij ook is met die bitch, tot de conclusie is gekomen dat hij zijn gezin mist. Dat hoop ik in elk geval.'

'Nou moet je niet meer loslaten,' zei Helen ondanks de onredelijke steek van jaloezie die ze voelde. Ze moest juist blij zijn – en dat was ze ook – maar het was nou niet bepaald goed voor haar ego om te horen dat hij zijn oude leventje weer zo gemakkelijk op wist te pakken. 'Laat hem flink lijden.'

'Zeker. En bedankt, hè,' antwoordde Sophie, 'voor al je advies en zo. Ik stel het echt heel erg op prijs.'

Helen besloot om die dag vroeg te stoppen, en liep het kantoor uit terwijl Jamie net bezig was om allerlei details uit Alans e-mails aan de goegemeente voor te lezen (waaronder een verslag van de gebeurtenissen die onlangs in een of ander hotel plaatsvonden). Ze ging naar huis. Matthew was er al, en hij was kennelijk bezig geweest om de zitkamer gezellig te versieren. Het leek wel een bordeel: hij had allemaal gekleurde sjaals over de lampen gedrapeerd en Helen wist zeker dat ze een schroeilucht rook, en er flikkerden overal kaarsjes. De tafel was gedekt voor een diner voor twee, en in het midden stond een ijsemmer met daarin een fles champagne. Helen keek op haar horloge, het was pas halfzes. Ze hoorde Matthew zingen onder de douche, en ze wist dat ze zijn verrassing had verpest. Dus deed ze haar jas niet uit, maar draaide zich om en liet haar levensgevaarlijke huis, met al die schroeiende sjaals en brandende kaarsen in combinatie met haar nieuwsgierige kat achter. Toen deed ze de voordeur toch maar weer open, pakte Norman en sloot die op in de keuken

Ze ging weer weg, liep de straat op en dacht na over wat ze het komende halfuur zou gaan doen. Ze had zin om een filmpje te pakken en pas over een paar uur weer terug te komen. Ze zou dan met een zogenaamd onschuldige blik binnenstappen en doen alsof ze het zo erg vond dat ze zijn verrassing had verpest. O God, ze had echt totaal geen behoefte aan een romantisch dineetje met hem. Het was natuurlijk heel lief dat hij al die moeite had gedaan, maar zij had alleen maar zin om lekker voor de televisie te zitten. Ze hadden elkaar nauwelijks iets te melden, en er was zeker niet genoeg stof om een uur of vier te vullen totdat hij klef zou worden en haar mee naar bed wilde lokken. Ze hadden al een paar weken geen seks meer gehad en dat vond zij prima. Ze werd misselijk bij de gedachte dat hij aan haar zou gaan frunniken – iets dat ze jarenlang heerlijk had gevonden – en niet omdat er iets mis was met hem of dat hij een slechte minnaar was, integendeel. Het kwam gewoon doordat hij Matthew was.

Ze liep tussen alle mensen door die net de volle metro uit kwamen, en hing wat rond in de winkels. Na tien minuten ging ze voor de Kentucky Fried Chicken op een bankje zitten in haar veel te dunne jasje. Om halfzeven banjerde ze weer terug naar huis en repeteerde in haar hoofd haar totaal verraste reactie. Matthew hing in het halletje rond toen ze binnenkwam, als een nerveuze gastvrouw, en hij was zo opgewonden over zijn grote verrassing dat ze het hart niet had om hem teleur te stellen.

'Wat is er?' vroeg ze. 'Wat is er aan de hand?'

Matthew wees met een flamboyant handgebaar naar de zitkamer. 'Welkom, welkom.'

Helen liep verder. De kaarsen waren inmiddels opgebrand tot stompjes, en ze zag dat een van de gekleurde sjaals nu op een stoel lag, met een verdacht zwarte plek in het midden. De schroeilucht was nog sterker dan straks, maar werd nu vergezeld van een heerlijke currygeur.

'Wauw, Matthew, wat is dit allemaal?'

'Een etentje ter ere van jou en je nieuwe baan,' antwoordde hij trots.

'Heb je zelf gekookt?'

'Nee, ik heb laten bezorgen.'

'Het ziet er geweldig uit, hier, wat lief van je.'

Het *was* ook echt lief van hem dat hij zoveel moeite voor haar had gedaan. Een paar maanden geleden zou ze helemaal in de wolken zijn geweest, en Rachel hebben verveeld met alle details. Maar nu kon ze het nog net opbrengen om dankbaar te kijken.

'Hier, neem een glaasje champagne.'

Matthew trok de fles uit de emmer, waar inmiddels alleen nog water in zat, en schonk haar een glas in. Ze dronk het glas in twee forse teugen leeg en hield het toen omhoog om nog eens volgeschonken te worden.

Twee uur later, toen ze eindelijk klaar waren met eten, probeerde Helen te beslissen wat erger was: zeggen dat ze moe was en naar bed wilde, wetende dat Matthew dan zijn beloning voor al deze moeite zou opeisen, of net zolang opblijven tot hij zelf in slaap viel en misschien nog een uur of drie zouteloze conversatie uitzitten. Hoewel ze tot nu toe de tijd eerlijk gezegd redelijk door waren gekomen met klagen over Global en met speculaties over Helens gouden toekomst, moest ze nu hard nadenken om gespreksonderwerpen te vinden die ze verder nog aan kon snijden. Misschien dat ze Sophie nog wel een keer ter sprake kon brengen, om haar sterke punten nog eens onder de aandacht te brengen.

'O,' hoorde ze Matthew zeggen, 'Leo belde nog.'

Helens maag kromp ineen.

'Hij verheugt zich erop om jou vrijdag te ontmoeten.'

'Wat zeg je nou?' Had ze dat goed gehoord?

'Bij de opening. Ik heb gezegd dat jij ook zou komen, en daar verheugt hij zich op. Sophie is er waarschijnlijk ook, maar dat is geen probleem, toch? Ik bedoel, voor mijn gevoel gaan we inmiddels heel volwassen met elkaar om, dus ik denk dat zij het niet erg vindt om jou te zien.'

Helen raakte volkomen in paniek.

'Nee.'

'Hoe bedoel je: nee?'

'Het gaat mij allemaal te snel, ik kan iedereen nog niet onder ogen komen. Echt niet.'

'Doe niet zo idioot. Natuurlijk kan je dat wel.'

'Nee, Matthew, dat kan ik niet.' Ze kon wel huilen.

'Weet je wat: ik probeer wel uit te vinden hoe laat Sophie er zal zijn en dan gaan wij wel later. Maar eigenlijk snap ik niet zo goed waar je je zorgen over maakt, want ze gaat heus geen scène maken. Zo is ze helemaal niet.'

'Nee, ik ga er helemaal niet heen. Ik wil Leo niet ontmoeten. Nog niet.' Ze had zichzelf niet meer in de hand en de tranen stroomden over haar wangen. Wat was dit een hel!

'En trouwens,' probeerde ze wanhopig, 'ik heb vrijdag al een andere afspraak.'

'Met wie dan?'

'Ik zou bij Rachel langsgaan.'

'Maar die zie je morgen ook al?' Uiteraard wist Matthew niet dat ze morgen eigenlijk een afspraak had met zijn ex.

'Ze gaat trouwen, Matthew,' zei Helen, alsof dat alles verklaarde. Hij keek haar niet-begrijpend aan en dus ging ze door: 'Ik help haar om alles te plannen. Ik ben haar ceremoniemeester. Ik heb het beloofd.'

'Godsamme, zeg het toch gewoon af. Dit is familie, Helen. En je weet wat voor relatie ik heb met Leo. Het is al een groot wonder dat hij me heeft uitgenodigd, dus dan ga ik echt niet zeggen: "Sorry, maar we hebben wel wat beters te doen."'

'Ja, maar jij moet natuurlijk wel gaan. Alleen ik kan niet met je mee, het spijt me.'

'Helen, ik ben absoluut niet van plan om te zeggen dat jij Leo's ruimhartige gebaar afslaat en niet komt opdagen.'

'Doe toch niet zo achterlijk, man. Die Leo wil mij daar helemaal niet bij hebben. Hij is gewoon beleefd, en dat is reuze aardig van hem, maar voor mij is het gewoon te vroeg, ja? Einde verhaal. Je zegt hem maar gewoon dat ik al plannen had.'

'Ik vind dit echt volkomen belachelijk. Jij gaat met mij mee, en verder wil ik er geen woord meer over horen.'

'Echt niet, dus.'

'Je stelt je aan als een klein kind, Helen. De meiden op kantoor zeiden ook al dat je je hielen licht als hij langskomt op kantoor. Ik dacht eerst nog dat jij bang was dat hij ruzie met je zou maken, maar het is me nu volkomen duidelijk dat hij het leuk vindt om je te ontmoeten, dus ik zou niet weten waarom jij hem niet wilt zien. Wat is er in godsnaam aan de hand?'

'Helemaal niks. Ik ben er gewoon nog niet aan toe. Ik ga niet en jij kunt me niet dwingen, oké? Je bent mijn vader niet, Matthew. Jij hebt helemaal niks over mij te zeggen. Ik ga niet, leer er maar mee leven.'

'Wat is dit een ongelofelijk puberaal gedoe.'

'Ik ben geen puber, ik ben een vrouw van negenendertig die prima in staat is om voor zichzelf te beslissen. Jij gedraagt je als een oude man die denkt dat iedereen maar naar zijn pijpen moet dansen. En zal ik je eens vertellen hoe dat komt? Omdat je ook een oude man bent.'

Matthew stond op. 'Ik ga naar bed.'

'Het is tien voor negen.'

'Nou en.'

'Prima, ik blijf wel op de bank slapen.'

'Doe dat.' Hij sloeg de slaapkamerdeur achter zich dicht.

'Lul!' schreeuwde Helen, omdat ze het laatste woord wilde hebben.

Vijf minuten later verscheen Matthews hoofd weer in de deuropening. 'Jij doet godverdomme helemaal niks om deze relatie te doen slagen,' blafte hij haar toe.

'Nou toe dan maar, kom maar weer op: jij hebt alles opgegeven voor mij. Maar daar heb ik helemaal niet om gevraagd, of wel soms?'

'Daar heb jij zeker wel om gevraagd, ja!' Hij schreeuwde nu. 'En of jij daar goddomme om gevraagd hebt!'

Hij trok de deur weer dicht.

'Rot toch een eind op, man,' riep Helen hem na.

Dit keer duurde het maar vijf seconden voor hij weer terug was. 'Eén avondje, dat is alles wat ik van je vraag. Een avond, meer niet, om mij te helpen. Is dat te veel gevraagd, dan?'

'Ja, sorry, maar dat is inderdaad te veel gevraagd,' zei Helen, en ze ging op de bank liggen en trok een foulard over haar hoofd.

26

HELEN ZAT IN DE PUB tegenover het British Museum en roerde met een plastic roerstaafje gedachteloos in haar Bloody Mary. Sophie was te laat. Niet de gebruikelijke tien minuten, maar al een halfuur. Helen had al geprobeerd om haar te bellen maar Sophies mobieltje sprong meteen op de voicemail, en aangezien Matthew thuis op de meisjes paste durfde ze daar niet naartoe te bellen. Ze pakte haar glas op en keek even naar de man die haar vanaf een ander tafeltje nieuwsgierig aan zat te kijken. Hij fluisterde iets tegen zijn twee vrienden, die zich vervolgens omdraaiden en ook naar haar keken. Helen dacht erover ze toe te roepen dat ze geen hoer was, maar gewoon op haar vriendin wachtte, maar in plaats daarvan kreeg ze een kleur en concentreerde ze zich op een boeiend bierviltje. Had ze maar een boek of een tijdschrift bij zich. Een vrouw die aan het lezen was, kwam over als een deugdzame vrouw die een volkomen legitieme reden had om in de pub te zitten. Daarentegen leek een vrouw die in haar eentje iets zat te drinken iets uit te stralen als: voor de prijs van een wodkaatje ben ik de jouwe. Ze keek op haar horloge en besloot dat ze nog vijf minuten zou wachten.

In werkelijkheid zat Helen meer dan een uur in haar eentje, omdat ze geen zin had om naar huis te gaan, waar de kamer nog vol stond met de restanten van het feestmaal van gisteren. Ze vond dat het absoluut niet haar taak was om dat op te ruimen. Het was Matthews idee geweest, en volgens haar was hij begonnen met de ruzie die een voortijdig einde aan de pret had gemaakt. Het kwam haar wel erg goed uit, daar niet van, en ze was dan ook niet van plan om het al te snel weer goed te maken.

Matthew had haar weleens verteld dat Sophie passief-agressief was.

'Ze gaat net zo lang door met zeuren tot je er doodmoe van wordt, en zo weet ze altijd haar zin door te drukken. Ik heb veel liever een vette ruzie,' zei hij toen. 'Gewoon alles eruitgooien, dat klaart de lucht tenminste.' Als ze op zijn gemok mocht afgaan, telkens als ze elkaar eerder die dag tegenkwamen, was dat een leugen geweest. Of misschien bedoelde hij wel dat hij weliswaar liever een vette ruzie had, maar alleen als hij won, dacht ze bitter. Mijn God, wat was hij vreselijk.

Drie minuten en nog wat seconden nadat ze voor het laatst op haar horloge had gekeken en na nog wat geknipoog van de drie mannen, die buitenlandse zakenlui bleken te zijn, keek Helen nog een keertje en besloot vervolgens dat het tijd was om op te stappen. Ze pakte net haar handtasje toen haar mobieltje ging. Eindelijk. Ze keek even op het schermpje wie het was, hoewel ze eigenlijk zeker wist dat het Sophie moest zijn, en zo zag ze dat ze het bij het verkeerde eind had: het was een nummer dat ze niet herkende.

'Hallo?'

Het was een mannenstem. Ze wist niet of het kwam doordat ze die stem herkende of vanwege het feit dat hij haar Eleanor noemde, maar ze had meteen door wie het was: Leo. Ze probeerde nonchalant te klinken, maar dat lukte maar matig, want ze was goed geschrokken van zijn telefoontje.

'Hoe gaat het?' vroeg hij, alsof het de gewoonste zaak van de wereld was dat hij haar belde.

'Goed, ja. Druk, natuurlijk. Hoe ging het met de opening?' vroeg ze, ook al wist ze dondersgoed dat die nog niet was geweest.

'Daar bel ik je over. Die is aanstaande vrijdag. Ik dacht, misschien vind je het wel leuk om langs te komen, om te zien hoe het is geworden. Niet als mijn date, of zo... je kunt ook je vriend meenemen. Jullie zijn nog steeds samen, toch?'

Hij was dus nog steeds in haar geïnteresseerd. Waarom zou hij anders bellen? Ze voelde zich plotseling heel... ja, wat voelde ze eigenlijk? Lust, waarschijnlijk. Ze onderdrukte de neiging om te zeggen: 'Nee, hoor, ik ben geheel de jouwe, als je me nog steeds wilt.'

'Eh... ja. We proberen er nog iets van te maken.' God, als hij eens wist wat er echt aan de hand was. Ze had durven zweren dat ze iets van teleurstelling in zijn stem hoorde.

'Nou, neem hem mee, zou ik zeggen. Ik zou het echt heel fijn vinden als je kwam, dan kan ik mooi de belangrijke restaurateur uithangen en dan kan jij nog eens een blik werpen op die arme Carlos. Reken maar dat je dan wenst dat je single was. Hoewel ik dan natuurlijk de nieuwe Gordon Ramsay ben, en ik kan je niet beloven dat ik dan nog veel op heb met een simpel pr-typetje zoals jij.'

Helen moest lachen. 'Het is Carlo, niet Carlos. En het spijt me ontzettend, maar ik heb al iets te doen op vrijdag.' Ze dacht even snel na. 'Het toneelstuk van mijn cliënt gaat in première.'

Leo klonk wantrouwend. 'Ja, ja.'

'Ze heet... Rachel... eh...' Ze keek om zich heen. De buitenlandse zakenlui zaten nog altijd naar haar te gluren, in de overtuiging dat ze een callgirl was.

'Ho, Rachel Ho.'

'Rachel Ho?'

'Ja, ze is een Chinese, tenminste voor de helft. Ze komt net van de toneelschool en, nou ja, ze kan wel wat hulp gebruiken. Ik zou anders echt graag zijn gekomen...'

Ze dwaalde af toen de deur openging en Sophie hijgend binnenstormde.

'We kunnen ook gewoon vrienden zijn, hoor. We zijn toch twee grote mensen?' zei Leo. 'Maar als je geen zin hebt om langs te komen, dan vind ik dat prima...'

'Ik moet hangen, Sophie is er. Bedankt voor de uitnodiging – ik meen het – maar we kunnen echt niet komen.' Voor hij daar nog iets tegen in kon brengen hing ze op. Shit, nu dacht hij dat ze hem op afstand hield. Maar goed, al dacht hij dat, wat maakte dat eigenlijk uit?'

'Sorry, sorry,' piepte Sophie voordat Helen iets kon zeggen. Ze had duidelijk heel hard gelopen.

'Ik ben zo snel weggegaan, thuis, dat ik mijn telefoon ben vergeten mee te nemen, dus ik kon je niet bellen om te zeggen dat ik onderweg was. Het spijt me echt heel erg. Zit je hier al lang?'

Ze zag dat Helen haar tas om haar schouder had hangen.

'O God, je moet alweer weg!'

'Nee, het geeft niks,' stelde Helen haar gerust. 'Ga nou maar even rustig zitten, dan haal ik iets te drinken voor je.'

'Het kwam door Matthew,' zei Sophie, en Helen ging weer zitten. 'Hij was nogal over zijn toeren en hij wilde praten. Blijkbaar heeft hij een enorme ruzie met Helen.'

Helen schrok. 'Waarover, heeft hij dat verteld?'

'Helen weigert om vrijdag mee te gaan naar de opening van Leo's restaurant. Dat geloof je toch niet? Ze zegt dat ze geen zin heeft om nog meer van zijn familieleden te ontmoeten.'

'Misschien is ze wel bang dat jij er ook bent.'

'Ja, ik ben er natuurlijk ook, maar *so what*? Eerlijk gezegd verheugde ik me er wel op om haar eens te kunnen bekijken. En ik ga heus Leo's avond niet bederven door een scène te maken. Trouwens, hij wilde jou ook nog uitnodigen.'

'Ik weet het, ik had hem net aan de telefoon. Maar ik heb al iets anders komende vrijdag.' Ze stond op. 'Wit wijntje?'

'Ik denk dat de schellen hem eindelijk van de ogen vallen,' zei Sophie toen Helen terug was met haar wijntje.

'Hoezo?' Helen hield het niet meer van nieuwsgierigheid. 'Wat zei hij allemaal nog meer?'

'Dat hun relatie zo omgeslagen was. Dat hij het gevoel heeft dat ze helemaal niet meer in hem geïnteresseerd is nu ze hem heeft. Joost mag weten waarom hij bij mij komt uitjanken.'

'Omdat hij weet dat jij een schouder biedt om dat op te doen. Maar dat is toch juist mooi? Het geeft aan dat je over hem heen bent als je kunt aanhoren hoe hij allerlei intieme details over zijn nieuwe leven op tafel gooit zonder dat je er hysterisch van wordt.'

'Hij heeft me inderdaad veel intieme details verteld. Dat ze geen seks meer hebben, bijvoorbeeld. Helemaal nooit!'

'Helemaal nooit?'

'Kennelijk niet, nee. Net goed. Ach nee, nu ben ik niet helemaal eerlijk, want ik had best medelijden met hem. Ik bedoel: hoe krijgt hij dat voor elkaar? Hij misdraagt zich op een afschuwelijke manier en toch voelt iedereen altijd met hem mee.'

Helens gedachten waren nog bij het vorige punt blijven hangen. 'Heeft hij letterlijk gezegd dat ze geen seks meer hebben?'

Sophie knikte. 'Zij heeft er geen zin meer in, zei hij. Dat heeft dan ook niet lang geduurd.'

Helen dacht aan het potje vrijen dat ze Matthew uit mededogen had gegund, een week of drie geleden. Of was het nou vier? Ze vond het tegenwoordig afgrijselijk om seks met hem te hebben, maar heel af en toe deed ze het toch, omdat ze het niet eerlijk vond hem dat totaal te onthouden. Dan maakte ze er een mooie show van; hij kon nooit doorhebben dat ze alles bij elkaar fakete. Maar nu hij toch al overal rondbazuinde dat ze het helemaal nooit meer deden, kon ze zich die moeite verder wel besparen.

Sophie was in haar eigen gedachten verzonken. 'Waarom doe je zoiets? Eerst een heel gezin uit elkaar halen en vervolgens die man zo behandelen? Wat heeft het allemaal voor zin, tenzij het voor haar allemaal maar een spelletje is dat zij zo nodig wilde winnen. Ik bedoel, wat een kutwijf.'

'Misschien wilde ze hem wel echt, maar is ze nu van gedachten veranderd?' Zoals gewoonlijk kon Helen het niet laten zichzelf te verdedigen. 'Misschien ziet ze hem nu pas zoals hij echt is en vindt ze dat niks, dat kan toch?'

'Maar dat kun je toch niet maken als iemand zijn hele leven voor je overhoop heeft gegooid? Dat kan echt niet, hoor.'

'Dat soort dingen kun je van tevoren niet weten,' zei Helen. 'Je mag toch aannemen dat ze het zo niet gepland heeft.'

'En waarom wil ze niet mee naar Leo als dat zoveel voor Matthew betekent? Ze lijkt me echt een ongelofelijke muts.'

'Ja, dat staat vast,' lachte Helen.

'Sophie,' zei Helen een paar minuten later, toen Matthew en Helen nog steeds onderwerp van gesprek waren, 'de vorige keer zei je dat je hem weer terug wilde. Meende je dat nou?'

'Dat heb ik nooit gezegd,' protesteerde Sophie, maar ze verschoot voldoende van kleur om zichzelf te verraden. Helen moest weer lachen.

'Ja, zeker wel.'

'Toen had ik te veel gezopen. Natuurlijk wil ik hem niet meer terug.' Sophie werd nog roder. 'Laten we het ergens anders over hebben.'

Terwijl Sophie naar de bar liep, controleerde Helen haar berichten om te zien of Matthew haar iets berouwvols had gestuurd, maar nee, natuurlijk.

'Helen!'

O God, nee hè!

Ze keek voorzichtig op. Sophie stond nog steeds aan de andere kant van de bar vruchteloos naar de barman te wapperen met een briefje van tien pond. Helen glimlachte naar Kirstin, de voormalige assistente van Alan, die nu naast haar stond.

'Kirstin, hallo,' zei ze zwakjes, terwijl ze dacht: rot alsjeblieft op!

'Hoe gaat het?' begon Kirstin, die aanstalten maakte om bij haar te gaan zitten.

'Goed, luister, ik ben hier met iemand.'

'Ja, dat weet ik, ik ga wel weer weg als ze terugkomt. Hoe is het bij Global? Heeft Alan nog nieuwe scharreltjes?'

Helen wierp snel een blik over haar schouder: Sophie stond te kletsen met de man achter de bar terwijl hij haar drankjes inschonk.

'Geen idee, eerlijk gezegd.'

'Trouwens, ik weet het,' zei Kirstin samenzweerderig. 'Van jou en Matthew Shallcross. Ik heb het van Jamie. Hij vond het allemaal heel verschrikkelijk maar ik zei: "Prima toch, als zij daar zin in heeft." Jammer van zijn vrouw en kinderen en zo, dat wel, maar...'

Helen zag dat Sophie weer terugkwam met hun drankjes en dat ze verbaasd was dat er iemand op haar stoel zat. Ze zag Kirstins mond open en dichtgaan maar door de druk in haar hoofd kon ze de woorden niet verstaan. Het liefst had ze haar voor haar kop geslagen met een flinke stok om te zorgen dat ze haar mond hield. Dat, of ter plekke sterven.

'Kirstin...' Ze onderbrak haar midden in een zin. 'Sorry. Maar weet je wat het is, mijn vriendin heeft net heel erg slecht nieuws gekregen. Ze is heel erg ziek. Het is einde verhaal voor haar. En we moeten het hebben over, nou ja, wat er met de kinderen moet gebeuren als ze straks komt te overlijden en zo, dus...'

Sophie was nu op een meter afstand van hen.

'O mijn God, sorry!' Kirstin sprong op. 'Dan zal ik me maar snel uit de voeten maken. Bel me eens, goed?'

Sophie zette de drankjes op tafel.

'Hallo,' zei ze glimlachend tegen Kirstin. 'Je hoeft niet weg, hoor. Ik pak nog wel even een stoel. Ik ben Sophie, trouwens.'

Kirstin pakte Sophies uitgestoken hand alsof ze onder de lepra zat.

'Kirstin. Eh... nee, joh, ik ben hier met een stel vrienden. Je ziet er trouwens goed uit.' Ze bekeek Sophie met iets van bewondering. 'Echt.'

Sophie vond het maar vreemd. 'Nou, dank je.'

Kirstin keek Helen aan. 'Doei, hè.'

'Wie was dat?' vroeg Sophie zodra Kirstin haar hielen had gelicht.

Helen was net weer begonnen met ademhalen. 'O... een collega van vroeger. Heb ik heel lang geleden nog mee gewerkt. Ik ken dat mens nauwelijks.'

Helen was eerder thuis dan Matthew, die ongetwijfeld even was gebleven om Sophie nog meer vreselijke verhalen over haar te vertellen. Tenminste, dat hoopte Helen. Ze deed precies de helft van de vaat, zo snel als ze kon, deed het licht uit en kroop in bed, zodat ze kon doen alsof ze sliep. Een minuut of tien later hoorde ze de voordeur open en dicht gaan, gevolgd door allerlei ander lawaai. Waarschijnlijk was Matthew bezig met de andere helft van de afwas. Ze lag daar met haar ogen dicht te wachten tot hij ook naar de slaapkamer kwam, maar er ging zoveel tijd voorbij dat ze tot de conclusie kwam dat hij op de bank zou blijven slapen, net als zij, de avond ervoor. Om de een of andere reden werd ze daar witheet om, en ze dacht erover om uit bed te stappen om hem er flink van langs te geven. Maar dat deed ze toch maar niet. Wat voor zin had het, nu het einde toch in zicht was. Ze moest nog maar even haar kiezen op elkaar houden.

De volgende ochtend was Matthew al naar kantoor toen Helen om kwart voor acht wakker werd. De keuken was helemaal aan kant, op een schaalje met curryresten na dat hij op het aanrecht had laten staan om haar te tarten. Ze besloot het lekker te laten staan.

27

HET WERD VRIJDAG, EN HELEN en Matthew gingen weer min of meer beschaafd met elkaar om. Hij was nog steeds kwaad dat ze niet meeging naar Leo, en liet geen kans onbenut om haar dat subtiel in te wrijven. Zij voelde zich schuldig en dus reageerde ze telkens als hij er weer over begon met sussend maar nietszeggend gemompel. Toen ze voor het eerst weer als volwassen mensen met elkaar spraken, op woensdag of zo, was hij de hele ruzie bijna helemaal opnieuw begonnen door te herhalen dat ze van harte welkom was. Dit keer was Helen erop verdacht, en dus weigerde ze zich te laten meeslepen en bleef ze bij haar verhaal dat ze bij Rachel langs moest. De sfeer bleef even gespannen, maar zo bij daglicht en in nuchtere staat had geen van beiden zin om de strijd aan te binden. En dus had Matthew haar excuses geaccepteerd maar was hij zijn woede niet vergeten, hetgeen overduidelijk bleek uit de stekelige losse flodders die hij af en toe op haar afvuurde.

Helen zelf was in de zevende hemel: Sandra Hepburn was terug van Kos en er waren wat 'veelbelovende' foto's gelekt naar de roddelpers. Helen wist zeker dat er wel een paar artikelen uit zouden rollen. Maar het mooiste was nog dat Laura haar had verteld dat ze haar nieuwe baan niet langer geheim hoefde te houden. En dus zorgde Helen ervoor dat het addergebroed het te horen kreeg op de vrijdagmiddagborrel, zonder dat ze het ze zelf hoefde te vertellen. Ze deelde haar goede nieuws met gedempte stem met HvdB. HvdB gilde vervolgens zo hard 'Wat geweldig voor je!' dat Jenny haar wel moest vragen wat er zo geweldig was. Het kille gebrek aan enthousiasme was hartverwarmend, vond Helen.

Matthew had besloten om direct uit het werk naar het restaurant te gaan, ook al was de opening pas om acht uur. Hij had zich in het hoofd gehaald dat hij Leo zou kunnen helpen om alles klaar te zetten, wat natuurlijk een krankzinnig idee was, maar het betekende in elk geval dat Helen wel lekker naar huis kon, en niet net hoefde te doen alsof ze nog ergens heen moest. De kans bestond natuurlijk dat Leo en Matthew ruzie zouden krijgen, en dat hij dan vroeg naar huis zou komen en haar in haar pyjama op de bank zou treffen, maar dat risico wilde ze wel nemen. Ze had Rachel uiteraard gebeld en haar gezegd dat zij die avond samen hadden doorgebracht, mocht Matthew er ooit naar vragen.

'Prima,' zei Rachel, om onmiddellijk over te gaan op belangrijker zaken: 'Wat vind jij, moet ik gaan voor een volledig zilveren bestek, of vind je antieke benen heften mooier?'

'Ik moet hangen,' had Helen geantwoord. Benen heften? Wat was er in godsnaam in Rachel gevaren? Ze was veranderd in een kantklossende theemuts, sinds ze wist dat ze zou gaan trouwen. Plotseling waren woorden als 'corsage' en 'baleinen' en 'sleepje' tot haar vocabulaire doorgedrongen en kon ze uren bomen over servetjes en tafelschikkingen. Als ze een bruidsmagazine doorbladerde viel ze bijna flauw van opwinding. Helen pakte de telefoon en belde Rachel terug.

'Zijn er onschuldige dieren geslacht voor die benen heften?'

'Misschien zijn ze wel van menselijke beenderen gemaakt. Maar als misdaad is het allang verjaard, want tegenwoordig vallen er geen slachtoffers meer voor vorken en messen.'

'Ga toch maar voor zilver,' zei Helen. 'Doei!'

Ze pakte haar lijst met 'Vreselijke vrouwen' erbij en schreef onderaan: Vrouwen die een persoonlijkheidstransplantatie ondergaan zodra ze zich verloven. Daarachter schreef ze: (Rachel).

Sophie, Claudia en Suzanne kwamen om tien voor acht aan in Percy Street en het eerste wat ze zagen toen ze de hoek om kwamen waren de snoeren met lichtjes die van de bovenramen naar de toppen van de bomen liepen en de gloeiende verwarmingselementen op het terras aan de voorzijde. Verano zag er spectaculair uit. De wijnrode muren en de rijen flakkerende kaarsen in gekleurde potjes wierpen een warme gloed op straat en het was op een koude avond als deze bijna onmogelijk om niet naar binnen te lopen. Binnen waren Leo en Matthew die beschaafd, ja bijna vriendelijk met elkaar om leken te gaan, en bezig waren om nog wat laatste dingetjes te regelen. Had Matthew daar nu een schilderskwast in zijn hand? Laura keek de definitieve gastenlijst nog een keer door met de man die ze als uitsmijter hadden ingehuurd. Er zouden vijftig mensen komen, waarvan achttien 'celebrity's', die allemaal als nogal onberekenbaar te boek stonden. De chef-kok had tapas gemaakt waar de bediening mee rond zou lopen, en de koelkast stond vol champagne van topkwaliteit (en wat goedkopers voor later, als de smaakpapillen wat minder fijngevoelig waren geworden). Leo had wat vrienden en familie overgehaald om precies om acht uur te komen zodat zij konden aanschuiven als sommigen van de vips niet op kwamen dagen. Het was gewoon roerend hoe dankbaar Leo keek toen hij zijn bijna ex-stiefmoeder en zijn halfzusjes zo vroeg al binnen zag stappen.

Matthew gaf Sophie een glas champagne en de meisjes een glaasje sinaasappelsap en hij bracht een dronk uit op Leo en het restaurant, waarna ze allemaal hun glas hieven. Sophie keek het gezelschap rond: een heus eenentwintigste-eeuws disfunctioneel gezin, bestaande uit een gescheiden stel, halfbroers en -zusjes. Het enige wat er nog aan ontbrak was de aanwezigheid van Hannah en Helen. Maar Hannah was aan het duiken – haar nieuwste hobby – en Helen had geweigerd om mee te gaan.

Leo had graag gewild dat zijn moeder erbij was geweest op zijn grote avond en hij was enigszins ontdaan toen ze hem vertelde dat ze andere bezigheden had, maar het viel niet te ontkennen dat haar afwezigheid de avond iets minder gecompliceerd maakte. En ook al vond hij het schokkend dat Helen niet wilde komen, eigenlijk was hij er toch blij om.

Om tien voor halfnegen begon het restaurant vol te lopen en hoewel nog niemand van de verwachte beroemdheden was gearriveerd, gaf Leo het bedienend personeel de opdracht om alvast met de eerste bladen met tapas rond te gaan. De aangeboden hapjes waren allemaal eenhapsversies van de voorgerechten op de menukaart van Verano: heerlijke ansjovis en chorizo en piepkleine ringetjes gebakken inktvis met chilipepertjes. Een paar paparazzi stonden buiten te ijsberen, en wreven in hun handen om een beetje warm te blijven. Om halfnegen begon het buiten plotseling te flitsen en Shaun Dickinson stormde binnen met in zijn kielzog een blonde vrouw met gigantische borsten.

Om tien uur arriveerden een paar soapsterretjes, een loser uit een of ander Big Brother-achtig programma, Sandra Hepburn en Shauns ex met haar nieuwe vriendje, een voetballer. De meeste vips bleven maar een halfuurtje, proefden wat hapjes en verklaarden dat het werkelijk heerlijk was, tikten een paar glazen champagne achterover en vertrokken toen weer. Maar de paparazzi hadden waar ze voor gekomen waren. Suzanne en Claudia verzamelden handtekeningen waar ze maandag op school mee konden opscheppen, en Leo noteerde alvast reserveringen voor volgende week.

Matthew, Sophie en de meisjes hadden elkaar vroeg in de avond opgezocht en bleven ook bij elkaar. Ze zaten aan een tafeltje in de hoek waar ze alles goed konden overzien. Ze waren allemaal apetrots op Leo. Sophie voelde wel dat ze werd bekeken door de vertegenwoordigers van Global, waaronder Laura, maar ze besloot dat ze zich maar beter waardig kon gedragen. De meisjes keken naar hun ouders die gezellig samen zaten te drinken en te kletsen en ze waren bijna hysterisch van geluk.

'Hoe gaat het met Helen?' vroeg Sophie na een paar glazen.

'Beter. Tenminste, dat vermoed ik, maar ik kon haar niet overhalen om toch te komen.'

'Gelukkig,' zei Claudia.

Jenny kwam naar hen toe. 'Gaat goed, hè?' Ze ging zitten en wierp Sophie een van haar gemaakte lachjes toe.

'Hallo, jij bent vast Sophie. We hebben elkaar weleens aan de telefoon gesproken. Ik ben Jenny, Matthews assistent.'

Sophie forceerde een glimlach, en voelde zich vernederd dat zo'n jong ding op de hoogte was van al haar privézaken.

'Ik heb Laura geholpen bij de organisatie van deze avond,' zei Jenny vals. 'Het was natuurlijk eigenlijk Helens taak, maar ja, die wilde er niets mee te maken hebben. Wel jammer, je zou denken dat het juist een mooie gelegenheid was om Matthews familie te leren kennen. Maar ja...' fluisterde ze samenzweerderig, zodat Matthew haar niet zou horen, '... Helen is ook een vreselijke trut. Op kantoor hebben we allemaal een bloedhekel aan haar om wat ze jullie heeft aangedaan.'

Sophie had geen idee hoe ze hier op moest reageren. Misschien moest ze het als troost opvatten dat haar rivale niet lekker lag, maar ze wilde vooral dat dit meisje haar met rust zou laten. Ze keek Matthew smekend aan. Goddank was hij haar geheime tekens nog niet vergeten.

'Jenny, ik denk dat je Laura even moet gaan helpen om de gasten tevreden te houden. Ze mogen niet te vroeg weer weg, dat zou geen goed teken zijn.'

Jenny stond met tegenzin op. 'Nou, tot ziens dan maar, Sophie. Leuk om je eindelijk eens te ontmoeten.'

'Sorry. Wat een rotmeid, hè?' zei Matthew toen ze weg was.

'Je hebt een geweldige smaak als het gaat om assistentes,' zei Sophie en ze perste er een glimlach uit die hij dankbaar beantwoordde.

Tegen elven liepen de festiviteiten ten einde. Sandra was de laatste van de vips die vertrok, nogal onder invloed van de gratis drank en aan de arm van een andere man dan degene met wie ze was gekomen. Toen zij het restaurant uitliep was er nog een keer een flitssalvo en daarna vertrokken de paparazzi even rap als ze waren gekomen, op naar het volgende feest. Laura was even naar Matthew toegelopen met de mededeling dat de avond een waanzinnig succes was. Sophie had het gevoel alsof Laura haar ontliep, waarschijnlijk omdat ze zich geneerde omdat het haar assistente was die er met haar man vandoor was gegaan. Dus deed ze erg haar best om vriendelijk te kijken, en Laura keek haar daarop opgelucht aan. Maar ook schuldig, dat zag Sophie wel. O God, dacht ze, laat zij niet ook een van Matthews veroveringen zijn. Heel even hing er een schaduw over hun tafel, maar alle donkere gedachten verdwenen als sneeuw voor de zon toen Leo na het uitlaten van de laatste gasten in een overwinningsroes bij hen aan tafel neerplofte. Hij had een verse fles champagne bij zich. De meisjes konden hun ogen bijna niet meer openhouden, maar Sophie dronk nog een glaasje mee om te proosten op zijn succes voor ze hen in een taxi stopte en naar huis ging.

Helen hoorde dat Matthew tegen het tafeltje in de gang botste. Het was een uur of een. Ze nam tenminste aan dat hij het was, want anders was het een inbreker, maar ze was te moe om te gaan kijken. Laat hij Matthews speelgoedautootjes maar mooi meenemen, dacht ze. Wat kon haar dat verder bommen? Toen hoorde ze de inbreker nog een keer botsen en 'godverdegodver' zeggen en dus wist ze zeker dat het

Matthew was, en dat hij niet helemaal fris meer was.

'Hoe ging het?' vroeg ze slaperig toen hij uiteindelijk de slaapkamer binnenstrompelde en het lampje boven het bed aanknipte.

'Fantastisch,' zei hij met dubbele tong. 'Een doorslaand succes. Je had erbij moeten zijn.'

Ze reageerde niet op zijn sarcastische toon. 'Was Leo zelf ook tevreden? Vond hij het goed gaan? Had hij het naar zijn zin?' Oké, nokken met die vragen over Leo. Straks vroeg ze hem nog of hij er een beetje lekker uitzag, en of hij soms verlangend naar de deur keek of ene Eleanor kwam binnenlopen.

'Zijn er nog vips gekomen?'

'Enorme opkomst. Shaun, Janice, Sandra...'

'Was Sandra er ook?' Om de een of andere reden maakte dat haar nerveus. 'Ze heeft zich toch wel gedragen, hoop ik? Heb je nog een beetje op haar gelet?'

'Mijn taak niet, lijkt me.'

Hij zag haar afkeurende blik. 'Maak je maar niet te sappel, er was niks aan de hand met haar.'

Hij plofte op het bed, met zijn sokken nog aan, en draaide zich op zijn zij, waar hij bijna direct snurkend in slaap viel. Helen zuchtte en stond op om het licht weer uit te doen.

Op zaterdagochtend stond Helen vroeg op om de kranten te gaan kopen. Ze was op zoek naar het verhaal over Sandra, maar ze was uiteraard even benieuwd naar de berichten over Leo's restaurant. Ze wist wel dat er geen foto van hem in zou staan, als er al foto's van hem gemaakt waren, maar ze wilde alles lezen wat er maar over hem te lezen viel. Net zoals een veertienjarige steeds maar langs het huis loopt van de jongen waar ze op verliefd is, ook al weet ze best dat hij op vakantie is met zijn vader en moeder. Alles om maar met hem in contact te blijven. Ze bladerde ongeduldig door een van de kranten terwijl ze naar huis liep. Niks. Thuisgekomen ging ze op de bank zitten en begon haastig aan de volgende krant. Op pagina vijf stond een foto van Sandra, maar het was niet het verhaal waar ze op gehoopt had. Er stond niets in over Sandra's modellenklus. Deze foto was buiten bij Verano genomen, ze herkende de laurierstruik in de pot bij de deur en de gietijzeren tafels en stoeltjes. Het restaurant werd niet bij naam genoemd, laat staan Leo, omdat Sandra de hoofdrol speelde in het verhaal. Sandra was gefotografeerd aan de arm van een onbekende man die Helen nog nooit had gezien. Sandra had een vieze vlek op haar doorzichtige witte bloesje en als een publiciteitsgeile spaniël trok ze haar pootje op voor de paparazzi om te laten zien dat ze geen onderbroek aan had. De krant had de onderbroekloze zone onherkenbaar in beeld gebracht om haar kuisheid te bewaken. Het artikel kopte: ZO VAT JE NOG KOU, POES.

Het klamme zweet brak Helen uit. Ze keek de twee andere kranten door, en allebei hadden ze diezelfde foto, met als bijschrift *Een ongeluk schuilt in een klein broekje* en *Sandra geeft zich weer helemaal bloot*. Verano werd nergens genoemd, en niemand had foto's van de andere vips die arriveerden of vertrokken. En waarom zou iemand ook de zogenaamd 'geheime' modefoto's publiceren als ze dit hadden? Ze maakte zichzelf wijs dat de zondagskranten nog wel iets zouden doen met het *Vogue*-verhaal, maar ze wist best dat die kans nihil was.

Matthews gezicht vertrok toen ze de kranten aan het voeteneinde gooide.

'Het is een grote ramp.' Ze liet hem het ene na het andere artikel zien, terwijl hij daar nog lag.

'Maar ja, als jij nou gewoon gekomen was, zou dit allemaal nooit zijn gebeurd,' merkte hij fijntjes op.

Verslagen ging ze naast hem liggen. 'Dat weet ik ook wel.'

Maar Matthew was nog niet klaar. 'Dus nu denkt Leo dat ik er niks van gebakken heb, leuk.'

'Sorry, maar ik ben niet degene die Sandra heeft uitgenodigd. Ik wist niet eens dat ze zou komen.'

'Dat is waar. Maar laten we eerlijk zijn, Helen, als jij niet had geweigerd om betrokken te zijn bij Leo's pr, had jij eigenhandig de gastenlijst kunnen controleren en dan nog had je gisteravond een oogje in het zeil kunnen houden. Dan had je ervoor kunnen zorgen dat Sandra niet zoveel zou drinken, en had je haar op tijd naar huis kunnen sturen.'

Helen werd defensief. 'Laura was er toch? Ze had Sandra onder controle moeten houden.'

'Ja, maar Laura had wel wat anders aan haar hoofd, gisteravond. En trouwens, Sandra is toch helemaal jóúw verantwoordelijkheid?'

'Die trut van een Jenny heeft haar zeker uitgenodigd. Die wist natuurlijk best dat ik mijn verhaal dit weekend had willen lanceren. Ze heeft dit vast gedaan om mij een oor aan te naaien.'

Matthew ging weer liggen. 'Doe niet zo melodramatisch. Zal ik jou eens wat zeggen: die hele Sandra interesseert me geen ene moer. Dat we geen goed werk hebben gedaan voor Leo, dat is pas erg. Shit, ik moet hem bellen.'

Leo bleek zich helemaal niet zoveel zorgen te maken over het gebrek aan publiciteit, want het liep storm met reserveringen en hij wist dat de mond-tot-mondreclame zijn werk wel zou doen. Hij was eigenlijk erg opgelucht dat zijn restaurant niet in één adem werd genoemd met Sandra's halve stripact, en hij begreep dan ook niet waarom zijn vader zich in excuses bleef uitputten.

Laura, daarentegen, wond er geen doekjes om. Helens telefoon ontplofte bijna toen ze haar baas aan de lijn kreeg.

'Ik neem aan dat je de kranten hebt gezien?' Zo had Helen Laura nog nooit gehoord, zowel ijzig als kokend van woede. Helen haalde diep adem en wachtte af wat er verder komen ging.

'Zo kan ze die nominatie wel op haar buik schrijven, godverdegodver. Jezus, wat een ramp is dit, zeg!'

Ze bleef even stil en Helen, die zich verplicht voelde om iets te zeggen, zei: 'Het spijt me.'

Laura luisterde niet. 'Ik bedoel, als ze nou alleen dronken was geweest en op haar gezicht was gevallen, daar waren we nog wel overheen gekomen. Maar dat ze haar hele Pasen en Pinksteren moet vertonen. Mijn God!'

'Luister eens, je hoeft me nu niet aan te nemen, hoor. Dat begrijp ik best,' wilde Helen zeggen, maar het enige wat uit haar mond kwam, was: 'Het spijt me,' gevolgd door: 'Echt, sorry.'

Laura pauzeerde om even op adem te komen. 'Hoezo? Waar moet jij spijt van hebben dan? Jij kunt hier toch niets aan doen?'

'Tuurlijk wel. Als ik niet had geweigerd om voor Leo te werken dan was het misschien niet gebeurd. Hoewel, zelfs als ik er wel was geweest...'

Laura viel haar in de rede. 'Maar het was jouw klus niet, dat bedoel ik dus. Misschien had je hem wel aan moeten nemen, maar dat heb je niet gedaan, met mijn goedkeuring, overigens. Nee...' ze zweeg even, '...het gaat me om die trut van een Jenny. Sandra's naam stond helemaal niet eens op de lijst, dus ik denk dat Jenny haar op eigen houtje heeft uitgenodigd. Die weet natuurlijk ook best dat je Sandra uit de buurt van de drank moet houden, omdat ze anders een rel schopt. Ik had pas om een uur of tien in de gaten dat Sandra er was, en tegen die tijd was ze al behoorlijk aangeschoten. Ik zei tegen Jenny dat ze haar niet uit het oog mocht verliezen, en haar via de achteruitgang naar de taxi moest brengen. Godverdefuck. Ik had het gewoon zelf moeten doen.'

'Maar dan is het toch nog steeds mijn schuld, snap je dat dan niet... Jenny heeft dit alleen maar gedaan omdat ze mij zo haat. Ze heeft het expres zo uit de hand laten lopen met Sandra om mij op mijn bek te laten gaan.'

'Dat gaat helemaal niet over jou, hou toch op! Natuurlijk heeft ze dit gedaan om jou te zieken, maar Sandra is míjn cliënt en dus heeft ze mij een loer gedraaid. Nou, ik kan je wel vertellen dat ze daar nog spijt van krijgt. Ik belde jou alleen om even lekker tekeer te kunnen gaan over háár, niet om jou op je donder te geven.'

Helen was zo ongelofelijk opgelucht. Ze ging aan de keukentafel zitten en dwong zichzelf om weer normaal adem te halen. 'Wat ga je nu doen, dan?'

Laura zei fel: 'Ik ga haar vragen hoe ze het in haar hoofd haalde om Sandra uit te nodigen en dan zal ik het bespreken met de rest van de directie. Global kan iemand die dit soort dingen flikt niet gebruiken.'

Bijna meteen nadat Helen had opgehangen werd er wéér op haar mobieltje gebeld. Deze keer was het Sandra. Het was dat ze dat in haar schermpje had gezien, want uit het hoge gegil dat ze vervolgens te horen kreeg had ze dat nooit kunnen opmaken. Ze had wel iets van een dolfijn in nood.

'Heb je de kranten al gezien?'

Helen meende dat ze tussen het gepiep door het woord 'me kut' hoorde zeggen. Eigenlijk wilde ze Sandra eens flink uitschelden omdat ze zo ongelofelijk stupide was geweest. Waarom had ze de uitnodiging überhaupt aangenomen terwijl ze wist dat de paparazzi op de stoep zouden staan, en er net een positief verhaal uit was naar de pers? En als ze dan zo nodig wilde gaan, waarom bleef ze dan niet eens een keertje van de drank af, of trok ze op zijn minst een onderbroek aan? Ze was zelf haar ergste vijand, maar ze was zo dom dat je het haar eigenlijk niet eens aan kon rekenen. Maar Jenny was niet dom.

'Sandra, doe eens rustig.'

'Ieeeeeeeeeeeee.' Ze leek Flipper wel.

'Luister, zorg dat je vandaag binnen blijft. Neem de telefoon niet op tenzij je weet wie het is. Ga de deur niet uit, oké? We hebben nog een paar weken te gaan voor de nominaties bekend worden gemaakt, dus we bedenken nog wel iets,' zei ze. Maar ze wist zelf ook wel dat ze geen schijn van kans hadden.

Sandra maakte een geluid dat Helen uitlegde als een instemming.

'Sandra, wie heeft je gisteren eigenlijk uitgenodigd? Ik wist niet eens dat jij daar ook heen zou gaan.'

Het was Jenny. Voor zover Helen Sandra kon verstaan had Jenny haar gebeld toen ze net terug was van Kos. Ze had beweerd dat Laura het wel een goed idee vond als ze haar gezicht even liet zien. Daarbij was Jenny kennelijk degene die haar glas vol bleef tanken en die haar rond een uur of negen overhaalde om nog niet weg te gaan, toen er nog iets van Sandra's verantwoordelijkheidsgevoel intact was. De ober die met haar mee naar huis was gegaan, had goddank op de bank geslapen, en hij was vanochtend heel lief voor haar geweest. Hij had haar aspirientjes gevoerd en gebakken eieren met spek. En hij was helemaal niet beledigd toen ze hem vroeg wie hij in godsnaam was.

Alhoewel Helen best wist dat het weinig overtuigend klonk, zei ze: 'Misschien komt een van de zondagskranten nog wel met het stuk over Kos, en dan gaan we daar gewoon flink gebruik van maken, goed?'

Helen wilde dolgraag de slaapkamer in rennen om tegen Matthew te sneren dat het inderdaad zijn lieve assistente was die er zo'n puinhoop van had gemaakt, gisteravond. Maar dat deed ze niet, want hij zou haar toch niet serieus nemen. En trouwens, Laura moest hem het slechte nieuws maar vertellen; de grote mensen moesten het maar mooi zelf uitzoeken.

28

MATTHEW VOELDE ZICH VOLKOMEN THUIS. Hij zat genoeglijk aan de thee in Sophies ruime, gezellige keuken. Zo hoort het leven van een volwassen man toch te zijn, dacht hij. Beschaafde conversatie met je ex voordat je de middag doorbrengt met je kinderen. Hij nam een flinke teug uit zijn kopje en voelde zich intens tevreden. Oké, met Helen liep het misschien niet zo soepel, maar dat was gewoon zo'n fase waar ze wel weer uit kwamen. Ze vond het moeilijk om zich aan de nieuwe situatie aan te passen, en het was ook niet zo leuk voor haar dat iedereen met een beschuldigend vingertje naar haar wees, dat ze haar baan kwijtraakte en dat ze in de zenuwen had gezeten of ze wel weer ergens anders werk kon vinden. Maar dat kwam allemaal wel weer goed.

'Ik wil Norman zien,' eiste Claudia terwijl Matthew afscheid nam.

'Dan kom je volgende week toch bij mij langs.' Matthew keek Sophie aan om te zien of die het goed vond, en ze knikte. 'Helen vindt het vast reuze gezellig.'

'Helen hoef ik niet te zien, alleen Norman. Hij is mijn kat, dat heb je zelf gezegd, en hoe kan hij nou mijn kat zijn als ik hem nooit zie?'

'Waarom gaan we er nu dan niet even heen? Dan kun je een kwartiertje met hem spelen en dan breng ik je wel weer terug. Goed plan?'

'Mag het, mam? *Please*?'

'Vooruit dan maar. Maar echt niet langer dan een kwartiertje, hoor, Matthew. Ze moeten morgen naar school.' Ze keek haar andere dochter aan. 'Wil jij ook mee, Suzanne?'

Suzanne had warmere gevoelens voor Helen dan Claudia, maar ze hoefde haar niet vaker te zien dan strikt noodzakelijk. Aan de andere kant liet ze zich deze extra tijd met haar vader ook niet graag door de neus boren. Ze woog de zaak even af.

'Oké, dan.'

'Een kwartiertje, niet langer,' riep Sophie hen nog een keer na.

Helen lag in bad te weken, met een gezichtsmaskertje op. Ze dacht na over haar laatste week op kantoor en vroeg zich af of iemand een afscheidscadeau voor haar zou regelen. Gegeven de omstandigheden leek het haar niet waarschijnlijk. Er was natuurlijk wel een borrel, althans de vrijdagmiddagborrel werd aan haar opgedragen, en het handjevol mensen dat haar nog wel in de ogen wilde kijken zou daar komen om gegeneerd een glas champagne met haar te drinken. Langer dan een halfuurtje zou het waarschijnlijk niet duren. De zondagskranten hadden uiteraard geen van alle het verhaal over 'het model Sandra Hepburn'. De meeste publiceerden zelfs nog een foto van het incident van vrijdagavond. Ze had Laura nog teruggebeld met het verhaal dat ze van Sandra had gehoord over Jenny, en ze wist dat die laatste het flink voor haar kiezen zou krijgen deze week. Dat gaf haar bepaald een warm gevoel vanbinnen. Ze dook met haar hoofd onder water om het maskertje af te spoelen toen ze de voordeur open hoorde gaan. Toen ze weer boven kwam hoorde ze onmiskenbaar de stem van Claudia, die door het appartement rende en riep: 'Gelukkig, ze is er niet!' Ze was waarschijnlijk op jacht naar Norman. Ongelukkig hees ze zichzelf uit bad, sloeg een handdoek om en stak haar hoofd de gang in alsof ze Claudia's opmerking niet had gehoord.

'O, hallo, ik vroeg me al af wie dat kon zijn. Dag meiden, wat een leuke verrassing.'

Claudia, die de kat inmiddels als een waanzinnige aan het aaien was, op een manier die suggereerde dat hij sinds haar laatste bezoekje schromelijk verwaarloosd was, reageerde helemaal niet. Het was duidelijk dat ze van mening was dat ze geen energie meer in deze relatie behoefde te steken, nu ze haar vader gewoon op eigen territorium zag.

'Nou, zal ik dan maar een kopje thee zetten?'

'We blijven maar heel even, Claudia wilde alleen even de kat zien. Ik duik nu even onder de douche, en dan breng ik haar en Suzanne daarna weer terug.'

Helen zag wel dat Matthew heel graag wilde dat ze leuk zou doen, maar ze had hem het liefst bij zijn been gegrepen en hem gesmeekt om haar alsjeblieft niet alleen te laten met de kinderen. Doodenge meiden waren het.

'Jij moet dierenarts worden.' Helen keek toe hoe Claudia geroutineerd Normans nagels knipte. Hoewel Norman zo'n slome duikelaar was dat hij het de rottweiler van de buren ook nog wel had laten doen. Claudia keek niet op, reageerde niet op Helens opmerking en knipte onverstoorbaar verder. Suzanne staarde uitdrukkingsloos als altijd naar haar nagels. Helen voelde een onverwachte steek, schuldgevoel. Het klopte niet dat deze meisjes opgezadeld werden met de rotzooi die zij en Matthew gecreëerd hadden.

Ze begreep eigenlijk niet waarom het haar zo verbaasde dat ze haar haatten. Natuurlijk haatten ze haar, zij had hun gezin uiteengerukt. Ze hoorde Matthew vrolijk zingen onder de douche. Hij had duidelijk geen haast. Ze haalde diep adem.

'Luister, meiden. Ik krijg waarschijnlijk nooit meer de kans om dit tegen jullie te zeggen, maar ik wil dat jullie weten dat het me heel erg spijt, deze hele toestand. Ik bedoel: wat ik jullie heb aangedaan, en jullie moeder natuurlijk.' Ze keek op en zag dat Suzanne haar nu aankeek en dat Claudia even was gestopt met waar ze mee bezig was, hoewel ze zich, toen ze zag dat Helen haar in de gaten had, onmiddellijk weer op de kat stortte.

'Ik ben niet trots op mezelf,' ging Helen verder met onvaste stem. Ze wist ook niet waarom het nu ineens zo belangrijk was om zich tegenover de kinderen te verontschuldigen, maar ze deed het voor hen, en niet voor haar eigen gemoedsrust. 'En je vader is dat ook niet. Maar ik vind dat jullie moeten weten dat het meer mijn schuld is dan de zijne. Ik heb er steeds bij hem op aangedrongen dat hij bij jullie moeder weg moest, en dat had ik absoluut nooit mogen doen. Ik weet dat hij jullie verschrikkelijk mist. Jullie alle drie.'

Helen had geen idee waarom ze zich met zoveel overgave in haar eigen zwaard stortte, maar het voelde goed. Wat maakte het uit dat ze hiermee het beeld bevestigde dat vrouwen allemaal valse verleidsters waren en mannen argeloze martelaren van hun eigen hormonen? Op deze manier kon Matthew gemakkelijker terug naar zijn gezin, en dat was goed, toch?

'En daar kan ik niet tegenop, eerlijk gezegd.'

'Wat bedoel je nou eigenlijk?' Claudia keek haar argwanend aan.

'Ik weet niet. Ik wil alleen maar zeggen dat jullie vader echt heel erg veel van jullie houdt en dat ik denk dat alles uiteindelijk wel goed zal komen.'

'Hoe dan?' vroeg Suzanne hoopvol.

'Nou, eh...' Ho even, dit was niet de bedoeling. Ze kon hen natuurlijk onmogelijk inlichten over wat ze van plan was en ze wilde ook zeker niet dat zij hun vader zouden vragen wat er allemaal aan de hand was. In de andere kamer hoorde ze dat Matthews gsm overging en dat hij hem opnam.

'Ik wil alleen maar zeggen dat er voor dit soort problemen meestal vanzelf ook weer een oplossing komt.'

'Oké,' zei Suzanne en ze keek Helen met een hoopvolle flauwe glimlach aan.

'En er is niks mis mee dat je schoonheidsspecialiste wilt worden. Dat is een heel mooi beroep, wat anderen er ook van mogen zeggen,' voegde Helen er voor de volledigheid aan toe, net op het moment dat Matthew met een bleek gezicht de kamer in kwam.

'Mijn moeder,' zei hij zachtjes. 'Mijn moeder heeft een hartaanval gehad.'

Matthew zag er zo verloren en aangedaan uit dat ze naar hem toeliep en haar armen om hem heensloeg en hem over zijn rug wreef. Zijn moeder was wat haar betrof een nare ouwe tang, net als de rest van zijn familie, maar het was nog altijd zijn moeder, en hij was haar enige zoon. Binnen een paar minuten had hij een weekendtas gepakt en een boodschap ingesproken voor Jenny om te laten weten dat hij waarschijnlijk de komende dagen niet op kantoor zou zijn.

'Je komt toch wel met me mee, hè?' vroeg hij en hij keek haar smekend aan.

Snel overwoog ze zijn verzoek. Verano was net een weekend open, dus Leo zou waarschijnlijk niet meteen een barmhartig bezoekje aan zijn grootmoeder komen brengen. En trouwens, volgens Sophie was hij helemaal niet zo dol op Matthews familie (uitstekende smaak, die man, vond Helen, maar ze zette hem weer snel uit haar gedachten). Sophie had de meisjes, die morgen naar school moesten, en zij liep ook al niet over van de warme gevoelens voor haar schoonmoeder, dus Helen nam aan dat ze rustig mee kon gaan, ook al vond ze het verschrikkelijk. Ze was blij dat ze iets voor Matthew kon doen. Misschien dat ze het zo een beetje goed kon maken dat ze vrijdag niet was komen opdagen. Dat zou de sfeer tussen hen ten goede komen.

'Natuurlijk kom ik met je mee.' Ze aaide over zijn arm en hij keek haar zo dankbaar aan dat ze wel kon huilen.

'Ik moet alleen de meisjes nog even afzetten.'

Shit, Claudia en Suzanne. Natuurlijk. Nou ja, dat zou best goed komen. Het was donker, dus ze kon gewoon in de auto blijven zitten, zodat Sophie haar niet zou zien. Matthew liep de gang in om Claudia, die de kat nog steeds in haar armen had, in haar jas te commanderen. Helen sloeg een hele grote sjaal om en trok een wollen muts over haar oren. Goddank, het was een winterse dag.

'Je ziet eruit alsof je voor de geheime dienst werkt, zo,' plaagde Matthew toen ze de deur uitliepen.

'Het is berekoud.'

Sophies huis – en dat van Matthew uiteraard, althans, op papier nog wel – was maar tien minuten rijden bij haar vandaan, zoals Helen maar al te goed wist. Het was nog precies even mooi als ze zich herinnerde, met gezellige lichtjes achter de gekleurde gordijnen. Net een romantisch poppenhuis. Matthew wilde de oprit indraaien.

'Nee, niet doen!' gilde Helen. 'Ik wil niet mee naar binnen. Parkeer hem in godsnaam op de stoep.'

Ze hoorde Claudia geïrriteerd zuchten, maar Matthew deed keurig wat ze hem had opgedragen en parkeerde recht tegenover het huis.

'Dag meiden,' zei Helen opgewekt.

'Dag,' gromde Claudia.

'Dag Helen,' zei Suzanne, en ze leunde voorover om Helen even te knuffelen, althans, daar had het iets van weg. Helen klopte haar vol genegenheid op haar arm. Het voelde als een enorme overwinning. De oorlog in zijn geheel kon ze op haar buik schrijven, maar deze slag was aan haar, en daar was ze blij mee. Ze moest de krijgsheer trouwens nog zien die het op durfde te nemen tegen een stel van zulke hardnekkige pubers. Ze zag hoe Matthew Claudia bij de hand nam terwijl ze de weg overstaken en Sophie bij de voordeur vertelde wat er aan de hand was. Ze zat ineengedoken op haar stoel en kon bijna niets zien, vanwege de dikke boom aan de andere kant van de weg. Een paar minuten later liep Matthew alweer terug naar de auto.

'Helen zit in de auto,' zei Claudia tegen haar moeder, die de voordeur achter zich dichttrok.

'O ja?' Sophie was zo nieuwsgierig dat ze de deur weer opendeed en een paar stappen naar buiten zette om naar de auto te gluren. Ze ving nog net een glimp op van Matthews achterlichten.

'Shit, ik had weleens willen zien hoe ze eruitziet.'

'Ongeveer net zo als jij,' riep Claudia over haar schouder en liep de trap op.

Matthew en Helen kwamen zo'n tweeënhalf uur later aan in het ziekenhuis in Bath, waar Amanda en Louisa al aan het bed van hun moeder zaten. Sheila was niet bij bewustzijn, ze lag aan de beademing en aan diverse andere machines die om de zoveel tijd begonnen te piepen. O shit, ze gaat het niet redden, dacht Helen, terwijl ze het bleke, wasachtige gezicht van de oude dame bekeek, dat veel weg had van een prehistorische roofvogel. Ze voelde zich toch al nooit zo op haar gemak in ziekenhuizen, maar nu ze zo dicht in de buurt van iemand was die tussen hemel en aarde zweefde, raakte ze botweg in paniek. Dit was echt zo'n gebeurtenis in je leven waar je in één klap volwassen van werd. Haar relatieperikelen leken zo onbeduidend in dit licht, en ze wist dat ze belachelijk veel met zichzelf bezig was geweest. Ze haalde diep adem en wenste vurig dat ze zich in zou kunnen houden, voor Matthew. Hij was zijn zusters huilend om de hals gevallen, en zat nu in de stoel die het dichtst bij het hoofdeinde van zijn moeder stond, en hield haar hand vast. Helen stond onzeker bij de deur. Amanda noch Louisa had ook maar naar haar geknikt, en Matthew was begrijpelijkerwijs met andere dingen bezig. Helen had het gevoel dat ze een eeuwigheid zo stond, tot ze besloot om op zoek te gaan naar koffie.

Toen ze het restaurant had gevonden, leek het haar het beste om eerst aan een tafeltje haar eigen koffie op te drinken, zodat de familie wat tijd met elkaar kon doorbrengen. Het restaurant zat propvol mensen die er ofwel geschrokken of opgelucht uitzagen, mensen van wie de geliefden het slechter of beter deden dan ze hoopten of vreesden. Ze dronk haar koffie langzaam op en roerde eindeloos met het plastic lepeltje om de tijd te doden. Na een minuut of twintig vond ze dat ze het niet langer kon rekken. Dus ging ze weer in de rij staan om nog drie kopjes koffie te halen om mee naar boven te nemen. Ze piekerde over de hoeveelheid suiker die ze nodig had en propte zes zakjes in haar broekzak, alsmede zes cupjes melk en drie roerstaafjes.

Toen ze uit de lift stapte zag ze meteen dat er iets mis was, want Matthew stond met zijn zussen op een kluitje op de gang, terwijl de artsen Sheila's kamer in en uit renden. Helen liep ongemakkelijk rond met haar bekertjes koffie, en ze wist niet of ze nu moest vragen wat er aan de hand was. Toen werd een van de bekertjes haar te heet. Ze keek snel om zich heen waar ze die kwijt kon, maar toen ook haar andere hand pijn begon te doen, wilde ze de bekertjes vlug op de grond zetten. Maar halverwege het bukken was het brandende gevoel niet meer te harden, zodat ze alle koffie over de glimmend schone vloer kieperde.

'Shit, godver, sorry.'

Matthew, Amanda en Louisa draaiden zich zwijgend naar haar om. Helen zat inmiddels op haar hurken te deppen met een papieren zakdoekje. Toen kwam er weer een arts uit Sheila's kamer, maar dit keer holde hij niet, en dus richtten ze hun aandacht op hem. De vriendelijk uitziende man liep een paar passen met ze de gang door, alsof hij wilde zeggen: 'Laten we even bij die gestoorde vrouw uit de buurt gaan.' De hele scène speelde zich voor haar ogen af als een stukje uit een stomme film, maar het was volkomen duidelijk waar die over ging. Louisa wankelde en zocht steun door zich aan Matthews arm vast te klampen. Hij sloeg zijn armen om zijn beide zusters heen en trok ze naar zich toe. De arts raakte hen allemaal even aan en liep toen weg, op naar de volgende klus. Helen wist geen raad met zichzelf; het verdriet van andere mensen was zoiets naakts, zoiets persoonlijks, dat ze vond dat ze er niet naar kon kijken, maar aan de andere kant maakte ze zich zorgen om Matthew. Ze dacht erover om naar hem toe te lopen om ook haar armen om hen heen te slaan, maar ze wist best dat ze daar niet op zaten te wachten. En ook al hadden ze nu verdriet, ze was ook weer niet zo hypocriet om net te doen alsof Amanda en Louisa haar ook maar ene moer konden schelen. Ze had natuurlijk te doen met iedereen die zijn moeder verloor, maar dat betekende nog niet dat zij vond dat het haar taak was om hen te troosten. Of dat zij haar zouden toestaan hen te troosten. Uiteindelijk werd er voor haar besloten: het trio verdween zonder haar ook maar een blik waardig te keuren, schuifelend het kamertje weer in om afscheid te nemen. Helen bleef alleen achter in de lege gang. Er zat niets anders op dan te wachten.

Een halfuur later namen ze afscheid op de parkeerplaats.

'Ik bel je wel over de begrafenis,' zei Amanda tegen Matthew terwijl ze hem op de wang kuste.

'Dag,' zei Helen, maar haar groet bleef onbeantwoord.

Jenny kreeg er inderdaad flink van langs. Dat hoorde Helen dwars door de gesloten deur van Laura's kantoor heen, ook al kon ze niet precies verstaan wat er gezegd werd. De lichaamstaal sprak boekdelen. Laura zat kaarsrecht achter haar bureau en zwaaide nog net niet met haar vinger. Jenny zat ineengezakt in de stoel tegenover haar. Matthew was er niet bij – hoewel hij ondanks de dood van zijn moeder wel gewoon op kantoor was – en Helen nam aan dat Laura er geen misverstand over liet bestaan dat Jenny een zware straf boven het hoofd hing, zonder direct in details te treden. Helaas kon ze Matthews assistente niet zomaar ontslaan zonder diens toestemming.

Matthew was laat opgebleven, de vorige avond, en had af en toe gehuild, maar verder had hij vooral in de verte zitten staren. Helen was bij hem gebleven, hoewel ze wist dat ze niets voor hem kon doen. Maar vanochtend was hij stoïcijns als altijd en bereid om volop aan de slag te gaan. Helen voelde de dreiging van de begrafenis, maar ze durfde het onderwerp zelf nog niet aan te snijden. Ze zou een list moeten verzinnen.

Tien minuten later kwam Jenny weer tevoorschijn. Haar ogen zagen een beetje rood maar ze staarde Helen strijdlustig aan alsof ze wilde zeggen: 'Ik weet heus wel dat jij hiervan zit te genieten, maar mij krijg je er niet onder.' Helen wist dat dit bluf was; wat Jenny had geflikt was veel te erg om zomaar te laten passeren. Ze had de campagnes voor twee betalende klanten die hun vertrouwen in Global hadden gesteld, om zeep geholpen. Oké, Leo betaalde niet het volle pond, maar daar ging het nu even niet om. Hij was Matthews zoon, en dat feit alleen al maakte dat hij dit zeer hoog op zou nemen. Wat Sandra betrof, dat arme schaap had nu geen schijn van kans meer om ooit nog te stijgen in de achting van het publiek. Die nominatie kon ze gevoeglijk op haar buik schrijven. Haar vijftien minuten roem zaten erop, en er was niets wat ze daar nog aan kon doen. Je zou kunnen zeggen dat dit vooral haar eigen schuld was, en dat ze, als Jenny haar niet zou hebben uitgenodigd, ongetwijfeld ergens anders wel de beest zou hebben uitgehangen. Maar zo lagen de zaken nu eenmaal niet. Jenny had haar verteld dat Laura wilde dat ze zou komen, Jenny had haar laten vollopen en Jenny was degene die zich niet aan de exit-instructies had gehouden, waardoor Sandra zichzelf voor schut had gezet. Helen toonde Jenny een valse grijns. Lekker puh.

Later die middag sloot Matthew zich op met Laura, en daarna met Jenny, en toen stond Jenny ineens de inhoud van haar bureaulade in een kartonnen doos te laden. Annie en Jamie stonden naast haar als twee rouwende familieleden bij een uitvaart. Helen wilde dolgraag weten wat er allemaal was gezegd, maar ze wist wel dat ze daar niet naar kon vragen. Ze stuurde een e-mail naar HvdB.

'Wat is er aan de hand?'

Bijna meteen kreeg ze antwoord.

'Ze moet naar Automatisering, als algemeen secretaresse. Beetje memo's typen voor de computerjongens. Ik vind het zielig voor haar.'

'Nou, ik niet,' typte Helen.

Aan het einde van de dag bleef Jenny even staan bij Helens bureau, nadat ze haar derde kartonnen doos had volgeladen. 'Hij heeft het bij mij ook geprobeerd.' Ze wierp Helen een boosaardige glimlach toe.

'Ik neem aan dat je met *hij* Matthew bedoelt?'

'Een jaar of drie geleden. Toen heeft hij me mee uit lunchen genomen en mijn hand vastgepakt en gezegd dat ik mooi was. Ik wilde hem uiteraard niet hebben. Getver, ik moet er niet aan denken!'

Helen rekende het na. Drie jaar geleden was zij zwanger van hem geweest. Ze bekeek Jenny nog eens goed. Haar lange donkere haar was samengebonden in een paardenstaart. Waarschijnlijk klopte het precies, wat ze net verteld had.

'Dag, Jenny,' zei ze glimlachend, 'veel plezier in de kelder.'

'Jenny heeft me verteld dat jij een keer hebt geprobeerd om haar te versieren,' zei Helen later die avond tegen Matthew, gewoon om te zien hoe hij zou reageren.

'Wat heeft ze verteld? Echt niet! Mijn God, wat misselijk om op die manier wraak te nemen. Dat snap jij toch ook wel?'

'Als jij het zegt.'

Hij pakte haar arm vast en draaide haar naar zich toe.

'Helen, ik ben geen heilige geweest, dat wil ik heus wel toegeven. Neem alleen al het feit dat ik iets met jou had terwijl ik getrouwd was. Misschien heb ik weleens wat met haar geflirt, maar ik kan me er in elk geval niets meer van herinneren. En als het zo is, dan spijt het me verschrikkelijk. Het moet gebeurd zijn voordat ik me realiseerde wat jij voor mij betekent. Ik ben veranderd. Dat weet jij ook best.'

Daar had je het weer. Matthews geheime wapen. Wat was het eigenlijk? Charme? Argeloosheid? Naïviteit? Ze wist het niet, maar wat het ook was, het hielp hem keer op keer uit de penarie. Hij had de gewoonte om het uit zijn hoge hoed te toveren precies op het moment dat je dacht dat je het nu voorgoed met hem gehad had. Juist het feit dat hij altijd zo onverwoestbaar in zichzelf bleef geloven, maakte hem onweerstaanbaar. Ze wist wel dat ze hem eigenlijk zou moeten haten, maar dat lukte haar gewoon niet. Er school in feite absoluut geen kwaad in hem. Hij was alleen maar zwak. Ze had medelijden met hem: het moest vreselijk zijn om rond te lopen met zo weinig ruggengraat, en om emotioneel zo onvolwassen te zijn. Om met zoveel weerzin ouder te worden. Nog even en de mensen zouden hem belachelijk maken als een vieze ouwe bok die nog steeds jonge blaadjes probeert te verschalken. En ook al was ze nog zo gekwetst, ze wilde hem vooral tegen zichzelf en zijn driften in bescherming nemen. Sophie zou hem nu wel aankunnen. Ze was sterker geworden, zij zou niks meer van hem slikken. Zij zou hem wel in het gareel houden, en hij zou haar daar nog dankbaar voor zijn ook.

29

BIJ HET VOORUITZICHT VAN SHEILA'S begrafenis brak Helen het klamme zweet uit. Ze kon er natuurlijk onder geen enkele voorwaarde heen. Sophie had haar al aan de telefoon verteld dat Matthew haar had gebeld om te vragen of ze ook kwam.

'Echt waar?' reageerde Helen toen, geïntrigeerd.

En alsof dat al niet erg genoeg was, bleek Leo ook te komen. Althans, dat vertelde Sophie. Ze begreep wel dat ze niet botweg kon meedelen dat ze niet ging, zoals met de opening van Leo's restaurant. Het ging nu om de begrafenis van de moeder van haar vriend. Hij had recht op haar steun. Ziekte was dus de enige oplossing. Een plotselinge, heftige voedselvergiftiging op de ochtend van de begrafenis, dat moest het worden. Iets tastbaars en onmiskenbaars als braaksel. Hoofdpijn of koorts, daar zou Matthew nooit intrappen. Ze moest hem iets kunnen tonen waar hij niet omheen kon. Helen was een slechte actrice, en dus plande ze haar misselijkheid met militaire precisie. Het was van belang dat zij en Matthew de avond ervoor elk iets anders aten. Ze zou wel iets bestellen en hém eerst laten kiezen. Dan zou ze die ochtend vroeg opstaan en een glas water met zout drinken, om vervolgens wat make-up op te doen die haar bleek moest maken. Daarna zou ze haar vinger in de keel steken en met veel misbaar overgeven in de badkamer. Dat moest niet zo moeilijk zijn. En als het niet lukte, dan maakte ze gewoon wat spuuggeluiden en zou ze er het beste van hopen. Het echte werk was natuurlijk het beste, inclusief penetrante kotslucht en zweetdruppels op haar voorhoofd. Dan had hij nooit door dat ze het in scène had gezet. De kerkdienst zou donderdagmiddag om twee uur beginnen, en daarna werd men bij Amanda en Edwin thuis verwacht voor sandwiches en een borrel. Matthew had een hotelkamer geboekt, ondanks het feit dat Amanda vier logeerkamers had, omdat hij, terecht, aannam dat Amanda geen zin zou hebben in Helen.

Ondanks het feit dat ze al wist dat ze er niet zou zijn, had Helen voorgesteld dat het misschien een goed idee zou zijn om in hetzelfde hotel te overnachten als de meisjes. Matthew had dat idee eerst met enige argwaan aangehoord, maar was er later enthousiast over. Toen Helen hem er eenmaal van had overtuigd dat zij absoluut niet van plan was om Sophie iets in te peperen, vatte hij haar voorstel op als bewijs dat het de goede kant opging met hun relatie. Ze zei dat ze het zo leuk zou vinden om de meiden weer te zien, en hij geloofde haar, omdat hij dat graag wilde geloven. En dus had Matthew aan Sophie gevraagd waar zij zouden overnachten, zodat hij daar ook een kamer kon reserveren.

'Helen komt ook,' zei Sophie toen ze dinsdagavond aan een glas wijn zaten in de pub. 'Krijg ik haar eindelijk eens te zien.'

'Wat vind je daarvan?'

'Vreselijk. Ik ben zo kwaad op dat mens. Maar ik ben ook hartstikke nieuwsgierig. Ik maak me nu al zorgen over wat ik aan moet en of ik nog naar de kapper kan. Slecht hè? We hebben het hier over een begrafenis, nota bene.'

Helen lachte.

'Ze gaat natuurlijk heel superieur doen. En ze hoopt vast dat ik een truttige huisvrouw ben. Nou, die lol gun ik haar mooi niet. Ik zorg dat ik er geweldig uitzie.'

'Ik weet zeker dat Matthews moeder dat gewaardeerd zou hebben.'

Sophie zweeg even. 'Hij wil dat we allemaal in hetzelfde hotel overnachten.'

Helen deed net alsof ze zich in haar wijn verslikte, met iets te veel succes, want het kwam haar neus uit. Ze hoestte: 'Waarom dan?'

'Hij vindt het wel een goed idee, voor de kinderen en zo, dat wij allemaal laten zien dat we best met elkaar kunnen opschieten.'

'Kunnen jullie dat dan?'

'Ik betwijfel het. Ik heb hem gezegd dat ik er nog over wil denken, maar eerlijk gezegd weet ik al wat ik ervan vind: ik vind het een heel slecht plan. Dan moet ik niet alleen tijdens de begrafenis die vernedering ondergaan, maar ook nog eens 's avonds. Leuk.'

'Ik weet het niet.' Helen leek na te denken over het idee. 'Is het juist niet veel erger voor haar? Jij en Matthew kunnen tegenwoordig zo goed met elkaar door een deur... En de meisjes vinden het vast geweldig dat het hele gezin weer bij elkaar is. Dan voelt ze zich vast een enorme buitenstaander. En daarbij...' ze haalde diep adem, '...het feit dat Matthew kennelijk die avond niet alleen wil zijn met haar, dat zegt ook iets. Zij is vast woedend.'

'Ach, ik moet haar toch een keer ontmoeten,' verzuchtte Sophie.

'En dat kun je maar beter doen als zij in het nadeel is. Ga maar na: zijn hele familie zal haar de hele dag met afgrijzen bekijken, en dan ben jij er 's avonds ook nog eens een keer. Om je te bescheuren.'

'Het enige wat ik graag wil, is haar een keer van dichtbij bekijken.'

'Misschien vind je haar nog best aardig ook,' zei Helen. 'Dat zou wat zijn.'

Het was veel rustiger op kantoor nu Jenny weg was. Annie had geen aanleiding meer om te blijven plakken en in zijn eentje was Jamie tamelijk onschadelijk. Bij de lunch zochten ze elkaar wel op, en Jenny wierp kwaadaardige blikken in Helens richting als ze bij hen op de afdeling moest zijn, maar echt veel kon ze niet meer aanrichten. Matthew werd geholpen door een uitzendkracht: een lieve vrouw van ergens in de vijftig, die haar handen uit de mouwen stak en niet van flauwekul hield. HvdB kwam steeds even buurten, en hoefde niet meer bang te zijn dat ze werd uitgelachen. Ze had Geoff zijn indiscretie vergeven en was weer even misselijkmakend verliefd als voorheen. Telkens als Helen zei dat het vrijdag haar laatste dag was, keek ze even verdrietig, als een kind van vijf dat niet met het schoolkoor mag meezingen omdat het zo vals zingt, maar dan bedacht ze zich dat ze niet zo egocentrisch mocht zijn, en zei ze dat ze toch heel blij was voor Helen.

Op woensdagavond zei Helen tegen Matthew dat ze iets te eten ging bestellen omdat er niks eetbaars meer in huis was. Ze gingen voor Indiaas.

'Ik wil de kip tandoori, met pilav en naanbrood,' zei Matthew zonder nadenken.

'Hm... dan ga ik voor de garnalenbalti.' Garnalen waren immers een beproefd recept voor een bedorven maag.

'Ja, dat klinkt lekker,' zei Matthew, terwijl hij de telefoon oppakte. 'Dat neem ik ook.'

Kut, dacht Helen.

'Wacht even, doe mij toch maar een tika masala met kip, dat heb ik al eeuwen niet meer gehad.'

'Zeker weten?'

'Zeker weten.'

'Die kip smaakt een beetje vreemd.' Helen trok er een vies gezicht bij. 'Als ie maar niet bedorven is.' Toen Matthew even niet keek, schonk ze zichzelf nog een glas wijn in en dronk dat in één slok op.

'Dan eet je het toch niet op? Hier.' Hij gaf haar zijn bord, dat nog halfvol was. 'Neem mijn eten maar. Ik heb toch genoeg gehad.'

'Nee, joh, het zal wel goed zijn.' Ze duwde zijn bord van zich af en begon flink van haar kip te eten.

'Het zal me het dagje wel worden, morgen. Ik wil niet dat je ziek wordt,' zei hij tot haar ergernis, want nu zou hij het haar morgen flink inwrijven.

De wekker stond op negen uur, en dus begon Helen om tien voor negen te kreunen en te steunen en over haar maag te wrijven.

'Ik voel me helemaal niet lekker,' zei ze, toen ze zich van zijn aandacht had verzekerd.

Ze sloeg haar armen voor haar buik en strompelde naar de keuken, waar ze het walgelijk zoute water opdronk, en liep toen door naar de badkamer, waar ze over de toiletpot leunde en luidruchtig begon te kokhalzen. De combinatie van de hete curry en het zout maakte dat ze zich ook echt behoorlijk misselijk voelde, en ze gaf inderdaad een beetje over. Genoeg om het klamme zweet te voelen uitbreken en een asgrauwe kleur te krijgen. Ze keek in de spiegel en constateerde dat ze wel iets weg had van Linda Blair in de *Exorcist*. Mooi, dan hoefde ze niet met haar make-updoos aan de slag. Ze wachtte tot Matthew aan zou kloppen met de vraag of het wel goed ging. Maar hij kwam niet. Ze zette de deur nog wat verder open en herhaalde de voorstelling, en dit keer voelde ze zich echt heel beroerd van alle wijn, curry en zout. Ze schroefde het geluidsniveau nog wat verder op, zodat Matthew er onmogelijk doorheen kon slapen.

'Jezus, wat is er aan de hand?' hoorde ze hem grommen. Bingo!

Matthew stond in de deuropening en keek bezorgd. Ze veegde haar mond af en draaide zich naar hem om, met het koude zweet in pareltjes op haar witte voorhoofd. De stank van haar braaksel vermengd met curry brachten tranen in haar ogen. Helen ging met veel misbaar op de koude tegelvloer liggen. Ze wist dat dit gevoel weer over zou gaan, maar op dat moment wilde ze echt het liefst dood. Uit de manier waarop hij naar haar keek, bleek duidelijk dat hij niet twijfelde aan haar oprechtheid. Matthew leunde over haar heen en trok de wc door. Hij gluurde nog even naar de oranjebruine smurrie in de pot.

'Jezus, ik zei toch dat je die troep niet moest opeten, Helen. En uitgerekend vandaag! Ga even in bad, daar knap je wel wat van op.'

En hij sloeg de deur achter zich dicht.

Helen bleef even verbijsterd op de grond liggen. Was dat het? Neem een bad en vooruit met de geit? Helemaal geen: 'Ach schatje, gaat het wel?' of 'Ga maar weer in bed liggen en laat die begrafenis maar lekker zitten.' Ze kwam moeizaam omhoog. Ze moest nu snel iets doen, voor ze er weer al te fris uitzag.

Matthew was in de keuken thee aan het zetten.

'Ik ga mijn bed weer in, hoor.' Helen fingeerde een oprisping en sloeg haar hand voor haar mond.

'We vertrekken over een uur.'

'Matthew, ik ben veel te ziek.' Ze dacht dat hij expres bot tegen haar deed.

'Het is nu uit je systeem, dus het zal zo wel weer gaan. Ga anders nog even een halfuurtje liggen, dan zet ik het bad voor je aan. Dan doe je in de auto je make-up maar,' zei hij grootmoedig. Dit was een ramp.

'Ik moet weer overgeven,' zei Helen kokhalzend, en ze stormde naar de badkamer, smeet de deur achter zich dicht en maakte luid gorgelende geluiden in de wc-pot. Haar hoofd deed gewoon pijn van de inspanning. Ze stond op en keek nog eens in de spiegel. Jezus. Ze zag er niet uit, met haar intens bleke, zweterige hoofd en pandaogen van de resten mascara. Ze zag eruit als een vrouw die in de goot was beland, en misschien was ze dat ook wel. Dit plan moest slagen, want er was geen alternatief. Haar spiegelbeeld keek haar wanhopig aan. Dag, waardigheid! Tot ziens, zelfrespect! Nog een keer flink over haar nek en dan moest het toch lukken. Ze plensde wat koud water over haar gezicht voor ze Matthew weer onder ogen kon komen,

'Ik kan zo niet mee.'

'Natuurlijk wel. Dan stoppen we onderweg gewoon als je moet spugen.'

Er zat niets anders op dan maar weer naar de badkamer te rennen en de hele geschiedenis te herhalen. Maar toen ze dit keer opkeek, stond Matthew naast haar.

'Zie je nou wel, je maag is al helemaal leeg. Je zult nog wel wat kramp hebben, maar je hebt het ergste nu wel gehad.'

'Matthew, ik wou dat ik dood was.' Oeps, dat was niet helemaal gepast. 'Echt, er komt niks meer uit, maar ik voel nu al dat ik straks aan de andere kant ga leeglopen.'

Matthew keek licht onpasselijk en ze dacht dat ze het nu voor elkaar had, maar nee.

'Neem wat Norit, en ga even liggen...' Hij keek op zijn horloge. 'Je hebt nog een krap halfuurtje. We stoppen onderweg wel af en toe. Tegen de tijd dat we bij de kerk zijn, is er niets meer aan de hand.'

'Nee, ik ga zo niet. Je hebt geen idee hoe ik me voel.'

'Doe niet zo idioot. Je hebt gewoon een beetje voedselvergiftiging...'

'Hoe weet jij verdomme hoe ik me voel?' Helen raakte nu echt in paniek. Het was niet alleen dat zij zelf Leo en Sophie niet onder ogen wilde komen, ze wilde ook deze perfecte gelegenheid voor de hereniging van Matthew en Sophie niet op het spel zetten.

'Ik voel me klote, ja?' O God, zo had het helemaal niet moeten lopen. In haar fantasie zou Matthew degene zijn die concludeerde dat ze zo echt niet naar de begrafenis kon. Hij zou haar een kus geven en zeggen dat hij best wist dat zij er voor hem had willen zijn, maar dat er zo absoluut geen sprake van kon zijn. Ze had absoluut geen ruzie willen maken, vooral niet op een dag als vandaag. Ze wilde echt het liefst haar armen om hem heenslaan en zeggen dat ze hoopte dat het een mooie dienst zou worden en dat hij vast opgelucht zou zijn als het allemaal achter de rug was, maar ze kon nu niet opgeven. 'Het spijt me verschrikkelijk van de begrafenis, maar ik ga terug naar mijn bed, en daar blijf ik ook.'

'Ik zei toch dat je die kip niet op moest eten.'

Ze hapte. 'O ja, dus het is zeker mijn eigen schuld, wou je zeggen? Alsof ik expres ziek ben geworden zodat ik niet naar je moeders herdenkingsdienst hoef?'

'Het komt anders wel verdacht goed uit.' Ze zou zweren dat hij driftig stampte met zijn voet.

'Jouw hele familie is daar, dus je hebt steun zat. Ik ga weer naar bed.'

Een halfuur later hoorde ze de voordeur dichtslaan.

Sophie kwam tien minuten voor het begin van de dienst de kerk in. Het miezerde buiten en ze had moeten kiezen tussen buiten nog wat rondhangen tussen de grafstenen of naar binnen gaan met het risico dat ze een van haar vreselijke schoonzusjes tegen het lijf zou lopen voordat het absoluut noodzakelijk was. Uiteindelijk had ze haar paraplu uitgeklapt en was in een zijportaal gaan staan, waar ze uit het zicht stond. Ze was belachelijk gespannen vanwege het feit dat ze Helen zou ontmoeten. Ze was er gewoon licht in het hoofd van. Ze had geen hap door haar keel kunnen krijgen, vanochtend, en na de lange autorit had ze daar nu flink spijt van. Ze vroeg zich af of ze soms flauw zou vallen of dat haar hartkloppingen een heus infarct in zouden luiden. De meisjes waren al naar binnen gerend waar ze ongetwijfeld door hun tantes werden opgevangen. Sophie controleerde hoe ze eruitzag in het kleine spiegeltje in haar handtas, en toen zag ze uit een ooghoek Matthews enigszins gekromde loopje achter een paar bomen. Als een kind dat door een leraar wordt betrapt op het stiekem roken van een sigaretje, sprong ze op, klapte het spiegeltje dicht en stopte het in haar jaszak. Helen was vast voor hem uit gelopen, dus die had ze gemist. Of ze zat nog in de auto, want het leek erop dat Matthew alleen liep. Met zijn hoofd gebogen en zijn handen in zijn zakken. Hij zag er beroerd uit. Nou ja, het was tenslotte de begrafenis van zijn moeder, dus ze kon moeilijk verwachten dat hij fluitend ronddanste, maar hij leek wel heel erg verslagen. Ouder dan normaal, ook. Hij liep meteen de kerk in, en Sophie besloot om nog een paar minuten te wachten tot hij Helen aan iedereen had laten zien, voor ze zelf naar binnen zou gaan om naar haar te kijken. Dan werd het onvermijdelijke moment waarop ze aan elkaar voorgesteld werden nog even uitgesteld en kon ze nog even onbespied naar haar gluren. Waren de meisjes nu maar bij haar. Ze kon wel wat geestelijke ondersteuning gebruiken.

Twee minuten later keek ze nog even in haar spiegeltje en vond ze dat ze maar door de zure appel heen moest bijten voor haar kapsel nog natter werd en voor de dienst begon. Toen ze de kerk inliep zag ze dat iedereen al zat te wachten tot het orgelspel zou losbarsten. Terwijl ze over het middenpad liep, had ze het gevoel dat iedereen naar haar keek. Maar dat kon niet, want de kerk zat vol met vrienden van Sheila, uit het dorp, en die hadden geen idee wie zij was. Ze voelde hoe ze bloosde terwijl ze steeds verder naar voren moest lopen, op zoek naar een plaatsje. Ondertussen keek ze rond of ze Suzanne en Claudia ergens zag. Daar waren ze, en ze gebaarden haar driftig om bij hen te komen zitten. Opgelucht baande ze zich een weg langs de mensen die al zaten en pas toen zag ze dat Matthew aan de andere kant van Suzanne zat. Heel even werd ze door paniek overvallen, maar ze greep zich vast aan de houten reling en dwong zichzelf weer op te kijken. Maar Matthew zat aan het eind van de rij. Er zat niemand meer naast hem. Waar was Helen dan? Ze keek naar de rij achter hen, maar daar zaten alleen maar oude dametjes, met hoedjes op, klaar om eens even lekker te gaan huilen, en Leo, die alvast zakdoekjes ronddeelde. Ze zei hem gedag. Claudia trok aan haar mouw.

'Waar bleef je nou?' jammerde ze.

'Ik was nog even buiten.' Sophie ging zitten en fluisterde in haar dochters oor: 'Waar is Helen dan?'

'O, die is er niet,' antwoordde Claudia met luide stem. Sophie kreeg een kleur en durfde niet op te kijken uit angst dat Matthew het zag. 'Ze heeft voedselvergiftiging.'

Sophie was onvoorstelbaar opgelucht, maar ze voelde ook teleurstelling en schaamte.

'O, wat jammer,' zei ze weinig overtuigend, en ze dwong zichzelf om Matthew een glimlach toe te werpen. Gelukkig weerklonken precies op dat moment de eerste noten van een psalm. Welk muziekstuk ten gehore werd gebracht was niet geheel duidelijk, want de oude organist maakte er een potje van. Binnen een seconde was de hele gemeente in tranen, ook Sophie, terwijl die toch nooit een enorme fan van haar schoonmoeder was geweest.

Zodra de dienst voorbij was, vertrok een heel konvooi – zonder Leo, die een perfect excuus had: hij verkondigde luidkeels dat hij echt terug moest naar Londen om te controleren of zijn restaurant er nog stond – naar de namaakboerenhoeve van Amanda en Edwin voor wat knabbeltjes en een borrel. Tenminste, dat hoopte Sophie. Suzanne en Claudia, die tijdens de dienst hartverscheurend hadden gehuild, waren sinds de laatste tonen van het orgel weer behoorlijk opgevrolijkt, en zeurden of ze met Matthew mee mochten rijden, zodat Sophie in haar eentje achter aan moest sluiten. Terwijl ze haar riem omdeed, rende Leo nog even naar haar toe en leunde door het raampje naar binnen.

'Zeg, denk jij dat ze überhaupt bestaat?'

'Wie, Helen?'

Leo lachte en knikte.

'Dat zou helemaal erg zijn, zeg, dat hij een affaire moet verzinnen om van mij af te komen.'

'Weet je wat ik denk? Ik denk dat ze als de dood is om ons onder ogen te komen. En terecht.'

'Ik vind het heel lief van je, Leo, maar zij heeft niet veel anders gedaan dan wat ik jouw moeder heb aangedaan. Ik ben precies even erg. Daar heb ik de laatste tijd veel over nagedacht.'

'Dat kan wel zijn, maar jij bent een schat, en zij is een bitch, en dat is het verschil.' Hij gaf haar een zoen op haar wang en Sophie lachte onwillekeurig.

'Misschien is ze wel echt ziek.'

'Misschien heeft ze al wel een ander, en vindt ze het wel fijn als pa er een nachtje niet is.' Hij glimlachte vals.

'Of misschien heeft ze echt iets verkeerds gegeten.'

'Of misschien is ze wel zo lelijk dat ze ons niet onder ogen durft te komen.'

Sophie kneep in zijn hand. 'Tot ziens, Leo.'

Pretentieus als ze was, had Amanda een cateraar in de arm genomen om de gasten van toastjes en worstenbroodjes te voorzien. Twee obers in smoking liepen verveeld rond met stukjes eendenpaté op keihard brood die ze aan tandeloze oude dametjes trachtten te slijten en aan kinderen die klaagden over het gebrek aan broodjes kaas en chips. Sophie beet op haar tong toen Amanda en Louisa haar kwamen vertellen dat ze het toch *zooo* geweldig vonden dat ze er was en hoe dapper ze het van haar vonden en dat ze haar uiteraard nog altijd gewoon als familie zagen, want ze was per slot van rekening de moeder van hun nichtjes. Ze keek wanhopig om zich heen op zoek naar iets alcoholisch, maar kennelijk had Amanda besloten dat Edwin en drank geen goede combinatie vormden, en de obers hadden alleen koffie en sinaasappelsap in de aanbieding. Ze keek op haar horloge – halfvier – ze kon onmogelijk voor zessen weg. Dat zou onbeleefd zijn. Ze liep een minuut of tien door de tuin, ondanks het slechte weer, en in no time voegde Matthew zich bij haar.

'Stiekem op weg naar de pub? Want als dat zo is, ga ik met je mee.'

'Je zusters zouden me met een dubbelloops jachtgeweer achterna komen. Hoewel het dat risico misschien wel waard is.'

'Gelukkig had ik al zo'n vermoeden hoe het hier zou zijn, dus ik heb een fles wodka in mijn auto liggen. Ook een glaasje?'

'Dolgraag.'

Zodra Matthew weer terug was met zijn liter Absolut en daarmee rond was gegaan langs de rouwenden en hier en daar iets in een glas sinaasappelsap had gekieperd, werd het plotseling een heel stuk gezelliger. Na een paar teugen besloot Edwin dat zijn vrouw zich onredelijk opstelde, en hij ontgrendelde de kelderkast, waar ze zijn drankvoorraad verstopt had. Amanda behield haar stalen gezicht terwijl hij lustig ronddeelde van zijn whisky en rode wijn, en zelf twee glazen nam voor elk glas dat hij een ander volschonk. Tegen halfvijf begon het te voelen als een echte wake. Sheila's trawanten disten de ene onsmakelijke anekdote na de andere op en Louisa was bijna in tranen omdat zij altijd had gedacht dat haar moeder van haar het minste hield (hetgeen trouwens ook waar bleek te zijn, want Sheila had het zich zo nu en dan laten ontvallen). De kinderen die een beetje bang waren vanwege hun laatste ervaring met dronken familieleden vertrokken naar buiten voordat het uit de hand liep.

Tot dusverre had Helen die dag wat rondgehangen in haar appartement. Heerlijk, om het hele huis voor haar alleen te hebben zonder dat Matthew haar op haar zenuwen werkte. En dan ook nog een nacht alleen, voor haar laatste dag bij Global. Ze vroeg zich af hoe het hem nu verging in Bath, en ze voelde zich er nog steeds schuldig over dat ze hem had laten zitten. Ze had eerder die middag de telefoon in haar hand gehad en bijna had ze hem gebeld om te checken of het wel goed met hem ging, maar ze besloot toch dat de woede die ze in hem gewekt had waarschijnlijk juist in haar voordeel zou werken. Ze was wreed uit goedheid, als het ware. Hij dacht dan wel dat zij een harteloos kreng was, maar als die gedachte hem nader tot Sophie bracht, zou hij haar uiteindelijk dankbaar zijn. En hoe slechter hij over haar dacht, des te gemakkelijker zou het voor hem zijn om bij haar weg te gaan, dus was er sprake van een duidelijke win-winsituatie. Voor de verandering zag ze het allemaal zonnig in – het tij was aan het keren. Het ging weliswaar eerder met de snelheid van een mammoettanker dan met die van een speedboot, maar de koers was wel degelijk ingezet.

Ook al zag ze er een beetje tegenop, ze verheugde zich toch op de volgende dag. Ze wist dat er niet echt een feestje voor haar zou zijn, geen grote toestanden, maar er was toch wel die vreselijke vrijdagborrel die ter ere van haar werd gehouden. Er zou waarschijnlijk geen hond komen, maar dat vond ze prima. Dan kon ze haar dozen onder haar arm nemen en wegwezen. Er was geen enkele reden waarom ze Annie of Jamie ooit nog zou hoeven zien. Met Sandra had ze wel medelijden; voor dat arme kind was er nu geen enkele hoop meer. Ze wist dat zij de enige was die nog enige interesse in haar had getoond en dat Global haar na Laura's vertrek zou laten vallen als een baksteen. De nominaties voor de Ace Awards zouden morgen bekend worden gemaakt en Sandra had uiteraard geen schijn van kans. Helen wist wel dat ze haar eigenlijk even zou moeten bellen om te vragen hoe het met haar ging, maar ze had er absoluut geen zin in. Ze zette de tv aan en ging op de bank liggen. Wat lekker was dit. Ze vroeg zich af of Matthew een juridische strijd zou beginnen om de voogdij over Norman als ze straks uit elkaar gingen, maar toen herinnerde ze zich dat Sophie een kattenallergie had. Claudia zou het heel erg vinden, maar goed, ze had wel haar vader weer terug, dus ze zou het uiteindelijk best een goede deal vinden. Ze wierp even een blik op haar horloge – vijf voor halfvijf – hopelijk zaten Matthew en Sophie gezellig de banden aan te halen ergens in Bath. Ze verveelde zich. Ze had best zin om Rachel te bellen, om een uurtje zinloos te kletsen, maar ze had absoluut geen zin om tot in detail aan te moeten horen wat het verschil was tussen het ene en het andere lettertype voor op de uitnodigingen. En dus viel ze maar in slaap.

Sophie, Matthew en de meisjes zaten aan het diner, nadat ze eindelijk aan Amanda en Edwin hadden kunnen ontsnappen. Rond zeven uur waren ze vertrokken, een nogal benevelde bende ruziënde mensen achterlatend. Het restaurant van het hotelletje was net zo groot als een eetkamer, en telde maar vier tafeltjes. De eigenaresse had een ambitieus driegangenmenu bereid en haar man deed de bediening. Ze waren maar met z'n viertjes, en Sophie had dan ook bizar genoeg het gevoel alsof ze gewoon gezellig thuis waren. Ze waren allemaal met Matthews auto naar het hotel gegaan, want na drie glazen wodka vond ze het niet verantwoord om zelf nog te rijden. Haar auto zouden ze de volgende dag oppikken van Amanda's oprit. Matthew was merkbaar opgelucht dat de begrafenis achter de rug was. Hij voelde zich toch al nooit op zijn gemak tijdens familiebijeenkomsten, maar dit was helemaal een beproeving geweest. Een aantal dronken oude besjes had hem flink de les gelezen omdat hij zijn gezin in de steek had gelaten, en zo eenvoudig was het niet om een redelijke discussie aan te gaan met een halfdronken taart van dik in de tachtig, vooral als je maar één ding tegen haar te zeggen had, namelijk: 'Dat gaat jou geen donder aan.' Nu hij verder verschoond zou blijven van dat soort gedoe was hij ontzettend vrolijk en dronk hij grote bellen Pinot Grigio en vertelde hij verhalen waar de meisjes om moesten lachen.

'Hoe is het nu met Helen?' vroeg Sophie toen het gesprek even stil viel. Ze nam aan dat Matthew haar even had gebeld toen hij zijn tas op zijn kamer was gaan zetten.

'Heb ik nog niet gesproken,' zei hij, en toen hij Sophies beduusde gezicht zag, zei hij vlug: 'Ik wil haar liever niet storen als ze slaapt.' Wat Sophie nogal een interessante ontwikkeling vond.

Tegen halftien nam Sophie Suzanne en Claudia mee naar boven, ondanks hun protesten.

'Kom je zo nog even wat met me drinken?' had Matthew aan haar gevraagd, en omdat ze het naar haar zin had, had ze daarmee ingestemd. Daar zat ze nu, met Matthew bij de open haard en ze liet haar cognac walsen in het glas. Matthews stemming was inmiddels in een melodramatische fase beland, en hij zat er stilletjes bij. Sophie keek op en zag dat hij naar haar zat te staren.

'Gaat het?'

'Ik denk dat ik een grote fout heb gemaakt.'

Hij zag aan Sophies gezicht dat ze niet wist hoe ze hier op moest reageren, en hij ging door.

'Met Helen, bedoel ik. Ik denk dat ik de verkeerde beslissing heb genomen.' Zijn stem haperde.

Sophie zuchtte. 'Wat is er gebeurd, dan?'

'Ik had nooit bij jou weg moeten gaan. Ik had bij jou moeten blijven. Ik mis jou en de meisjes.'

'Als je niet gelukkig bent zo, dan moet je er iets aan doen. Nu, voordat je met haar getrouwd bent of...' ze kon het bijna niet uit haar mond krijgen '...voordat je nog meer kinderen op de wereld zet die dan ook weer een scheiding voor hun kiezen krijgen.'

'Maar jij denkt er toch net zo over, of niet soms? Jij wilt toch ook weer dat wij verder gaan als gezin?'

'Matthew, als jij bij Helen weg wilt, dan ga je bij haar weg, maar doe het niet omdat je denkt dat ik je dan wel weer in huis neem.'

'Maar denk je dat je dat ooit weer zal doen, dan?'

'Wil jij dat dan echt?'

Hij knikte treurig. 'Dat denk ik wel, ja.'

Sophie wenste dat ze niet zo mistig in haar hoofd was door alle alcohol. Zei hij dit nu allemaal echt, dat hij haar terug wilde, en dat hij opnieuw wilde beginnen? Ze had geen idee wat ze daar eigenlijk van vond. Voelde ze zich triomfantelijk, omdat zij de strijd van Helen had gewonnen, kwaad, omdat hij dacht dat zij alles maar zo makkelijk kon vergeten en hem weer terug zou nemen ondanks alles wat er was gebeurd, bedroefd, omdat het nooit meer zou worden zoals vroeger, of was ze laaiend, omdat hij kennelijk dacht dat hij dit zomaar eventjes kon zeggen terwijl hij ook best wist dat ze allemaal te veel hadden gedronken en dit dus niet echt het moment was? Ze schudde haar hoofd en probeerde haar gedachten op een rijtje te krijgen.

'We kunnen het hier nu niet over hebben, dat is niet eerlijk. Ga eerst je zaakjes maar regelen met Helen, en dan zien we wel verder.'

'Dus je zegt geen nee?'

Ze moest bijna lachen om de zielige blik die hij haar toewierp. 'Ik zeg helemaal niks.'

'Oké, dan.' Hij legde zijn handen op die van haar en zij was veel te uitgeput om ze onder hem vandaan te trekken.

'Matthew, mag ik je iets vragen? En beloof je dan dat je een honderd procent eerlijk antwoord geeft?'

'Goed.'

'Hoe lang heb je al iets met Helen? Dat moet ik weten.'

Sophie zag niet dat Matthew heel even aarzelde, en ook de paniek in zijn ogen ontging haar.

'Ongeveer een halfjaar voordat ik... nou ja... wegging.'

'Dus toen wij op vakantie waren in Italië, toen had je al...'

'Ja, het spijt me.'

Ze knikte treurig. 'Ik vond het zo leuk, die vakantie.'

'Ik ook... en het was ook niet... ik wilde ook echt wel bij jou zijn als ik bij jou was. Ik heb daar niet de hele tijd zitten denken: was ik nu maar bij Helen..., of zoiets.'

'Een halfjaar. Dat is precies even lang als jij en ik samen waren... toen met Hannah,' verzuchtte Sophie. 'Gelukkig heeft het geen jaren geduurd. Ik zou het verschrikkelijk vinden als ons huwelijk al jaren een schijnvertoning was.'

Matthew klokte zijn cognac weg en keek naar de grond. 'Nee, het heeft geen jaren geduurd.'

'Kom je bij mij slapen?' vroeg hij toen ze in de hal stonden en naar hun kamers wilden gaan. 'Niet om voor je-weet-wel, maar gewoon?' Hij keek haar even vragend aan. 'Ik zou het fijn vinden als je bij me lag.'

'Dat kan ik niet. Ik zou het wel willen, geloof ik, maar ik kan het niet. En we zouden er zeker spijt van krijgen, ook al gebeurt er verder niks. Ik in elk geval wel.'

'Mag ik je wel een nachtzoen geven, dan?'

'Nee, Matthew.'

'Maar ik ben je man.' Hij probeerde het nog met een dronken knipoog. Sophie moest lachen.

'Slaap lekker.'

Ondanks de hoeveelheid drank die ze op had, kon Sophie de slaap nauwelijks vatten. Haar hoofd gonsde van alles wat er was gebeurd.

Dit had ze absoluut niet aan zien komen. Zij dacht dat ze bezig waren om op een moderne, beschaafde manier een scheiding af te handelen, opdat de kinderen zo min mogelijk beschadigd zouden worden. Ze vond het niet prettig, maar ze was inmiddels wel aan de gedachte gewend geraakt. Ze wist niet of ze Matthew wel kon vertrouwen, en ze wist ook niet of ze hem eigenlijk nog wel wilde, maar als ze eerlijk moest zeggen wat haar het meest dwars zat op dat moment, dan was het de angst dat hij morgenochtend spijt zou hebben van wat hij had gezegd.

30

HELEN WERD OM ZES UUR met een droge mond wakker. Ze voelde of er op het tafeltje naast haar bed een glas water stond, en aangezien dat niet het geval bleek, hees ze zich uit bed en liep naar de keuken. Ze dronk een heel glas in één teug leeg en vulde het toen nog eens. Toen ze terugliep naar de slaapkamer pakte ze haar mobieltje op, omdat ze er zeker van was dat Matthew wel een berichtje zou hebben achtergelaten. Het was niks voor hem om niet te bellen en te vragen hoe het met haar ging, ook al was hij nog zo boos. En inderdaad, ze had voicemail.

'U hebt zeven nieuwe berichten,' klonk de robotachtige stem. O, shit. Hij wilde de moed kennelijk maar niet opgeven, en hij was vast steeds bozer geworden toen bleek dat ze haar telefoon uit had staan. Nou, jammer dan, dan had hij de vaste telefoon maar moeten bellen. Hij wist toch dat ze thuis was. Ze luisterde het eerste bericht af. Het was een vrouw van wie ze de stem niet direct herkende omdat ze nogal lalde. De vrouw huilde en sprak onsamenhangend. Uiteindelijk drong het tot Helen door dat het Sandra moest zijn.

'Het is allemaal kut,' hoorde ze. 'Mijn hele leven is kut.'

Ze drukte door naar het volgende bericht. Weer Sandra. 'Waar hang jij uit?'

Bericht nummer drie, vier en vijf waren van dezelfde orde: 'Waar hang je godverdomme uit? Ik heb je nodig.'

Helen werd er een beetje zenuwachtig van. Ze drukte door naar bericht nummer zes.

'Het heeft ook allemaal geen fuck zin meer. Het wordt nooit meer wat met mij. Nou, ze kunnen allemaal mooi de pot op.'

Helen hoorde door Sandra's gesnik heen iets ratelen dat klonk als een flesje pillen. Ze zocht snel door haar stapel papier naar de lijst met adressen van klanten, terwijl ze bericht nummer zeven afluisterde. Maar dat bestond alleen uit overdreven gehijg met af en toe een snik. Het bericht was van tien over vier. Twee uur geleden dus.

Helen zat in de taxi op weg naar Sandra. Die woonde in Sheperd's Bush, dus dat was maar vijf minuten rijden bij haar vandaan. Ze had ook enigszins hysterisch een ambulance gebeld, waarbij ze de alarmdienst veel te veel details vertelde over de telefoontjes, terwijl ze had kunnen volstaan met het opgeven van Sandra's adres. Ze begreep niet goed waarom Sandra háár nu juist moest bellen, aangezien ze elkaar nauwelijks kenden. O God, dit trok ze niet, in haar eentje. Ze wist dat Matthew nog lag te slapen en hij was trouwens toch kwaad op haar, maar ze kon verder niemand anders bedenken. En ze had hulp nodig.

Matthew was inderdaad nog diep in slaap en hij klonk behoorlijk geïrriteerd toen hij opnam.

'Hoe laat is het?'

'Er is iets mis met Sandra. Ze heeft een overdosis pillen genomen. Ze heeft mij allerlei hele rare voicemails gestuurd. Jezus, ik ben echt heel bang.' Ze ratelde maar door.

Plotseling was Matthew klaarwakker. 'Doe eens rustig, Helen, en vertel me wat er is gebeurd.'

Op de een of andere manier slaagde ze er in om een samenhangend verslag uit te brengen van de gebeurtenissen tot op dat moment, en ze was nog niet uitgepraat of Matthew zei dat hij meteen naar Londen zou komen. Ondanks het feit dat het hem ruim twee uur zou kosten en het tegen die tijd ook best al te laat kon zijn, gaf de gedachte dat hij naar haar toekwam haar toch rust. Hij zou wel weten hoe ze dit aan moesten pakken.

'Heb je haar echte naam doorgegeven aan de ambulance?' vroeg hij, al helemaal in werkstemming.

'Natuurlijk,' antwoordde ze, maar ze realiseerde zich meteen dat dat heel stom was.

'Oké, laat me even nadenken over hoe we deze situatie het best kunnen aanpakken. Als jij er straks eerder bent dan de ambulance, dan moet je buiten op ze wachten, ja? Niet in je eentje naar binnen gaan.'

'Echt niet?'

'Nee. Je kunt toch niks voor haar doen. Of er is niks aan de hand, of... het is mis. Maar ik wil niet dat jij daar met haar zit als het mis is, goed?'

'Goed.'

'Bel me terug als je daar bent.'

Matthew dacht erover om Sophie een briefje te schrijven, maar hij had geen idee wat hij daar in moest zetten. Eerlijk gezegd was hij blij dat hij een excuus had om weg te gaan voordat zij opstond. Hij kon zich hun gesprek woordelijk herinneren, en hij had ook alles gemeend wat hij zei. Hij was blij dat hij het gezegd had, en hij nam ook niets terug, maar zonder de alcoholmoed schaamde hij zich om haar onder ogen te komen. Hij zou zich geen houding weten nu hij zich zo in zijn kaarten had laten kijken. Hij liet een bericht voor mevrouw Shallcross achter bij de receptie zodat ze zou weten dat hij weer terug was naar zijn werk. Hij moest eerst maar eens zien wat er met Sandra aan de hand was, en dan kwam zijn eigen leven wel weer aan de beurt.

Toen Helen de straat inreed, zag ze al direct welke flat van Sandra was. Zelfs als de ambulance er niet had gestaan, had ze het gezien aan de roze gordijnen en de twinkelende lichtjes erachter. Helen wierp de taxichauffeur snel wat geld toe en holde toen het trappetje naar de voordeur op. Net op dat moment kwamen de ziekenbroeders weer naar buiten. Ze waren opvallend vrolijk, en Helen zou zweren dat een van hen een foto met handtekening in zijn zak stak.

'Is ze...?'

'Vals alarm,' zei de man met de foto.

'Vals alarm?' vroeg Helen ongelovig.

'Heb jij ons gebeld?'

Helen knikte.

'De volgende keer zou ik eerst even controleren of dat wel echt nodig is. Er is niks met haar aan de hand.'

Helen duwde de deur van Sandra's appartement open en liep verbijsterd naar binnen. Op de bank zat Sandra, verre van overleden, in een roze ochtendjas met pluizige muiltjes en een man die haar vaag bekend voorkwam. O ja, dat was die ober van Verano die met Sandra op die foto had gestaan die haar van al haar verdere kansen had beroofd.

Guido, of Julio, of zo. Sandra keek op.

'Wat doe jij hier?'

'Jij hebt mij gebeld, weet je nog?' Helen kon haar oren niet geloven.

Sandra keek haar vriend aan, maar die haalde zijn schouders op.

'Ik heb zoveel mensen gebeld. Ik zat er gewoon helemaal doorheen. Sorry.'

Helen greep zich aan een stoel vast. 'Wat was er nou allemaal aan de hand, dan? Ik begrijp het niet helemaal.'

'Nou, ik was gewoon heel erg dronken en heel erg ongelukkig, en ik kan me nog wel herinneren dat ik die pillen heb geslikt. En toen was Giovanni ineens hier, en toen ben ik over mijn nek gegaan en nu gaat het weer helemaal top. Suf hè?' Ze keek Helen met wapperende wimpers aan. De mascara liep in strepen over haar wangen.

Giovanni glimlachte. 'Ik moest de deur intrappen. Toen ik binnenkwam had ze die pillen net geslikt, denk ik, want toen ik mijn vingers in haar keel stak kwamen ze heel snel weer naar buiten. Allemaal.'

Helen moest zich even instellen op het feit dat hij helemaal geen Italiaans accent had.

'Die mannen van de ambulance zeiden dat ze er verder niets aan over zou houden, omdat de pillen niet lang genoeg in haar systeem zijn geweest. Ik moet er niet aan denken wat er zou zijn gebeurd als ik niet precies op het goede moment was komen binnenvallen.' Hij aaide Sandra liefkozend over haar hand.

'Zeg dat wel. Nou goed, als je zeker weet dat je verder niks nodig hebt, dan laat ik je verder aan hem over, Sandra. Kan ik nog iets voor je doen?' Helen liep de kamer al uit.

'Nee hoor, Giovanni zorgt heel goed voor me,' antwoordde Sandra schalks.

Toen ze de deur achter zich dichttrok, botste ze tegen een andere jonge vrouw op die de trap op kwam rennen.

'Woont Sandra Hepburn hier?' Ze zweette nogal.

'Ja, en er is niks aan de hand.'

'Niks aan de hand? Shit, ik heb een ambulance gebeld zodra ik haar berichtjes hoorde.'

'Je kunt wel even naar binnen, dan kan je het zelf zien. Dat vindt ze vast fijn.'

'Wat? Nee, joh, echt niet. Ik ken dat mens nauwelijks. Ik heb haar nagels een paar keer gedaan, meer niet. Ik begreep eigenlijk niet waarom ze mij belde.'

Helen hoorde de sirene dichterbij komen toen ze de hoek omliep, op zoek naar een taxi.

Sophie werd wakker van luid gebons op haar deur en van Claudia die riep: 'Mama, mam, laat ons er in!'

Sophie was ervan overtuigd dat er iets verschrikkelijks moest zijn gebeurd en dus sprong ze uit bed om open te doen voor haar dochters.

'Papa is al naar huis,' zei Suzanne verdrietig. 'Hij heeft aan de vrouw achter de receptie gezegd dat er iets was op zijn werk.'

Dat stak Sophie. De meisjes keken haar hoopvol aan. 'Aha. Nou, dan zal het wel iets heel belangrijks zijn.'

Dat was het dus. Hij werd wakker en had spijt als haren op zijn hoofd van wat hij allemaal had gezegd, en nu was hij weggeslopen in plaats van de feiten onder ogen te zien. Typisch Matthew. Ze voelde zich supersuf dat ze er zo ingetuind was. Hij was geen spat veranderd.

Matthew zat al op de ringweg rond Londen toen Helen hem belde om te zeggen dat de paniek alweer voorbij was. Hij dacht aan Sophie en aan haar blik toen hij haar vertelde hoe hij over de dingen dacht.

31

NOG VOORDAT MATTHEW THUISKWAM, WAS Helen al naar kantoor voor haar laatste werkdag. Ze was doodop, en haar irritatie over Sandra was sterker dan de opluchting dat er niets met haar aan de hand was. Matthew had haar gevraagd of ze zijn tijdelijke assistente, Marilyn, wilde laten weten dat hij toch naar de zaak zou komen, maar toen ze daar aankwam trof ze Annie en Jenny die met Jamie stonden te lachen over iets onbenulligs, zodat ze maar meteen doorliep naar haar eigen computer en Marilyn niet persoonlijk, maar per e-mail op de hoogte stelde van Matthews komst, in de hoop dat het drietal haar niet zou zien. Ze zat nog maar een paar minuten achter haar bureau toen HvdB langskwam met een cadeautje.

Ah nee, hè, dacht Helen. Niet nu.

Annie draaide zich om. 'Ach, wat schattig, ze heeft een afscheidscadeautje voor onze Helen meegenomen.'

Alle blikken waren op de blozende HvdB gericht.

'Wat zou het zijn: een zakje pinda's?' gilde Jenny, en ze klapten allemaal dubbel van het lachen. O, o, wat waren ze toch geestig. Helen trok een gezicht dat moest uitdrukken dat ze hen maar een stelletje eikels vond, maar de tranen stonden HvdB al in de ogen, en ze gooide haar cadeautje snel op het bureau, waarna ze weg holde richting toiletten.

Geweldig, dacht Helen. Daar gaan we weer. Ze pakte het kleine pakje op en volgde haar met tegenzin.

'Jenny wordt nog jaloers, hoor, als jij en HvdB de hele tijd samen op de wc rondhangen,' riep Annie haar na, en toen hadden ze het helemaal niet meer. Helen werkte het gebruikelijke protocol af om HvdB uit de plee te lokken.

'Je moet echt harder worden, hoor,' zei Helen, toen haar naamgenote eindelijk was opgehouden met snuffen. 'Ze doen het alleen maar omdat ze weten dat jij zo reageert.'

'Ik kan er niets aan doen.' Snuf. 'Jij bent de enige aardige collega, hier.' Snuf. 'Los van Matthew, natuurlijk,' voegde ze daar vlug aan toe, voor het geval Helen beledigd zou zijn. 'En nu ga je weg.'

Ze begon weer luidruchtig te snikken en Helen klopte haar licht bemoedigend op de arm.

'Dank je wel voor je cadeautje.' Ze begon het uit te pakken om de andere Helen af te leiden en te zorgen dat ze haar mond hield. Het was een gouden kettinkje met als hanger haar naam in schuine letters. HvdB had er precies zo eentje om haar nek hangen. Afgrijselijk.

'Prachtig, zeg, dank je wel. Echt heel leuk,' zei ze. 'En ik durf te wedden dat dit het enige cadeautje is dat ik vandaag krijg. Echt ontzettend aardig van je.'

'Ik ga je zo missen,' jammerde HvdB en ze gooide haar armen om Helen heen, waarbij haar hoofd ergens ter hoogte van Helens borst tegen haar aan drukte. Zo bleven ze heel even staan, waarbij Helen zo stijf als een bezemsteel bleef, totdat ze dacht dat ze het wel kon maken om HvdB van zich af te duwen. Ze had een natte plek op haar blouse, alsof ze borstvoeding lekte.

'Het komt echt wel goed, geloof me, als je maar geen aandacht aan hen besteed.'

'Houden we contact?'

'Ja, hoor,' zei Helen, die zich bij God niet voor kon stellen dat ze ooit behoefte zou hebben aan contact met HvdB. 'Tuurlijk.'

De dag sleepte zich voort. Matthew had aan de telefoon niet veel gezegd over de begrafenis, behalve dan dat hij iets te veel cognac had gedronken na afloop en dat hij daarom hoofdpijn had. Sophies telefoon stond de hele ochtend uit, en Helen begon te vermoeden dat het voor geen meter opschoot met haar plan. Toen ging plotseling haar eigen mobieltje over: het was Sophie.

'Waar hang je nou uit? Ik ben je de hele ochtend al aan het bellen.' Helen probeerde niet al te ongeduldig te klinken.

'Ik had mijn telefoon uit staan. Ik probeerde Matthew te ontlopen. Niet dat hij me gebeld heeft trouwens, want ik heb geen voicemail van hem gekregen. Hé, ik moet met je praten. Kun jij vanavond?'

Er was vast iets gebeurd. 'Ja natuurlijk kan ik.'

'Ik heb geen zin om Matthew te vragen of hij komt babysitten, kun je misschien bij mij thuis komen? Dan kun je gelijk de meiden ontmoeten. Niet dat dat zo'n attractie is voor je, dat begrijp ik ook wel.'

Shit. 'O, shit, nee, ik bedenk me ineens dat ik al een andere afspraak heb, vanavond. Maar kunnen we anders samen lunchen? Ik moet voor een vergadering in Soho zijn, dus als jij kan...'

'Ik zie je om een uur in de Stock Pot.'

'Hij wilde met me naar bed,' Sophie leunde achterover en wachtte op de impact die deze mededeling op Helen zou hebben. 'En ik had het nog bijna gedaan ook.'

Helen liet even op zich inwerken wat Sophie net gezegd had. Het plan was weliswaar dat Matthew en Sophie nader tot elkaar zouden komen, maar dit had ze nu ook weer niet verwacht. En dus was ze eerst voornamelijk kwaad. Matthew, die voortdurend kond deed van zijn overweldigende liefde voor haar, kon klaarblijkelijk nog niet één avondje weg of hij wilde alweer met iemand anders het bed induiken. Godallemachtig, wat was er mis met die man? Kon hij dan echt helemaal niemand trouw blijven? Toen Sophie alle details begon te vertellen, scheelde dat echter een stuk – dit was echt een geweldige ontwikkeling. Sophie hoefde alleen nog maar in te stemmen en zij was van hem af.

'Waarom heb je eigenlijk nee gezegd?'

'Ik wilde echt wel. Ik kon zelf nauwelijks geloven hoe graag ik het wilde. Maar ik vond dat we het dit keer goed moesten doen, als we inderdaad deze koers in willen slaan. Hoewel ik die Helen haat, wil ik haar niet aandoen wat ik Hannah heb aangedaan. En trouwens, ik ben heel erg opgelucht dat ik het niet gedaan heb. Het was anders een complete afgang geweest.'

Helen kreeg de kriebels. 'Hoezo?'

'Omdat het duidelijk was dat hij dat alleen maar zei omdat hij zoveel gezopen had. Hij was vanochtend het hotel al uit voordat ik wakker werd. Hij had een bericht achtergelaten bij de receptie dat hij naar Londen moest voor zijn werk. Wat een onzin. Wat kan er in godsnaam zo belangrijk zijn dat hij op stel en sprong weg moet om zes uur 's ochtends? En als er echt iets aan de hand was, waarom heeft hij me dan niet nog even gebeld?'

Matthew, wat ben jij een stomme zak.

'Misschien is hij de hele ochtend in beslag genomen door een of ander noodgeval.'

'Er was helemaal geen noodgeval.'

'Of hij had last van zijn geweten. Misschien voelde hij zich wel zo slecht over alles dat hij naar huis is gegaan om Helen te dumpen voordat het met jou nog verder uit de hand zou lopen. Omdat hij het deze keer ook goed wilde doen.'

Sophie duwde haar bord van zich af. Ze had nauwelijks gegeten. 'Ja, dat wil ik zelf ook graag geloven, maar zo is het natuurlijk niet. Waarom heeft hij dan nog niet gebeld?'

Helen wilde Matthew wel door elkaar rammelen en tegen hem schreeuwen: 'Dit is je enige kans om nog gelukkig te worden, waarom loop je het dan zo te verzieken? Mij ben je namelijk bijna kwijt.' Wat een ontzettend slappe zak was het toch. Nooit kon hij eens een keer zelf een beslissing nemen, als een volwassen vent.

'Dus, jij wilt hem wel terug?' vroeg ze voorzichtig.

Sophie slaakte een diepe zucht. 'Ja. Ik denk het wel. Gisteravond wilde ik dat in elk geval wel. Ik kon er niet van slapen. Ik bleef maar aan hem denken en aan wat ik nu moest doen en toen heb ik besloten dat ik hem nog wel een kans wil geven. Ik denk namelijk wel dat hij het echt meent. Ik in elk geval wel. Maar nu weet ik eigenlijk niet meer wat ik ervan moet denken. Ik laat niet meer met me sollen, dat kan ik je wel zeggen. Vind je me een domme doos?'

'Je moet niet meteen van het slechtste uitgaan, dat vind ik. Wacht nou maar af wat er gebeurt voor je hem afschrijft.'

Sophie zag eruit alsof ze elk moment in tranen kon uitbarsten. 'Ik wil dit niet allemaal nog een keer doormaken. Echt niet.'

Ze rekenden af en liepen naar Charing Cross Road, waarbij Helen net deed alsof ze een vergadering in de buurt had en zich afvroeg hoe ver Sophie met haar mee zou lopen voordat ze een willekeurig gebouw in moest gaan, en daar vijf minuten zou moeten wachten tot Sophie uit het zicht was. Ze staken over, en toen zag ze ineens Jamie van de andere kant aan komen lopen. Ze staarde onafgebroken naar de grond en wenste vurig dat hij haar niet zou zien.

'Alles goed, Helen?' riep hij, toen hij voorbijliep.
'Helen?' Sophie keek verbaasd.
'Hij kan maar niet onthouden hoe ik heet. Ik word er knettergek van. Toen ik met hem kennismaakte heeft hij waarschijnlijk mijn naam verstaan als Helen, en zo is hij me blijven noemen.' O God, red me hier alstublieft uit. En dat deed Hij, ook al geloofde ze niet in Hem. Sophies mobieltje ging over en ze viste hem uit haar tas om te zien wie er belde.
'Het is Matthew. Shit, wat moet ik nou doen?'
'Opnemen. Ik ga je met rust laten.' Helen gebaarde dat zij zou doorlopen, maar Sophie greep haar bij de arm.
'Nee, wacht. Ik kan wel wat psychische ondersteuning gebruiken.'
Ze nam op. 'Hallo Matthew.'
Helen sprong ongemakkelijk van de ene voet op de andere. Het was al erg genoeg dat zij Sophies aandeel aan dit gesprek moest aanhoren, maar het feit dat Sophie met haar vriendje sprak maakte het totaal onwerkelijk. Ze probeerde te volgen waar ze het over hadden, Maar dat viel niet mee, omdat Sophie zich erg op de vlakte hield.
'Hm-hm... ik begrijp het... o, jee... Ik weet het niet... Jezus, ik weet het niet hoor... oké... oké... oké... oké.'
Wat nou oké?
'Oké... acht uur... oké... dag.'
'En?' Helen kon niet wachten.
'Kennelijk had een van zijn klanten een poging tot zelfmoord gedaan. Dat lijkt me inderdaad wel een noodgeval. Hij is de hele ochtend bezig om het uit de kranten te houden.'
Leugenaar, dacht Helen. Het verhaal is nooit bij de kranten terechtgekomen, omdat Sandra nooit naar het ziekenhuis is geweest. Helen had zelf nog rondgebeld om te kijken of ze er lucht van hadden gekregen. De ene krant die er inderdaad van af wist, had ze er met succes van weten te overtuigen dat het allemaal een grove leugen was.
'En nu dan?'
'Hij komt vanavond langs om erover te praten. Jezus, Eleanor, ik sta helemaal te shaken. Moet ik dit wel doen?'
'Absoluut. Als dit is wat je wilt, dan moet je het doen.'

'Shit, ik ben te laat voor de kapper. Ik moet hollen.' Ze gaf Helen een kus op haar wang. 'Bedankt, hè, voor alles.'

'Succes,' antwoordde Helen, terwijl Sophie vlug wegliep richting Covent Garden. 'En bel me even hoe het afloopt!'

Ze liep terug richting kantoor en voelde zich krankzinnig opgelucht. Het was bijna voorbij, allemaal. Matthew zou niet in zijn eentje eindigen en zij wel. Maar dat was prima. Er knaagde nog wel iets aan haar, maar zo zachtjes dat ze het nauwelijks voelde. Ze had iets te vieren.

Om vijf uur verscheen Laura met een fles champagne en een taart. De opkomst was bedroevend. Alleen Laura, HvdB, Jamie, Matthews nieuwe assistente en een paar jongens van Automatisering die altijd te lokken waren met gratis alcohol, kwamen opdagen. Annie bleef met veel bombarie achter de receptie zitten en weigerde zelfs een glas champagne. Matthew kwam even kort langs, tussen twee vergaderingen door, en toen hij weer wegging raakte hij Helens arm even kort aan en zei zachtjes: 'Het spijt me vreselijk, maar ik moet vanavond werken. Ik heb het je nog niet eerder gezegd, maar ik heb beloofd om naar de voorstelling van Danny Petersen te komen kijken.'

Danny was de vierde vervanger van John Travolta in *Grease*, en zou die avond ergens in een achteraftheater optreden. Helen had even zin om te zeggen: 'Ik ga wel met je mee.' Gewoon om de paniek op zijn gezicht te zien. Maar ze glimlachte barmhartig en zei: 'Wat naar voor je.'

'Ik ben laat thuis, want ik moet natuurlijk ook nog blijven voor een borrel, en dan moet ik ook nog helemaal uit Guildford komen,' loog hij lustig verder.

'Geeft niet,' zei ze, en ze dacht: jezusmina, het gaat hem wel heel gemakkelijk af, al die leugens.

Hij gaf haar discreet een zoen op haar wang en ze hoorde iemand walgend kuchen in de buurt van de receptie. Rot allemaal lekker een eind op, dacht ze, en ze pakte Matthews gezicht in haar handen en zoende hem vol op de mond. Achter zijn rug stak ze haar middelvinger op richting Annie. Ze hoorde HvdB en Laura lachen. Toen ze klaar was met kussen keek Matthew haar verbijsterd aan. En met iets van schuldgevoel? Het was een emotie waar hij niet vaak last van had en hij leek niet helemaal zeker te weten wat hij ermee aan moest. Ze duwde hem naar de deur.

'Veel plezier!' riep ze hem na.

Om kwart over zes waren alleen Laura, Jamie en HvdB er nog, want de automatiseringsjongens waren naar de pub gevlucht en Matthews assistente was naar huis, naar haar echtgenoot. Ze dronken niet echt gemotiveerd door, en Helen vroeg zich af hoe vroeg ze af zou kunnen taaien zonder ondankbaar over te komen. Een paar van de andere directeuren staken even hun hoofd om de hoek om afscheid te nemen, en riepen dat ze het te druk hadden voor een borrel. En toen kwam, geheel onverwacht, Alan binnenlopen. Hij deed zijn best om Helen niet aan te kijken, en liep regelrecht op Jamie af om hem een stapel papier te overhandigen.

'Die heb ik nog voor het eind van de dag nodig.'

Jamie keek nadrukkelijk op zijn horloge en fronste zijn wenkbrauwen, maar Alan had zich al omgedraaid.

'Blijf je niet even voor een drankje, Alan?' vroeg Helen liefjes.

'Nee, dank je,' zei hij terwijl hij doorliep.

'O, wacht even,' riep ze hem nog na. 'Ik heb nog iets voor je. Om je te bedanken omdat je me zo hebt gesteund.' Ze hield een blanco envelop voor hem omhoog.

Alan draaide zich argwanend om. Hij deed een paar stappen in haar richting en pakte de envelop van haar aan.

'Nou, maak dan open.'

Hij opende de envelop en trok er een A-viertje uit. Zijn gezicht werd zo rood als een biet toen hij zag wat er op stond en zijn mond vertrok van woede. Hij maakte een prop van het papier en liep weg zonder verder nog een woord te zeggen.

'Dag, Alan,' riep Helen vrolijk.

'Waar ging dat over?' wilde Jamie weten.

'Dit was iets van ver voor jouw tijd, en ik heb het van zijn eigen computer geprint, niet van die van jou. Dus hij kan jou niets verwijten.'

Toen hij weer terug was in zijn eigen kantoor streek Alan het gekreukte papier glad en las nog een keer wat er op stond. Het was een printje van een e-mail die hij naar Felicia had gestuurd, en dat was zeker niet zijn eigen vrouw, samen met haar antwoord. Er stond: *Ik blijf maar denken aan die heerlijke lippen van jou rond mijn grote vriend. Heb net de hand aan mezelf moeten slaan op de wc, hier.*

Haar antwoord was: *Nog even en ik kan het weer voor je doen, stouterd. Ik zie je om zes uur in het hotel. Kunnen we lekker twee uur tekeergaan. XXXX.*

Alan ging aan zijn bureau zitten. Het zweet stond hem op zijn voorhoofd. Dat kutwijf van een Kirstin, die had het vast aan iedereen rondgestuurd. Jamie was in elk geval een vent, die zou het wel begrijpen. Hem kon je tenminste vertrouwen.

Jamie beloofde ondertussen dat hij de pikante e-mails tussen Alan en Felicia zou doorsturen naar Helen. En omdat Laura en HvdB nu pas voor het eerst hoorden van Alans heftige cyberseks, beloofde hij dat hij hen ook op de hoogte zou houden.

De middag liep ten einde. Helen zag dat Annie opstond. Ze wilde eigenlijk naar binnen om haar jas te pakken, zodat ze naar huis kon, maar ze wilde geen afscheid nemen van Helen. Helen kwam in de verleiding om daarom nog maar een extra fles open te laten trekken, maar ze pakte toch haar dozen en zei tegen de anderen dat het de hoogste tijd was. Toen ze opkeek zag ze dat HvdB's gezicht knalroze was en dat de tranen opwelden in haar ogen. Haar mond was verfrommeld als die van een tandeloze baby. Ze probeerde te glimlachen, maar het lukte niet.

Nee, hè.

Helen moest de verleiding weerstaan om haar in elkaar te meppen.

'Ik wil alleen nog even dag zeggen tegen Laura, voor ze weggaat.'

Laura was weer teruggegaan naar haar bureau om haar jas en haar tas te pakken. Helen liep achter haar aan en trok de deur achter zich dicht.

'Zeg, jij zei toch dat je iemand aan wilde nemen voor de boekhouding? Nou, wat dacht je van Helen-van-de-Boekhouding? Die gaat het hier vast niet leuk vinden in haar eentje.'

'Daar heb ik ook al aan zitten denken, ja. Ik zal het haar volgende week eens vragen.'

'Denk je niet dat je dat nu nog even zou kunnen doen, want ik word knettergek van haar.'

Laura moest lachen. 'Nou, vooruit dan maar.'

Vijf minuten later klonk er uit Laura's kantoortje een gil als van een varken dat geslacht wordt en Helen trok glimlachend haar jas aan. Wegwezen voor ze me nog komt bedanken, dacht ze. Ze holde de receptie uit met haar doos met spullen tegen zich aan gedrukt. Annie en Jenny stonden te roddelen bij de receptie. Ze keken theatraal de andere kant op toen ze voorbij kwam.

'Doei, stelletje mutsen,' riep Helen vrolijk terwijl de liftdeuren dichtgingen. Toen ze beneden was, drukte ze weer op de knop en ging terug naar de tweede verdieping.

'Wat ik eigenlijk wilde zeggen was: Doei, stelletje lelijke, zielige mutsen die zelf zo'n oninteressant leven hebben dat ze het de hele tijd over dat van andere mensen moeten hebben.' Ze zwaaide nog even toen de deuren voor de tweede keer dichtgingen, en Annie en Jenny staarden haar met open mond na. Ze wisten even helemaal niets terug te zeggen.

32

Sophie dronk een cola light en hoewel ze Matthew wijn had aangeboden, zat hij aan de koffie. Geen van beiden wilde dit keer enig risico nemen. Ze zaten tegenover elkaar aan de keukentafel, want ze hadden behoefte aan een fysieke barrière; iets tussen hen in dat hen van domme dingen zou weerhouden. Op een gegeven moment raakte Sophies enkel de tafelpoot en ze schrok ervan, want ze dacht dat het Matthew was. Toen ze zich realiseerde hoe dom ze deed, moest ze lachen. Matthew probeerde haar blik te vangen, maar ze bleef strak naar het tafelblad staren. Een akelige stilte lag op de loer.

'Ik wil weer terugkomen.'

Sophie had gegokt – en beurtelings gehoopt en gevreesd – dat het hier op neer zou komen. Ze had op haar antwoord geoefend, en overwogen of ze hem zou laten zweten of dat ze hem om zijn hals zou vliegen en zonder meer akkoord zou gaan, of dat ze hem spijkerhard de deur zou wijzen. Ze kwam er maar niet uit welke van die drie opties het moest worden. Nu bij hem het hoge woord eruit was, zat ze maar naar haar glas te staren, en haar brein werkte op meer dan volle toeren. Ze wilde dolgraag weer een compleet gezin. En het verleden dat ze deelden was ook belangrijk. Wie anders zou zo goed begrijpen hoeveel ze hield van hun dochters, en wie zou ooit zoveel van hen houden als hij? Geen andere man zou het met haar kunnen (of willen) hebben over al die leuke dingen uit hun jeugd. Maar was dat wel genoeg om een relatie op te bouwen? Was ze niet eigenlijk voornamelijk bang om zelf alleen te blijven? Nee, dat was het niet, dacht ze. Ze wist dat ze het best zou redden in haar eentje. Wat ze ook zeker wist, was dat ze haar dochters en zichzelf onder geen enkele voorwaarde nog een keer zoiets wilde laten doormaken. Als ze hem terugnam, moest het helemaal anders: *hij* moest helemaal anders. Ze dwong zichzelf om hem aan te kijken.

'Hoe weet ik dat het dit keer beter zal gaan?'

'Ik ben veranderd. Dat kan ik je bewijzen.'

'Maar je probeerde me het bed in te krijgen terwijl je nog bij Helen woont. Dus hoezo *ik ben veranderd*?'

Matthew pakte haar hand. 'Ik was dronken. En wanhopig. Ik wil je zo ontzettend graag terug. Maar ik wil het dit keer wel goed aanpakken. Ik ga haar vertellen dat het... dat het voorbij is.'

Sophie wist dat ze strenger moest zijn, dat ze erop moest staan dat hij het hoe dan ook uit zou maken met Helen, of zij hem nou terug wilde of niet. Laat hem dat eerst nu maar eens regelen voordat we überhaupt verder praten, dacht ze, maar ze was bang dat dit moment voorbij zou gaan en dat hij zou terugkrabbelen als ze het hem te moeilijk maakte.

'Matthew, ik wil niet dat ons gezin nog een keer hetzelfde moet doormaken. Nooit meer. Dus je mag me dit niet aandoen als je het niet echt honderd procent meent.'

'Ik meen het ook echt. Jezus, Sophie, echt waar.' Matthew was bijna in tranen. 'Ik had nooit gedacht dat je me ooit nog terug zou willen na wat ik jou allemaal heb aangedaan, maar als je me nog wilt, dan... mijn God, dan zet ik nooit van mijn leven nog een stap verkeerd. Dat beloof ik.'

'En je moet eerlijk zijn. Echt volkomen eerlijk.'

'Ik zal eerlijk zijn.'

'En ook niet meer overwerken of squash spelen of wat ook, want het zal wel even duren voor ik je weer vertrouw.'

Ze sprak in de tegenwoordige tijd – het zal wel even duren – in plaats van 'als-dan', alsof haar besluit inmiddels vaststond. Ze hadden het allebei gehoord.

'Wat je maar wilt.'

'Ik vind het niet prettig dat iedereen bij Global alles van ons weet en... dat zij nog steeds daar werkt.'

'Helen is weg bij Global. Ze gaat voor Laura werken.'

Aha, dacht Sophie, dus daarom durfde Laura me nauwelijks aan te kijken bij de opening van Leo's restaurant.

'Maar ik heb daar al over nagedacht. Ik kan voor mezelf beginnen, en het wat rustiger aan gaan doen. Minder uren maken. Misschien een paar dagen per week thuis werken.'

Sophie legde haar hand boven op die van hem. 'Je hebt me zes maanden bedrogen, Matthew. *Zes maanden*. Dat is heel erg lang. Ik moet zeker weten dat het bedrog echt voorbij is en dat het nooit meer zal gebeuren.'

'Ik beloof het,' zei hij, en er rolde een traan over zijn gezicht, zo op haar hand.

Ze zaten in de ruime keuken te praten en thee te drinken, tot ver na middernacht. De meisjes waren binnengekomen om welterusten te zeggen, nadat ze zich een halfuur na hun voorgeschreven bedtijd van hun Xbox hadden losgescheurd omdat Sophie en Matthew hen helemaal vergeten waren.

'Wat doen jullie nou?' vroeg Claudia, en ze trok een verwonderd gezicht. 'Je houdt mama's hand vast.'

Sophie was blij dat ze Matthew net nog op het hart had gedrukt dat ze de meisjes niet te veel hoop mochten geven totdat alles definitief was, want ze wist wel dat hij dolgraag op wilde staan en met veel aplomb wilde aankondigen dat hij weer thuis kwam wonen en dat ze allemaal nog lang en gelukkig zouden leven. Maar diep vanbinnen voelde ze een naar soort twijfel, die haar ertoe dwong om het voorzichtig te spelen. Nog niks aankondigen, dus. Dat is heel normaal, puur zelfbehoud, hield ze zichzelf voor.

'Natuurlijk houden wij elkaars hand vast; we vinden elkaar toch heel aardig.' Sophie zag dat Matthew er een beetje aangedaan uitzag.

'Heb jij gehuild of zo? Wat stom zeg.'

Toen Matthew naar huis ging, spraken ze af dat hij Helen het slechte nieuws de volgende dag zou vertellen en dat hij, als hij dat had gedaan, een week in een hotel zou slapen om, zoals Sophie het noemde, 'even af te koelen' voor hij weer naar huis kwam. Matthew wilde eigenlijk meteen weer terugkomen, maar Sophie hield voet bij stuk.

'Ik wil zeker weten dat die relatie echt helemaal voorbij is voordat wij weer gaan samenwonen.'

Hij had met tegenzin ingestemd, in de wetenschap dat het spel dit keer volgens haar regels werd gespeeld. Toen hij weer terugging naar Camden, omhelsden ze elkaar, maar er werd niet gekust.

'Dat vind ik niet eerlijk tegenover Helen,' zei Sophie, en ze vroeg zich af wanneer ze eigenlijk zo'n redelijk mens was geworden.

Helen had de hele avond alleen thuis gezeten, en ze was zichzelf spuugzat. Er was echt helemaal niemand die ze kon bellen om een borrel mee te gaan drinken. Los van Sophie dan, maar die was uiteraard bezet, die avond. Rachel was door een stel bodysnatchers ontvoerd naar planeet Huwelijk, en hoewel Helen even had overwogen om haar te bellen om te vragen hoe het ging, wist ze meteen dat dat eigenlijk geen zin had. En trouwens, Rachel had haar ook niet meer gebeld sinds hun enigszins kribbige gesprekje over besteksetten, en Helen zag niet in waarom zij degene moest zijn die de eerste stap zou zetten. Zij was tenslotte niet degene die veranderd was. Ze waren tien jaar lang elkaars beste vriendin geweest, en hingen elke dag met elkaar aan de telefoon en zomaar, in één klap, hadden ze niets meer met elkaar gemeen. Als ze Sophie niet had, zou dat besef bijna ondraaglijk zijn. Maar Sophie zou er uiteraard binnenkort ook niet meer zijn, want ze wist zeker dat Matthew al heel snel terug zou gaan naar zijn gezin. En zodra dat gebeurd was, zou ze alle contact met Sophie verbreken. Dan zou ze Sophie vertellen dat ze ging verhuizen of zoiets, en nooit meer terugbellen. Ze zou het Matthew en Sophie lekker laten uitzoeken met hun huwelijk, en zij zou zich wel weer storten op een leven als single. Ze had een nieuwe baan – wat zeg ik, een heuse carrière – en ze zou heel snel weer een vrije vrouw zijn. Dan moest ze het maar even zonder vrienden stellen. Haar vrijheid eiste zo zijn tol, maar ze vond het de moeite meer dan waard. Hoewel, als ze nu al dacht aan de eindeloze avonden die ze in haar eentje zou zitten niksen, kon ze best een potje janken. Godsamme, het was ook helemaal nooit de bedoeling geweest dat ze die Sophie echt *aardig* zou gaan vinden. Het feit dat zij vriendinnen waren geworden was een foutje, een farce.

Ze probeerde om wakker te blijven tot Matthew weer thuiskwam, maar de uren kropen om, en toen de wijzers van de klok de twaalf voorbij waren, gooide ze de handdoek in de ring en vertrok naar bed, in de veilige wetenschap dat het vast allemaal in kannen en kruiken was, want waarom was hij anders zo laat. Toen hij eindelijk thuiskwam, was zij diep in slaap en hij sloop rond om haar niet wakker te maken. Hij was dolgelukkig. Hij kreeg een tweede kans met een vrouw die van hem hield. Zijn familie zou het hem wel vergeven, en zijn vrienden zouden een voor een weer terugkomen, en hij zou weer een normaal, prettig leven krijgen en hij zou echt zijn best doen, dit keer. Maar terwijl hij naar Helen keek die zo vredig lag te slapen, met haar hoofd schuin op het kussen en een arm over de volle breedte van het bed, werd hij toch door schuldgevoel overmand. Hoe had zijn leven in godsnaam zo uit de hand kunnen lopen? Hij zou het haar de volgende ochtend meteen maar vertellen, om haar zo snel mogelijk uit haar lijden te verlossen. Hij dacht erover na hoe hij de boodschap zo vriendelijk mogelijk kon overbrengen.

Ik heb een vreselijke fout gemaakt.

Het ligt niet aan jou, maar aan mij.

Ik ben weer verliefd geworden op mijn ex. (Geen goed idee!)

Het is voor jou veel beter zo: tegen de tijd dat jij net zo oud bent als ik nu, ben ik tachtig. Dat is voor jou toch geen leven? Ja, dacht hij, terwijl hij indommelde, dat was een goeie.

'Oké.'

'Oké?'

'Ja, oké.'

'Ik vertel je net dat ik een punt achter onze relatie wil zetten en het enige wat jij te zeggen hebt is "oké"?'

'Hoor eens, wat moet ik dan zeggen? Prima, ik ook?'

Matthew wist niet hoe hij het had. Hij was al sinds zeven uur wakker en hij had zich tweeënhalf uur druk liggen maken over dit moment, dat hij met thee op bed had proberen te verzachten.

'Wil je dan helemaal niet weten waarom?'

'Laat me raden: Danny Petersen was zo ijzersterk in *Grease*, dat jij er op slag homo van werd?'

'Heel leuk, ja. Waar het om gaat, Helen, is dat ik heb zitten denken over het feit dat ik twintig jaar ouder ben dan jij...'

Hij zweeg toen Helen haar hand op zijn arm legde. 'Luister, we weten allebei dat deze relatie geen succes is. Ik heb er zelf al eerder een punt achter proberen te zetten, maar toen wilde jij het niet horen. Ik heb helemaal geen uitleg nodig, het is goed zo, ik ben blij dat we het eindelijk eens zijn. Het is de goede beslissing, Matthew, dus je hoeft je verder niet druk te maken.'

Hij wist dat hij eigenlijk opgelucht zou moeten zijn dat zij het zo gemakkelijk opvatte, maar hij was verbolgen over het feit dat het haar helemaal niets kon schelen.

'Kijk niet zo geïrriteerd, Matthew. Had je soms liever dat ik me wenend aan je enkels stortte? Of dat ik zou roepen dat je mijn hele leven hebt geruïneerd?'

Boven gingen de Konijnen weer flink tekeer. 'O ja, schatje, ja, ja, ja!' Het bed bonkte tegen de muur.

'Ik kan gewoon niet geloven dat het zo weinig voor je betekent, wat wij hebben gehad. Dat je er zo luchtig over kunt doen.'

'Godallemachtig. Moet je nou horen wat je zegt. Jij wilt niet meer verder, nou, ik ook niet, dus is iedereen blij. Claudia en Suzanne zullen helemaal wel in de zevende hemel zijn.'

'Dit heeft helemaal niks te maken met Sophie en de meisjes,' zei hij defensief.

'Dat zei ik toch ook helemaal niet?' Helen kon haar glimlach nauwelijks onderdrukken. 'Ik zeg alleen maar dat ze dolgelukkig zullen zijn. Heb je het de kinderen al verteld?'

Ze zag dat hij haar niet kon aankijken. 'Natuurlijk niet. Dit is iets tussen jou en mij.'

Het Konijnenlawaai zwol aan. Alle klassiekers kwamen langs, waaronder 'Zeg me wie de baas is!' En net toen meneer Konijn weer eens 'Ja, ja' riep, voegde zich een vreemde vrouwenstem bij het lawaai, die orgiastisch kermde: 'Jij, jij bent de baas, o, neuk me dan.' Helen keek Matthew aan.

'Dit geloof je toch niet? Heeft hij twee wijven in zijn bed?'

Matthew keek geërgerd. 'Let er toch niet op. We hebben het over iets heel belangrijks.'

'Hoe flikt hij dat in godsnaam? Zijn het zijn feromonen, of zo, want van zijn uiterlijk moet hij het zeker niet hebben.'

'Helen...'

'Ben jij daar dan helemaal niet nieuwsgierig naar?'

'Helen, goddomme, luister je überhaupt wel?'

'Ja, jij wilt dat wij uit elkaar gaan. En dat heeft verder niets met Sophie te maken.'

Matthew zuchtte en stond op van het bed. 'Jij beschouwt dit kennelijk allemaal als een grote grap.'

Helen dwong zichzelf om zich weer op hem te concentreren. 'Ik hoop dat je gelukkig wordt. Wat je verder ook gaat doen.' Ze zag dat hij haar sceptisch aankeek. 'Ik meen het echt.'

Dus dat was dat. Het had vier jaar van haar leven gekost. Vier jaar lang had ze gevochten om deze man, en had ze andere mogelijkheden voorbij laten gaan en vriendschappen laten verwateren. Om nog maar te zwijgen van haar gevoel voor eigenwaarde. En waar had dat allemaal toe geleid? Tot een enorm gevoel van opluchting dat het eindelijk voorbij was, en tot een gevoel van spijt dat ze zoveel tijd en energie had gestoken in een relatie die eigenlijk altijd al tot mislukken gedoemd was. Ze voelde zich leeg. Het waren echter de verspilde jaren die haar dwarszaten, en niet het feit dat ze verder moest zonder Matthew.

Toen Helen opstond, was Matthew bezig een koffer te pakken in de zitkamer.

'Waar ga je heen?'

'Ik ga een paar dagen in een hotel zitten, tot ik iets anders heb.'

'Goed idee.'

Ze voelde zich wel een beetje schuldig omdat het er zo zielig uitzag: een volwassen vent met al zijn bezittingen in twee koffers en een stuk of wat boodschappentassen.

'Je hoeft anders niet meteen weg, hoor. Je kunt gerust hier blijven tot je weet wat je gaat doen.'

Hij schonk haar een dankbare glimlach: 'Nee, dank je. Het moet nu echt helemaal over zijn. Dat is het beste, denk ik.'

Deels omdat het raar voelde om toe te kijken hoe hij aan het pakken was, en deels omdat ze dolgraag met Sophie wilde bellen om haar kant van het verhaal te horen, besloot Helen om een eindje te gaan wandelen. Toen zij boven aan de trap was, kwamen de Konijnen net naar buiten met een andere, tamelijk aantrekkelijke vrouw. Helen keek haar buren vol walging aan. Hoe hadden ze deze dame in hun bed weten te lokken? Ze probeerde de gedachte van zich af te zetten en zei hen gedag.

'Hallo, dit is mijn zusje,' zei mevrouw Konijn, en ze wees op de andere vrouw. 'Ze logeert een paar dagen bij ons.'

Jezus Christus.

Helen deed haar mond open maar er kwam niks uit. Meneer Konijn sprong haar te hulp.

'We vroegen ons af of jij soms zin hebt om eens iets bij ons te komen drinken, binnenkort. Je weet hoe het gaat, in Londen, je woont al jaren naast elkaar en je leert elkaar nooit kennen.' Hij lachte in een poging om vriendelijk over te komen, maar het klonk eerder griezelig. 'Tenminste, niet echt goed.'

Nee hè?

Helen sloeg geen acht op zijn uitnodiging.

'Zeg... dat bed van jullie, hè... ik vroeg me af of jullie dat misschien kunnen verplaatsen. Het staat namelijk precies op een scheur in mijn plafond, en ik ben bang dat jullie nog eens met bed en al naar beneden komen zetten. Niet jullie alle drie, natuurlijk. Jullie twee.' En ze gebaarde naar de familie Konijn. 'Nou ja, als het zou kunnen, graag.'

Ze liep verder zonder op antwoord te wachten en zwaaide nog even over haar schouder. Geweldig, nu moest ze dus nog verhuizen ook. Dat was juist zo fantastisch aan Londen, dat niemand met elkaar sprak, want zodra je dat wel deed, kwam je tot de ontdekking dat ze allemaal krankzinnig waren. En dan had je geen keuze meer: dan moest je zo ver mogelijk bij ze vandaan zien te komen. Ze sloeg de hoek om naar het armetierige parkje, zonder acht te slaan op het groepje jonge mannen dat daar open en bloot hasj stond te verhandelen, en ze belde Sophie.

'En?'

'O God, Eleanor, hij wil weer terugkomen, en ik heb ja gezegd. Althans, zoiets. Ik heb gezegd dat hij eerst maar een eind moet maken aan zijn relatie met Helen, en bij haar weg moet voor wij het weer kunnen proberen, samen. Heb ik daar wel goed aan gedaan?'

Helen lachte. 'Rustig nou maar. Vertel me alles.'

'Ik denk dat hij echt veranderd is. Maar het kan ook zijn dat ik gewoon een kansloze tuttebel ben en dat Helen hem er juist heeft uitgegooid, en dat hij gewoon een dak boven zijn hoofd nodig heeft, of zoiets. Ah nee, dat denk ik niet echt. Ik denk dat hij het allemaal echt meent.'

'Even kalm aan.'

'Sorry, sorry. Maar ik ben ook gewoon zo... ik ben helemaal in de bonen. Hoe gaat het eigenlijk met jou?'

'Prima. Vertel nou eens hoe het allemaal ging?'

'Hij lijkt echt veranderd. Hij zei dat hij bij Global weg wil om voor zichzelf te beginnen, zodat hij vaker thuis kan zijn.'

'Wauw,' zei Helen, die wist dat Matthews werk zijn lust en zijn leven was. Misschien was hij echt wel veranderd. Ze hoopte het van ganser harte, voor haar vriendin.

'Hij was ook heel eerlijk tegen me. Waarschijnlijk voor het eerst. Hij heeft me verteld dat hij al een halfjaar iets met haar had voor hij mij in de steek liet.'

Helens optimistische gevoel was in één klap weg. 'Echt waar, joh? Een halfjaar al?'

'Ja, erg hè? Ik probeer er maar niet aan te denken wat we in die tijd allemaal samen hebben gedaan. En aan alle smoesjes waar hij al die tijd mee op de proppen kwam als hij weer eens te laat thuis was. Hij was trouwens altijd al heel laat, dus ik heb het verschil nauwelijks gemerkt. Maar... ik denk dat het een hele grote stap voor hem was, om me hier de waarheid over te vertellen, want hij wist heel goed dat ik er kapot van zou zijn. Ik waardeer het dus enorm van hem.'

'Zes maanden?' Het was nog steeds niet helemaal tot Helen doorgedrongen.

'Precies even lang als onze relatie, toen hij nog bij Hannah was. Ik kan gewoon niet geloven dat me dat toen allemaal zo weinig kon schelen.'

'Ach, die is vast alweer heel gelukkig. Het is al zo lang geleden.'

Ze spraken af om op maandag iets te gaan drinken. Dat zou de laatste keer worden, wist Helen. Daarna zou ze Eleanor naar haar achternaamloze graf dragen. Helen zat op een bankje en vroeg zich af wat ze nu eens zou gaan doen. Ze was helemaal op. Eigenlijk zou ze nu iets te vieren moeten hebben, want op deze dag had ze al twee maanden gewacht. Ze had haar ouwe leventje weer terug. Althans, haar ouwe leventje wilde ze natuurlijk niet meer terug. Wat ze wilde was een kans op een heel nieuw leven. En die had ze nu gekregen. Waarom had ze dan zo'n zin om een potje te janken?

33

AAN HET EINDE VAN DIE zaterdag was Matthew met zijn tassen en koffers naar een of ander hotel vertrokken. Helen vond het prima dat hij de rest van zijn spullen later wel zou komen halen; het meeste zat nog in dozen. Ze had nooit moeite gedaan om het hem in haar huis naar de zin te maken, bedacht ze met enig schuldgevoel. Tot een strijd om wie Norman mocht houden was het niet gekomen. Matthew wist natuurlijk ook best dat hij terug zou gaan naar Sophie, en die was allergisch voor katten. Het appartement voelde opeens weer twee keer zo groot, zelfs al stonden er nog wat spullen van hem, en Helens hart sprong op van vreugde omdat ze haar huis weer voor zichzelf had. Geen speelgoedautootjes meer, en nergens meer een aftandse pantoffel te bekennen. Geen zondagmiddagen waarop ze gespannen zat te wachten op de komst van Suzanne en Claudia. Hopelijk had Matthew het een en ander geleerd van deze ervaring en zou hij zijn leven als vader beteren nu hij inzag dat Suzanne geen genie was maar een doodgewoon meisje dat haar vader veel te graag tevreden wilde stellen, en nu Claudia met een gerust hart kon excelleren zonder dat ze bang hoefde te zijn haar zusje af te vallen. Ze had het hele weekend voor zich, en daarna nog een week of twee, waarin ze letterlijk niets te doen had. Nou, ze zou ervan genieten, dat zeker. Ze zou zichzelf lekker in de watten leggen en allemaal dingen doen waar ze geen tijd meer voor zou hebben als ze eenmaal aan haar nieuwe baan begonnen was, als het haar tenminste te binnen wilde schieten wat die leuke dingen waren.

Op zondag sliep ze uit tot het middaguur, met naast zich een uitgestrekte Norman, voor wie de slaapkamer tot dan toe verboden terrein was. Het voelde goed om alleen te zijn. Eng, maar goed. Ze zou haar leven voorzichtig weer opbouwen, en dit keer zou ze ervoor zorgen dat alles klopte: haar werk, haar vrienden, haar huis en heel misschien, uiteindelijk, een vriendje. En die mocht absoluut niet meer van iemand anders zijn. Dat zou ze een andere vrouw nooit meer aandoen. En haar carrière zou eindelijk van start gaan. Ze had een kans gekregen en ze was van plan om zich er met hart en ziel op te storten om er een succes van te maken. De rest moest maar even wachten.

Ze dacht heel even aan Matthew en Sophie. Zes maanden, had hij beweerd, en Sophie had hem geloofd. Helen zou willen dat ze niet wist dat hij meteen alweer aan het liegen was geslagen.

Op maandag belde ze met Sandra alleen nog even om haar te vertellen dat ze niet genomineerd was voor de Ace Awards. Dat had ze eigenlijk vrijdag moeten doen, maar dat was ze vergeten. Het was trouwens ook helemaal geen verrassing en ze nam aan dat Sandra het inmiddels zelf ook al wist. Ze voelde het echter als een los eindje dat nog even afgewerkt moest worden, en ze vond het ook wel zo professioneel om dat zelf te doen. Sandra klonk verbazingwekkend opgewekt toen ze opnam.

'O, super,' zei ze toen Helen vroeg hoe ze zich voelde. Klaarblijkelijk had ze haar zelfmoordpoging van drie dagen geleden alweer verwerkt.

'Ach, jammer dan,' zei ze toen Helen haar het slechte nieuws bracht.

'Sandra, wat is er met je?' vroeg Helen enigszins verbaasd.

'Ik stap uit de showbusiness. Ik ga niet meer proberen om beroemd te worden. Laten we eerlijk zijn, dat had ik al heel lang geleden moeten doen. Ik ga met Giovanni in Italië wonen, en dan gaan we kindjes maken en geiten melken en wat ze daar verder allemaal doen.'

'Giovanni?'

'Die ken je toch? Van het restaurant. Het blijkt dat hij hier nog maar een paar weken is. Hij woont eigenlijk in Siena, alhoewel zijn ouders wel hier wonen, en hij werkte voor een uitzendbureau als ober om dit reisje te kunnen betalen. Hij had geen idee wie ik was. Echt geen flauw idee. Hij had nog nooit van me gehoord, nog nooit een foto van me gezien, niks. Nou ja, tot de dag nadat we elkaar ontmoetten, natuurlijk. En toch heeft hij me thuisgebracht, en voor me gezorgd en niet geprobeerd om me in bed te krijgen. En nu hij wel weet wie ik ben, kan hem dat niks schelen. Ik ben toch zo gelukkig.'

'Ik ben heel blij voor je. Geweldig, het lijkt wel een sprookje.'
'Dank je. Met wie spreek ik ook alweer?'
Helen glimlachte. Sandra mocht dan haar leven als ster op hebben gegeven, ze was nog geen steek minder ingenomen met zichzelf. 'Met Helen.'
'O, Helen, sorry. Jij bent altijd heel aardig voor me geweest. Hartstikke bedankt.'
'Veel geluk,' zei Helen en ze hing op. Die Giovanni was misschien wel een agressieve echtgenoot, of een alcoholist, of een travestiet. Sandra kende hem amper, maar ze klonk zo gelukkig, en ze had ook wel wat geluk verdiend, vond Helen.

Helen zat aan een tafeltje in de pub en probeerde er niet aan te denken dat ze Sophie hierna nooit meer zou zien. Ze had overwogen om haar wijs te maken dat ze ging verhuizen, maar ze kon de gedachte niet verdragen dat ze dan afscheid zouden moeten nemen. Dus had ze gekozen voor de laffe manier: een paar weken nergens op reageren, de telefoon niet opnemen, en als Sophie eenmaal genoeg van haar had, zou ze pas aankondigen dat ze wegging. Vanavond wilde ze het gezellig hebben, en wilde ze alles horen over de verzoening met Matthew. Had ze hem al gezien sinds hij bij Helen weg was? Had hij eerlijk gezegd dat Helen even graag van hem af wilde als hij van haar? Hadden ze al met elkaar geslapen?
De pub zat stampvol mensen die na het werk nog even snel een afzakkertje kwamen nemen voor ze op weg naar huis zouden gaan. Allemaal hoopten ze zo de spits te kunnen vermijden. Helen zat in een rustig hoekje achterin, vlak bij een open haard, en ze hield de lege stoel tegenover haar nauwlettend in de gaten. God mocht weten hoe lang het zou duren voor ze weer in de pub kwam. In haar eentje zou ze hier nooit komen. Je ging alleen naar de pub met vrienden, en die had ze momenteel even niet, of met je vriendje, en die had ze ook niet. Misschien zou Laura wel een vriendin worden, en zouden ze af en toe samen eens wat gaan drinken als ze eenmaal samenwerkten. Dat zou toch kunnen? Drie maanden geleden haatte ze dat mens nog, en nu was ze echt heel dol op haar. Als het in dit tempo doorging was ze tegen Pasen verliefd op haar. En HvdB, dan? Nee, zeg, alsjeblieft niet. Ze nam nog een flinke teug van haar wodka met cranberrysap.

Het moest stap voor stap: eerst haar carrière, dan haar privéleven pas. Dat was het plan, en daar moest ze zich aan houden.

Sophie was, zoals altijd, tien minuten te laat. Helen had haar mentale klok daar al op ingesteld. Ze wist dat als ze om halfzeven met haar afsprak, ze eigenlijk om tien over halfzeven afsprak. Ze keek op haar horloge – 18.42 uur – dus in feite was Sophie maar twee minuten te laat. Haar vriendin wurmde zich door de mensenmenigte heen, en ze zag er verhit uit, alsof ze zich vreselijk had lopen haasten. Helen had haar nog nooit zo zien stralen. Ze stond op en gaf Sophie een knuffel. Sophie schudde haar natte paraplu uit en legde hem onder het tafeltje.

'Je ziet er geweldig uit.' Helen bekeek haar overdreven uitgebreid van top tot teen.

'Ik voel me ook geweldig. Ik heb de juiste beslissing genomen, dat weet ik zeker.'

'Dus hij is bij haar weg?'

'Ja. Hij logeert nu in een hotel bij ons om de hoek. En weet je wat nou zo idioot is? Ik heb nog medelijden met die Helen ook. Hij vertelde dat ze hem heeft gesmeekt om bij haar te blijven, en dat ze allerlei emotionele chantage op hem heeft losgelaten, maar hij wist dat dit voor hem de juiste keuze was.'

Helen beet op haar tong. Ze was er bijna overheen dat Matthew haar altijd graag zag als het zwakke, wanhopige vrouwtje, maar nu hij dat nog steeds deed terwijl hij Sophie had bezworen dat hij veranderd was, werd ze toch wel zo *ontzettend* kwaad op hem.

'Echt waar? Ik dacht dat jij zei dat je de indruk had dat zij ook niet meer echt in hem geïnteresseerd was. Heeft hij niet een keer zoiets gezegd?'

'Kennelijk niet, dus. Nou ja, niet dat ik er minder om slaap. Zij heeft zich tenslotte ook nooit druk gemaakt om mij, die zes maanden...'

'Dat is duidelijk, ja.'

'Hoe dan ook, het is voorbij. Hij heeft me beloofd dat hij nooit meer contact met haar zal hebben.'

Alweer werd Helen kwaad. Jezus, wist die vent eigenlijk wel wat dat was: de waarheid vertellen?

'Hebben ze dan niet nog dingen te regelen? Ik bedoel, hij is daar zo snel weggegaan, heeft hij meteen al zijn spullen meegenomen?'

'Ja, die staan ergens opgeslagen.'

'Aha. Nou... goed gedaan, van hem.' Ze wilde hier verder niet bij betrokken raken, en ze wilde zich er ook niet meer druk om maken, want het was haar probleem niet. Sophie had hem terug, en dat was de bedoeling geweest.

Het was aan haar of ze in zijn lulkoek zou trappen, ja dan nee. Helen begreep best waarom ze dat deed. Het klonk uit zijn mond altijd allemaal zo plausibel, en hij leek zo kwetsbaar, die smerige manipulator. Ongelofelijk toch, dat hij er altijd maar mee wegkwam? De reden lag trouwens voor de hand: vrouwen lieten hem ermee wegkomen. Zijzelf ook. Ze boden hem er alle gelegenheid toe. Ze dacht erover om alles aan Sophie op te biechten. Om te zeggen: 'Ik ben die Helen', en vervolgens al zijn leugens te ontmaskeren. Maar dat was zo'n angstaanjagende gedachte, en ze had ook geen idee waar ze zou moeten beginnen. Sophie zou waarschijnlijk denken dat het een misselijke grap van haar was, of ze zou haar naar de keel vliegen. Had ze niet ooit eens gezegd dat ze haar rivale het liefst zou vermoorden? En wat had het ook allemaal voor zin? Nee, ze zouden gewoon nog een paar glazen drinken, samen, en dan afscheid nemen en dan was het verder aan Sophie en Matthew. Zij had gedaan wat ze moest doen, en wat ze van plan was geweest: ze had alles weer rechtgezet. Nu waren zij aan zet. Als Sophie zo stom was om hem weer vrij spel te geven, dan was dat háár probleem.

'Ik haal even iets te drinken.' Helen stond op. 'Waar heb je zin in?'

En toen zei Sophie iets waar Helens knieën het door begaven en waardoor de hele pub voor haar ogen begon te tollen.

'Laten we even wachten tot Matthew hier is. Hij komt zo.'

Ze dacht dat ze het niet goed had verstaan.

'Watte?'

'Matthew, die is de auto aan het parkeren, en dan komt hij even binnen om kennis te maken. Hij heeft me een lift gegeven, en ik wilde graag dat hij jou zou ontmoeten. Hij drinkt maar één drankje mee, hoor, want hij moet de meisjes ophalen. Die zijn bij een vriendinnetje aan het spelen.'

De rest van het verhaal hoorde Helen al niet meer, omdat al het bloed van haar hoofd naar haar tenen was gezakt en ze haar best moest doen om niet om te vallen. Ze plofte weer op haar stoel.

'O. Leuk,' zei ze.

Ze probeerde helder te denken. Ze moest maken dat ze weg kwam, nog voor hij binnen zou komen. Ze kon net doen alsof ze misselijk was, maar dat zou te veel tijd kosten en Sophie zou voor haar willen zorgen. Shit! Nou ja, ze zou Sophie hierna toch nooit meer zien, dus ze kon ook zeggen dat ze naar het toilet ging en dan nooit meer terugkomen. Dan zou het weliswaar iets van een mysterie hebben, maar in elk geval zouden ze nooit achter de waarheid komen. Of, als ze het wel bij elkaar puzzelden, was zij er in elk geval niet bij.

Ze stond weer op, met trillende benen, en ze pakte haar tas. Haar jas zou ze hier moeten laten.

'Ik ga even naar de wc,' zei ze, maar toen ze zich omdraaide keek ze recht in het gezicht van Matthew. Zijn uitdrukking was een mengeling van woede, verwarring en angst.

'Helen?'

Ze zat in de val. Even overwoog ze om heel hard weg te rennen, maar dan zou ze Matthew eerst aan de kant moeten duwen. Sophie keek hen verwonderd aan.

'Matthew, dit is Eleanor, de vriendin waar ik je over vertelde.' Ze keek van de een naar de ander. 'Zeg, kennen jullie elkaar soms al?'

Helen stond daar maar, met stomheid geslagen, en keek naar de grond.

'Eleanor?' zei Matthew. 'Maar dit is Helen.'

Helen durfde Sophie niet aan te kijken.

'Ik begrijp het even niet,' zei Sophie zachtjes, 'Eleanor, wat is hier aan de hand?'

'Ja, inderdaad, wat is hier verdomme aan de hand?' snauwde Matthew.

De waarheid begon tot Sophie door te dringen. 'Jij bent toch niet echt...?'

'Ik kan het uitleggen,' stamelde Helen.

Matthew duwde haar op een stoel in het hoekje. Ze kon nergens heen, want ze zat tussen hen in en vóór haar was het tafeltje. Een paar van de andere aanwezigen keken geïnteresseerd hun kant op. Drama. Leuk. De tranen stonden haar in de ogen.

'Nou, toe dan,' zei hij kortaf.

Helen keek Sophie nu aan, en toen ze zag hoe die keek, raakte ze totaal van slag. Zo zelfverzekerd als ze er net nog uit had gezien, zo klein en kwetsbaar leek ze nu. Ze wilde niet geloven wat hier aan de hand was.

'Het spijt me zo.'

'Ik wacht nog steeds,' zei Matthew. Helen haalde diep adem, en keek Sophie aan.

'Het was nooit mijn bedoeling dat je er achter zou komen.'

'Wat is dit, een of ander ziek spelletje, of zo?' viel Matthew haar in de rede.

'Ik voelde me zo schuldig over wat ik had aangericht. Ik wist dat ik niet met Matthew verder wilde en ik vond het zo vreselijk dat hij bij zijn gezin weg was.' Ze keek weer op en zag dat Sophie haar strak aanstaarde. 'Ik wilde graag helpen om jullie weer bij elkaar te krijgen. Zodat alles weer goed zou komen.'

'Dus je hebt dit allemaal maar verzonnen? Onze vriendschap en alles? En meteen maakte je maar even een nog veel grotere klerezooi van mijn leven? Jezus, al die dingen die ik je verteld heb! Wat ben jij een kutwijf!'

Sophie schreeuwde, tot groot genoegen van de mensen aan de tafeltjes om hen heen.

'Nee, nee... het was nooit mijn bedoeling om vriendinnen te worden. Ik wilde alleen weten hoe jij was, omdat ik me zo schuldig voelde over wat er was gebeurd, maar toen struikelde ik, en toen... nou ja... toen mocht ik je echt. Je bent echt een vriendin. En ik wilde zo graag dat alles weer goed kwam.'

'Ik weet niet wat jij van plan bent, maar het gaat mooi niet werken. Ik wil Sophie terug, en jij kunt er niets aan doen om dat nog te veranderen.' De spetters vlogen in het rond toen Matthew haar dat toebeet.

'Dat zeg ik juist. Ik wilde ook dat jij en Sophie weer bij elkaar zouden komen.' Ze keek hem nu aan. 'Ik wil jou helemaal niet, Matthew. Toen jij ineens bij mij op de stoep stond vond ik dat we het dan maar moesten proberen. Maar het zou nooit wat worden met ons. En toen ik dat besefte, was jij zo zielig en toen kon ik je er gewoon niet uitgooien. Ik dacht... nou ja, ik weet ook wel dat het een stom plan was, maar...'

'Zielig? Jij hebt mij gesmeekt om bij Sophie weg te gaan. En omdat ik jou nu niet meer wil, doe je alsnog een poging om het voor ons te versjteren. Ik had nooit wat met jou moeten beginnen. Sophie heeft gelijk: je bent een kutwijf.' Hij legde zijn hand vol territoriumdrift over die van Sophie.

Helen keek in Sophies vijandige gezicht.

'Dat klopt. Ik heb hem inderdaad gesmeekt om bij je weg te gaan. Eindeloos vaak. Hoe lang heeft dat ook alweer geduurd, alles bij elkaar, Matthew?'

Matthew werd knalrood van woede.

'Zes maanden,' zei Sophie koeltjes.

'Laten we vooral de overige drieënhalf jaar niet vergeten, hè?' zei Helen doodkalm, en ze keek Matthew aan.

'Luister niet naar haar.'

'Vier jaar, Sophie. Zo lang waren we samen. En daar ben ik niet trots op. Je kunt gerust van me aannemen dat ik misselijk word bij de gedachte alleen al. En ik zeg het ook niet omdat ik je nog een trap na wil geven, maar omdat ik vind dat je moet weten dat hij nog steeds tegen je liegt. Hij gaat nooit veranderen.'

'Zij liegt,' hield Matthew vol, maar Sophie bleef Helen dringend aankijken. Ze letten geen van beiden meer op hem.

'Weet je nog die keer dat jij dacht dat Claudia hersenvliesontsteking had en dat je hem maar niet te pakken kon krijgen omdat zijn telefoon uit stond? Hoe oud was ze toen, een jaar of acht? Toen was hij bij mij. Of die keer dat jullie eigenlijk op vakantie zouden gaan naar Frankrijk, en Matthew de boel op het laatste moment afblies? Dat was mijn schuld, vrees ik. Ik had toen namelijk net een abortus achter de rug, en ik had gedreigd dat ik alles aan jou zou vertellen als hij niet bij me zou blijven. En daar ben ik al *helemaal* niet trots op.'

'Fuck you!' Sophie ontplofte bijna.

'Je bent veel te goed voor hem, Sophie. Je moet hem niet meer terugnemen.'

'Rot op. Rot alsjeblieft op.'

'Ik ga al.' Ze stond op en Matthew haalde zijn benen weg om haar erdoor te laten.

'O ja, en zijn spullen staan niet in de opslag, die staan nog gewoon bij mij thuis.'

'Dat is niet waar.' Matthew keek haar woedend aan.

Helen keek nog steeds naar Sophie. 'Sophie, het spijt me echt heel, heel erg. Ik ben de afgelopen vier jaar inderdaad een kutwijf geweest, maar ik heb echt geprobeerd om alles recht te zetten. Ik weet dat je me niet gelooft, maar het is echt zo. En onze vriendschap was heel belangrijk voor me en ik ga je ontzettend missen.' Er rolde een traan over haar wang. 'Ik weet dat je dat nooit zult willen geloven, maar het is echt zo.'

'Ga alsjeblieft weg. Ik wil niks meer van je horen.'

'Ik weet het. Het is alleen... ach, het is mijn zaak ook niet... maar ik geef echt om je. Denk er nog eens heel goed over na voor je hem weer terugneemt, Sophie. Hij liegt nog steeds of het gedrukt staat. Hij kan niet anders.'

'Matthew en ik zijn weer samen, en daar kun jij verder niets meer aan doen!' riep Sophie haar na toen ze wegliep.

'Heb jij mijn zoon lopen versieren? Heb jij godverdomme die zoon van mij lopen versieren?'

Helen smeet de telefoon op de haak. Ze begreep al niet waarom ze had opgenomen, want ze wist dat hij het zou zijn. Niemand belde haar ooit op haar vaste lijn. Ze veegde haar ogen droog, schonk zichzelf nog een glas wijn in en ging op de bank liggen. Ze was – tijdelijk – even helemaal uitgehuild. Ze begreep ook niet waarom dit zo'n pijn deed, want ze zou noch Sophie, noch Matthew ooit nog hoeven te zien, dus wat maakte het dan uit dat zij wisten wat ze allemaal had gedaan? Wat maakte het dan uit dat ze haar haatten?

Het kwam doordat het bijna allemaal goed was afgelopen: zij was weer lekker alleen, iedereen had precies wat hij wilde, en men zou over haar denken als die arme Helen die zo stom was geweest om te denken dat Matthew Sophie echt op zou geven voor haar, terwijl zij verder kon leven met de gedachte dat ze iets goeds had gedaan. Maar nu voelde ze zich morsig, alsof ze een of andere crimineel was, of anders een heel pervers iemand die zich andermans leven had binnengewurmd voor haar eigen ziekelijke genoegen. Natuurlijk zagen zij niet in dat ze het ook in hun belang had gedaan – waarom zouden ze? Het was ook te krankzinnig, ze kon het zelf nauwelijks bevatten.

In haar wanhoop belde ze Rachel, ook al wist ze best dat dat geen enkele zin had, aangezien ze nooit meer zulke goede vriendinnen zouden worden als vroeger.

'Wat vind jij: Bali of Mauritius?' Rachel klonk vrolijk. Zij had duidelijk helemaal niet gemerkt dat hun vriendschap ten einde was.

'Geen idee. Rachel, het is een grote klerezooi,' huilde ze.

'Jezus, wat is er aan de hand, Helen?'

Maar Helen kon het niet uitleggen. Toen ze probeerde om iets te zeggen, kwam er alleen een gorgelend geluid uit haar mond.

'Blijf waar je bent. Ik kom eraan.'

'Echt waar?' vroeg Helen dankbaar als een kind.

'Ja natuurlijk. O, nee, shit, ik kan helemaal niet weg hier. Er komt zo iemand praten over de bloemen. En dan gaan we een paar dagen weg om te kijken naar trouwlocaties,' zei ze schaapachtig.

'Geeft niks, joh,' wist Helen eruit te persen.

'Vertel nou even, ik heb nog een minuut of vijf. Dan bel ik je later wel weer terug, als het boekettenmens weg is.'

'Nee, laat maar zitten. Tot gauw, Rach.'

'Nee... wacht nou even...' begon Rachel, maar Helen had al opgehangen.

34

De weken die daarop volgden, voltrokken zich als in een dikke mist. Helen was helemaal murw, en had het gevoel alsof ze nergens echt bij betrokken was. Ze wist niet wat ze erger vond: het feit dat Sophie haar leven vergooide aan een man die haar onvermijdelijk weer zou besodemieteren, of het feit dat zij, Helen, dat allemaal zelf zo had bekokstoofd. De week voordat ze met haar nieuwe baan zou beginnen, had ze besteed aan het zorgvuldig inpakken van Matthews spullen, die nu in haar gang opgestapeld stonden. Ze begon al te denken dat hij ze nooit meer zou komen halen, maar ze vond het toch te ver gaan om alles dan maar weg te gooien, en ze wilde hem ook niet bellen om te vragen wat ermee moest gebeuren. Hij had haar nog twee dagen lastiggevallen met woedende telefoontjes, en toen had ze de stekker van de telefoon maar uit de muur getrokken. Ze reageerde alleen nog maar als Laura of haar moeder haar op haar gsm belden. Of Rachel, als die ooit nog eens terug zou bellen. Ach nou ja, als ze zelf ging verhuizen, zou ze wel beslissen wat ze met zijn spullen zou doen. Ze had de huur al opgezegd, en was wat aan het rondkijken naar andere huizen, maar om tegen je veertigste nog te moeten horen dat je geen huisdieren mag houden en dat je geen spijkers in de muur mag slaan, was bepaald om gek van te worden.

Ze kon er niet omheen: ze miste Sophie. Dat had ze van tevoren natuurlijk ook best geweten, en ze dacht dat ze er wel op voorbereid was. Maar toen had ze zich nog kunnen troosten met de gedachte dat ze iets goeds had gedaan voor haar vriendin. Bizar dat iemand die ze nog maar zo kort kende zo'n groot gat achterliet in haar leven. Het deed haar meer verdriet dan het verlies van Rachel, die toch tien jaar lang haar vertrouwelinge was geweest, tenminste, zo voelde het op dat moment. Misschien kwam het ook doordat ze vermoedde dat Rachel wel weer terug zou komen als de hysterie van de bruiloft eindelijk achter de rug was. Toch zou hun vriendschap nooit meer hetzelfde zijn, want Helen wist nu dat ze niet volledig op haar kon rekenen. Misschien kwam het ook wel doordat ze zich realiseerde dat er maar één iemand was die ze nu eigenlijk wilde bellen om haar ellende mee te bespreken, en dat was nu juist degene die ze nooit meer zou zien.

De eerste paar weken in haar nieuwe baan waren eenzaam, omdat ze het kantoor in Marshal Street helemaal alleen moest opzetten, en omdat er nog nauwelijks gebeld werd. Ze wist dat ze er best op uit zou kunnen gaan om nieuwe klanten te ronselen, maar ze had al haar energie nodig om überhaupt nog naar huis te komen, en te zorgen dat ze iets te eten kreeg. Toen Laura na drie weken ook kwam, en hun assistente Rhonda snel daarna ook begon, kreeg ze het gevoel dat ze eindelijk weer wakker werd, en werd haar werk een prettig alternatief voor thuisblijven. HvdB zou nog weer een paar weken later komen met haar gezellige posters en poezenknuffels en haar mokken met geestige teksten erop. Helen wist dat zij ook degene zou zijn die A-viertjes zou gaan ophangen met waarschuwingen over zelf de afwas doen en zo, en ze had zich al voorgenomen om haar meteen te laten weten dat ze dat liever niet had. Heel af en toe gingen Laura en Helen naar de pub, na het werk, en dat brak de week een beetje. Ze hadden het nog steeds alleen over zaken, want op privégebied hadden ze niet erg veel gemeen. Laura had het soms weleens over Matthew, die kennelijk nog steeds bij Global zat en geen aanstalten maakte om daar weg te gaan zodat hij meer tijd aan zijn gezin kon besteden. Natuurlijk niet, dacht Helen bitter. Hij heeft haar nu precies waar hij haar hebben wil, dus waarom zou hij?

Als een gunst aan Sandra had Helen een artikel laten plaatsen met als titel: SANDRA HEPBURN KEERT HET STERRENBESTAAN DE RUG TOE. Want Sandra wilde natuurlijk niet zonder slag of stoot van het toneel verdwijnen. Er volgden nog meer artikelen waarin Sandra werd beschreven als gewoon een hele lieve meid, die niets liever wilde dan de ware liefde vinden. En voor Sandra er erg in had, kreeg ze een contract aangeboden voor een realityprogramma, dat haar eerste schreden in Italië zou volgen, en Helen zou haar pr doen. Ze liep met een zedig geklede Sandra door Soho, na afloop van een persconferentie waarin het programma werd aangekondigd. Dat was precies twee maanden na die gedenkwaardige avond, waar ze eigenlijk liever niet meer aan terugdacht. En toen ze daar zo liep, zag ze iemand die haar bekend voorkwam en ze bleef stokstijf staan. Het was Matthew, die voor hen liep, met die zelfverzekerde tred van hem die hij altijd had als het allemaal precies zo ging als hij wilde, en naast hem trippelde een vrouw, die duidelijk moeite had om hem bij te houden. Ze hielden elkaars hand vast. En die vrouw was niet Sophie.

'Jezus,' zei Helen hardop.

'Wat? Wat is er?' riep Sandra, die om zich heen keek om te zien wat er voor bijzonders aan de hand was.

Matthews vriendin was weliswaar heel mooi en tevens in het bezit van de vereiste lange donkerbruine paardenstaart, maar ze was overduidelijk dik in de vijftig, en dat was niks voor Matthew. Het paar bleef vlak voor het kantoor van Global staan en ze kusten elkaar vol op de mond, zomaar, op klaarlichte dag.

'Hé, is dat niet Matthew?' vroeg Sandra, en ze begon te zwaaien. Helen pakte haar maaiende arm vast.

'Nee... Ik wil niet dat hij ons samen ziet. Dat trekt hij misschien slecht... omdat jij bij Global weg bent en omdat ik nu voor je werk,' zei ze, terwijl ze ook best wist dat Global Sandra zelf als een baksteen had laten vallen.

Matthew liep het bordes op en ging het gebouw in, en de vrouw draaide zich om, en liep recht langs Helen en Sandra, die nog steeds als aan de grond genageld stonden. Ze glimlachte even vriendelijk toen ze voorbijkwam, en Helen vond dat ze er heel... lief uitzag. Ze leek niet bepaald het type dat andermans huwelijk weleens even zou verzieken. Het was eerder een goed geconserveerde, gezellige tante. Iemand die goed voor je zou zorgen als je de griep had, maar die altijd strak in de lak zou zitten.

Het was toch niet te geloven. Nee, wacht, het was juist heel erg voorspelbaar, gegeven Matthews kerfstok. Misschien dat het wat vlotter was gebeurd dan ze zou hebben verwacht, maar dat het onvermijdelijk was, dat stond wel vast. Matthew had gewoon niet genoeg aan maar één vrouw. Zijn hele leven was hij al bang dat het gras elders groener was. Hij had Sophie weten te lijmen zodat ze hem weer terug had genomen, en nu deed hij haar dit aan... en dat was allemaal Helens schuld.

Helen gaf Sandra een knuffel ten afscheid en wenste haar veel succes bij het filmen, dat over twee dagen zou beginnen met een scène waarin Sandra spontaan zou besluiten om al haar hoerige kostuums aan de wilgen te hangen, omdat die niet meer bij haar nieuwe leven en haar nieuwe persoonlijkheid pasten. Ze liep terug naar kantoor en sloot zichzelf daar op in haar kleine kamertje. Ze had geen idee wat ze moest doen. Het ging haar natuurlijk niet aan, dit was haar zaak helemaal niet. Aan de andere kant: ze kon toch ook niet maar gewoon werkeloos toezien hoe hij Sophies leven alweer de vernieling in zou helpen. Shit, waarom moest ze hem nou ook tegenkomen? Waarom kon het haar trouwens iets schelen? Ze zat met haar hoofd in haar handen te staren naar wat er zoal op haar rommelige bureau lag, toen Laura binnenkwam. En zomaar opeens rolde het hele verhaal eruit.

'Bemoei je er verder niet mee.'

'Maar ik kan hem toch ook niet zomaar zijn gang laten gaan?'

'Ik meen het: hou je er buiten. Je kunt toch niks doen.'

'Ik kan toch proberen om haar te laten inzien hoe hij echt is voordat zij zich er weer helemaal instort? Ik weet het ook niet.'

'Ik ben bang dat het al te laat is. Maar het is jouw zaak niet.'

'Jezus.' Helen legde haar hoofd op een stapel papier. 'Jezus, Jezus, Jezus.'

Rond zes uur haalde ze Rhonda over om even snel iets te gaan drinken in de pub, en ze sloeg drie ferme bellen wijn achterover terwijl ze luisterde naar het relaas van haar schattige secretaresse van 23, die doorwauwelde over wie er nu leuker was: Usher of Lee Ryan. Toen ze thuiskwam, wist ze dat ze dronken was, en ze wist ook best dat het een heel slecht plan was, maar ze nam toch nog een glas, ging zitten en belde Sophie. Als ze opnam, zou Helen gewoon ophangen. Nog een keer zo'n ruzie kon ze niet aan, en trouwens, misschien zat Matthew er wel bij en luisterde hij mee. Als de telefoon op voicemail zou springen, zou ze een bericht achterlaten, maar wat ze dan zou zeggen wist ze nog niet precies. Dat drong pas tot haar door toen ze Sophies stem hoorde vragen of de beller een boodschap wilde achterlaten.

'Eh, Jezus... Sophie, met... eh... met Eleanor, of Helen, dus... nou ja, met mij. O shit, dit is zo'n ontzettend slecht idee. Ik bel niet om nog een keer mijn excuses aan te bieden, want ik weet ook wel dat je daar niet op zit te wachten, en ik weet ook heel goed dat jij mij nu haat.' Ze snufte hardop, en er biggelde een dronken traan over haar wang die op de mouw van haar truitje belandde. Ze wreef erover met haar vrije hand.

'Hoe dan ook, ik moet je iets vertellen en... luister alsjeblieft, en hang niet op... Ik doe dit niet omdat ik wraak wil nemen of zo. Ik doe dit omdat ik me zo schuldig voel dat ik ervoor heb gezorgd dat hij weer bij je terug is. Hij doet het met iemand anders, achter jouw rug om. Alweer. Dat is wat ik je wilde zeggen, dat hij alweer een andere vrouw aan de haak heeft geslagen, en denk niet dat ik het verzin, ik heb ze echt bezig gezien, als je begrijpt wat ik bedoel. Nou ja, echt bezig... je weet wel. Matthew kennende weet ik wel hoe laat het is, en ik wil zo graag dat jij inziet hoe hij echt is, dat hij helemaal niet veranderd is, en dat je jezelf dit niet nog een keer moet aandoen. Je bent veel te goed voor hem. Echt veel en veel te goed. En... nou, ik hang maar weer op. Bedankt voor het luisteren. Als je tenminste hebt geluisterd. En sorry. Dag!'

Ze drukte het nummer weg, en belde toen meteen weer terug.

'Ik ben het weer... als je dit als eerste hoort, luister dan mijn andere bericht maar niet af. Ik weet niet zeker in welke volgorde je ze te horen krijgt. Maar als dit dus het eerste bericht is dat je hoort: niet luisteren. Gewoon weggooien. O... en als je het al hebt afgeluisterd, dan spijt me dat heel erg. Dag, hoor.'

O shit, dacht ze, toen ze had opgehangen. Ik heb de tweede keer helemaal niet gezegd dat ik het was. Dan gaat ze zeker dat andere bericht afluisteren, al was het maar om te horen wie had ingesproken. Ze overwoog even om nog een derde keer te bellen, maar zelfs in haar benevelde toestand zag ze wel in dat dat echt heel stom zou zijn, en dat het dan helemaal net een farce was. De kansen lagen fifty-fifty: Sophie zou het slechte nieuws te horen krijgen of niet. Helen kon er nu verder niets meer aan doen.

Ze werd vroeg in de ochtend wakker op de bank, nog in haar kleren van de vorige dag en met de televisie keihard aan. Haar mobieltje lag op de grond naast haar. O shit, dacht ze weer, waarom heb ik dat in godsnaam gedaan? Ze zette de tv uit, strompelde naar haar bed terwijl ze wat kleren uittrok, en viel op het bed neer in de hoop dat ze nog wat zou slapen. Maar ze dacht ineens aan Leo, iets dat ze zichzelf bijna nooit toestond. Wat zou hij hebben gedacht toen hij erachter kwam dat de vrouw die hij had gekust de vriendin van zijn vader was? Zijn mogelijke nieuwe stiefmoeder, dus. Dat was vast een topmoment geweest, regelrecht uit *Jerry Springer*. En dan had je natuurlijk nog het feit dat ze het met hem had gehad over haar rampzalige relatie waar ze zo graag van af wilde. Wat zou hij daar wel niet van denken? Dat ging dus over zijn vader, dat zou hij inmiddels wel snappen. En dan waren er natuurlijk nog al die fijne leugens over haar naam, over wat voor werk ze deed, over, nou ja, alles eigenlijk. Behalve dan dat ze hem echt heel erg leuk vond, dacht Helen. Dat was wel echt waar.

35

De lente ging over in de zomer en Helen wachtte nog steeds op een reactie van Sophie, en telkens als haar telefoon ging schrok ze even op. Maar Sophie belde nooit. Het kon zijn dat ze de berichtjes helemaal nooit had afgeluisterd, of dat ze besloten had om er verder niets van te geloven. Helen wist ook niet wat voor reactie ze eigenlijk kon verwachten – een woedende, waarschijnlijk – maar toen ze eenmaal over de opluchting heen was dat het voor haar zelf verder geen repercussies had, begon het toch aan haar te knagen. Hoe kon Sophie zulk nieuws zomaar naast zich neerleggen? Wat was er mis met haar?

Helen wist dat de roddelmachine op volle toeren werkte, en dat iedereen die zij kende inmiddels wist dat Matthew weer terug was bij zijn vrouw, maar tegen haar zei niemand er ooit iets over. De meeste mensen bekeken haar echter met zoveel medelijden dat ze vermoedde dat men geen idee had van de hele Helen/Eleanor-geschiedenis, en dat Matthew haar dus – godzijdank – in haar slachtofferrol liet. HvdB had weleens voorzichtig opgemerkt dat Geoff een vriend had die wel iets voor Helen zou zijn, en Helen vroeg zich toen af (hardop, zelfs, hoewel dat niet haar bedoeling was) of zelfmoord niet een veel beter plan was. Laura had het er nooit meer over.

Op een ochtend kwam Helen op kantoor en trof daar Laura, HvdB en Rhonda aan rond een nogal slordig uitziende chocoladetaart waarop met slagroom stond geschreven: HOERA, HELEN IS 40! Ze was te laat, en ze hadden duidelijk geen zin meer gehad om op haar te wachten. Ze stonden te kletsen over een of andere soap. Ze moest dan ook even hoesten om de aandacht op zich te vestigen zodat ze los konden barsten in een nogal pijnlijke uitvoering van *Lang zal ze leven*. Helen had deze dag eigenlijk het liefst willen overslaan, en ze wist even niet of ze nou moest lachen of huilen. Toen het tot haar doordrong dat deze drie vrouwen de enigen waren die nog aan haar verjaardag hadden gedacht – niet haar vader en moeder, niet Rachel, en ook geen van haar andere vroegere vriendinnen – koos ze voor het laatste, zodat het zingen heel abrupt eindigde.

'Ik heb de taart zelf gebakken,' zei HvdB, waardoor Helen nog veel harder moest huilen.

Om het allemaal nog veel erger te maken, hadden ze ook een cadeautje voor haar – een heel smaakvolle armband, waarvan Helen (terecht) aannam dat Laura hem had uitgekozen – en ze gingen samen dim sum eten voor de lunch, waarbij ze veel bier achteroversloegen en dus heel laat en een tikje dronken naar kantoor teruggingen. Helen voelde zich zowel opgelaten als gevleid door wat de anderen allemaal voor haar georganiseerd hadden en probeerde maar niet te denken aan hoe deprimerend het was dat ze nu veertig was en dat dit de enige mensen waren die iets om haar gaven. Aan het einde van de dag probeerden ze haar over te halen om nog even ergens een borrel te gaan drinken, maar zij wist best dat de anderen eigenlijk liever naar huis gingen, en trouwens, ze had hoofdpijn van al dat bier. Dus beweerde ze dat ze al plannen had, en ging zelf ook naar huis.

Ze deed net wat pasta in een pan toen er werd aangebeld. Ze verwachtte allang niet meer dat Matthew nog zou komen voor zijn spullen, maar toch kromp haar maag ineen en begon haar hart te bonzen. Misselijk van de zenuwen tuurde ze door het kijkgaatje. Er flakkerde een kaarsje of zoiets, tegen een witte achtergrond. Wat raar. Ze zag verder niemand staan. Ze kon natuurlijk op haar tenen naar haar slaapkamer sluipen en zich dan onder haar dekbed verstoppen, maar de nieuwsgierigheid kreeg de overhand. Bovendien was ze dolblij dat er kennelijk iemand aan haar verjaardag had gedacht. En dus draaide ze de deur van het slot en deed open.

De witte kartonnen doos – dat was wat ze had gezien – bevatte een grote taart, versierd met verse vruchten en een brandend kaarsje, precies in het midden. Terwijl de deur over de mat schraapte, liet iemand de doos zakken. Die iemand was Sophie, die Helen vlak aankeek.

'Van harte gefeliciteerd,' zei ze op een toon die Helen niet kon plaatsen. 'Je bent vandaag toch wel echt jarig, of niet?'

Helen wist niet hoe ze het had. Tijdens haar absolute dieptepunten had ze er vaak over gefantaseerd dat haar voormalige vriendin langs zou komen en haar alles zou vergeven, en dat het dan allemaal weer net zoals vroeger was, voordat het allemaal zo uit de hand liep (alleen dan kon Helen gewoon Helen zijn, en niet Eleanor, uiteraard). Veel waarschijnlijker was het dat Sophie juist verschrikkelijk tekeer zou gaan bij zo'n ontmoeting. Maar deze Sophie had geen van beide scripts gelezen en stond wat ongemakkelijk in de deuropening met haar taart, hoewel dat toch als een goed teken uitgelegd moest worden – zeker met dat feestelijke kaarsje. Tenzij er gif in de taart zat, natuurlijk.

'Jemig. Bedankt,' stamelde Helen. 'Dat je dat nog wist.' En toen vroeg ze, om een eind te maken aan de vreemde voordeursituatie: 'Kom even binnen anders?'

'Goed, heel even dan.'

Helen ging haar voor door de gang. Had ze nou maar een keer opgeruimd, de afgelopen maand.

'Dus hier heeft Matthew gewoond?' zei Sophie terwijl ze om zich heen keek.

'Eh... ja.'

Er viel een stilte die in de beleving van beide vrouwen eindeloos leek te duren. 'Kom je zijn spullen soms halen?' vroeg Helen uiteindelijk.

Sophie gaf geen antwoord op die vraag. 'Ik heb je bericht gekregen.'

'O... ik was dronken. Het spijt me. Ik wilde geen problemen veroorzaken...' begon ze, maar toen wist ze niet meer wat ze moest zeggen.

'Het geeft niks, ik weet er alles van – Alexandra heet ze. Ik wist het al een tijdje.'

'Aha.' Helen zag ineens dat Sophie de doos nog altijd vasthield. 'Mooie taart.'

'Ja, hè?'

'Ik haal even iets te drinken. Je wilt toch wel wat drinken, of niet?'

Ze trok een fles witte wijn open en schonk twee flinke glazen vol, liep terug naar de zitkamer en ging zitten op de stoel tegenover de bank waar Sophie inmiddels zat. Wat was er in godsnaam aan de hand. Ze haalde diep adem.

'Sophie, begrijp me goed, ik vind het geweldig om je te zien, maar ik begrijp het niet helemaal. De laatste keer dat wij elkaar zagen... Nou ja, laten we het erop houden dat ik niet bepaald verwachtte om jou op mijn verjaardag te zien.'

Sophie nam een flinke slok van haar wijn. 'Ik begrijp zelf eerlijk gezegd ook niet helemaal wat ik hier doe. Maar ik vond het een rotidee dat je hier vandaag misschien helemaal in je eentje zou zitten...'

'Omdat ik helemaal geen vrienden heb...'

'... omdat je helemaal geen vrienden hebt, ja. Wat ook heel begrijpelijk is.' Ze glimlachte flauwtjes. 'En ik wilde je iets zeggen, gewoon omdat ik wil dat je het weet.' Ze zuchtte en keek Helen aan over de rand van haar glas. 'Matthew en ik zijn niet meer bij elkaar.'

'O. Aha... vanwege Alexandra.'

'Nee, die kwam pas later. Eigenlijk heeft hij haar nog niet zo heel lang. Ze hebben elkaar bij een of andere praatgroep voor gescheiden mensen leren kennen. Het is een leuk mens, ik mag haar wel. Maar misschien is het te vroeg om te hopen dat hij bij iemand blijft die net zo oud is als hij.'

'Ze zag er inderdaad heel aardig uit.' Helen had geen idee waar dit gesprek heen ging.

'Ik haatte jou echt, die avond,' ging Sophie verder. 'Je hebt geen idee hoe ik me voelde toen ik er achter kwam dat jij en Matthew...'

Helen staarde uit alle macht naar een vlek op de salontafel. 'Het spijt me zo.'

'Maar ik wist dat jij gelijk had toen je zei dat hij nog steeds tegen me loog. Ook al dacht ik dat je het zei omdat je hem zelf terug wilde...'

Helen snoof honend.

'... maar toen realiseerde ik me ineens dat het helemaal niet uitmaakte wat jouw motivatie was, want het is gewoon een feit. Hij zal nooit veranderen. En toen heb ik hem dus gezegd dat ik hem niet meer terug wilde.'

'Hoe was hij daar onder?'

'Hij heeft gehuild en geschreeuwd en jou overal de schuld van gegeven. Daarna heeft hij zelfs nog overwogen of hij toch niet weer bij jou aan zou kloppen, want hij kan echt niet alleen zijn.'

'Shit, wat een puinhoop heb ik ervan gemaakt, zeg. Als ik me er niet mee bemoeid had, zou je nooit hebben overwogen om het weer met hem te proberen. Ik had hem meteen moeten zeggen dat ik hem niet wilde, toen hij hier met zijn koffers op de stoep stond. Dat had ons allemaal een boel ellende bespaard.'

'Je had überhaupt met je tengels van mijn man af moeten blijven.'

'Dat ook ja. Sorry.'

'Maar goed, ik ben hier niet gekomen om je af te zeiken. Ik vond alleen dat je dit moest weten. Hoe het allemaal is verlopen, bedoel ik.' Ze klonk ineens veel milder. 'Ik weet dat je je zorgen hebt gemaakt om mij. Dat kon ik wel opmaken uit die dronken voicemails van je.'

Ze zette haar glas neer en stond op. Maar Helen wilde niets liever dan dat ze nog even bleef om te zien of ze misschien toch niet weer vriendinnen konden worden.

'Ah, ga nou nog niet weg. Laten we nog een glas wijn doen.' Maar Sophie had haar jas al aan.

'Dat lijkt me geen goed plan. Ik vind het zo... raar. Ik weet niet eens hoe ik je moet noemen.'

'En die taart dan? Neem daar in elk geval een stukje van. Je kunt me moeilijk zo'n enorme taart komen brengen en er dan zelf niets van eten.'

'O ja, dat vergeet ik helemaal te zeggen,' zei Sophie. 'Die taart was Leo's idee.'

'Leo's idee?'

'Hij heeft hem gebakken.'

'Voor mij?'

'Nee, voor iemand anders. Ja natuurlijk, voor jou.'

Helen voelde een brok in haar keel. 'Hoe is het met hem?'

Sophie keek haar onderzoekend aan en zei toen voorzichtig, zodat het minder hard aankwam: 'Hij is pas getrouwd.'

Nou, dat was dan dat. Weg dagdroom waarin Helen zich voorstelde dat Leo op een dag op haar stoep zou staan om haar te zeggen dat hij niet meer zonder haar kon. En dat het hem geen bal kon schelen dat ze het een paar maanden geleden nog met zijn vader deed, omdat hij gewoon van haar hield. 'Getrouwd? Met wie dan?'

Sophie lachte. 'Wat zei ik nou, pas getrouwd? Ik bedoelde pas verhuisd. Natuurlijk is hij niet getrouwd, mens.'

Helen lachte ook, zij het een beetje zuur. 'Wat gemeen van jou, zeg. Nou ja, wat ik jou heb aangedaan is natuurlijk wel een graadje erger...' zei ze verontschuldigend. Sophie viel haar nog steeds lachend in de rede.

'Kunnen we daar nu verder alsjeblieft over ophouden?'

'Oké. Hoe gaat het echt met hem?'

'Prima. Je moet de groeten hebben.'

'Echt waar? En die taart?'

'Het heeft even geduurd voor hij aan het idee gewend was dat die Carlo zijn vader was, en dat zijn vader dus in feite in de weg stond. Want er was helemaal geen Carlo, toch? Ik vind het allemaal nogal gecompliceerd, dus...'

'Nee natuurlijk niet!' zei Helen verontwaardigd. 'Wat denk je wel?'

'Als je maar weet dat als jij Leo ooit pijn doet, als het ooit nog eens iets tussen jullie wordt, dat ik je dan kom vermoorden.'

Als het ooit nog eens iets tussen hen werd? Zei Sophie dat nou net?

'Eh... zit dat er in dan, dat het ooit nog eens iets tussen ons...' Ze maakte de vraag niet af.

'Elean... Helen, laten we heel rustig beginnen, stapje voor stapje. Wie weet wat er nog gaat gebeuren, maar we moeten wel duidelijk afspreken dat we voortaan alleen nog maar de waarheid spreken.'

Voortaan? Dus dan zouden ze elkaar nog weleens vaker zien? Dus hun vriendschap had toekomst? En wie weet wat er verder nog ging gebeuren?

'Uiteraard.'

'Ik wil eerlijk gezegd niks meer horen over jou en Matthew, maar ik wil wel weten wie nu precies Helen is en wie Eleanor, als je begrijpt wat ik bedoel. Ik ken je niet eens. Het enige wat ik weet is dat ik mijn vriendin mis, wie dat ook maar was, en dat ik die graag weer terug zou hebben.'

'Anders ik wel.' Helen was bijna in tranen.

'Dus ik dacht, misschien kunnen we afspreken voor een borrel, om te beginnen. En dan zien we verder wel of we het nog steeds met elkaar kunnen vinden.'

'Echt waar? Ja. Heel graag.' Ga nou niet lopen smeken, dacht ze. 'Dat zou ik heel leuk vinden.'

'Maar je moet me wel beloven dat je geen contact opneemt met Leo totdat ik het zeg. Zelfs niet om hem te bedanken voor de taart, goed? Want ik ken hem en dan... Ik wil gewoon niet dat je in zijn buurt komt tot ik weet dat je echt te vertrouwen bent. Afgesproken?'

Helen vond het een volkomen acceptabele deal.

'Goed,' zei ze, en ze begon te glimlachen. 'Dat beloof ik.'

Ze stonden nog in de zitkamer, enigszins ongemakkelijk, en ze wisten geen van beiden wat de volgende stap zou moeten zijn. Moesten ze nu al een afspraak maken voor die borrel? Of zouden ze het laten rusten en moest Helen als een verliefde puber bij de telefoon rondhangen tot het Helen behaagde eens te bellen? Plotseling trok er een vlaag koele avondlucht naar binnen. Het kattenluikje zwaaide open en Norman kwam binnenhollen en begon de druppels van zich af te schudden. Het was gaan regenen.

'Dus dit is Kussen?' vroeg Sophie, en trok toen een gezicht alsof ze moest niezen. Helen pakte hem vlug op en sloot hem op in de keuken.

Helen zuchtte. 'Nee, hij heet eigenlijk Norman.'

'O ja, natuurlijk.' Sophie klonk licht geïrriteerd. 'Claudia's kat.'

Helen greep een stapeltje foto's van tafel. 'Ik heb deze nog voor haar bewaard. Dan kan ze zien hoe het met hem gaat. Kijk,' ze hield de foto's op voor Sophie, 'hier is hij met zijn eerste zelf gevangen muis. Ik wilde ze eerst naar haar opsturen... maar ik wist niet... nou ja, je snapt het wel.' Ze zweeg. Ze wist dat Norman Sophie eraan had herinnerd dat Helens hele leven een grote leugen was, tot in de meest onbenullige details.

'Nou, goed...'

Sophie nam de foto's aan en stopte ze in haar tas. 'Dit vindt ze vast geweldig. Dank je wel.'

Helen zuchtte. 'Ik heb ook geen flitsende carrière in de pr, dus. Althans, nog niet.'

'Dat had ik al begrepen, ja,' zei Sophie. Maar ze zei het met een lach.

'Weet je wat,' voegde ze eraan toe terwijl ze haar jas weer uittrok, 'Doe me toch nog maar een glaasje wijn. En vertel me dan maar eens wie je echt bent.'

Lees ook de tweede roman van Jane Fallon!

De vrouw, haar man en zijn minnares... en de ultieme wraak...

De vrouw. Stephanie was er niet eens naar op zoek, maar nu ze een sms'je van een onbekende vrouw op het mobieltje van haar man aantreft, moet ze er toch zeker wat mee? Tijd om die vrouw op te sporen en uit te vinden wat er aan de hand is...
Haar man. James was nooit van plan geweest om een dubbelleven te leiden. Een vrouw en kind in Londen en een vriendin op het platteland: het is doodvermoeiend. Maar alles staat op het punt te veranderen...
Zijn minnares. Katie heeft geen enkele reden om aan te nemen dat haar vriend James haar bedriegt met iemand anders. Maar nu beweert ene Stephanie dat ze James' vrouw is. Katie is van het ene op het andere moment iemands minnares! Niet iets waar ze blij van wordt.
Nu Stephanie en Katie elkaar hebben leren kennen, moeten ze besluiten wat ze met de situatie aan moeten. Ze kunnen James gewoon allebei buiten de deur zetten natuurlijk, óf ze sluiten de gelederen en laten hem eerst een beetje lijden... Maar wraak is niet altijd zoet. Wat gebeurt er als een van de vrouwen vindt dat het nu wel genoeg is, terwijl de ander er geen genoeg van kan krijgen?

Paperback, 320 blz., ISBN 978 90 325 1151 7

Op de volgende pagina's vind je een voorproefje uit Krijg je wel*!*

STEPHANIE DEED HAAR OGEN DICHT en stak haar handen uit. Het niet te houden enthousiasme van haar zoontje werkte aanstekelijk en ze voelde zich weer helemaal kind. Ongelofelijk dat het al negen jaar geleden was. Vandaag was het negen jaar geleden dat ze rilde van de kou en huilde vanwege de regen en dat daardoor haar kapsel was verpest en dat James de hotelkamer binnen was gestormd waar zij zich aan het aankleden was. Hij had alle adviezen over dat het ongeluk bracht om de bruid te zien voor de huwelijksceremonie in de wind geslagen, omdat hij wist hoe gespannen ze was. Hij wist ook dat zij zich niet druk maakte om dat soort folklore omdat ze veel liever even bij hem wilde zijn.

'Je moet wel een regenjas aan,' zei hij, 'en laarzen. O, en misschien wel een zuidwester op. Staat vast leuk,' zodat Stephanie ondanks haar zenuwen toch moest lachen.

'Ik bedoel, denk maar niet dat ik met je trouw als je er bij loopt als een verzopen kat – ik moet om mijn reputatie denken.'

Stephanies moeder, die haar had geholpen om zich in haar weinig traditionele japon van grijs satijn te persen en die de humor van James nooit echt kon volgen, had bestraffende geluiden gemaakt en geprobeerd hem de kamer uit te bonjouren, maar James plofte in een stoel en weigerde te vertrekken. Tegen de tijd dat ze naar het gemeentehuis moesten was Stephanie weer helemaal relaxed en beheerst, en wist ze zeker dat dit de gelukkigste dag van haar leven zou worden, precies zoals het hoorde.

Tegen het einde van de dag zat haar kapsel als nat touw tegen haar hoofd geplakt en James zei dat ze nog nooit zo mooi was geweest als nu. Dat deed hij met zo veel overtuiging dat ze hem nog geloofde ook.

Sindsdien had hij elk jaar een enorme toestand gemaakt van hun trouwdag en had hij haar op die dag verrast met grappige cadeautjes. Het eerste jaar kreeg ze een paar heftig versierde designer regenlaarzen, vanwege dat vreselijke weer toen. Maar ook, naar later bleek – en dat was iets wat haar nu nog veel dierbaarder was – omdat het een herinnering was aan het modderbad waarin ze hadden rondgebanjerd op het rockfestival in Glastonbury vlak voor ze erachter kwam dat ze zwanger was van Finn. Een nachtje in een Bed & Breakfast, compleet met het aanbod van zijn ouders om op Finn te passen, die toen twee was. Dat was ook het jaar waarin Stephanie bijna doordraaide van het moederschap. En verleden jaar kreeg ze een beschilderde gieter waarvan hij wist dat ze er al een poosje een oogje op had.

Aangespoord door zijn enthousiasme had zij ook verrassingen voor hem georganiseerd, iets wat bij haar in de familie helemaal niet gebruikelijk was. Bij hen thuis was kerst altijd het feest van 'Wat wil jij? Een nieuwe keukenmachine? Mooi, dan koop ik die wel'. Met de jaren had ze boeken voor hem gekocht, en gadgets, en een keer, toen ze in een sentimentele bui was, een foto van hen drieën in een zilveren lijstje. De regel was dat de cadeautjes geheim moesten blijven tot de grote dag, wat Finn, vertrouweling van allebei zijn ouders, heel erg moeilijk vond.

Dit jaar had Stephanie een kurkentrekker voor James gekocht, in de vorm van een vis. Want Finn had haar bezworen dat zijn vader daar naar had staan staren in de etalage, ook al had zij zo haar twijfels. Hij had het pakje gretig opengescheurd, en leek ook zonder meer opgetogen over de inhoud, maar Stephanie wist best dat hij ook zo zou doen als hij niet blij was. Nu was het haar beurt en ze kon bijna niet wachten van de spanning.

'Kom op,' lachte ze. Ze hoorde Finn giechelen van opwinding.

'Ogen dicht,' zei James, en ze voelde een licht, vierkant doosje in haar uitgestrekte handen vallen. Ze had eigenlijk gedacht dat hij de nieuwe Jamie Oliver voor haar zou kopen – ze had Finn zelfs zwaar op lopen stoken. Dit voelde niet als de nieuwe Jamie Oliver. 'Oké, doe maar open.'

Ze deed wat haar werd opgedragen. In haar hand lag een klein maar opvallend rood doosje. Dit kon helemaal niet. Ze mochten niet zoveel uitgeven: de cadeautjes waren maar voor de lol. Het ging echt vooral om het idee. Oké, dacht ze, ik doe het open en dan is het gewoon een plastic ketting van de markt. Dat is natuurlijk de grap.

Finn sprong op en neer. 'Doe nou open!'

Ze hield haar gezicht in de plooi, zodat het leek alsof ze er in zou trappen – James had wel eens eerder zoiets geflikt: toen had hij een gigantische doos beeldig ingepakt, en toen ze het papier er af had, was er nog een doos, en toen nog een, en nog een, net zolang tot ze met een leeg lucifersdoosje zat. Zijn echte cadeautje viste hij toen achter de bank weg. Finn had nog nooit zoiets grappigs meegemaakt.

Ze deed het doosje open. Er lag iets in dat best door kon voor een zilveren armband met roze steentjes. Stephanie keek James vragend aan. Hij trok zijn wenkbrauwen op alsof hij wilde zeggen: 'Ja, wat had je dan verwacht?' Ze pakte de armband van het bedje van wit satijn. Dit was absoluut geen plastic. 'James?'

'Vind je hem niet mooi?' vroeg Finn.

'Ja natuurlijk, ik vind hem schitterend, maar dit is toch veel te gek. Sinds wanneer mag dit? Een fortuin uitgeven aan elkaar, bedoel ik. Dit is een heel dure armband.'

'Ik wilde gewoon iets moois aan je geven, iets fatsoenlijks voor de verandering. Om je te laten zien dat ik je waardeer. Ik bedoel, dat ik van je hou.'

'Gatver!' zei Finn, en hij trok een gezicht alsof hij moest overgeven.

'Ik vind hem heel mooi. Ik weet niet wat ik moet zeggen.' Ze keek hem aan, met haar hoofd een beetje schuin.

'Nou, "Bedankt, James, voor je onwaarschijnlijke vrijgevigheid" zou leuk zijn, om mee te beginnen,' zei hij, in een poging ernstig te kijken.

Ze glimlachte. 'Bedankt, James, voor je onwaarschijnlijke... wat was het ook alweer?'

'Vrij-ge-vig-heid.'

'Precies, ja, dat.'

'En dat je zo'n geweldige, knappe en intelligente man bent. Sommigen zouden zelfs "geniaal" zeggen.'

Stephanie lachte. 'Er is wel iets meer voor nodig dan een armbandje van Cartier voor ik dat soort teksten ga uitslaan.'

'Als je dit maar goed onthoudt voor volgend jaar,' zei James, ook lachend. 'Als je dan weer gaat shoppen.'

Stephanie deed de armband om haar pols. Hij was perfect, precies wat ze voor zichzelf zou hebben uitgekozen, behalve dan dat zij hem zelf veel te duur zou vinden, en dan maar iets had gekozen dat heel wat minder bijzonder was. Als hij wilde, kon James haar nog steeds versteld doen staan. Ze sloeg haar armen om zijn nek en gaf hem een knuffel. 'Dankjewel.'

1

Vijf dagen later

HET ZAT HEM NIET EENS zozeer in de woorden dat ze zo ongerust was: het was de kus die er achteraan kwam. Dat, en het feit dat de boodschap was ondertekend met een letter, niet eens een naam. Alsof de schrijver er niet aan twijfelde dat hij zou weten van wie de boodschap kwam. Alsof hij elke dag dit soort sms'jes kreeg. Misschien was dat ook wel zo, dacht Stephanie verdrietig.

Stephanie was negen jaar met James getrouwd, en voor het grootste deel van de tijd waren ze topgelukkig, dacht zij tenminste, hoewel nu ineens niets meer zeker leek. Ze hadden een kind, de zevenjarige Finn, die slim was en grappig, en bovenop dat alles hadden ze een gezonde zwart-witte kat genaamd Sebastian, ook al zo slim en grappig, en een goudvis genaamd Goldie, en die, nou ja, die was gewoon een vis. Ze moesten nog tweeënveertigeneenhalfduizend pond afbetalen aan hun hypotheek, er stond elfduizend driehonderd pond op hun gezamenlijke spaarrekening, ze hadden tweeduizend tweehonderdachtendertig pond en tweeënzeventig pence schuld op hun creditcards, en ze zouden samen iets van vijfendertigduizend pond erven als al hun ouders kwamen te overlijden – hoewel dat niet zo snel zou gebeuren, want in beide families werden ze nogal oud.

In de jaren dat ze samen waren was James zijn blindedarm kwijtgeraakt, terwijl Stephanie een stel nierstenen kreeg, waar ze godzijdank ook weer van af was gekomen. James was een kilo of twaalf aangekomen, vooral rond zijn middel, terwijl Stephanies manmoedige pogingen in de sportschool hadden geleid tot slechts een paar extra kilootjes vergeleken met wat ze woog toen ze elkaar pas leerden kennen. Wel was ze uiteraard rijker bedeeld qua striae, maar aangezien ze die bij Finn cadeau had gekregen, vond ze dat niet zo'n drama.

Allebei waren ze nog altijd behoorlijk aantrekkelijk, als je naging dat ze samen al zevenenzeventig waren.

IK MIS JE VERSCHRIKKELIJK. K XXX

Ze dacht terug aan de vorige avond. James was zoals altijd rond halfzeven thuisgekomen. Hij leek helemaal zichzelf, moe maar blij om weer thuis te zijn. Hij had gedaan wat hij altijd deed na het werk: andere kleren aan, halfuurtje met Finn in de tuin gespeeld, krantje gelezen, eten, tv-gekeken en toen naar bed. Het was geen opwindende avond, en de conversatie was niet prikkelend en intellectueel, maar het was wel... gewoon. Een avond zoals duizenden andere avonden samen.

James had haar en Finn onder het eten een verhaal verteld, wist ze nog. Een grappig verhaal over hoe hij een splinter uit de poot van een hazewindhond had gehaald, terwijl tegelijkertijd de python van datzelfde gezin zich een weg omhoog baande langs de binnenkant van zijn broekspijp. Hij had de hele scène nagespeeld, en zette een blafstem op om de verwonderde gedachten van de hond weer te geven. Finn lag dubbel. Hij had de neiging om zichzelf op te werpen als centrale figuur van het verhaal – de onderliggende boodschap was meestal 'wat ben ik toch een held' – hoe grappig en hilarisch hij ook vertelde. Maar zo was James nu eenmaal. Hij was een enigszins verwaande kwast geworden met de jaren, een tikje blij met zichzelf, maar dat had ze geweten aan zijn onzekerheid, en ze vond het juist altijd wel schattig. Hij was zo doorzichtig, dacht ze dan vertederd. Kennelijk zat ze er helemaal naast.

Meestal ging het zo: James zei iets zelfverheerlijkends, Stephanie ziekte hem daarmee, en dan lachte hij en gaf toe dat hij zijn rol een beetje dik had aangezet. Het was een soort rollenspel: ze wisten allebei precies wat er van hen werd verwacht, en wat hun grenzen waren. Ze hadden er lol in, althans, dat dacht zij altijd. Ze konden overal ruzie over maken, over de kleinste dingetjes en over de grootste dingen – politiek, godsdienst, wie mooier kon zingen, die ene uit Take That of die vent uit Kajagoogoo. Dat deden ze nu eenmaal altijd. Gisteravond was geen uitzondering. James beweerde dat *ER* een veel realistischer portret was van het leven op een Eerste Hulp in een Amerikaans ziekenhuis dan *Grey's Anatomy*.

'Misschien,' had Stephanie gezegd. 'Ik zeg alleen dat jij dat helemaal niet kunt weten.'

James was op zijn halfserieuze, halfironische manier hoog van de toren gaan blazen. 'Ik ben anders wel medicus.'

Stephanie had honend gesnoven. 'James, je bent dierenarts. Jij weet helemaal niks van ziekenhuizen, behalve dan die achttien uur dat je in de wachtkamer in een zakje hebt zitten kotsen toen ik aan het bevallen was. Jij gaat nog niet eens naar de huisarts als je eens wat hebt.'

'Wist jij,' had James gezegd, haar laatste opmerking volledig negerend, 'dat er landen zijn waarin het volkomen legaal is als je als dierenarts ook mensen behandelt, maar andersom niet?'

'Ja, wat is je punt?'

'Ik wil maar zeggen, dat wat ik doe en dat wat een arts doet heel dicht bij elkaar ligt.'

'En waarom ben jij dan ineens ook al een expert op het gebied van de Eerste Hulp in ziekenhuizen in grote Amerikaanse steden?'

'Nou, ik weet er meer van dan jij. Jij weet best dat ik mijn hoofd voor jou zou buigen als we het een keer niet eens zouden zijn over... weet ik veel... *What Not to Wear* of zo'n ander klerenprogramma.' Hij lachte besmuikt, alsof hij wilde zeggen: 'Uitgeluld.'

Stephanie had een kussen gepakt en was daarmee op zijn hoofd gaan timmeren. 'Arrogante zak,' zei ze lachend, en zijn gewichtige act was meteen afgelopen.

'Ja, maar ik had je toch mooi even klem, hè?' zei hij terwijl hij met haar mee lachte. 'Ben je nou niet boos omdat je weet dat ik gelijk heb?'

Stephanie staarde naar die vier woordjes – of beter gezegd: vier woordjes en een letter – en de drie kussen. Het was niet haar bedoeling geweest om te kijken. Ze was niet zo'n vrouw die de sms'jes van haar man controleerde als hij in bad zat. Maar vandaag, toen ze zag dat hij zijn telefoon thuis had laten liggen en ze was gaan scrollen op zoek naar het nummer van de praktijk om Jackie, zijn assistente, daarover te bellen, zat ze ineens doelloos zijn inbox door te nemen. Op zoek naar, nou ja, naar niks, eerlijk gezegd, gewoon even kijken. Ze voelde al het bloed uit haar hoofd stromen terwijl ze op zoek was naar wie die 'K' nou toch kon zijn. Er stond alleen maar 'K', verder niks. Niet Karen of Kirsty of Kylie; daar had ze tenminste nog wat aan gehad. Geen Kimberley, Katrina of Kirsten. Alleen maar 'ik mis je verschrikkelijk. K xxx', alsof er maar één iemand in de hele wereld was die een naam had met een K, en dat James precies wist wie dat was. Ze ging op zoek naar de lijst met telefoonnummers om te zien of degene die zich meldde als 'K' misschien een nummer had dat ze herkende. Net op dat moment hoorde ze de voordeur dichtslaan. Van de zenuwen liet Stephanie de telefoon vallen, en ze sprong ervan weg alsof ze gestoken was. Ze stak haar handen in het veel te hete afwassop en probeerde argeloos te kijken toen James de keuken binnen kwam.

'Heb jij mijn mobieltje ergens gezien?' vroeg hij zonder zelfs maar 'hallo' te zeggen.

'Nee,' antwoordde Stephanie, en meteen vroeg ze zich af waarom ze niet gewoon zei: 'Ja, daar ligt ie.' Omdat hij dan misschien zou hebben gezien dat zij in zijn lijst met telefoonnummers aan het bladeren was geweest; daarom.

Hij keek de keuken door, stormde weer naar buiten, en toen hoorde ze hem de trap op rennen. Ze griste de telefoon weg vanonder de stoel waar ze hem had neergegooid, drukte net zolang op de knopjes tot hij weer op het beginscherm stond en liep toen de hal in.

'James, ik heb hem. Hij ligt hier,' riep ze.

'O, gelukkig.' Hij gaf haar een zoen op haar wang terwijl hij hem van haar aanpakte. 'Ik was al helemaal bij Primrose Hill,' zei hij en hij rolde met zijn ogen en banjerde de deur weer uit.

'Dag hoor,' zei ze verdrietig tegen zijn rug. Ze deed de deur achter hem dicht, en zakte moedeloos op de trap neer.

Oké, dacht ze, dit moet ik even heel rationeel bekijken. Ik moet niet meteen mijn conclusies trekken. Maar het was de taal, de overmaat aan vertrouwdheid en drie kussen in plaats van het routinematige ene x'je dat iedereen altijd intikte. Zelfs iemand van kantoor die je iets officieels te melden had zette tegenwoordig een x'je achter zijn boodschap. En waarom zou hij een nummer in zijn telefoon hebben waar alleen een 'K' bij stond als kenmerk? Omdat hij niet wilde dat zij zou weten wie het was, dacht ze.

Ze kwam in de verleiding om op de computer van James te gaan kijken en zijn e-mail door te lopen om te zien of dat een aanwijzing of een hint opleverde wie die K kon zijn, maar ze vond dat ze niet 'zo iemand' moest worden. Het begon met het lezen van zijn mailtjes, en voor je het wist stond je bij een ketel kokend water zijn brieven open te stomen, of aan zijn hemden te snuffelen als hij thuiskwam, als een hond met liefdesverdriet. Ze moest James het voordeel van de twijfel gunnen. Want ook al was haar huwelijk niet perfect, en ook al zagen ze elkaar tegenwoordig niet zo vaak, als ze elkaar zagen dan was het altijd in gezinsverband zodat ze nooit meer *echt* samen waren: ze had nooit gedacht dat hij ooit vreemd zou gaan. In geen duizend jaar.

Ze kon zich gewoon niet voorstellen dat hij het in zich had, vreemdgaan, zelfs niet als hij zich kapot zou vervelen met haar en als hij hun huwelijk helemaal zat was – en er was niet eens reden om aan te nemen dat daarvan sprake was. Of dat hij hun kind zoiets aan zou doen. En als ze heel eerlijk was kon ze zich ook niet zo goed voorstellen dat een andere vrouw zich aan zijn voeten zou werpen, met zijn arrogante geouwehoer en de manier waarop hij altijd in zijn oren pulkte als hij tv zat te kijken. Maar misschien zag ze het allemaal wel helemaal verkeerd. Ze moest zorgen dat ze snel het huis uit kwam, want anders zou ze geen weerstand kunnen bieden aan de verleiding die zijn pc bood. Ze moest naar kantoor, en ze moest met Natasha praten. Natasha zou wel weten wat ze moest doen.

'Niks doen,' zei Natasha toen Stephanie het hele verhaal had verteld. 'Er is vast niets aan de hand, en dan neemt hij het je alleen maar kwalijk dat jij zijn sms'jes hebt zitten lezen. Waarom deed je dat dan ook?'

'Ik heb ook helemaal niet... ach, weet ik veel.'

'Misschien is het wel van een kerel. Kevin, of Kelvin of Keith?'

'Met drie kussen zeker.'

'Ja, dat heb je met die metroseksuelen van tegenwoordig,' hield Natasha vol. 'Die zijn heel vrij met hun gevoelens. Of een homoseksuele bewonderaar? Kieron? Kiefer?'

'Ik denk niet dat het een vent is, hoor.'

'Een tante dan?'

'Nee.'

'Iemand van zijn werk?'

'Drie kussen.'

'Ja, het ziet er niet best uit, dat moet ik toegeven. Maar neem nou niet halsoverkop actie, goed? Slaap er eerst een nachtje over.'

'Oké,' zei Stephanie met tegenzin. Ze volgde Natasha's adviezen altijd trouw op.

'Shit,' zei ze vijf minuten later. 'Nu snap ik het. Die armband die hij me gaf voor onze trouwdag – hij voelt zich schuldig! Daarom heeft hij zoveel geld uitgegeven. Het was helemaal geen blijk van liefde. Het was een excuus.'

2

STEPHANIE KON JAMES DE HELE dag niet uit haar hoofd zetten. Sinds ze drie jaar geleden naar Londen waren verhuisd leek het wel alsof ze elkaar nooit meer zagen. De deal was dat hij, als ze in de stad zouden wonen, zijn week mocht verdelen tussen zijn oude plattelandspraktijk vlakbij Lincoln en zijn nieuwe baan, waar hij de nagels van Bengaalse katten moest knippen en dieetadvies gaf aan honden met overgewicht in het exclusieve St John's Wood. Hij wilde zijn werk als veearts niet opgeven, zei hij. Daar was hij voor opgeleid. Om met echte beesten te werken, niet die verwende huisdieren van rijke stinkerds. Melkvee en lammeren die voor de slacht bedoeld waren, en niet Fluffy en Snuitje en Loes-de-Poes. Dus vertrok hij elke zondagochtend naar het platteland en elke woensdagavond kwam hij weer terug naar Londen, moe en geïrriteerd door al dat gereis. Hij had daar een heel ander leven, dacht ze hopeloos. Hoe kwam ze er eigenlijk bij dat het zo onwaarschijnlijk was dat daar ook een andere vrouw bij hoorde? Alles klopte: hij had de middelen, de gelegenheid en het motief. Het was de perfecte misdaad.

In het begin dacht ze er wel eens over om met hem mee te gaan, maar zodra Finn naar zijn schooltje ging leek het haar krankzinnig om die steeds maar heen en weer te slepen. Trouwens, het was ook best een opluchting dat ze zich een paar dagen per week niet druk hoefde te maken om hem. Toch was het onvermijdelijk dat hun hechte band zou verslappen als ze zoveel tijd bij elkaar vandaan waren. Dat hun werelden steeds minder zouden overlappen. Hij was toch al nooit echt geïnteresseerd in haar werk, en hij zag helemaal niet in dat het van levensbelang was dat de nieuwe actrice uit *Holby City* niet in dezelfde jurk naar een prijsuitreiking ging als een van de meiden van Girls Aloud.

Toen ze James pas leerde kennen was ze net weer bij haar ouders in Bath gaan wonen, om geld uit te sparen. Ze had per ongeluk de kat van de buren overreden met haar Citroën, en helemaal overstuur was ze met het beest naar de plaatselijke dierenarts gegaan, waar James op dat moment stage liep. De kat haalde het jammer genoeg niet, ook al had James zijn stinkende best gedaan, maar midden tussen al dat bloed, al die ingewanden en al die tranen had hij Stephanie mee uit gevraagd, en zij wilde wel. En zo werd de pech van Tiddle haar mazzel.

James leek net zo onder de indruk van haar ambities en vaardigheden als zij van de zijne. Het was liefde op het eerste gezicht. Of in elk geval lust en een soort klik, en dat was in feite alles waar je nuchter bekeken op mocht hopen. Maar op een gegeven moment – namelijk toen ze net wist dat ze zwanger was van Finn – had James haar ervan weten te overtuigen dat ze haar vergezochte ideaal om de nieuwe Vivienne Westwood te worden maar op moest geven, en dat ze iets moest gaan doen wat haar veel minder in beslag zou nemen, zodat ze meer tijd kon doorbrengen met de baby.

Eerst was hij ontzettend behulpzaam geweest – het was tenslotte zijn idee – en stimuleerde hij haar enorm om aan de slag te gaan als freelancecoupeuse. Hij vond het ook heel fijn dat zij lekker parttime – in de logeerkamer – aan de slag ging, zodat ze altijd thuis was. Maar toen ze drie jaar geleden besloot dat ze toch weer aan de slag wilde en liever een carrière had dan af en toe een klus, had ze hem omgepraat en hadden ze een huis gekocht in Londen, zodat zij in de buurt kon zijn van jonge vrouwen met te veel geld en te weinig gevoel voor stijl. Die jonge vrouwen wilden maar al te graag iemand inhuren om kleding voor hen uit te zoeken. Ze was er al vrij snel achter dat hij zich eigenlijk een beetje geneerde voor haar werk.

'Stephanie helpt mensen in de kleren die zichzelf niet kunnen aankleden,' zei hij altijd tegen hun vrienden. O, o, wat vond hij dat geestig van zichzelf. 'Nee, joh, ze is geen huisvrouw, was het maar waar. Dat zou tenminste nog fatsoenlijk zijn.'

Nu ze daar weer aan dacht, smeet Stephanie een hele stapel jurken die door La Petite Salope waren gestuurd op de bank, net toen Natasha het kleine kamertje ernaast uit kwam lopen met een rode hemdjurk in haar hand. 'Shannon Fearon, wat voor maat heeft die,

42?' vroeg ze over een voormalige soapactrice die weer in de publieke belangstelling stond doordat ze een zangwedstrijd voor celebrity's had gewonnen, en die Stephanie moest aankleden voor een *photo shoot* die middag,

'Bedoel je in het echt of officieel?'

'In het echt.'

'In het echt heeft ze maat 42, ja.'

'Oké, nou, dan kan dit misschien.' Natasha begon het labeltje met de maat uit de jurk te tornen, rommelde vervolgens wat in een kleine trommel waar ze een labeltje uit viste met daarop '38', dat ze in de jurk naaide. Het was goed om klanten het gevoel te geven dat ze slank waren; daar werden ze zelfverzekerd van. En als de journalist dan vroeg naar hun kledingmaat, konden ze antwoorden dat ze flink onder de gemiddelde Britse vrouwenmaat zaten, zonder zelf te weten dat ze maar wat uit hun nek kletsten.

'Prima,' zei Stephanie zonder op te kijken.

Natasha ging zitten en legde de stapel verkreukelde jurken aan de kant. 'Zet het nou toch uit je hoofd,' zei ze, 'want je maakt een enorme olifant van wat misschien niet eens een mug is. Ga nou niet zitten piekeren over dingen voordat het echt nodig is. Dat is altijd mijn motto.'

'Een van je vele,' antwoordde Stephanie.

Natasha had voor Stephanie patronen geknipt toen die nog coupeuse was, en ze wilde maar al te graag haar assistente worden toen Stephanie vijf jaar later als styliste aan de slag ging. Zelf wilde ze geen verantwoordelijkheid, zei ze altijd. Wat Natasha betrof was je baan iets voor overdag. Daarna ging je naar huis en dan vergat je je werk verder. Natasha had een heerlijk huis met een man die haar adoreerde en met drie keurig opgevoede, brandschone kindertjes. Zij hoefde zich nooit af te vragen of haar man gekke sms'jes kreeg of over wat Martin de andere helft van de week allemaal uitspookte. Haar gezicht vertoonde dan ook bijna geen rimpeltje, en ze leek minstens vijf jaar jonger dan de eenenveertig jaar die ze volgens haar geboorteakte was. In de loop van de tijd was ze veel meer een vriendin geworden dan een collega. 'Spot jij maar. Je weet best dat ik altijd gelijk heb.'

'Tuurlijk heb je dat,' zei Stephanie hartelijk. 'Maar ik word er gewoon zo kwaad om dat er een of andere muts is die hem probeert te verleiden, die mijn man van me af wil pakken zonder na te denken over mij en mijn leven. En dat van mijn zoon.'

'Dat weet je helemaal niet.'

'Nee,' zei Stephanie. 'Dat weet ik helemaal niet.'

Maar de gedachte liet haar niet los. Wat kon het anders betekenen? Ik mis je verschrikkelijk. Kus. Kus. Kus. Ze kon zich helemaal niet concentreren op de *photo shoot*, en ze viel uit tegen Shannon toen die klaagde dat ze er dik uitzag in een bepaalde jurk. 'Dat zit namelijk zo: je bent gewoon dik,' had Stephanie willen uitschreeuwen, hoewel dat niet eerlijk zou zijn. Shannon was absoluut niet dik, maar ze was wel heel klein en ze was rampzalig uit proportie, zodat ze er hoe dan ook kort en dik uitzag. Uiteindelijk had Natasha voorgesteld dat Stephanie maar lekker vroeg naar huis moest gaan voordat er echt ellende van kwam.

Gelukkig was Finn al thuis. Hij was aan het voetballen in hun piepkleine achtertuin, samen met Cassie, hun oppas. Stephanie kon dus iets te snacken voor hem gaan maken.

Omdat Finn nog maar zeven was kon ze hem nog altijd inpalmen zodat hij lekker bij haar kwam zitten, ook al was ze tegenwoordig meestal boos op hem vanwege zijn nieuwe lievelingsspelletje: daarbij rolde hij kerstomaatjes over de keukentafel met de bedoeling dat ze in de etensbakjes van de kat terechtkwamen (één punt als ze in het water belandden en twee als ze in de Whiskas ploften). Nu was ze zo blij met de afleiding, dat ze hem gewoon zijn gang liet gaan. Vlak na zessen hoorde ze de deur opengaan, en weer dicht gesmeten worden.

'Hallo,' hoorde ze James roepen.

'Hoi,' riep ze benepen.

Hij liep meteen door naar boven, zonder eerst naar de keuken te komen om haar te begroeten. Niet dat dat haar verbaasde: hij liep meestal meteen door naar de slaapkamer om zijn werkkleding uit te trekken en dan ging hij zitten met de krant tot ze gingen eten. Hij vroeg haar bijna nooit naar wat zij die dag op haar werk had beleefd en als hij het wel deed, gaf ze meestal niet eerlijk antwoord. Hij zou toch maar met zijn ogen rollen en een of andere rotopmerking maken die hij zelf heel grappig vond. Als ze eerlijk was, zou ze moeten toegeven dat zij hem ook eigenlijk nooit vroeg naar de praktijk. Ze

was dol op dieren, maar ze was niet erg geïnteresseerd in verhalen over ingegroeide nagels of problemen met heupgewrichten. Maar Stephanie geloofde dat alle huwelijken door zo'n fase gingen als de kinderen nog klein waren. Er waren gewoon zoveel meer dingen om je zorgen over te maken, en je had wel wat anders aan je hoofd dan vragen als: 'Hoe was je dag?' Maar zij had altijd aangenomen dat ze, zodra Finn wat ouder was, gelukkig samen oud zouden worden, met alle tijd om het over zinloze dingen te hebben. Kennelijk was ze niet goed bij haar hoofd om zulke dingen te veronderstellen, dacht ze nu, en ze hamerde zo hard op een stuk kipfilet dat het bijna doorzichtig werd. Ze stopte toen ze Finn met een wit smoeltje naast haar elleboog zag verschijnen.

'Gaat het wel goed met je?' vroeg hij met zijn allerbeste grotemensenstem. Zij stelde *hem* die vraag wel een paar keer per dag.

Ze ging zitten en kuste hem boven op zijn bol. 'Het gaat prima met me, schatje.'

'Volgens mij gaat het helemaal niet goed,' zei hij koppig.

Zijn gezicht was vertrokken van bezorgdheid, en Stephanie voelde zich schuldig omdat hij zo'n last had van haar stemming. Ze pakte een tomaatje en rolde het over tafel, waarna het ding boven op Sebastians kopje viel, die zich doodschrok en toekeek hoe de tomaat midden in zijn kippenprakje viel.

Finn deed zijn best, maar hij kon een glimlach niet onderdrukken: 'Goed gedaan, mam,' zei hij.

Lees verder in Krijg je wel!